VIDA
ASSISTIDA

TESS GERRITSEN

VIDA ASSISTIDA

Tradução de:
ALEXANDRE RAPOSO

EDITORA RECORD
RIO DE JANEIRO • SÃO PAULO
2012

CIP-BRASIL. CATALOGAÇÃO-NA-FONTE
SINDICATO NACIONAL DOS EDITORES DE LIVROS, RJ

G326v Gerritsen, Tess, 1953-
Vida assistida / Tess Gerritsen; tradução de Alexandre Raposo. – Rio de Janeiro: Record, 2012.

Tradução de: Life support
ISBN 978-85-01-08344-9

1. Médicas - Ficção. 2. Ficção policial. 3. Ficção americana. I. Raposo, Alexandre. II. Título.

11-2080.
CDD: 813
CDU: 821.111(73)-3

Título original em inglês:
LIFE SUPPORT

Copyright © 1997 by Tess Gerritsen

Revisão Técnica: Sérgio Luiz Salek Teixeira

Texto revisado segundo o novo Acordo Ortográfico da Língua Portuguesa.

Todos os direitos reservados. Proibida a reprodução, no todo ou em parte, através de quaisquer meios. Os direitos morais do autor foram assegurados.

Direitos exclusivos de publicação em língua portuguesa somente para o Brasil adquiridos pela
EDITORA RECORD LTDA.
Rua Argentina, 171 – Rio de Janeiro, RJ – 20921-380 – Tel.: 2585-2000, que se reserva a propriedade literária desta tradução.

Impresso no Brasil

ISBN 978-85-01-08344-9

Seja um leitor preferencial Record.
Cadastre-se e receba informações sobre nossos lançamentos e nossas promoções.

EDITORA AFILIADA

Atendimento e venda direta ao leitor:
mdireto@record.com.br ou (21) 2585-2002.

*Para Jacob, Adam e Josh:
os homens da minha vida*

AGRADECIMENTOS

Muito obrigada a Emily Bestler, que faz qualquer livro brilhar; Dr. Ross Davis, neurocirurgião e homem renascentista; Jack Young, que alegremente respondeu às minhas perguntas mais estranhas; Patty Kahn, por toda a sua ajuda na pesquisa; Jane Berkey e Don Cleary, meus navegadores no mundo editorial e, acima de tudo, para Meg Ruley, que sempre me aponta o caminho certo e me leva até lá.

1

Um bisturi é um belo objeto.

Dr. Stanley Mackie nunca havia percebido aquilo, mas ali, de pé, com a cabeça curvada sob as lâmpadas da sala de cirurgia, ele se viu subitamente maravilhado com o modo como a luz refletia sobre a lâmina com fulgor de um diamante. Aquele crescente afiado de aço inoxidável era uma obra de arte. Tão belo, em verdade, que mal ousava pegá-lo, com medo de macular sua magia. Na superfície, ele via um arco-íris de cores, a luz fragmentada em seus elementos mais puros.

— Dr. Mackie? Algum problema?

Ele ergueu a cabeça e viu a enfermeira franzindo as sobrancelhas sobre a máscara cirúrgica. Ele nunca percebera quão verdes eram os olhos dela. Parecia ver, de verdade, diversas coisas pela primeira vez. A textura cremosa da pele da enfermeira. A veia atravessando-lhe a têmpora. A pinta bem acima de sua sobrancelha.

Seria *mesmo* uma pinta? Ele observou. Estava se movendo, arrastando-se como um inseto de muitas pernas em direção ao canto do olho...

— Stan? — disse o Dr. Rudman, o anestesista, sua voz interrompendo a consternação do Dr. Mackie. — Você está bem?

Mackie balançou a cabeça. O inseto sumiu. Voltou a ser uma pinta, apenas uma pequena mancha de pigmento negro sobre a pele pálida da enfermeira. Ele inspirou profundamente, pegou o bisturi da bandeja de instrumentos e olhou para a mulher deitada sobre a mesa.

A luz de cima havia sido direcionada para o baixo ventre da paciente. Lençóis cirúrgicos azuis foram colocados no lugar, emoldurando um retângulo de pele exposta. Era uma bela barriga, com uma marca de biquíni unindo as duas protuberâncias do quadril, uma visão surpreendente naquela estação de tempestades de neve e rostos pálidos de inverno. Que pena ter de cortá-la! Uma cicatriz de apendicectomia certamente macularia qualquer bronzeado caribenho.

Ele posicionou a ponta da lâmina sobre a pele, centrando a incisão no ponto de McBurney, a meio caminho entre o umbigo e a protuberância do quadril direito. A localização aproximada do apêndice. Com o bisturi pronto para cortar, ele parou subitamente.

Sua mão estava trêmula.

Ele não compreendia. Aquilo jamais acontecera anteriormente. Stanley Mackie sempre tivera mãos firmes como uma rocha. Agora, tinha de fazer muito esforço para conseguir empunhar o objeto. Ele engoliu em seco e ergueu a lâmina. *Relaxe. Inspire algumas vezes. Isso vai passar.*

— Stan?

Mackie ergueu a cabeça e viu que o Dr. Rudman estava com as sobrancelhas franzidas. Assim como as duas enfermeiras. Mackie podia ler as perguntas em seus olhos, as mesmas perguntas que as pessoas vinham murmurando a seu respeito havia semanas. *Será que o velho Dr. Mackie é competente? Será que ainda é capaz de operar aos 74 anos?* Ele ignorou os olhares. Já se defendera diante do Comitê de Qualidade e explicara de modo satisfatório as circunstâncias da morte de seu último paciente. Afinal, a cirurgia não era algo isento de riscos. Quando uma quantidade excessiva de sangue se acumula no abdome, é fácil confundir pontos de referência e fazer o corte errado.

O comitê, em sua sabedoria, absolvera-o da culpa.

Contudo, as dúvidas se espalharam entre os profissionais do hospital. Ele podia ver na expressão das enfermeiras, no franzir de sobrancelhas do Dr. Rudman. Todos aqueles olhos voltados para ele. Subitamente, sentiu outros olhares e viu dezenas de globos oculares flutuando no ar, todos direcionados a ele.

Ele piscou, e a terrível visão se dissipou.

Meus óculos, pensou. *Terei de trocá-los.*

Uma gota de suor escorreu pelo seu rosto. Ele segurou o bisturi com mais força. Aquilo era uma simples apendicectomia, um procedimento que qualquer interno poderia executar. Certamente, ele podia fazer aquilo, mesmo com as mãos trêmulas.

Ele se concentrou no abdome da paciente, naquela barriga plana com seu bronzeado dourado. Jennifer Halsey, 36 anos. Uma visitante de outro estado que despertara naquela manhã em seu quarto de hotel em Boston sofrendo de dores no quadrante inferior direito. Quando a dor piorou, ela atravessou de carro uma forte nevasca para chegar à emergência do hospital Wicklin, e fora encaminhada ao cirurgião de plantão daquele dia, o Dr. Mackie. Ela não sabia dos rumores a respeito de sua competência, nada sobre as mentiras e fofocas que lentamente estavam destruindo a carreira do cirurgião. Era apenas uma mulher com dor que precisava extrair o apêndice inflamado.

Ele pressionou a lâmina contra a pele de Jennifer. Sua mão estava mais firme. Ele podia fazer aquilo. Claro que podia. A incisão resultou em um corte limpo, impecável. A enfermeira ajudou, limpando o sangue com uma esponja, entregando-lhe pinças-hemostáticas. Ele cortou mais fundo, através da gordura amarela subcutânea, fazendo pausas regulares para cauterizar sangramentos. *Sem problemas. Tudo acabará bem.* Ele abriria o ventre da paciente, removeria o apêndice e a fecharia. Então, voltaria para casa para passar a tarde. Talvez um pouco de descanso fosse tudo o que ele precisava para clarear a mente.

Cortou através do peritônio brilhante até chegar à cavidade abdominal.

— Afaste — disse ele.

A enfermeira pegou os afastadores de aço inoxidável e gentilmente abriu o corte.

Mackie introduziu a mão no orifício e sentiu os intestinos quentes escorrerem ao redor de suas mãos enluvadas. Que fantástica sensação, ser acalentado pelo calor de um corpo humano! Era como voltar ao útero. Ele expôs o apêndice. Apenas uma olhada para o tecido vermelho e inchado revelou que seu diagnóstico estava correto, que o apêndice teria de ser extraído. Ele pegou o bisturi.

Apenas quando voltou a se concentrar na incisão, percebeu que algo não estava certo.

Havia muito intestino acumulado no abdome, duas vezes mais que o normal. Muito mais do que a mulher precisava. Aquilo não estava certo. Ele pegou uma dobra de intestino delgado e sentiu-o escorregar, quente e pegajoso, por entre as mãos enluvadas. Com o bisturi, cortou o excesso e pousou o pedaço gotejante na bandeja. Isso, pensou. Fica muito melhor assim.

A enfermeira olhava para ele, olhos arregalados sobre a máscara cirúrgica.

— O que está *fazendo?* — gritou ela.

— Há intestinos demais aqui — respondeu calmamente. — Não pode ser.

Ele voltou a introduzir a mão no abdome da paciente e pegou outra dobra de intestino. Não havia necessidade de tanto tecido excedente. Aquilo apenas obscurecia sua visão das coisas.

— Dr. Mackie, não!

Ele cortou. O sangue fluiu da dobra cortada em um esguicho quente.

A enfermeira segurou-lhe a mão enluvada. Ele a afastou, indignado com a ousadia de uma mera enfermeira interromper o procedimento.

— Chamem outra enfermeira — ordenou. — Precise de sucção. Temos que limpar este sangue.

— Detenha-o! Alguém me ajude a detê-lo!

Com a mão livre, Mackie pegou o cateter de sucção e enfiou a ponta no abdome da paciente. O sangue gorgolejou tubo acima e verteu no reservatório.

Outra mão agarrou seu avental e o afastou da mesa. Era o Dr. Rudman. Mackie tentou se livrar, mas Rudman não o soltou.

— Largue o bisturi, Stan.

— Ela precisa ser limpa. Há muito intestino.

— *Largue!*

Desvencilhando-se, Mackie voltou-se para confrontar Rudman, que se esquecera que o cirurgião ainda empunhava o bisturi. A lâmina cravou no seu pescoço.

Rudman gritou e levou a mão à garganta.

Mackie se afastou, olhando para o sangue que jorrava por entre os dedos de Rudman.

— Não é minha culpa — disse ele. — Não é minha culpa!

Uma enfermeira gritou ao interfone:

— Chamem a segurança! Ele está louco! Precisamos da segurança imediatamente!

Mackie cambaleou para trás, através de poças escorregadias de sangue. Sangue de Rudman. Sangue de Jennifer Halsey. Um lago de sangue. Ele se voltou e correu em direção à porta.

Estavam atrás dele.

Ele fugiu em pânico pelo corredor, perdido em um labirinto de corredores. Onde estava? Por que nada lhe parecia familiar?

Então, bem à frente, viu a janela e, além da janela, a neve que caía. *Neve*. Aquela renda branca e fria o purificaria, limparia o sangue de suas mãos.

Ouviu passos se aproximando por trás. Alguém gritou:

— *Pare!*

Mackie correu e pulou através do retângulo de luz.

O vidro se estilhaçou em um milhão de pedaços. Então o ar frio soprou ao seu redor e tudo ficou branco. Um branco belo e cristalino.

E ele estava caindo.

2

Fazia um calor abrasador lá fora, mas o motorista ligara o ar-condicionado no máximo e Molly Picker estava gelada no banco traseiro do carro. O ar frio que soprava na altura de seus joelhos parecia uma faca atravessando sua minissaia. Ela se inclinou para a frente e bateu na divisória de vidro.

— Por favor? — disse ela. — Ei, senhor? Poderia desligar o ar-condicionado? Senhor? — Ela voltou a bater.

O motorista parecia não ouvi-la. Ou talvez a estivesse ignorando. Tudo o que ela conseguia ver era a parte de trás de sua cabeleira loura.

Trêmula, cruzou os braços nus sobre o peito e se afastou para o lado, para longe da saída de ar. Olhando pela janela do automóvel, viu as ruas de Boston passarem. Ela não reconhecia aquele bairro, mas sabia que se dirigiam para o sul. Era o que a última placa dizia: Washington Street, Sul. Agora, ela observava edifícios atarracados com janelas lacradas e grupos de homens sentados em suas varandas, rostos cobertos de suor. Ainda nem era junho e a temperatura já chegara a 27 graus. Molly podia sentir o calor do dia apenas olhando para as pessoas na rua, ombros tombados languidamente, arrastando-se em câmera lenta pelas calçadas. Molly gostava de olhar para as pessoas. Geralmente olhava para as mulheres, que considerava muito mais interessantes. Ela estudava seus vestidos e perguntava-se por que algumas usavam roupas pretas no calor do verão, por que as gordas com bundas grandes escolhiam usar calças claras e colantes, por que ninguém mais usava chapéu. Ela estudava como as mulheres mais bonitas andavam, seus quadris oscilando ligeiramente, pés empoleirados e perfeitamente equilibrados sobre saltos altos. Ela se perguntava qual era o segredo que as belas mulheres sabiam e ela desconhecia. Quais lições suas mães lhes haviam passado, lições que Molly, de algum modo, não recebera. Ela olhava demoradamente para seus rostos, esperando uma revelação divina sobre o que torna uma mulher bonita. Que mágica especial possuíam e ela, Molly Picker, não.

O carro parou no sinal vermelho. Uma mulher calçando sapatos com saltos plataforma estava de pé na esquina, quadril proeminente. Assim como Molly, era uma prostituta, embora mais velha, 18 anos talvez, com uma cabeleira preta e lustrosa que se espalhava por seus ombros bronzeados. Cabelo preto cairia bem, pensou Molly com tristeza. Aquilo era algo marcante. Não era uma cor intermediária como o cabelo de Molly, que não era nem louro nem castanho e não dizia coisa alguma. O carro tinha vidros fumê nas janelas e a menina de cabelo negro não podia ver que Molly a observava. Mas pareceu sentir, porque lentamente girou sobre os saltos plataforma para olhar para o carro.

Não era assim tão bonita, afinal de contas.

Molly recostou-se no assento, sentindo-se estranhamente desapontada.

O carro dobrou à esquerda e continuou rumo ao sudoeste. Estavam longe da vizinhança de Molly, entrando em um território que tanto lhe era desconhecido quanto ameaçador. O calor expulsara as pessoas de seus apartamentos, obrigando-as a se sentarem à sombra das portarias. Seus olhares acompanhavam o carro em que ela estava. Sabiam que ela não pertencia àquela vizinhança. Assim como Molly sabia que não pertencia àquele lugar. Para onde Romy a estava mandando?

Ele não lhe dera nenhum endereço. Geralmente, dava-lhe um pedaço de papel com um número de rua rabiscado e ela se encarregava de encontrar o próprio táxi. Daquela vez, porém, havia um carro esperando por ela junto ao meio-fio. Um belo carro, também, sem manchas comprometedoras no banco de trás, sem pedaços de lenços de papel fedorentos enfiados nos cinzeiros. Era tudo muito limpo. Ela nunca andara em um carro tão limpo.

O motorista dobrou à esquerda, em uma rua estreita. Ali, não havia ninguém sentado nas calçadas. Mas ela sabia que a estavam observando. Podia sentir. Ela enfiou a mão na bolsa, pegou um cigarro e o acendeu.

Dera apenas dois tragos quando uma voz, em tom impessoal, disse subitamente:

— Por favor, apague isso.

Molly olhou em torno, atônita.

— O quê?

— Eu disse para apagar isso. Não permitimos que fumem no carro.

Enrubescida de vergonha, ela rapidamente apagou o cigarro no cinzeiro. Então percebeu o pequeno alto-falante instalado na divisória.

— Olá? Pode me ouvir? — disse ela.

Sem resposta.

— Se pode, seria possível desligar o ar-condicionado? Estou congelando aqui. Alô? Senhor motorista?

O ar foi desligado.

— *Obrigada* — disse ela. E acrescentou em voz baixa: — Seu babaca.

Encontrou o botão e baixou um pouco o vidro. O cheiro do verão na cidade entrou no carro, quente e sulfúrico. Ela não se importava com o calor. Sentia-se em casa. Como nos verões úmidos e suarentos de sua infância em Beaufort. Droga, ela queria fumar. Mas não estava disposta a discutir com aquela caixinha.

O carro parou. A voz no alto-falante disse:

— Chegamos. Pode descer agora.

— Aqui?

— O prédio está bem à sua frente.

Molly olhou para o edifício de quatro andares com paredes de pedra. As janelas do primeiro andar estavam lacradas com tábuas. Vidro quebrado brilhava sobre a calçada.

— Deve estar brincando — disse ela.

— A porta da frente está aberta. Suba dois lances de escada até o terceiro andar. É a última porta à direita. Não precisa bater, apenas entre.

— Romy não me disse nada a respeito disso.

— Romy disse que você cooperaria.

— Sim, bem...

— É apenas parte da fantasia, Molly.

— Qual fantasia?

— Do cliente. Você sabe como são essas coisas.

Molly inspirou profundamente e voltou a olhar para o prédio. Clientes e suas fantasias. Então esta era a trepada dos sonhos do sujeito? Transar entre ratos e baratas? Um pouco de perigo, um pouco de sujeira para aumentar a excitação? Por que as fantasias dos clientes nunca combinavam com as dela? Um hotel limpo, uma banheira de hidromassagem. Richard Gere e uma linda mulher bebendo champanhe.

— Ele está esperando.

— Está bem, estou indo, estou indo. — Molly abriu a porta do carro e saltou no meio-fio. — Vai me esperar, certo?

— Estarei bem aqui.

Ela olhou para o edifício e inspirou profundamente. Então subiu os degraus e abriu a porta de entrada.

Lá dentro era tão ruim quanto do lado de fora. Pichações pelas paredes, corredor repleto de jornais velhos e um estrado de molas enferrujadas. Alguém havia arruinado aquele lugar.

Ela começou a subir a escada. O prédio parecia muito silencioso e o som de seus passos ecoava pela escadaria. Quando chegou ao segundo andar, as palmas de suas mãos estavam suadas.

Aquilo estava errado. Muito errado.

Fez uma pausa na plataforma e olhou para o terceiro andar. *No que diabos você me meteu, Romy? Quem é esse cliente, afinal de contas?*

Ela enxugou as mãos na blusa. Então voltou a inspirar e subiu outro lance de escada. No corredor do terceiro andar, parou do lado de fora da última porta à direita. Ouviu um barulho vindo de dentro do cômodo. Ar-condicionado? Ela abriu a porta.

O ar frio a atingiu e ela ficou surpresa ao se ver em uma sala com paredes imaculadamente brancas. No centro, havia algo parecido com uma mesa de exame médico, estofada com vinil marrom. Do teto, pendia uma enorme luminária. Não havia outro móvel. Nem mesmo uma cadeira.

— Olá, Molly.

Ela se voltou, procurando o homem que acabara de dizer seu nome. Não havia ninguém na sala.

— Onde você está? — perguntou Molly.

— Não há o que temer. Sou apenas um pouco tímido. Primeiro, gostaria de vê-la.

Molly olhou para um espelho na parede oposta.

— Você está aí atrás, não é? Algum tipo de espelho falso?

— Muito bem.

— Então, o que quer que eu faça?

— Fale comigo.
— Só isso?
— Haverá algo mais.

Claro. Sempre havia. Ela caminhou quase casualmente em direção ao espelho. Ele dissera ser tímido. Aquilo a fazia se sentir melhor. Mais dona da situação. Ficou de pé com as mãos na cintura.

— Tudo bem. Se quer conversar, senhor, o dinheiro é seu.
— Qual é a sua idade, Molly?
— Tenho 16 anos.
— Seus ciclos são regulares?
— O quê?
— Seus ciclos menstruais.

Ela riu.

— Não acredito que está me perguntando isso.
— Responda à pergunta.
— Sim. São regulares.
— E sua última menstruação foi há duas semanas?
— *Como* sabe? — perguntou Molly. Então balançou a cabeça e murmurou: — Ah, Romy lhe contou. — Romy sabia, é claro. Ele sempre sabia quando suas meninas estavam menstruadas.

— Você é saudável, Molly?

Ela olhou feio para o espelho.

— Não pareço saudável?
— Nenhuma doença no sangue? Hepatite? HIV?
— Estou limpa. Você não vai pegar nada se é isso o que o preocupa.
— Sífilis? Gonorreia?
— Veja — disse ela. — Quer transar ou não?

Houve um silêncio. Então, a voz murmurou:

— Tire a roupa.

Ah, bom. Era o que ela esperava.

Molly se aproximou do espelho, tão perto que seu hálito embaçou o vidro. Ele desejaria ver todos os detalhes. Eles sempre queriam aquilo. Ela começou a desabotoar a blusa lentamente, demorando-se na atuação. Quando o tecido se abriu, sentiu seus pensamentos se obliterarem, sentiu que se refugiava em um armário mental seguro no qual não havia homens. Ela movia os quadris, dançando ao som de uma música imaginária. A blusa escorregou pelos seus ombros e caiu no chão. Seus seios estavam expostos, com os mamilos enrugados pelo frio da sala. Ela fechou os olhos. De algum modo, sentia-se melhor. *Vamos acabar logo com isso*, pensou. *Apenas transe com ele e vá embora daqui.*

Ela abriu o zíper da saia e a tirou. Então, tirou a calcinha. Fez tudo isso de olhos fechados. Romy lhe dissera que ela tinha um belo corpo. Que, caso o usasse direito, ninguém notaria como seu rosto era inexpressivo. Ela usava o corpo agora, dançando em um ritmo que apenas ela conseguia ouvir.

— Muito bem — disse o homem. — Pode parar de dançar.

Ela abriu os olhos e olhou para o espelho, confusa. Viu o próprio reflexo. Cabelos castanhos e sem vida. Seios pequenos embora pontudos. Quadris estreitos como os de um menino. Enquanto dançava de olhos fechados, estava encenando. Agora, confrontava-se com a própria imagem. Seu eu verdadeiro. Não conseguiu evitar cruzar os braços sobre o peito nu.

— Vá até a mesa — disse ele.
— O quê?
— A mesa de exame. Deite-se ali.
— Claro. Se for isso que o excita...
— É o que me excita.

Cada louco com a sua mania. Molly subiu na mesa. Sentiu o frio do vinil marrom contra as nádegas nuas. Ela se deitou e esperou algo acontecer.

Uma porta se abriu, e ela ouviu passos. Molly olhou para o homem que se aproximou da extremidade da mesa. Estava inteiramente vestido de verde. Tudo o que ela podia ver de seu rosto eram os olhos, de um azul frio e metálico, que a encaravam por sobre uma máscara cirúrgica.

Ela se sentou, alarmada.

— Deite-se — ordenou o sujeito.

— O que diabos pensa que está fazendo?

— Eu disse, *deite-se*.

— Cara, vou embora daqui.

O sujeito segurou Molly pelo braço. Somente então, ela percebeu que ele usava luvas.

— Veja, não vou feri-la — disse ele, a voz mais suave, mais gentil. — Não entende? *Esta* é a minha fantasia.

— Brincar de médico?

— Sim.

— E eu sou a sua paciente?

— Sim. Isso a assusta?

Ela pensou algum tempo a respeito, lembrando-se de todas as outras fantasias de clientes que ela já aturara. Aquela, comparativamente, parecia relativamente moderada.

— Tudo bem — disse ela, em meio a um suspiro. E se deitou.

Ele ergueu os estribos e estendeu o apoio de pés na extremidade da mesa.

— Vamos lá, Molly — disse ele. — Certamente sabe o que fazer com seus pés.

— Preciso fazer isso?

— Sou o médico, lembra-se?

Ela olhou para o rosto mascarado, perguntando-se o que se escondia por trás daquele retângulo de tecido. Um homem perfeitamente ordinário, sem dúvida. Todos eram *muito* ordinários. Eram as suas fantasias que lhe causavam repulsa. E a assustavam.

Relutante, ela ergueu as pernas e posicionou-as nos estribos.

Então, ele liberou o pé da mesa, que ficou pendurado pelas dobradiças. Ela estava deitada com as pernas abertas, as nádegas expostas praticamente penduradas na extremidade da mesa. Ela se mostrava para homens todo o tempo, mas naquela posição sentia-se tremendamente vulnerável. Aquelas luzes brilhantes iluminando o vão entre as suas pernas. Sua completa nudez contra a mesa de exame. E o homem, cujo olhar era clínico e distante, se concentrava em sua anatomia mais íntima.

Ele atou uma tira de velcro ao redor de seu tornozelo.

— Ei — disse ela. — Não gosto que me amarrem.

— Eu gosto — murmurou ele, atando a outra tira. — Gosto de minhas meninas assim.

Ela fez uma careta quando ele inseriu os dedos enluvados em sua vagina. Ele se inclinou em direção a ela, o olhar concentrado, enquanto seus dedos sondavam mais profundamente. Molly fechou os olhos e tentou distanciar seus pensamentos daquilo que estava acontecendo entre as suas pernas, mas era difícil ignorar aquela sensação. Sentia como se um roedor estivesse abrindo um túnel dentro dela. Ele mantinha uma mão pressionada sobre seu abdome enquanto os dedos da outra mão se moviam lá dentro. Por algum motivo, parecia uma violação pior que uma mera trepada, e ela queria que ele acabasse logo com aquilo. *Está excitado, seu anormal?* pensou. *Já está de pau duro? Quando vai começar?*

Ele tirou a mão. Ela estremeceu, aliviada. Ao abrir os olhos, viu que ele não olhava mais para ela. Seu olhar estava concentrado em algo além de seu campo de visão. Ele meneou a cabeça.

Somente então, Molly percebeu que havia outra pessoa na sala.

Uma máscara de borracha se fechou sobre a sua boca e o seu nariz. Ela tentou evitar, mas sua cabeça foi pressionada com força sobre a mesa. Ela tentou desesperadamente retirar a máscara de anestesia. Imediatamente, suas mãos foram afastadas e seus pulsos atados com firmeza e eficiência. Inalou um gás de cheiro ácido e sentiu que queimava sua garganta. Seu peito se rebelou em um espasmo de tosse. Ela resistiu, mas a máscara não se movia.

Sem alternativa, inspirou outra vez. Agora, começava a sentir os membros dormentes. As luzes começaram a se apagar. Branco se tornando cinza.

Depois, negro.

Ela ouviu uma voz dizer:

— Tire o sangue agora.

Mas aquelas palavras nada significavam para ela. Nada.

— Cara, que sujeira você fez.

Ela conseguiu identificar a voz de Romy. Mas não entendia mais nada: onde estava, onde estivera.

Por que sua cabeça doía e sua garganta estava tão seca?

— Vamos lá, Molly Wolly. Abra os olhos.

Ela gemeu. O rumor da própria voz fazia a cabeça latejar.

— Abra a merda dos olhos, Molly. Você está empestando todo o quarto.

Ela se virou de costas. A luz se filtrou, vermelho sangue, através de suas pálpebras. Ela lutou para abri-los e olhar para o rosto de Romy.

Ele olhava para ela com uma expressão de desagrado nos olhos castanhos. Seus cabelos pretos estavam puxados para trás, repletos de brilhantina, e refletiam a luz como se fosse um capacete de bronze. Sophie também estava lá, expressão ligeiramente debochada, braços cruzados sobre os seios em forma de balão. Molly se sentiu ainda mais miserável ao ver Sophie e Romy tão próximos um do outro, como os velhos amantes que eram. Talvez ainda fossem. Aquela Sophie com cara de cavalo estava sempre por perto, tentando tirar Molly da jogada. Agora, estava no quarto de Molly, um lugar no qual ela não tinha o direito de estar.

Ultrajada, Molly tentou se sentar, mas sentiu vertigens e voltou a tombar sobre a cama.

— Estou enjoada — disse ela.

— Você *esteve* enjoada — disse Romy. — Agora, vá se limpar. Sophie vai ajudar você.

— Não quero que ela me toque. Mande-a embora.

Sophie fez pouco-caso.

— Eu não ia mesmo ficar no seu quarto vomitado, Senhorita Sem Peitos — disse ela antes de sair.

Molly gemeu.

— Não me lembro do que aconteceu, Romy.

— Não aconteceu nada. Você voltou e foi para a cama. E vomitou no travesseiro.

Mais uma vez, ela tentou se sentar. Ele não a ajudou, nem mesmo a tocou. Molly estava fedendo muito. Em vez disso, encaminhou-se para a porta, deixando-a sozinha para limpar os lençóis imundos.

— Romy — chamou.

— Sim?

— Como cheguei aqui?

Ele riu.

— Cara, você realmente encheu a cara, não é mesmo? — E saiu do quarto.

Ela ficou sentada na borda da cama por um bom tempo, tentando se lembrar do que acontecera nas últimas horas. Tentando afastar a tontura residual.

Havia um cliente. Disso, ela se lembrava. Um homem todo de verde. Uma sala com um espelho gigantesco. E uma mesa.

Mas ela não se lembrava de ter feito sexo. Talvez tivesse apagado da memória. Provavelmente fora uma experiência tão desagradável que ela a escondeu no subconsciente, como bloqueara a maior parte de sua infância. Apenas de vez em quando se permitia lembrar de sua infância. Geralmente das boas lembranças, pois tinha algumas boas recordações do tempo em que crescera em Beaufort, e podia conjurá-las ou suprimi-las sempre que desejasse.

Mas ela mal conseguia se recordar dos acontecimentos daquela tarde.

Meu Deus, ela estava fedendo. Molly olhou para a blusa e viu que estava manchada de vômito. Os botões estavam nas casas erradas, e a pele nua aparecia através de um vão no tecido.

Ela começou a se despir. Tirou a minissaia, desabotoou a blusa e jogou-as no chão em uma pilha. Então cambaleou até o chuveiro e ligou a água.

Fria. Ela queria água fria.

Debaixo da ducha, sentiu a cabeça começar a clarear e outra lembrança veio à tona. O homem de verde, de pé ao seu lado. Olhando para ela. E as correias prendendo seus pulsos e tornozelos.

Ela olhou para as mãos e viu as escoriações, como marcas circulares de algemas ao redor dos pulsos. Ele a amarrara, o que não era tão incomum. Homens e seus jogos perversos.

Então, seu olhar se voltou para outro hematoma, na dobra do braço esquerdo. Era tão tênue que ela quase não percebeu o pequeno círculo azulado. No centro da marca, como a mosca de um alvo, havia um furinho.

Ela lutou para se lembrar de uma agulha, mas não conseguiu. Tudo de que se lembrava era do homem com máscara de cirurgião.

E da mesa.

A água fria escorria por seus ombros. Trêmula, Molly olhou para a marca de agulha e perguntou-se do que mais ela havia se esquecido.

3

A voz de uma enfermeira a chamava pelo interfone na parede:
— Dra. Harper, precisamos de você aqui.

Toby Harper despertou assustada e percebeu que adormecera sobre a escrivaninha, com uma pilha de revistas de medicina como travesseiro. Relutante, ergueu a cabeça, ofuscada pela luz de leitura. O relógio de bronze sobre a mesa marcava 4h49. Teria realmente dormido durante quase quarenta minutos? Parecia ter baixado a cabeça havia pouco. As palavras da revista que lia começaram a se embaralhar e ela achou que devia dar um breve descanso para os olhos. Era tudo o que queria: apenas um breve descanso daquele texto enfadonho de letras dolorosamente miúdas. A revista ainda estava aberta na matéria que ela tentara absorver, a página agora amarrotada pelo peso de seu rosto. "Estudo controlado randomizado comparando a eficiência da lamivudina e da zidovudina no tratamento de pacientes com HIV com menos de 500 células CD4+ por centímetro cúbico." Ela fechou a revista. Meu Deus! Não admira que tivesse adormecido.

Ouviu-se uma batida à porta e Maudeen enfiou a cabeça na sala. A ex-major do Exército Maudeen Collins tinha uma voz de megafone que não combinava com sua altura, de 1,57m.

— Toby? Você não estava dormindo, certo?

— Acho que cochilei. O que aconteceu?

— Dedos dos pés doloridos.

— A essa hora?

— A colchicina do paciente acabou e ele acha que está sofrendo uma crise de gota.

Toby resmungou.

— Meu Deus! Por que esses pacientes não planejam as coisas com antecedência?

— Eles acham que somos uma farmácia 24 horas. Olhe, ainda estamos preenchendo a ficha dele. Então pode ir com calma.

— Já vou.

Após Maudeen sair, Toby se deu algum tempo para despertar por completo. Queria parecer alguém inteligente ao falar com o paciente. Levantou-se da escrivaninha e foi até a pia. Estava de plantão havia dez horas e, até então, fora um turno sem incidentes. Aquela era a parte legal de trabalhar em um subúrbio tranquilo como Newton. Com frequência, havia longos períodos em que quase nada ocorria na sala de emergência do hospital Springer, períodos nos quais Toby podia se esticar na cama dos médicos e tirar um cochilo caso necessário. Ela sabia que outros médicos da emergência também cochilavam, mas Toby geralmente resistia à tentação. Era paga para trabalhar no turno da noite de 12 horas, e parecia-lhe pouco profissional passar alguma dessas horas em estado de inconsciência.

Quanto profissionalismo, pensou, olhando-se no espelho. Ela adormecera no trabalho e via os efeitos daquilo no rosto. Seus olhos verdes estavam inchados. A tinta de impressão da revista de medicina estampara palavras em sua face. Seu caro corte de cabelo parecia ter sido agitado por um batedor de ovos, e os fios despontavam em pontas louras e curtas. Ali estava a precisa e elegante Dra. Harper como realmente era: nem um pouco elegante.

Contrariada, Toby ligou a torneira e limpou a tinta do rosto. Também molhou o cabelo e penteou-o para trás com os dedos. O caríssimo corte de cabelo já era. Ao menos não estava mais parecendo um dente-de-leão louro e felpudo. Nada podia fazer quanto aos olhos inchados ou às rugas de exaustão. Aos 38 anos, Toby não podia voltar de um plantão noturno como quando era uma estudante de medicina de 25.

Ela saiu da sala e desceu o corredor em direção à emergência. Não havia ninguém ali. A recepção estava vazia, a sala de espera, deserta.

— Olá? — chamou.
— Dra. Harper? — disse uma voz ao interfone.
— Onde estão todos?
— Na sala dos funcionários. Podia vir até aqui um instante?
— Não há um paciente precisando de mim?
— Temos um problema. Precisamos de você *agora*.

Problema? Toby não gostou do som daquela palavra. Imediatamente, seu coração disparou. Ela correu até a sala dos funcionários e abriu a porta.

Um flash de câmera fotográfica espocou. Ela ficou paralisada, enquanto um coro de vozes começou a cantar:

— *Parabéns pra você, nesta data querida...*

Toby olhou para as faixas vermelhas e verdes que oscilavam no teto. Então olhou para o bolo com velas acesas, dezenas de velas. Quando as últimas notas do "Parabéns" terminaram, ela cobriu o rosto com as mãos e resmungou:

— Não acredito. Eu esqueci completamente.

— Nós não — disse Maudeen, tirando outra foto com a sua Instamatic. — Está fazendo 17 anos, certo?

— Quem dera! Mas quem foi o palhaço que colocou um milhão de velas neste bolo?

Morty, o técnico de laboratório, ergueu a mão gorducha.

— Ei, ninguém me disse quando parar.

— É que Morty queria testar o nosso sistema anti-incêndio...

— Na verdade, é um teste de função pulmonar — disse Val, a outra enfermeira da emergência. — Para passar, Toby, tem de apagá-las com um único sopro.

— E se eu não conseguir?

— Então será *entubada*!

— Vamos, Toby. Faça um pedido! — disse Maudeen. — E faça-o alto, moreno e bonito.

— Na minha idade, eu me contento com um baixinho, gordinho e rico.

Arlo, o segurança, gritou:

— Ei! Tenho duas dessas três qualificações!

— Também é casado — rebateu Maudeen.

— Vamos, Toby! Faça um pedido!

— É, faça um pedido!

Toby sentou-se diante do bolo. Os outros quatro se reuniram ao lado dela, rindo e se acotovelando como crianças travessas. Eram a sua segunda família, ligados a ela não por laços consanguíneos, mas por anos de crises compartilhadas na emergência daquele hospital. A Brigada Feminina, como Arlo apelidara a equipe de emergência do turno da noite. Maudeen, Val e a doutora. Deus proteja o paciente que chegar com um problema urológico!

Um pedido, pensou Toby. *O que desejo? Por onde começar?* Ela inspirou e soprou. Todas as velas se apagaram e seguiu-se uma salva de palmas.

— Muito bem! — disse Val, e começou a tirar as velas do bolo. Subitamente, porém, olhou para a janela. Todos fizeram o mesmo.

Um carro da polícia de Newton, com luzes azuis piscando, acabara de entrar no estacionamento da emergência.

— Temos um paciente — disse Maudeen.

— Muito bem — suspirou Val. — As moças têm de ir trabalhar. E vocês, rapazes, não comam todo o bolo enquanto estivermos ocupadas.

Arlo inclinou-se em direção a Morty e murmurou.

— Ora, vamos, essas garotas estão sempre de dieta....

Toby liderou o grupo corredor abaixo. As três mulheres chegaram à recepção no momento em que as portas automáticas se abriram.

Um jovem policial enfiou a cabeça lá dentro.

— Ei, temos um senhor no carro. Nós o encontramos vagando pelo parque. Querem dar uma olhada nele?

Toby seguiu o policial até o estacionamento.

— Ele está ferido?

— Não parece. Mas está muito confuso. Não fede a álcool, portanto acho que talvez seja Alzheimer. Ou choque diabético.

Ótimo, pensou Toby. Um policial que acha que é médico.

— Ele está completamente consciente? — perguntou ela.

— Sim. Está no banco de trás.

O policial abriu a porta da viatura.

O homem estava completamente nu. Encolhia-se como uma bola de membros magrelos, a cabeça careca balançando para a frente e para trás. Murmurava algo para si mesmo, mas ela não conseguiu entender muito bem o que ele dizia. Algo a respeito de ter de se preparar para ir dormir.

— Encontrei-o no banco do parque — disse o outro policial, que parecia ainda mais jovem que o parceiro. — Ainda estava de cueca, mas tirou dentro do carro. Encontramos o restante de suas roupas no parque. Estão no banco da frente.

— Muito bem, melhor levá-lo para dentro. — Toby fez um sinal para Val, com a cabeça, que já havia providenciado uma cadeira de rodas.

— Vamos, camarada — disse o policial. — Essas gentis senhoras vão tomar conta de você.

O homem se encolheu ainda mais e começou a balançar sobre as nádegas descarnadas.

— Não encontro o meu pijama...

— Vamos lhe dar um pijama — disse Toby. — Venha conosco, senhor. Vamos lhe dar uma carona nesta cadeira.

Lentamente, o homem se voltou e olhou para ela.

— Mas eu não a conheço.

— Sou a Dra. Harper. Por que não me ajuda a tirá-lo do carro?
— Ela lhe estendeu a mão.

O velho olhou como se nunca tivesse visto uma mão. Finalmente, aceitou. Ela o apoiou pela cintura e ajudou-o a sair do carro. Era como erguer um fardo de gravetos secos. Val posicionou a cadeira de rodas no exato instante em que as pernas do velho pareceram lhe faltar. Ele foi atado à cadeira e pousaram seus pés descalços sobre os estribos. Então, Val o empurrou através das portas da emergência. Toby e um dos policiais com cara de menino os seguiram alguns passos atrás.

— Algum antecedente? — perguntou Toby.

— Não, senhora. Ele não nos deu nenhuma informação. Mas não parece ferido.

— Portava algum documento?

— Há uma carteira no bolso das calças dele.

— Muito bem, precisamos entrar em contato com o parente mais próximo e descobrir se ele tem algum problema médico.

— Vou pegar as coisas dele no carro.

Toby entrou na sala de exames.

Maudeen e Val já haviam deitado o paciente em uma maca e agora atavam seus pulsos aos trilhos laterais. Ele murmurava algo sobre seu pijama e tentava se sentar, sem muito sucesso. Com exceção de um lençol discretamente jogado sobre a virilha, estava nu. Espasmos de calafrios intermitentes arrepiavam-lhe o peito e os braços.

— Ele disse que se chama Harry — disse Maudeen, atando um esfigmomanômetro, um aparelho de pressão ao redor do braço do homem. — Sem anel de casamento. Nenhum ferimento óbvio. Cheira como alguém que precisa de um banho.

— Harry — disse Toby. — Você está ferido em algum lugar? Está sentindo alguma dor?

— Apaguem a luz. Quero dormir.

— Harry...

— Não posso dormir com essas malditas luzes acesas.

— Pressão arterial em 150 por 80 — disse Maudeen. — Pulso a 100 e regular. — Ela pegou o termômetro eletrônico. — Vamos, querido. Abra a boca.

— Não estou com fome.

— Não é para comer, querido. Vou medir a sua temperatura.

Toby se afastou um instante e olhou para o velho. Movia os quatro membros e, embora fosse magro, parecia bem alimentado, músculos enxutos e rijos. Era sua higiene pessoal que a incomodava. Tinha no rosto uma barba grisalha de ao menos uma semana e suas unhas estavam sujas e compridas. Maudeen tinha razão quanto ao cheiro. Harry definitivamente precisava de um banho.

O termômetro eletrônico apitou. Maudeen tirou-o da boca do velho e franziu as sobrancelhas.

— Marca 37,9. Está se sentindo bem?

— Onde está o meu pijama?

— Meu Deus, você é mesmo obstinado.

Toby examinou-lhe a boca com uma lanterna portátil e viu o brilho de cinco coroas de ouro. Dá para saber um bocado sobre a posição socioeconômica de um paciente apenas olhando para seus dentes. Obturações e coroas de ouro significavam classe média. Ou alta. Dentes podres e doenças de gengiva representavam *conta bancária vazia*. Ou um medo mórbido de dentistas. Não fedia a álcool nem a fruta, o que indicaria cetose diabética.

A médica começou o exame físico da cabeça do paciente. Ao correr os dedos pelo seu couro cabeludo, não detectou fraturas ou protuberâncias óbvias. Com a lanterna portátil, verificou a reação de suas pupilas. Normais. Assim como seus movimentos extraoculares e os reflexos de sua faringe. Todos os nervos cranianos pareciam intactos.

— Por que não vai embora? — reclamou. — Quero dormir.

— Você se feriu, Harry?

— Não encontro o maldito pijama. Vocês pegaram o meu pijama?

Toby olhou para Maudeen.

— Muito bem, vamos pedir alguns exames de sangue. Hemograma completo, eletrólitos, glicose. Tire algumas amostras extras para a Bioquímica e exame toxicológico. Provavelmente teremos de colher urina.

— Certo. — Maudeen já colocara o torniquete e estava com a seringa a postos. Enquanto Val imobilizava o braço do paciente, Maudeen tirou o sangue. O paciente mal pareceu ter sentido a picada da agulha.

— Tudo bem, querido — disse Maudeen, aplicando uma bandagem no lugar da picada. — Você é um bom paciente.

— Você sabe onde coloquei o meu pijama?

— Vou lhe trazer um pijama novo agora mesmo. Apenas espere um pouco. — Maudeen recolheu as amostras de sangue. — Vou mandar como "Fulano de Tal".

— O nome é Harry Slotkin — disse um dos policiais, que voltara da viatura e agora estava à porta da sala de exames, erguendo a calça de Harry. — Verifiquei na carteira dele. De acordo com o documento de identidade, tem 72 anos e mora em Titwillow Lane, 119. Fica estrada acima, naquele novo condomínio em Brant Hill.

— Parente mais próximo?

— Há um contato de emergência aqui. Alguém chamado Daniel Slotkin. É um número de Boston.

— Vou ligar para ele — disse Val antes de sair da sala, fechando a cortina ao passar.

Toby foi deixado a sós com o paciente e voltou ao exame físico. Ouviu coração e pulmões, apalpou-lhe o abdome, verificou-lhe os tendões. Cutucou, apertou, espremeu, mas não descobriu nada fora do comum. Talvez fosse apenas Alzheimer, pensou, afastando-se para observar o paciente. Ela conhecia bem os sinais da doença: a memória em ruínas, o perambular noturno. O fracionamento da personalidade, quebrando-se um pedaço de cada vez. A escuridão era angustiante para esses pacientes. Sem a luz do dia, perdiam seus vínculos visuais com a realidade. Talvez Harry Slotkin fosse uma vítima da Síndrome do Entardecer: a psicose noturna tão comum a pacientes com Alzheimer.

Toby pegou a prancheta da emergência e começou a escrever, usando o código de abreviaturas médicas. SSVV para sinais vitais estáveis. PIRRL para pupilas iguais, redondas, reagentes à luz.

— Toby? — chamou Val através da cortina. — Estou com o filho do Sr. Slotkin ao telefone.

— Estou indo — disse Toby. Ela se voltou para afastar a cortina. Não se deu conta de que havia um estande de instrumentos do outro lado. Ela se chocou contra a bandeja e uma bacia caiu no chão, fazendo barulho.

Quando Toby se curvou para pegá-la, ouviu outro som às suas costas: um chocalhar estranho, ritmado. Ela olhou para a maca.

A perna direita de Harry Slotkin se agitava para a frente e para trás.

Será que está tendo convulsões?

— Sr. Slotkin! — disse Toby. — Olhe para mim. Harry, olhe para mim!

O homem se voltou para ela. Ainda estava consciente, ainda era capaz de entender o que lhe diziam. Embora seus lábios se movessem formando palavras, nenhum som era emitido.

Os espasmos pararam subitamente e a perna ficou imóvel.

— Harry?

— Estou tão cansado — disse ele.

— O que houve, Harry? Estava tentando mexer a perna?

Ele fechou os olhos e suspirou.

— Apague a luz.

Toby franziu as sobrancelhas. Teria sido uma convulsão? Ou apenas uma tentativa de livrar o tornozelo atado à maca? Parecia bastante calmo agora, ambas as pernas imóveis.

Ela atravessou a cortina e foi até o posto das enfermeiras.

— O filho está na linha três — disse Val.

Toby ergueu o fone do gancho.

— Olá, Sr. Slotkin? Aqui é a Dra. Harper, do Hospital Springer. Seu pai foi trazido para a nossa emergência há algum tempo. Não parece ferido, mas...

— O que há de errado com ele?

Toby fez uma pausa, surpresa com a rudeza da resposta de Daniel Slotkin. Teria pressentido irritação ou medo naquela voz? Ela respondeu calmamente:

— Ele foi encontrado em um parque e trazido para cá pela polícia. Está agitado e confuso. Não consigo detectar nenhum problema neurológico. Seu pai tem algum histórico de Alzheimer? Algum problema médico?

— Não. Ele nunca ficou doente.

— E não há nenhum histórico de demência?

— Meu pai é tão lúcido quanto eu.

— Quando o viu pela última vez?

— Não sei. Há alguns meses, creio eu.

Toby absorveu a informação em silêncio. Se Daniel Slotkin residia em Boston, então vivia a menos de 35 km dali. Certamente não era uma distância que justificasse um contato tão esporádico entre pai e filho.

Como se pressentindo a pergunta não feita, Daniel Slotkin acrescentou:

— Meu pai tem uma vida muito ocupada. Golfe. Joga pôquer todo dia no country clube. Não é fácil encontrar uma oportunidade para nos vermos.

— Ele estava lúcido há alguns meses?

— Olhe, na última vez em que eu estive com meu pai, ele me deu uma aula sobre estratégia de investimentos. De opções da bolsa ao preço do grão de soja. Ele estava mais lúcido que *eu*.

— Ele toma algum remédio?

— Não que eu saiba.

— Sabe o nome do médico dele?

— Ele vai a um especialista em uma clínica particular em Brant Hill, onde ele mora. Acho que o nome do médico é Wallenberg. Me diga, quão confuso meu pai *realmente* está?

— A polícia o encontrou em um banco de parque. Estava nu.

Houve um longo silêncio.

— Meu Deus!

— Não descobri nenhum ferimento. E como você diz não haver nenhum histórico de demência, alguma patologia aguda deve estar ocorrendo. Talvez um pequeno derrame. Ou algum problema metabólico.

— Metabólico?

— Excesso de açúcar no sangue, por exemplo. Ou um baixo nível de sódio. Ambos podem causar confusão.

Ela ouviu o homem exalar profundamente, demonstrando cansaço. E, talvez, frustração. Eram 5 da manhã. Ser acordado àquela hora para enfrentar uma crise assim deixaria qualquer um desanimado.

— Seria bom se pudesse vir até aqui — disse Toby. — Talvez um rosto familiar seja reconfortante para ele.

O homem ficou em silêncio.

— Sr. Slotkin?

Ele suspirou.

— Acho que tenho de ir.

— Se houver mais alguém da família que eu possa...

— Não, não há mais ninguém. De qualquer modo, ele esperaria que eu aparecesse. Para ter certeza de que tudo está sendo feito de acordo.

Quando Toby desligou, as últimas palavras de Daniel Slotkin soaram-lhe levemente ameaçadoras: *Para ter certeza de que tudo está sendo feito de acordo*. E por que ela *não* faria tudo de acordo?

Toby pegou o telefone e deixou uma mensagem na secretária eletrônica da Clínica Brant Hill, dizendo que seu paciente, Harry Slotkin, estava na emergência, confuso e desorientado. Então, bipou o técnico de radiologia do Hospital Springer.

Pouco depois, o técnico de radiologia ligou de sua casa, a voz grogue de sono.

— Aqui é Vince. Você me bipou?

— Aqui é a Dra. Harper, da emergência. Precisamos que venha imediatamente fazer uma tomografia de crânio.

— Qual o nome do paciente?

— Harry Slotkin. Tem 72 anos e apresenta confusão de início recente.

— Certo. Estarei aí em dez minutos.

Toby desligou e olhou para suas anotações. *O que deixei de perceber?*, perguntou-se. *O que mais deveria procurar?* Ela reviu todas as causas prováveis de demência de início recente. Derrames. Tumores. Hemorragia intracraniana. Infecções.

Ela olhou para novamente os sinais vitais. Novamente Maudeen registrara uma temperatura oral de 37,9C. Não era uma febre, mas também não era muito normal. Harry precisaria de uma punção lombar, mas não até a tomografia ser realizada. Se houvesse alguma massa em seu crânio, uma punção lombar poderia causar uma catastrófica alteração na pressão do cérebro.

O ruído de uma sirene a fez erguer a cabeça.

— O que será agora? — disse Maudeen.

Toby levantou-se e já estava à entrada da emergência quando a ambulância estacionou. A porta de trás do veículo se abriu.

— Temos uma emergência! — gritou o motorista.

Todos correram para desembarcar a maca. Toby viu rapidamente uma mulher obesa, rosto pálido, mandíbula flácida. Um tubo endotraqueal já fora inserido em sua garganta.

— Perdemos a pressão dela a caminho do hospital. Achamos melhor parar aqui, em vez de ir para o Hahnemann.

— Qual o histórico? — perguntou Toby.

— Encontrada caída no chão. Teve um infarto do miocárdio há seis semanas. O marido disse que ela está tomando digoxina.

Levaram a paciente às pressas para a sala de emergência, o motorista massageando-lhe o peito de modo desajeitado, enquanto a maca atravessava o corredor e entrava na sala de trauma. Val acionou o interruptor e as lâmpadas do teto se acenderam.

— Muito bem, todo mundo ajudando. Esta é pesada. Cuidado com o acesso venoso! Um, dois, três, *agora*! — gritou Maudeen.

Em um suave movimento, quatro pares de mãos tiraram a paciente da maca da ambulância e a pousaram sobre a mesa de tratamento. Não era preciso dizer o que fazer. Apesar da aparente confusão, havia ordem no caos. O motorista voltou a fazer compressões torácicas. O outro paramédico continuou bombeando oxigênio para os pulmões da paciente. Maudeen e Val trabalhavam ao redor da mesa desembaraçando as vias de acesso venoso e conectando cabos de ECG ao monitor cardíaco.

— Temos um ritmo sinusal — disse Toby, olhando para a tela. — Parem as compressões um segundo.

O motorista parou de bombear o tórax.

— Mal sinto o pulso — disse Val.

— Aumente a hidratação venosa — disse Toby. — Já temos alguma pressão?

Val ergueu a cabeça do esfigmomanômetro.

— Está em 50 por zero. Dopamina?

— Vá em frente. Retomem as compressões.

O motorista cruzou as mãos sobre o esterno da paciente e voltou a bombear. Maudeen correu até o carrinho de emergência e pegou ampolas e seringas.

Toby levou o estetoscópio ao peito da paciente e auscultou o pulmão direito, depois o esquerdo. Ouviu sons de respiração distintos em ambos os lados. Aquilo indicava que o tubo endotraqueal estava bem posicionado e que os pulmões estavam se enchendo de ar.

— Parem as compressões — disse ela, levando o estetoscópio ao coração.

Mal conseguia ouvi-lo bater.

Voltando a olhar para o monitor, viu um rápido ritmo sinusal estampado na tela. O sistema elétrico do coração estava intacto. Por que a mulher não tinha pulso? Ou a paciente estava em choque por perda de sangue ou...

Toby olhou para o pescoço e a resposta ficou evidente. A obesidade da mulher escondera o quanto suas jugulares estavam dilatadas.

— Você disse que ela teve um infarto do miocárdio há seis semanas? — perguntou Toby.

— É — resmungou o motorista ao reiniciar as compressões. — Foi o que o marido disse.

— Algum outro remédio além de digoxina?

— Havia um frasco grande de aspirina na mesa de cabeceira. Acho que ela sofre de artrite.

É isso, pensou Toby.

— Maudeen, me dê uma seringa de 50ml e uma agulha cardíaca.

— É pra já.

— E me passe algumas luvas e um chumaço de algodão com betadine!

O pacote voou em sua direção. Toby pegou-o no ar e o abriu.

— Pare com as compressões — ordenou.

O motorista se afastou.

Toby pincelou o antisséptico sobre a pele, então pegou as luvas e a seringa de 50ml. Olhou uma última vez para o monitor. Ainda pulsava em um rápido ritmo sinusal. Ela inspirou profundamente.

— Muito bem. Vejamos se vai funcionar... — Usando a protuberância óssea do processo xifoide como referência, ela furou a pele e inclinou a ponta da agulha em direção ao coração. Sentia o próprio pulso martelando enquanto empurrava a agulha lentamente. Ao mesmo tempo, puxava o êmbolo, exercendo lenta pressão negativa.

O sangue irrompeu na seringa.

Toby parou imediatamente. Suas mãos estavam absolutamente firmes. *Meu Deus, que a agulha esteja no lugar certo!* Ela puxou o êmbolo, gradualmente sugando o sangue para a seringa: 20, 30, 35ml.

— Pressão arterial? — gritou, e ouviu o esfigmomanômetro sendo inflado.

— Sim! Confere! — disse Val. — 80 por 50!

— Acho que sei o que temos aqui — disse Toby. — Precisamos de um cirurgião. Maudeen, ligue para o Dr. Carey. Diga-lhe que temos um tamponamento pericárdico.

— Por causa do infarto? — perguntou o motorista.

— Além de ter tomando altas doses de aspirina, de modo que está sujeita a hemorragias. Ela provavelmente abriu um buraco no miocárdio.

Cercado de sangue no compartimento fechado do pericárdio, o coração não consegue se expandir. Fica incapaz de bombear.

A seringa estava cheia. Toby retirou a agulha.

— Pressão a 95 — disse Val.

Maudeen desligou o telefone.

— O Dr. Carey e sua equipe estão a caminho. Ele pediu que a mantivéssemos estabilizada.

— Mais fácil dizer do que fazer — murmurou Toby, os dedos buscando o pulso da paciente. Pôde senti-lo, mas continuava fraco. — Provavelmente está acumulando outra vez. Vou precisar de outra seringa e agulha. Preciso imediatamente do seu tipo sanguíneo, compatibilidade imunológica, hemograma completo e eletrólitos.

Maudeen pegou um punhado de tubos de coleta.

— Oito unidades?

— Pelo menos. Sangue total, se tivermos. E mande descer plasma fresco congelado.

— Pressão caindo para 85 — disse Val.

— Merda. Teremos de fazer isso de novo.

Toby abriu um pacote com seringas e jogou fora a embalagem. O chão já estava coalhado pelos restos de papel e plástico que se acumulavam a cada emergência. *Quantas vezes terei de fazer isso de novo?*, perguntou-se ao posicionar a agulha. *Venha logo para cá, Carey. Não posso salvar esta mulher sozinha...*

Toby também não tinha certeza se o Dr. Carey conseguiria salvar a paciente. Se a mulher *de fato* tivesse um buraco aberto na parede ventricular, então ela precisaria de mais que um cirurgião torácico — precisaria de toda uma equipe de ponte cardíaca. O Hospital Springer era uma pequena instalação suburbana, perfeitamente capaz de lidar com cesarianas ou simples remoções de vesícula, mas não estava equipado para lidar com grandes cirurgias. Equipes de ambulância transportando vítimas de traumas graves normalmente passavam direto pelo Hospital Springer e se dirigiam a um grande centro médico como o Brigham ou o Mass General.

Contudo, naquela manhã, a ambulância inadvertidamente entregara uma crise cirúrgica à porta de Toby. E ela não tinha treinamento nem equipe para salvar a vida daquela mulher.

A segunda seringa já estava cheia de sangue. Mais 50ml. E não coagulava.

— Pressão voltando a cair — disse Val. — Oitenta...

— Doutora, ela está com taquicardia ventricular! — interrompeu um dos paramédicos.

Toby olhou para o monitor. O ritmo se deteriorara em um padrão serrilhado. O coração estava usando apenas duas de suas quatro câmaras agora, batendo rápido demais para ser eficiente.

— Desfibrilador! — gritou Toby. — Vamos começar com 300 joules.

Maudeen apertou o botão de carga do desfibrilador. A agulha saltou para 300 watts por segundo.

Toby adaptou as pás do desfibrilador ao peito da paciente. Cobertos de gel, elas garantiriam atrito elétrico com a pele. Ela posicionou as pás.

— Afastem! — disse ela. E apertou o botão de descarga.

A paciente se agitou, todos os músculos se contraindo simultaneamente enquanto a corrente percorria seu corpo.

Toby olhou para o monitor.

— Muito bem, voltamos ao ritmo sinusal.

— Sem pulso. Não sinto o pulso — disse Val.

— Retomar RCP! — disse Toby. — Quero outra seringa.

Enquanto abria o pacote e adaptava a agulha de pericardiocentese, Toby sabia que estava perdendo a batalha. Por mais sangue que sugasse, mais se acumularia, comprimindo o coração. *Apenas mantenha-a viva até a chegada do cirurgião*, pensou Toby, e essas palavras se tornaram seu mantra. *Mantenha-a viva. Mantenha-a viva...*

— Outra vez em taquicardia ventricular! — disse Val.

— Carga em 300. Apliquem lidocaína...

O telefone de parede tocou. Maudeen atendeu. Pouco depois, ela gritou:

— Morty está com dificuldade para fazer a prova cruzada do sangue que enviei! A paciente é B negativo!

Merda! O que mais poderia dar errado? Toby colocou as pás no peito da paciente.

— Afastem-se!

Mais uma vez, o corpo da paciente se contraiu. Outra vez, o ritmo voltou a um sinusal rápido.

— Sentindo o pulso — disse Val.

— Apliquem a lidocaína *agora*. Onde está o nosso plasma fresco congelado?

— Morty está cuidando disso — disse Maudeen.

Toby olhou para o relógio. Estavam tratando a paciente havia quase vinte minutos. Pareciam horas. Cercada pelo caos, com o telefone tocando e todo mundo falando ao mesmo tempo, ela se sentiu subitamente desorientada. Dentro das luvas, suas mãos suavam e a borracha agarrava à pele. A crise estava saindo de controle....

Controle era o lema de Toby. Ela lutava para manter sua vida e seu lugar de trabalho em ordem. Agora, aquela emergência estava saindo de controle e ela nada podia fazer para evitar. Não fora treinada para abrir um tórax e costurar um ventrículo rompido.

Ela olhou para o rosto da mulher. Estava mosqueado, a papada flácida começando a ficar roxa. Ela sabia que suas células cerebrais estavam famintas. Morrendo.

O motorista da ambulância, exausto com as compressões torácicas, cedeu lugar ao colega paramédico. Um novo par de mãos começou a bombear.

No monitor, o ritmo cardíaco deteriorava em uma caótica linha serrilhada. Fibrilação ventricular. Um ritmo fatal.

A equipe respondeu com a estratégia de sempre. Mais doses de antiarrítmicos. Lidocaína. Bretílio. Cargas cada vez mais altas. Desesperada, Toby retirou mais 50ml de sangue do pericárdio.

O ritmo cardíaco se tornou uma linha irregular.

Toby olhou para os outros. Todos sabiam que estava acabado.

— Muito bem. — Toby emitiu um profundo suspiro, e sua voz soou friamente calma. — Chega. Que horas são?

— São 6h11 — disse Maudeen.

Nós a mantivemos viva durante 45 minutos, pensou Toby. Era o melhor que podíamos fazer. O melhor que qualquer um poderia fazer.

Os paramédicos se afastaram. Os outros também. Aquele afastamento físico, aqueles poucos segundos de silêncio respeitoso, eram quase instintivos.

A porta se abriu e o Dr. Carey, cirurgião de tórax, fez sua entrada dramática habitual.

— Onde está o tamponamento? — perguntou.

— Ela acabou de falecer — disse Toby.

— O quê? Vocês a estabilizaram?

— Tentamos. Não conseguimos mantê-la estável.

— Bem, quanto tempo a mantiveram viva?

— Acredite — disse Toby. — Foi tempo o bastante. — Ela passou por ele e saiu da sala.

No posto das enfermeiras, ela se sentou para pôr os pensamentos em ordem antes de preencher o relatório da emergência. Podia ouvir o Dr. Carey na sala de trauma, queixando-se com a voz alterada. Eles o tiraram da cama às 5h30 da manhã. E para quê? Para cuidar de uma paciente que não podia ser estabilizada? Será que não podiam *pensar* antes de arruinarem sua noite de sono? Será que não sabiam que ele teria um dia inteiro pela frente na sala de cirurgia?

Por que os cirurgiões são tão babacas?, perguntou-se Toby, e deixou a cabeça em suas mãos. Meu Deus, será que aquela noite nunca acabaria? Tinha mais uma hora pela frente....

Com a fadiga que lhe conturbava a mente, ouviu a porta da emergência se abrir.

— Perdão — disse uma voz. — Estou aqui para ver o meu pai.

Toby olhou para o homem em pé à sua frente. Rosto magro, sem sorriso, olhava para ela com uma expressão quase amarga nos lábios.

Toby levantou-se.

— É o Sr. Slotkin?

— Sim.

— Sou a Dra. Toby Harper.

Ela estendeu a mão. Ele a tomou automaticamente, sem qualquer entusiasmo. Até mesmo sua pele era fria. Embora fosse ao menos trinta anos mais jovem que o pai, a semelhança do sujeito com Harry Slotkin era óbvia. O rosto de Daniel Slotkin tinha os mesmos ângulos abruptos, as mesmas sobrancelhas estreitas. Mas os olhos daquele homem eram diferentes. Eram pequenos, escuros e infelizes.

— Ainda estamos avaliando o seu pai — disse ela. — O resultado dos exames ainda não chegou.

Ele olhou ao redor da sala de emergência e emitiu um suspiro de impaciência.

— Preciso voltar à cidade às 8 horas. Posso vê-lo agora?

— Claro. — Toby saiu de trás da escrivaninha e o levou até o quarto de Harry Slotkin.

Ao abrir a porta, viu que o quarto estava vazio.

— Devem tê-lo levado à radiografia. Vou ligar para ver se já terminou.

Slotkin seguiu-a de volta à recepção e a observou enquanto ela pegava o telefone. Seu olhar a deixava inquieta. Toby deu-lhe as costas e discou.

— Radiografia — respondeu Vince.
— Aqui é a Dra. Harper. Como vai a tomografia?
— Ainda não comecei. Estou arrumando as coisas por aqui.
— O filho do paciente deseja vê-lo. Vou mandá-lo para aí.
— O paciente não está aqui.
— O quê?
— Ele não está aqui. Ainda está na emergência.
— Mas eu verifiquei o quarto. Ele não... — Toby fez uma pausa. Daniel Slotkin estava ouvindo, e perceberia o alarme em sua voz.
— Algum problema? — perguntou Vince.
— Não. Nenhum. — Toby desligou e olhou para Slotkin. — Com licença — disse ela, e seguiu pelo corredor até a sala de exames número três. Ela abriu a porta. Nada de Harry Slotkin. Mas a maca estava ali, e o lençol que usaram para cobri-lo encontrava-se caído no chão.

Alguém deve tê-lo posto em outra maca e levado a outro quarto.

Toby foi até a sala de exame número quatro e abriu a cortina. Nada de Harry Slotkin.

Ela sentiu o coração disparar enquanto descia o corredor até a sala de exame número dois. As luzes estavam apagadas. Ninguém instalaria um paciente em um quarto escuro. Ainda assim, Toby acendeu a luz.

Outra maca vazia.

— Vocês não sabem onde puseram o meu pai? — perguntou Daniel Slotkin, que a seguira pelo corredor.

Ignorando a pergunta, ela entrou na sala de trauma e fechou a cortina.

— Onde está o Sr. Slotkin? — murmurou Toby para a enfermeira.

— Aquele velho? — perguntou Maudeen. — Vince não o levou à radiologia?

— Disse que não. Mas não consigo encontrar o sujeito. E o filho está aí fora.

— Olhou na sala três?

— Olhei em *todas* as salas!

Maudeen e Val se entreolharam.

— Melhor verificarmos nos saguões — disse Maudeen. Então ela e Val saíram correndo pelo corredor.

Toby foi deixada para trás para lidar com o filho.

— Onde ele está? — perguntou Slotkin.

— Estamos tentando localizá-lo.

— Imaginei que ele estivesse na sua emergência.

— Houve uma confusão.

— Ele está aqui ou não está?

— Sr. Slotkin, por que não se senta na sala de espera? Vou lhe trazer um café...

— Não quero um café. Meu pai está tendo uma crise e vocês não conseguem encontrá-lo?

— As enfermeiras estão verificando na radiografia.

— Achei que tivesse acabado de ligar para lá!

— Por favor, se o senhor se sentar na sala de espera, vamos descobrir exatamente o que... — A voz de Toby falseou quando viu duas enfermeiras correndo em sua direção.

— Chamamos Morty — disse Val. — Ele e Arlo estão verificando no estacionamento.

— Vocês não o encontraram?

— Ele não pode ter ido muito longe.

Toby sentiu o sangue se esvair de seu rosto. Tinha medo de encarar Daniel Slotkin. Medo do olhar dele. Mas não conseguia deixar de ouvir sua contrariedade.

— O que está acontecendo aqui? — perguntou.

As duas enfermeiras não disseram coisa alguma. Ambas olharam para Toby. Ambas sabiam que, na emergência, o médico era o capitão do navio. Aquele sobre o qual pesava a última responsabilidade. A culpa definitiva.

— Onde está meu pai?

Lentamente, Toby voltou-se para Daniel Slotkin. A resposta veio em um murmúrio quase inaudível:

— Eu não sei.

Estava escuro, seus pés doíam, e ele sabia que tinha de ir para casa. O problema era que não lembrava *como* ir para casa. Harry Slotkin nem mesmo se lembrava como fora parar naquela rua deserta. Pensou em ir até uma das casas e pedir ajuda, mas todas as janelas pelas quais passou estavam escuras. Se batesse a uma daquelas portas e pedisse ajuda, haveria perguntas, luzes ofuscantes e ele certamente seria humilhado. Harry era um homem orgulhoso. Não o tipo de pessoa que pedia ajuda a ninguém. Também não oferecia ajuda a ninguém, nem mesmo ao filho. Ele sempre acreditara que, a longo prazo, a caridade aleijava, e ele não queria criar um aleijado. *Força é independência. Independência é força.*

De algum modo, ele encontraria o caminho de casa.

Se ao menos o anjo aparecesse.

Ela viera a ele naquele lugar horroroso, onde fora deitado sobre uma mesa fria e as luzes o cegaram, o lugar no qual estranhos o haviam furado com agulhas e o cutucado com dedos inquisitivos.

Então, o anjo apareceu. Ela não o feriu. Em vez disso, sorriu-lhe enquanto desatava-lhe mãos e pés.

— Vá, Harry! — sussurrou. — Antes que voltem para buscá-lo.

Agora, ele estava livre. Ele escapara. Bom para ele!

Harry continuou descendo a rua de casas escuras e silenciosas, buscando algum referencial familiar. Qualquer coisa que lhe dissesse onde estava.

Devo ter me perdido, pensou. *Saí para passear e me perdi.*

Subitamente, sentiu dor no pé. Ele olhou e parou, atônito.

Sob a luz de um poste, viu que estava descalço.

Também estava sem meias. Harry olhou para os pés descalços. Para as pernas expostas. Para o pênis flácido, enrugado e absolutamente digno de pena.

Estou nu!

Em pânico, olhou ao redor para ver se alguém olhava para ele. A rua estava deserta.

Cobrindo os genitais com as mãos, saiu de baixo do poste, buscando abrigo na escuridão. Quando perdera suas roupas? Não conseguia se lembrar. Sentou-se no gramado frio de uma casa e tentou pensar, mas o pânico apagara a lembrança do que acontecera mais cedo naquela noite. Ele começou a gemer enquanto se balançava para a frente e para trás sobre os pés descalços.

Quero ir para casa. Por favor, oh por favor, se ao menos eu pudesse acordar em minha cama...

Agora, abraçava os próprios ombros, tão perdido de desespero que não viu os faróis dobrando a esquina ao longe. Apenas quando a van parou ao seu lado, Harry percebeu que fora visto. Ele apertou os braços com mais força, encolhendo-se em um trêmulo abraço.

Ouviu uma voz em meio à escuridão:

— Harry?

Ele não ergueu a cabeça. Tinha medo de se erguer, medo de revelar a nudez humilhante. Ele tentou se encolher em uma bola cada vez mais apertada.

— Harry, vou levá-lo para casa.

Lentamente, ele ergueu a cabeça. Não conseguia ver o rosto do motorista, mas reconhecia a voz. Ou achou reconhecer.

— Entre na van, Harry.

Ele se balançou sobre os calcanhares e sentiu a grama molhada contra as nádegas nuas.

— Mas eu estou sem roupa!

— Você tem roupas em casa. Um armário inteiro de ternos. Lembra-se?

Ouviu-se o ruído de metal correndo sobre metal.

Harry ergueu a cabeça e viu que a porta da van estava aberta. Estava escuro lá dentro. Ele percebeu a silhueta de um homem ao lado do veículo.

O homem estendeu-lhe a mão.

— Venha, Harry — murmurou. — Vamos para casa.

4

Quão difícil pode ser encontrar um homem nu?

Toby estava sentada em seu carro, olhando atentamente para o estacionamento do hospital. A manhã já ia avançada e a luz do sol parecia-lhe dolorosamente clara para seus olhos habituados à noite. Quando o sol aparecera? Ela não o vira nascer, não desfrutara de um único momento livre para olhar para fora, e a luz do dia agredia suas retinas. Era isso que conseguia por escolher o turno do cemitério: estava se transformando em uma criatura da noite.

Ela suspirou e ligou o Mercedes. Finalmente, era hora de ir para casa, hora de deixar para trás os desastres daquela noite.

Contudo, ao se afastar do Hospital Springer, sentia-se incapaz de deixar de lado a depressão. No intervalo de uma hora, perdera dois pacientes. A morte da mulher era inevitável, nada poderia ter feito para salvá-la. Já Harry Slotkin era outro assunto. Durante quase uma hora, Toby deixara sozinho um paciente confuso. Ela fora a última pessoa a ver Harry e, embora tentasse, não conseguia se lembrar se atara os pulsos dele antes de sair da sala. *Devo tê-lo deixado desatado. É o único meio de ele ter conseguido escapar. Foi minha culpa. Harry foi minha culpa.*

Mesmo que *não* tivesse sido culpa dela, ainda assim Toby era a líder da equipe, a pessoa responsável. Agora, em algum lugar, um velho perambulava, nu e confuso.

Ela reduziu a velocidade. Embora soubesse que a polícia já havia buscado naquela área, vasculhava as ruas, esperando ver o paciente fugitivo. Newton era um subúrbio relativamente seguro de Boston e a vizinhança agora parecia próspera. Toby entrou em uma rua residencial orlada de árvores e viu casas bem cuidadas, cercas vivas bem aparadas, entradas de veículo com portões de ferro. Não era o tipo de vizinhança em que um velho seria atacado. Alguém talvez o tivesse levado. Naquele exato momento, era possível que Harry estivesse sentado em uma cozinha confortável, fazendo o desjejum.

Onde está você, Harry?

Toby contornou a vizinhança, tentando ver aquelas ruas com os olhos de Harry. Estaria escuro, ele estava confuso e provavelmente sentindo frio, pois estava sem roupas. Para onde tentaria ir?

Casa. Ele tentaria encontrar o caminho para Brant Hill.

Ela parou duas vezes para pedir informações. Quando finalmente chegou ao desvio de acesso para a estrada de Brant Hill, quase passou direto. Não havia placas, e a entrada era sinalizada apenas por dois pilares de pedra. O portão estava aberto. Ela parou entre os pilares e viu duas letras sobre o portão de ferro fundido: um *B* e um *H* elegantemente barroco. Além desses pilares, a estrada serpeava e desaparecia por trás de um bosque de árvores decíduas.

Então aqui é a vizinhança de Harry, pensou.

Ela atravessou o portão e seguiu rumo a Brant Hill.

Embora a estrada tivesse sido recentemente pavimentada, as árvores de bordo e os carvalhos que a ladeavam estavam maduros. Algumas folhas já apresentavam as primeiras tonalidades avermelhadas do outono. Já era setembro, pensou. Quando o verão fora embora? Ela seguiu a estrada sinuosa, olhando para as árvores de ambos os lados, percebendo a pesada vegetação secundária e todos os lugares sombrios que podiam ocultar um cadáver. Teria a polícia vasculhado os arbustos? Se Harry tivesse ido para ali no escuro, poderia ter se perdido naquela mata. Ela ligaria para a polícia de Newton, sugerindo que revistassem mais atentamente aquela estrada.

Mais adiante, as árvores subitamente rarearam, dando lugar a um panorama tão inesperado que Toby freou subitamente. À beira da estrada, havia uma placa em verde e dourado.

BRANT HILL
APENAS MORADORES E CONVIDADOS

Além da placa, estendia-se uma paisagem que podia facilmente passar por uma exuberante pintura do interior da Inglaterra. Ela viu colinas ondulantes de grama bem aparada, um jardim de arbustos esculpidos em formas de animais, grupos de bétula e bordos tintos pelo outono. Brilhando como uma joia, havia uma lagoa coberta de íris selvagens. Um par de cisnes nadava serenamente entre as plantas aquáticas. Além da lagoa, havia uma "vila" — um elegante aglomerado de casas, cada qual com um jardim protegido por uma cerca de madeira. O modo básico de transporte pareciam ser os carrinhos de golfe, com tetos verdes e brancos. Os carrinhos estavam em toda parte, estacionados nas garagens ou nas aleias da vila. Toby também viu alguns carrinhos em movimento no campo de golfe, levando os jogadores de um gramado a outro.

Ela se concentrou na lagoa, subitamente se perguntando quão profunda seria, e se um homem poderia se afogar ali. À noite, no escuro, uma pessoa confusa podia facilmente cair na água.

Toby continuou dirigindo estrada acima, em direção à vila. Cerca de 50 metros depois, viu um desvio para a direita e outra placa:

CLÍNICA BRANT HILL
E INSTALAÇÕES DE ASSISTÊNCIA RESIDENCIAL

Ela entrou no desvio.

A estrada serpeava por uma floresta de sempre-verdes, para inesperadamente emergir em um estacionamento. Havia um prédio de três andares mais adiante. De um lado, percebeu que estavam a ponto de erguer uma nova ala. Através da cerca de arame, viu que a cava de fundação já havia sido aberta. À borda do buraco, alguns homens com capacetes de metal conferiam as plantas.

Toby estacionou em uma vaga para visitantes e foi até o prédio da clínica.

Foi recebida por uma música clássica suave. Toby fez uma pausa, impressionada com o que a cercava. Aquela não era uma sala de espera comum. Os sofás eram de couro finíssimo e havia pinturas a óleo originais nas paredes. Ela olhou para a pilha de revistas. *Architectural Digest, Town & Country.* Nada de *Popular Mechanics* naquela mesinha de centro.

— Posso ajudá-la? — perguntou uma mulher com uniforme de enfermeira cor-de-rosa que lhe sorria por trás do vidro da recepção.

Toby se aproximou.

— Sou a Dra. Harper, do Hospital Springer. Eu examinei um de seus pacientes na emergência na noite passada. Estou tentando entrar em contato com o médico dele para saber sobre seu histórico médico, mas não consigo encontrá-lo.

— Qual médico?

— O Dr. Carl Wallenberg.

— Ah, ele viajou para ir a um simpósio. Estará de volta à clínica na segunda-feira.

— Posso ver o histórico do paciente? Isso ajudaria a esclarecer algumas questões médicas para mim.

— Lamento, mas não podemos liberar fichas sem a autorização do paciente.

— O paciente está incapacitado de autorizar a liberação. Será que eu poderia falar com outro médico da clínica?

— Deixe-me encontrar a ficha dele primeiro. — A enfermeira foi até um gabinete de arquivos. — Último nome?

— Slotkin.

A enfermeira abriu uma gaveta e folheou as pastas.

— Harold ou Agnes Slotkin?

Toby fez uma pausa.

— Há uma Agnes Slotkin? Ela é parente de Harry?

A enfermeira olhou para a ficha.

— É a esposa dele.

Por que o filho do Harry não me disse que havia uma esposa?, perguntou-se. Toby pegou uma caneta na bolsa.

— Poderia me dar o telefone da esposa? Realmente preciso falar com ela a respeito de Harry.

— Não tem telefone no quarto dela. Mas basta pegar aquele elevador.

— Onde?

— Agnes Slotkin está no andar de cima, na unidade de cuidados especiais. Quarto 341.

Toby bateu à porta.

— Sra. Slotkin? — chamou. Não houve resposta. Ela entrou no quarto.

Lá dentro, um rádio tocava baixinho, sintonizado em uma estação de música clássica. Havia cortinas brancas nas janelas e, através do fino tecido, o sol da manhã tinha um brilho difuso.

Na mesa de cabeceira, havia um vaso com rosas. A mulher na cama parecia alheia a tudo aquilo. Não percebia as flores, a luz do sol, nem a presença de um visitante no quarto.

Toby aproximou-se da cama.

— Agnes?

A mulher não se mexeu. Estava deitada de lado, olhando para a porta. Seus olhos estavam semiabertos mas alheios, o corpo recostado em travesseiros que haviam sido arrumados às suas costas. Seus braços estavam fechados em um abraço fetal.

Acima da cama, um saco com um líquido branco e cremoso pingava em um tubo de alimentação que entrava por uma das narinas da mulher. Embora os lençóis parecessem limpos, um odor pairava no ar, mal disfarçado pelo aroma das rosas. Era o cheiro da ala dos que haviam sofrido derrame: talco, urina e complemento alimentar. O cheiro de um corpo regredindo lentamente.

Toby segurou a mão da mulher e, cuidadosamente, puxou seu braço. O cotovelo se abriu com ligeira resistência. Nenhuma contratura permanente se instalara, o que indicava que as enfermeiras haviam perseverado nos exercícios de amplitude de movimento passivo. Toby baixou-lhe a mão, notando a carne rechonchuda. Apesar do estado comatoso, a paciente estava bem alimentada e bem hidratada.

Toby olhou para o rosto flácido e perguntou-se se aqueles olhos estavam olhando para ela. Será que ela podia ver ou compreender alguma coisa?

— Olá, Sra. Slotkin — murmurou. — Meu nome é Toby.

— Agnes não pode responder — disse uma voz atrás dela. — Mas creio que pode ouvi-la.

Assustada, Toby voltou-se para o homem que acabara de falar. Estava de pé à porta do quarto. Em verdade, ocupava todo o vão da porta, um homem gigantesco com um rosto negro e largo e um nariz brilhante em forma de cunha. Era um belo rosto, pensou, porque tinha olhos gentis. Usava um jaleco branco e segurava um prontuário médico.

Sorridente, estendeu-lhe a mão. O braço era tão longo que o pulso sobressaía além da borda da manga. Será que haveria jalecos grandes o suficiente para um homem daquele tamanho?, perguntou-se Toby.

— Dr. Robbie Brace — disse ele. — Sou o médico da Sra. Slotkin. Você é parente dela?

— Não. — Toby cumprimentou o sujeito e sentiu a mão dele envolver a sua como uma luva quente e marrom. — Sou médica da emergência do Hospital Springer. Meu nome é Toby Harper.

— Visita profissional?

— De certo modo. Esperava que a Sra. Slotkin pudesse me falar sobre o histórico médico do marido.

— Algo de errado com o Sr. Slotkin?

— Ele foi levado à emergência na noite passada. Estava confuso e desorientado. Antes que eu pudesse terminar o meu diagnóstico, Harry fugiu do hospital. Agora, não conseguimos encontrá-lo e não faço ideia do que há de errado. Você conhece o histórico dele?

— Só cuido dos internos. Você pode falar com os médicos dos pacientes ambulatoriais na clínica do térreo.

— Harry é paciente do Dr. Wallenberg. Mas Wallenberg está fora da cidade e a clínica não quer liberar a ficha sem a aprovação dele.

Robbie Brace deu de ombros.

— Esse é o procedimento por aqui.

— Conhece Harry? Ele tem algum problema médico que eu deveria saber?

— Só conheço o Sr. Slotkin de vista. Eu o vejo quando vem visitar a Sra. Agnes.

— Então já falou com ele.

— Sim, nos cumprimentamos, isso é tudo. Trabalho aqui há apenas um mês e ainda estou decorando o nome das pessoas.

— Você teria autoridade para liberar a ficha de Harry para mim?

Ele balançou a cabeça.

— Apenas o Dr. Wallenberg pode fazer isso, e ele exige um consentimento por escrito do paciente antes de ceder qualquer informação.

— Mas isso pode afetar o tratamento do paciente.

Ele franziu as sobrancelhas.

— Você não disse que Harry fugiu da emergência?

— Bem, sim, fugiu.

— Então ele não é mais seu paciente, certo?

Toby fez uma pausa, incapaz de contestar. Harry fugira da emergência. Ele *de fato* abandonara os seus cuidados. Ela não tinha um motivo premente para exigir sua ficha.

Ela olhou para a mulher na cama.

— E a Sra. Slotkin também não pode me dizer nada.

— Infelizmente, Agnes é incapaz de falar.

— Foi um derrame?

— Hemorragia subaracnoide. De acordo com a ficha, está aqui há um ano. Permanece em estado vegetativo. Mas, de vez em quando, ela parece olhar para mim. Não é mesmo, Agnes? — disse ele. — Você não olha para mim, querida?

A mulher na cama nem mesmo moveu as pálpebras.

Ele foi até o pé da cama e começou a examinar a paciente, suas mãos negras contrastando com a palidez da mulher. Com o estetoscópio, auscultou o coração e os pulmões e verificou seu abdome à procura de peristalse. Iluminou-lhe as pupilas com uma lanterna. Estendeu-lhe os membros, verificando sua resistência à amplitude de movimento. Finalmente, virou-a em sua direção e examinou-lhe a pele das costas e das nádegas. Sem escaras. Gentilmente, recostou-a nos travesseiros e dobrou o lençol sobre o peito.

— Você parece bem, Agnes — murmurou, pousando a mão sobre o ombro da paciente. — Tenha um bom dia.

Toby seguiu-o quando saiu do quarto, sentindo-se uma anã agarrada ao calcanhar de um gigante.

— Ela está em boas condições para alguém em estado vegetativo há um ano. — O Dr. Brace fez anotações no prontuário.

— Bem, é claro. Nós lhe damos assistência técnica de Rolls-Royce.

— A preços de Rolls-Royce?

Brace ergueu os olhos do prontuário, um primeiro lampejo de sorriso nos lábios.

— Digamos apenas que não atendemos pacientes da previdência social.

— São todos particulares?

— Podem pagar. Temos residentes muito ricos.

— Este lugar é exclusivamente para aposentados?

— Não, temos alguns profissionais ativos que compraram propriedades em Brant Hill apenas para garantir suas necessidades futuras. Fornecemos moradia, refeições e assistência médica. Tratamentos de longo prazo, caso se tornem necessários. Você provavelmente viu que estamos expandindo os alojamentos das enfermeiras.

— Também vi um belo campo de golfe.

— Além de quadras de tênis, um cinema e uma piscina interna. — Ele fechou o prontuário e sorriu. — Dá vontade de se aposentar mais cedo, não é mesmo?

— Não creio ter dinheiro suficiente para me aposentar aqui.

— Vou lhe contar um segredo: nenhum de nós dois tem. — Ele olhou para o relógio. — Foi bom conhecê-la, Dra. Harper. Se me perdoa, tenho muitos pacientes para atender.

— Há algum outro modo de eu saber mais sobre Harry?

— O Dr. Wallenberg voltará na segunda-feira e você poderá falar com ele.

— Gostaria de saber *agora* com o que estava lidando. É algo que realmente está me incomodando. Você não poderia dar uma olhada nas fichas dos pacientes ambulatoriais e ligar para mim caso encontre alguma coisa relevante? — Toby escreveu o número de telefone de sua casa em um cartão de visitas e o entregou a ele.

O Dr. Brace o tomou com certa relutância.

— Verei o que posso fazer — foi tudo o que disse. Então entrou no quarto de um paciente, deixando-a sozinha no corredor.

Toby deu as costas para a porta fechada e suspirou. Ela fizera o possível para obter informações, mas Brant Hill não estava cooperando. Agora, a fome e o cansaço a pressionavam e ela podia sentir o corpo reclamando. *Comida. Sono. Agora.* Em câmera lenta, pernas bambas, dirigiu-se aos elevadores. A meio caminho, parou de súbito.

Alguém gritava.

Vinha do quarto de um paciente no fim do corredor, não um grito de dor, mas de medo.

Enquanto Toby corria em direção aos gritos, ouviu outras vozes no corredor às suas costas, e passos de gente correndo. Toby chegou ao quarto na frente de todos e abriu a porta.

A princípio, tudo o que viu foi um velho agachado com as mãos e os joelhos sobre a cama. Estava nu da cintura para baixo, e suas nádegas enrugadas subiam e desciam em uma dança semelhante à de um cão durante o acasalamento.

Então Toby viu a mulher embaixo dele, seu corpo frágil quase oculto em meio a um emaranhado de cobertores e lençóis.

— Tirem-no de cima de mim! Por favor, tirem-no de cima de mim! — gritou a mulher.

Toby agarrou o braço do homem e tentou afastá-lo. O velho respondeu com um safanão tão forte que Toby caiu de costas no chão. Uma enfermeira entrou no quarto.

— Sr. Hackett, *pare com isso*! Pare! — A enfermeira tentou afastá-lo, mas também foi empurrada.

Toby levantou-se.

— Você segura um braço, eu seguro o outro! — disse ela, indo até a extremidade da cama. Juntas, ela e a enfermeira seguraram os braços do sujeito. Mesmo ao ser afastado da mulher, ele continuou a se mover como um robô sexual sem botão de "desligar". A mulher na cama se encolheu em posição fetal e começou a chorar, abraçada aos cobertores.

O sujeito se voltou subitamente, dando uma cotovelada no queixo de Toby. O golpe atingiu-lhe o maxilar e ela sentiu todo o crânio vibrar. Viu um clarão branco e quase o soltou, mas a raiva a fez continuar segurando. Ele golpeou novamente. Lutavam como animais agora, e ela podia sentir o cheiro do suor e cada músculo do corpo do sujeito lutando contra ela. A enfermeira perdeu o equilíbrio e tropeçou, soltando-o. O velho esticou a mão para trás da cabeça de Toby e agarrou um punhado de cabelo. Ele tentava violá-la agora, o pênis ereto cutucando-lhe o quadril. O nojo e a raiva subiram-lhe à cabeça. Ela contraiu a coxa, preparando-se para atingi-lo na virilha.

Então, seu alvo se afastou. O homem foi erguido por um par de enormes mãos negras. Robbie Brace arrastou o sujeito até o meio do quarto e gritou para as enfermeiras.

— Tragam Haldol! Apliquem 5 ml intramuscular. Imediatamente!

A enfermeira saiu correndo do quarto. Voltou pouco depois, com a seringa em mãos.

— Vamos, não posso contê-lo para sempre — disse Brace.

— Vou aplicar na nádega.

— Vamos!

— Mas ele fica se debatendo.

— Cara, esse sujeito é forte. O que dá para ele?

— É um paciente de protocolo e tem Alzheimer. Não consigo aplicar!

Brace voltou a traseira do homem para a enfermeira.

Ela pegou uma dobra de nádega e a perfurou com a agulha. O velho gritou. Debatendo-se, conseguiu se livrar de Brace. Rapidamente, pegou um copo d'água da mesa de cabeceira e atingiu o rosto do médico.

O vidro se quebrou contra a têmpora de Brace.

Toby segurou o pulso do velho antes que ele pudesse bater outra vez. Ela torceu a mão dele com força e o copo quebrado caiu de sua mão.

Brace agarrou os ombros do sujeito com braços gigantescos e gritou:

— Aplique o resto do Haldol!

Outra vez, a enfermeira cravou a agulha na nádega do velho e apertou o êmbolo.

— Foi tudo! Meu Deus, espero que funcione melhor que o Meleril.

— Esse cara toma Meleril?

— O tempo todo. Eu *disse* para o Dr. Wallenberg que não estava adiantando. Esses pacientes com Alzheimer precisam ser observados todo o tempo porque senão... — A enfermeira inspirou profundamente. — Dr. Brace, o senhor está sangrando! — Toby ergueu a cabeça e ficou alarmada ao ver o sangue escorrendo pelo rosto de Brace e pingando sobre o jaleco branco. O vidro quebrado abrira um talho em sua têmpora.

— Temos de conter o sangramento — disse Toby. — Obviamente vai precisar levar pontos.

— Primeiro, deixe-me imobilizar esse sujeito. Vamos, senhor. Vamos voltar para o seu quarto.

O sujeito cuspiu.

— Deixe-me em paz, seu negro!

— Cara — disse Brace. — Está tentando me irritar, não é mesmo?

— Não gosto de negros.

— É. Você e o resto do mundo — disse Brace, parecendo mais cansado do que furioso. Ele arrastou o homem até o corredor. — Cara, acho que você vai ganhar uma camisa de força.

— Ai! Não me faça parecer com o monstro do Dr. Frankenstein, certo? — Cuidadosa, Toby esvaziou a seringa de xilocaína e retirou a agulha. Ela injetara anestésico local em torno do ferimento e agora cutucava levemente a pele de Robbie. — Está sentindo?

— Não. Está dormente.

— Tem certeza de que não prefere um cirurgião plástico?

— Você é uma médica de emergência. Não faz isso o tempo todo?

— Sim, mas se está preocupado com o resultado estético...

— Por que estaria? Já sou bem feio. Uma cicatriz seria um melhoramento.

— Bem, dará personalidade ao seu rosto — disse ela antes de pegar a agulha e a linha. Ela encontrou tudo o que precisava em uma sala de tratamento bem equipada. Como tudo mais em Brant Hill, o equipamento era novo em folha e de última geração. A mesa na qual Robbie Brace se deitara podia ser ajustada em várias posições, o que a tornava conveniente para tratar qualquer coisa, de ferimentos no couro cabeludo a hemorroidas.

As luzes eram fortes o bastante para iluminar uma cirurgia. E, num canto, pronto para uma emergência, havia um carrinho de parada cardíaca, um modelo de última geração, é claro.

Ela voltou a limpar o ferimento com antisséptico e cravou a agulha curva de sutura através da borda do corte. Robbie Brace ficou deitado de lado, absolutamente imóvel. A maioria dos pacientes teria fechado os olhos, mas ele os manteve bem abertos, voltados para a parede oposta. Embora seu tamanho fosse intimidador, seus olhos pareciam neutralizar qualquer ameaça. Eram castanho-claros, os cílios compridos como os de uma criança.

Ela pegou outro ponto e atravessou a pele com a agulha de sutura.

— O velho cortou fundo — disse ela. — Você tem sorte de ele ter errado o golpe.

— Achei que ele queria acertar a minha garganta.

— E ele está sendo sedado o dia inteiro? — Ela balançou a cabeça. — É melhor dobrar a dose e mantê-lo trancado.

— Geralmente está. Mantemos os pacientes com Alzheimer em uma ala separada, onde podemos controlar seus movimentos. Acho que o Sr. Hackett fugiu. E, você sabe, às vezes esses velhos não conseguem conter a libido. O autocontrole se foi, mas o corpo ainda tem desejos.

Toby tirou a agulha e atou o último ponto. O ferimento estava fechado agora, e ela começou a limpar o local com álcool.

— Em qual protocolo ele está? — perguntou ela.

— Hein?

— A enfermeira disse que o Sr. Hackett estava sob algum tipo de protocolo.

— Ah. É algo que o Dr. Wallenberg está testando. Injeções de hormônios em homens idosos.

— Com que propósito?

— A fonte da juventude, o que mais? Temos uma próspera clientela e a maioria deseja viver para sempre. Estão todos ansiosos para se oferecer como voluntários para o último tratamento da moda. — Ele se sentou na beirada da mesa e balançou a cabeça, como se para afastar uma tontura. Toby pensou em pânico súbito: quanto mais altos, maior a queda. E mais difícil é levantá-los do chão.

— Deite-se — disse ela. — Você se levantou muito rápido.

— Estou bem. Preciso voltar ao trabalho.

— Não. Fique aqui sentado, está bem? Ou vai cair e eu terei de dar pontos no outro lado de seu rosto.

— Outra cicatriz — resmungou ele. — Mais personalidade.

— Você já é uma personalidade, Dr. Brace.

Ele sorriu, mas seu olhar parecia um tanto confuso. Preocupada, ela o observou por um instante, pronta para ampará-lo caso desmaiasse, mas ele conseguiu ficar ereto.

— Então, me fale mais sobre o protocolo — disse ela. — Quais hormônios Wallenberg está injetando?

— É um coquetel. Hormônios de crescimento. Testosterona. DHEA. E alguns outros. Há um bocado de pesquisa respaldando tudo isso.

— Sei que hormônios de crescimento aumentam a massa muscular nos idosos. Mas não vi muitos estudos sobre o uso dessa combinação.

— Mas faz sentido, não é mesmo? Enquanto você envelhece, sua hipófise começa a pifar. Não produz todos os hormônios da juventude. A teoria é que esse é o motivo de nosso envelhecimento. Nossos hormônios entram em pane.

— Então Wallenberg os substitui.

— Parece estar surtindo *algum* efeito. Veja o Sr. Hackett. Cheio de disposição.

— Demais. Por que dão hormônios a um paciente com Alzheimer? Ele não pode dar o seu consentimento.

— Provavelmente deu o consentimento há anos, enquanto ainda era capaz.

— O estudo é assim tão antigo?

— As pesquisas de Wallenberg datam de 1992. Verifique no *Index Medicus*. Verá que o nome dele aparece em diversos trabalhos publicados. Todo mundo que trabalha com geriatria conhece o nome de Wallenberg. — Com cuidado, ele desceu da mesa. Após um instante, balançou a cabeça. — Firme como uma rocha. Então, quando devo tirar esses pontos?

— Em cinco dias.

— E quando recebo a conta?
Ela sorriu.
— Nada de conta. Apenas me faça um favor.
— Opa!
— Dê uma olhada na ficha médica de Harry Slotkin. Ligue caso encontre algo que eu deva saber. Se há algo que eu não tenha percebido.
— Você acha que deixou passar alguma coisa?
— Eu não sei. Mas detesto errar. De verdade. Harry pode estar lúcido o bastante para encontrar o caminho para Brant Hill. Talvez até para o quarto da esposa. Fique de olho por mim.
— Direi às enfermeiras.
— Ele não vai passar despercebido. — Ela abriu a bolsa. — Está completamente nu.

Toby entrou na garagem de sua casa, estacionou junto ao Honda de Bryan e desligou o motor. Em vez de saltar do carro, ficou ali sentada por um instante, ouvindo o tique-taque do motor esfriando, desfrutando daquele momento de calma, sem ser importunada pelas exigências alheias. Tantas, tantas exigências. Ela inspirou profundamente e apoiou a cabeça no descanso da poltrona.

Eram 9h30, uma hora tranquila naquela vizinhança suburbana de profissionais liberais. Os casais estavam trabalhando, as crianças, na escola ou na creche, e as casas ficavam vazias, esperando a chegada de empregados que cuidariam da limpeza, e então desapareceriam, deixando para trás o cheiro revelador de cera de limão. Era uma vizinhança segura de casas bem cuidadas. Não era o bairro mais elegante de Newton, mas era satisfatório. Após a imprevisibilidade de um turno na emergência, um jardim bem cuidado tinha o seu encanto.

Rua abaixo, um soprador de folhas foi subitamente acionado. Seu momento de silêncio terminara. Os caminhões de jardinagem começavam a invasão diária da vizinhança.

Relutante, ela saiu do Mercedes e subiu os degraus da varanda.

Bryan, o acompanhante de sua mãe, já a esperava à porta da frente, braços cruzados, olhos semicerrados em sinal de desaprovação. Tinha o tamanho de um jóquei, era a miniatura de um rapaz esbelto, mas reapresentava uma imponente barreira.

— Sua mãe está subindo pelas paredes — disse ele. — Não devia fazer isso com ela.

— Não falou para ela que eu ia me atrasar?

— Não adiantou. Você sabe que ela não entende. Ela espera você em casa cedo e enquanto não chega, fica daquele jeito na janela. Você sabe, para a frente e para trás, para a frente e para trás, esperando ver o seu carro.

— Desculpe, Bryan. Não foi possível. — Toby passou por ele, entrou na casa e pousou a bolsa sobre a mesa do corredor. Demorou-se ao pendurar o casaco, pensando: *Não se aborreça. Não perca a cabeça. Você precisa dele. Mamãe precisa dele.*

— Não me importo que se atrase duas horas — disse ele. — Sou pago. E bem pago, muito obrigado. Mas sua mãe, a pobrezinha, não entende.

— Tivemos problemas no trabalho.

— Ela não tocou no café da manhã. Agora, temos um prato de ovos frios intacto.

Toby fechou a porta do armário com força.

— *Vou preparar outro para ela.*

Fez-se silêncio.

Ela ficou de costas para Bryan, mãos ainda pressionadas contra o armário, pensando: não pretendia parecer tão furiosa. Mas estou cansada. Estou muito cansada.

— Bem — disse Bryan. E, com aquela palavra, expressou tudo: dor, ressentimento.

Ela se voltou para ele. Conheciam-se havia dois anos, embora nunca tenham passado da relação patrão e empregado e nunca tenham cruzado a barreira da amizade verdadeira.

Ela nunca visitara a casa dele, nunca conhecera Noel, o homem com quem ele vivia. Contudo, naquele momento, dava-se conta de que dependia de Bryan mais do que de qualquer outra pessoa. Era *ele* quem mantinha sua vida aceitável, e ela não podia perdê-lo.

— Desculpe. Só não suportaria outra crise agora. Tive uma noite péssima.

— O que aconteceu?

— Perdemos dois pacientes. Em uma hora. E estou me sentindo muito mal por isso. Não pretendia descarregar em você.

Ele balançou levemente a cabeça, aceitando as desculpas de má vontade.

— E como foi a sua noite? — perguntou ela.

— Ela dormiu o tempo todo. Acabei de levá-la ao jardim. Isso sempre parece acalmá-la.

— Espero que ela não tenha colhido toda a alface.

— Detesto ser eu a lhe dizer isso, mas sua alface já era há um mês.

Tudo bem, então também sou um desastre como jardineira, pensou Toby ao atravessar a cozinha e caminhar em direção à porta dos fundos. Todo ano, cheia de esperança, ela começava uma horta. Plantava canteiros de alface, abobrinha e vagens e cuidava delas durante o estágio de germinação. Então, inevitavelmente, sua vida ficava muito corrida e ela negligenciava o jardim. A alface murchava e as vagens amarelavam e endureciam. Aborrecida, ela arrancava tudo e prometia fazer uma horta melhor no ano seguinte, sabendo que o próximo ano traria apenas outra colheita de abobrinhas duras como bastões de beisebol.

Ela saiu ao jardim e, a princípio, não viu a mãe.

O jardim de flores estivais havia se transformado em uma floresta de ervas daninhas. Aquele jardim sempre fora dotado de uma agradável casualidade, como se os canteiros tivessem sido escavados sem qualquer planejamento e se expandissem de acordo com o capricho do jardineiro original, estação por estação. Quando Toby comprara a casa, havia oito anos, planejara arrancar as plantas mais rebeldes, para dar algum tipo de disciplina em sua horta. Fora Ellen quem a fizera mudar de ideia e explicara que, em um jardim, a desordem era bem-vinda.

Agora, lá estava Toby à porta dos fundos, olhando para um jardim tão repleto de mato que ela não conseguia ver o caminho de tijolos. Algo farfalhou entre os caules das flores e ela viu um chapéu de palha. Era Ellen, de joelhos sobre a terra.

— Mamãe, cheguei.

O chapéu de palha se ergueu, revelando o rosto redondo e queimado de sol de Ellen Harper. Ela viu a filha e acenou com algo pendurado em sua mão. Quando Toby cruzou o jardim, passando por um emaranhado de trepadeiras, sua mãe ficou de pé e Toby viu que ela segurava um punhado de dentes-de-leão. Uma das ironias da doença de Ellen era o fato de que, apesar de ela ter esquecido muitas coisas — como cozinhar e tomar banho —, não esquecera, e provavelmente jamais esqueceria, como distinguir uma erva daninha de uma flor.

— Bryan disse que você ainda não comeu — disse Toby.

— Não, acho que comi sim. Não comi?

— Bem, vou preparar alguma coisa. Por que você não entra e vem comer comigo?

— Mas tenho muito trabalho a fazer. — Suspirando, Ellen olhou para os canteiros de flores. — Parece que nunca acaba. Vê essas coisas aqui? Essas coisas ruins? — Ela balançou as plantas que segurava.

— São dentes-de-leão.

— Sim. Bem, essas coisas estão tomando conta do jardim. Se eu não as arrancar, vão tomar conta daquelas coisas roxas ali. Como se chamam...

— As flores roxas? Realmente não sei, mamãe.

— De qualquer maneira, há pouco espaço, de modo que temos de limpar isso aqui. É uma luta por espaço. Tenho tanto trabalho e tão pouco tempo! — Ela olhou ao redor do jardim, faces rosadas de sol. *Tanto trabalho e tão pouco tempo*. Este era o mantra de Ellen, uma frase recorrente que permanecera intacta enquanto o resto de sua memória desintegrava. Por que aquela frase em particular persistira na lembrança dela? Teria a sua vida de viúva e mãe de duas filhas se caracterizado pela premência do tempo, por tarefas não realizadas?

Ellen ajoelhou-se e voltou a escavar a terra. Para quê, Toby não sabia. Talvez mais daqueles malditos dentes-de-leão. Toby olhou para cima e viu que o céu não tinha nuvens, o dia estava agradavelmente quente. Ellen ficaria bem ali, sem supervisão. O portão estava trancado e ela parecia contente. Esta era sua rotina de verão. Toby fazia um sanduíche para a mãe, deixava na bancada da cozinha e então ia dormir. Às 16 horas, despertava e ambas jantavam juntas.

Toby ouviu o carro de Bryan se afastar. Ele voltaria às 18h30 para ficar com Ellen durante a noite. E Toby sairia outra vez para seu turno habitual no hospital.

Tanto trabalho e tão pouco tempo também estava se tornando o mantra de Toby. Tal mãe, tal filha: nunca tinham tempo suficiente.

Ela inspirou fundo e expirou lentamente. A adrenalina da crise daquela manhã se dissipara e, agora, ela sentia a fadiga pesando como um fardo de pedras sobre seus ombros. Ela sabia que devia ir direto para a cama, mas parecia não conseguir se mover. Em vez disso, ficou olhando para a mãe, pensando em quão jovem Ellen parecia ser, não uma idosa, mas uma menina de rosto redondo com um chapéu de abas largas. Uma menina divertindo-se em fazer tortas de barro no jardim.

Sou a mãe agora, pensou Toby. E, como qualquer mãe, deu-se conta subitamente de quão rápido o tempo passava.

Ela se ajoelhou na terra ao lado da mãe.

Ellen olhou-a de esguelha, um vestígio de confusão em seus olhos azuis.

— Precisa de alguma coisa, querida? — perguntou.

— Não, mamãe. Só queria ajudá-la a arrancar algumas ervas daninhas.

— Ah. — Ellen sorriu e ergueu uma mão suja de terra para afastar um cacho de cabelo do rosto de Toby. — Tem certeza de que sabe quais devem ser arrancadas?

— Por que não me mostra?

— Aqui. — Gentilmente, Ellen guiou a mão de Toby para um tufo de plantas. — Pode começar com essas aqui.

Assim, lado a lado, ajoelhadas na terra, mãe e filha começaram a arrancar os dentes-de-leão.

5

Angus Parmenter aumentou a velocidade da esteira na qual corria e sentiu-a estremecer sob seus pés. Ele acelerou o ritmo para 10 km/h. Seu pulso também acelerou, como podia ver no leitor digital instalado no apoio de mãos da esteira. 112. 116. 120. Era preciso manter o ritmo das batidas cardíacas acelerado, o sangue fluindo. *Se esforce! Oxigênio para dentro, oxigênio para fora. Mantenha esses músculos em movimento.*

Na tela de vídeo à sua frente, passavam cenas tediosas das ruas de um vilarejo grego. Mas seu olhar estava concentrado na leitura digital. Ele observou seu pulso subir para 130. Finalmente, atingira a pulsação desejada. Tentaria mantê-la pelos próximos vinte minutos, permitindo-se uma boa sessão de aeróbica. Então diminuiria o ritmo, deixando seu pulso baixar lentamente para 100, depois 80, até sua pulsação normal de repouso de 68. Depois seria a vez de uma sessão no Nautilus, um aparelho para exercitar a parte superior do corpo e, logo em seguida, o chuveiro. Àquela altura, já seria hora do almoço, uma refeição com baixos teores de gordura, altamente proteica e rica em fibras servida no restaurante do country clube. Junto com a refeição, tomaria suas pílulas diárias: vitamina E, vitamina C, zinco, selênio. Um arsenal de remédios para controlar a passagem dos anos.

Tudo parecia funcionar. Aos 82 anos, Angus Parmenter nunca se sentira melhor. E gozava dos frutos de seu trabalho. Ele trabalhara duro para juntar sua fortuna, mais do que qualquer um desses garotos reclamões trabalharia na vida. Ele tinha dinheiro e pretendia viver tempo bastante para gastar cada maldito centavo. Que as gerações seguintes ganhassem as próprias fortunas. Agora, era hora de se divertir.

Depois do almoço, jogaria golfe com Phil Dorr e Jim Bigelow, seus rivais amistosos. Então, tinha a opção de pegar a van de Brant Hill até a cidade. Naquela noite, planejavam ir ao Wang Center para assistirem a uma apresentação de *Cats*. Ele provavelmente não iria. Aquelas senhoras podiam ficar muito excitadas com gatos cantores, mas não ele. Vira o espetáculo na Broadway, e uma vez era mais que suficiente.

Ouviu a bicicleta ergométrica começar a rodar e olhou para o lado. Jim Bigelow pedalava freneticamente.

Angus balançou a cabeça.

— Oi, Jim.

— Olá, Angus.

Durante algum tempo, suaram lado a lado, concentrados demais em seus exercícios para falarem. Na tela à sua frente, o vídeo mudou de uma vila grega para uma trilha enlameada em uma floresta tropical. O coração de Angus permaneceu estável em uma taxa de 130 batimentos por minuto.

— Tem alguma notícia? — perguntou Bigelow acima do zumbido de sua bicicleta. — Sobre Harry?

— Nada.

— Eu vi... a polícia... estão dragando a lagoa. — Bigelow ofegava, com dificuldade para falar e pedalar ao mesmo tempo. Culpa dele, pensou Angus. Bigelow gostava de sobremesas, e só vinha à academia uma vez por semana. Ele odiava exercícios, odiava comida saudável. Aos 76 anos, Bigelow parecia ter a sua idade.

— Ouvi... no café da manhã... que ainda não o encontraram... — Bigelow inclinou-se para a frente, um tom rosa-claro de exaustão no rosto.

— Essa também foi a última notícia que tive — disse Angus.

— Engraçado. Não parece coisa do Harry.

— Não, não parece.

— Ele não estava bem... no fim de semana. Você percebeu?

— Como assim?

— Estava com a camisa do lado do avesso. As meias não combinavam. Aquilo não parecia coisa normal.

Angus manteve o olhar fixo na tela de vídeo. Arbustos silvestres abriam-se à sua frente. Uma jiboia serpeava em um galho de árvore mais acima.

— Você percebeu... as mãos dele? — ofegou Bigelow.

— O quê?

— Estavam trêmulas. Na semana passada.

Angus não disse nada. Em vez disso, agarrou a barra da esteira e concentrou-se no seu ritmo. *Caminhe, caminhe. Mexa essas panturrilhas, mantenha-as firmes e jovens.*

— Coisa mais estranha — disse Bigelow. — Esse negócio sobre o Harry. Você acha que...

— Eu não acho nada, Jim. Vamos apenas esperar que ele apareça.

— É. — Bigelow parou de pedalar. Ele se sentou para recuperar o fôlego e ficou olhando para a tela de vídeo na qual uma tempestade tropical golpeava as samambaias da floresta. — O problema — disse ele em voz baixa — é que eu não acho que ele voltará bem. Já faz dois dias.

Angus desligou abruptamente a esteira. Esqueça a desaceleração. Passaria imediatamente aos exercícios da parte superior do corpo. Jogou a toalha sobre os ombros e atravessou a sala até o Nautilus. Para sua contrariedade, Bigelow deixou a bicicleta e o seguiu.

Ignorando Bigelow, Angus se sentou no banco e começou a exercitar seu dorsal largo.

— Angus — disse Bigelow. — Isso não o preocupa?

— Não há nada que possamos fazer a respeito, Jim. A polícia está procurando.

— Não, quero dizer, isso não o faz lembrar do que aconteceu com... — A voz de Bigelow baixou a um murmúrio. — O que aconteceu com Stan Mackie?

Angus ficou imóvel, mãos agarrando as polias do Nautilus.

— Isso foi há meses.

— Sim, mas foi a mesma coisa. Lembra como ele apareceu com a braguilha aberta? Então, esqueceu o nome de Phil. Você não esquece o nome do seu melhor amigo.

— Phil é alguém fácil de esquecer.

— Não acredito que você seja tão leviano quanto a isso. Primeiro perdemos Stan. Agora, Harry. E se... — Bigelow fez uma pausa e olhou ao redor do ginásio, como se estivesse com medo de que mais alguém pudesse ouvir. — E se algo estiver errado? E se todos nós estivermos ficando doentes?

— A morte de Stan foi suicídio.

— É o que dizem. Mas as pessoas não se jogam pelas janelas sem motivo.

— Você conhecia Stan o suficiente para dizer que ele não tinha um motivo?

Bigelow olhou para o chão.

— Não...

— Então. — Angus voltou a trabalhar com as polias. *Puxe, solte. Puxe, solte. Mantenha esses músculos jovens...*

Bigelow suspirou.

— Não consigo deixar de pensar. Nunca tive certeza disso. Talvez seja algum tipo de... não sei. Castigo divino. Talvez seja o que merecemos.

— Não seja tão católico, Jim! Você está sempre esperando que um raio o atinja. Já faz um ano e meio que me sinto melhor do que nunca. — Ele estendeu a perna. — Olhe para o meu quadríceps! Vê a definição do músculo? Não estava ali há dois anos.

— Meus quadríceps não melhoraram nada — observou Bigelow, mal-humorado.

— Isso porque você não os trabalha. E se preocupa demais.

— Sim, creio que sim. — Bigelow suspirou e enrolou a toalha ao redor do pescoço. Ficou parecendo uma velha tartaruga colocando a cabeça para fora do casco. — Está confirmado o jogo de hoje à tarde?

— Phil não desmarcou.

— Certo. Então vejo vocês às 15 horas.

Angus observou o amigo sair lentamente da academia. Bigelow parecia envelhecido, o que não era de se admirar. Passara apenas dez minutos na bicicleta, aquilo não era ginástica aeróbica. Algumas pessoas simplesmente não conseguiam cuidar da própria saúde. Em vez disso, despendiam a energia se preocupando com coisas a respeito das quais nada podiam fazer.

Seu dorsal largo estava queimando com aquela dor agradável de um exercício completo. Ele liberou as polias e sentou-se um instante. Olhando ao redor da academia, viu que todas as outras máquinas estavam em uso, principalmente por mulheres, o grupo das vovós com seus tênis e roupas de ginástica.

Algumas senhoras olharam em sua direção, lançando-lhe aquele olhar de flerte que ele achava ridículo em mulheres idosas. Eram velhas demais para o seu gosto. Uma mulher de, digamos, 50 anos seria mais de seu agrado. Mas apenas se fosse magra e estivesse em forma o bastante para acompanhá-lo em tudo.

Era hora de trabalhar os peitorais. Ele segurou as empunhaduras adequadas e estava a ponto de começar a puxar quando percebeu que havia algo de errado com a máquina. A empunhadura direita parecia estar vibrando. Ele a soltou e olhou. Estava perfeitamente imóvel, sem vibrações. Então, olhou para baixo e sentiu um súbito calafrio. *O que está acontecendo?*

Sua mão direita estava trêmula.

Molly Picker ergueu a cabeça da privada e puxou a descarga. Estava com o estômago vazio, pois vomitara tudo o que comera. Pepsi, Fritos e Lucky Charms. Tonta, ela se sentou no chão, recostou-se contra a parede do banheiro e ouviu a água correr pelos canos. Três semanas, pensou. Já estou doente há três semanas.

Ela se levantou com dificuldade e cambaleou de volta à cama. Enrolando-se no cobertor, adormeceu rápida e profundamente.

Acordou ao meio-dia, quando Romy entrou no seu quarto. Não se importou em bater à porta. Simplesmente entrou, sentou-se na cama e a chacoalhou.

— Ei, Molly Wolly, enjoada ainda?

Gemendo, ela olhou para Romy. Ele parecia um réptil: cabelo oleoso puxado para trás, olhos tão escuros que não dava para ver as pupilas. Homem-lagarto. Mas a mão acariciava seu cabelo com carinho, um aspecto de Romy que ela não testemunhava havia muito tempo. Ele sorriu.

— Não está muito bem hoje, não é mesmo?

— Voltei a vomitar. Não consigo parar.

— Bem, finalmente consegui algo para isso. — Ele pousou um vidro de pílulas na mesa de cabeceira. Tinha um rótulo com instruções escritas à mão: *Em caso de náusea, tome uma pílula a cada oito horas.* Romy foi até o banheiro, encheu um copo d'água e voltou para a cama de Molly. Ele abriu o vidro, tirou uma pílula, e ajudou-a a se sentar.

— Tome — disse ele.

Ela fez uma careta olhando a pílula.

— O que é isso?

— Remédio.

— Onde conseguiu?

— Está tudo bem. Foi o médico quem receitou.

— Que médico?

— Eu aqui tentando ser legal, tentando fazê-la se sentir melhor, e você me dá respostas malcriadas. Realmente pouco me importo se vai ou não tomar as pílulas.

Ela se voltou e sentiu a mão de Romy fechando-se em punho às suas costas. Então, inesperadamente, relaxou e começou a esfregá-las em movimentos calorosos e persuasivos.

— Vamos, Moll. Sabe que cuido bem de você. Sempre cuidei, sempre cuidarei.

Ela soltou uma risada amarga.

— Como se isso me tornasse especial.

— Você é. Você é a minha garota especial. A melhor. — Ele enfiou a mão sob a camisa dela e acariciou-lhe a pele. — Você tem estado tão irritada ultimamente. Não dá vontade de ajudar. Mas sabe que estou sempre cuidando de você, Molly Picolé. — Ele lambeu o lóbulo de orelha dela. — Hum!

— Então o que há nessa pílula?

— Já disse. É para você parar de vomitar e voltar a comer. Uma menina em fase de crescimento precisa comer. — Os lábios dele escorregaram pelo seu pescoço para roçar seus ombros. — Se não comer, querida, terei de levá-la a um hospital. Quer acabar em um hospital com um bando de médicos desconhecidos?

— Não quero ver nenhum médico. — Ela olhou para a pílula na mão dele e teve uma súbita sensação de curiosidade, não pela pílula, mas por Romy. Havia meses que ele não era tão gentil nem prestava tanta atenção nela. Não mais como antes, quando ela era a sua garota especial, quando passavam as noites juntos, assistindo à MTV, tomando sorvete e bebendo cerveja na cama. Quando ele era o único que a tocava. O único que tinha permissão de tocá-la. Antes de tudo mudar entre eles.

Ele sorria, não o sorriso malvado de sempre, mas um que realmente tocava seus olhos.

Ela pegou a pílula e a engoliu com um gole de água.

— Esta é a minha menina. — Ele voltou a deitá-la no travesseiro e acomodou-a na cama. — Vá dormir agora.

— Fique comigo, Romy.

— Tenho coisas a fazer, querida. — Ele se levantou. — Negócios.

— Tenho de lhe dizer uma coisa. Acho que sei por que estou doente.

— Conversaremos sobre isso depois, está bem? — Ele lhe acariciou a cabeça e saiu do quarto.

Molly olhou para o teto. *Três semanas é muito tempo para um desarranjo estomacal*, pensou. Ela pousou as mãos sobre a barriga e imaginou poder senti-la maior. *Quando estraguei tudo? Qual deles me engravidou?* Ela sempre fora cuidadosa, sempre andara com preservativos, aprendera a colocá-los em meio aos carinhos quentes das preliminares. Ela não era idiota, sabia que uma garota podia ficar doente lá fora.

Agora, ela estava *muito* enjoada e não conseguia se lembrar quando cometera aquele erro.

Romy culparia a *ela*.

Levantando da cama, sentiu-se tonta. Era fome. Ultimamente, estava sempre com fome, mesmo nauseada. Ao se vestir, comeu mais Fritos. O sal era gostoso. Poderia devorar vários punhados, mas só restavam alguns poucos no saco. Ela rasgou a embalagem e lambeu as migalhas, então viu a si mesma no espelho, com os lábios cheios de sal, e ficou tão aborrecida com aquela imagem que atirou o saco no lixo e saiu do quarto.

Eram apenas 13h30, e nada acontecia ainda. Ela viu Sophie rua acima, inclinada em um vão da porta enquanto bebia uma lata de Pepsi. Sophie era só bunda e nenhum cérebro. Determinada a ignorá-la, Molly passou direto, olhos fixos à frente.

— Ora, se não é a Senhorita Sem Peitos — disse Sophie.

— Quanto maiores os seios, menor o cérebro.

— Então, garota, você deve ter um cérebro *enorme*.

Molly continuou a andar, acelerando o passo para escapar das gargalhadas equinas de Sophie. Ela não parou até chegar em uma cabine telefônica a dois quarteirões dali. Folheou um exemplar surrado das Páginas Amarelas, então enfiou 25 centavos na ranhura e discou.

Uma voz respondeu:

— Aconselhamento sobre aborto.

— Preciso falar com alguém — disse Molly. — Estou grávida.

Um carro preto parou junto ao meio-fio. Romy sentou no banco de trás e fechou a porta.

O motorista não se voltou para olhá-lo. Ele nunca se voltava. A maior parte do tempo, Romy viu-se olhando para a parte de trás da cabeça de um homem, uma cabeça estreita com cabelo quase branco de tão louro. Aquela cor de cabelo não era muito comum, não em um homem. Romy se perguntou se as putas gostavam daquilo, embora no fundo soubesse que elas não se importam se o cliente tem cabelo ou não, desde que tenha dinheiro na carteira.

E a carteira de Romy andava muito vazia ultimamente.

Ele olhou para o interior do carro, admirado como sempre, embora ressentido pelo fato de o sujeito no banco do motorista ser aquele que mandava, em mais de um sentido. Não era preciso saber o seu nome ou o que ele fazia; dava para sentir sua superioridade, assim como dava para sentir que aqueles assentos eram de couro. Para um sujeito como aquele, Romulus Bell era um lixo que entrara no carro e logo seria ejetado. Não merecia sequer uma olhadela.

Romy olhou para o pescoço exposto do sujeito e pensou em quão fácil seria virar o jogo caso desejasse. Aquilo o fez se sentir melhor.

— Tem algo a me dizer? — perguntou o motorista.

— Sim. Estou com outra grávida.

— Tem certeza?

— Ei, conheço as minhas meninas por dentro e por fora. Sei antes mesmo de acontecer. Estava certo das outras vezes, não foi?

— Sim.

— E quanto ao dinheiro? Eu deveria receber.

— Há um problema.

— Qual problema?

O motorista ajustou o retrovisor.

— Annie Parini não apareceu esta manhã.

Romy se contraiu, suas mãos seguraram o assento à sua frente.

— O quê?

— Não a encontrei. Ela não estava esperando no local combinado.

— Ela estava lá. Eu mesmo a levei.

— Então ela deve ter ido embora antes de eu chegar.

Aquela puta idiota, pensou. Como manter um negócio funcionando quando as putas estavam sempre agindo contra ele, sempre estragando as coisas? Putas não têm cérebro. E agora estavam fazendo com que *ele* ficasse mal.

— Onde está Annie Parini, Sr. Bell?

— Vou encontrá-la.

— Faça isso logo. Não podemos deixá-la solta por aí mais de um mês. — O homem fez um gesto com a mão. — Pode sair do carro agora.

— E quanto ao meu dinheiro?

— Não haverá pagamento hoje.

— Mas eu disse, tenho outra grávida.

— Desta vez, queremos a entrega primeiro. Na última semana de outubro. E não perca a mercadoria. Agora saia, Sr. Bell.

— Eu preciso...

— *Saia.*

Romy saiu e bateu a porta. Imediatamente o veículo se foi, deixando-o furioso.

Ele começou a subir a Tremont Street, sua agitação aumentando a cada passo. Ele sabia onde Annie Parini ficava, ele podia encontrá-la. E a encontraria.

As palavras do motorista ecoavam em sua mente. *Não perca a mercadoria.*

O telefone tocou, despertando Toby de um sono tão profundo que ela se sentiu emergindo de uma grossa camada de lama. Ela tateou em busca do aparelho e tirou-o do gancho. O telefone caiu no chão. Quando ela se virou na cama para pegá-lo, viu o relógio da mesa de cabeceira. Era meio-dia, o que, para ela, equivalia à meia-noite. O aparelho caíra do outro lado da mesa de cabeceira. Ela o puxou pelo fio.

— Alô?

— Dra. Harper? É Robbie Brace.

Ela ficou deitada, zonza de sono, tentando lembrar quem era aquele homem e por que sua voz lhe soava familiar.

— Asilo de Brant Hill? — disse ele. — Nos encontramos há dois dias. Você me perguntou sobre Harry Slotkin.

— Ah, sim. — Ela se sentou, a mente subitamente lúcida. — Obrigada por ligar.

— Infelizmente, não tenho muito a dizer. Estou com a ficha do Sr. Slotkin aqui e vejo um quadro de perfeita saúde.

— Não encontrou nada?

— Nada que explique a doença dele. Exames físicos sem ressalvas, os exames laboratoriais parecem bons... — Pelo telefone,

Toby podia ouvir o farfalhar de folhas sendo viradas. — Ele fez um exame endocrinológico completo, totalmente normal.

— Quando foi isso?

— Há um mês. Portanto, seja lá o que viu na emergência, foi um quadro agudo.

Ela fechou os olhos e sentiu o estômago se revirar de tensão.

— Alguma novidade? — perguntou ela.

— Eles dragaram a lagoa esta manhã. Não o encontraram. O que é bom, creio eu.

Sim. Significa que ainda pode estar vivo.

— De qualquer modo, é tudo o que tenho a reportar.

— Obrigada — disse ela antes de desligar. Sabia que devia tentar voltar a dormir. Faria outro plantão naquela noite e só conseguira descansar quatro horas. Mas a ligação de Robbie Brace a deixara agitada.

O telefone voltou a tocar.

Ela atendeu e disse:

— Dr. Brace?

A voz do outro lado pareceu assustada.

— Ah, não. Aqui é o Paul.

Paul Hawkins era o chefe da emergência do Hospital Springer Oficialmente, era seu chefe. Extraoficialmente, era um de seus amigos mais próximos da equipe médica.

— Desculpe, Paul — disse ela. — Achei que era outra pessoa ligando de volta. O que houve?

— Temos um problema aqui. Precisamos que venha hoje à tarde.

— Mas eu saí daí há poucas horas. Estou escalada para outro plantão esta noite.

— Não é para fazer plantão. É para uma reunião com a administração, convocada por Ellis Corcoran.

Na hierarquia dos médicos do Hospital Springer, Corcoran, chefe da equipe de medicina e cirurgia, era a mais alta autoridade na hierarquia. Paul Hawkins e todos os outros chefes de departamento respondiam a Corcoran.

Toby sobressaltou-se.

— Qual o assunto da reunião?

— Algumas coisas.

— Harry Slotkin?

Uma pausa.

— Em parte. Há outros assuntos que eles querem discutir.

— Eles? Quem mais vai estar presente?

— O Dr. Carey. A administração. Eles têm perguntas sobre o que aconteceu naquela noite.

— Eu disse o que aconteceu.

— Sim, e eu tentei explicar a eles. Mas Doug Carey está obcecado. Ele se queixou com Corcoran.

Ela gemeu.

— Você sabe do que se trata, Paul? Não tem nada a ver com Harry Slotkin. É sobre o jovem Freitas. O que morreu há alguns meses. Carey está tentando me culpar.

— Isso é outro assunto.

— Não, não é. Carey errou e o menino morreu. Eu o denunciei.

— Você não apenas o denunciou. Você fez com que ele fosse *processado* por aquilo.

— A família do menino pediu a minha opinião. Devia mentir para eles? De qualquer modo, ele *devia* ser processado. Deixar um menino com uma ruptura de baço em um andar não monitorado? Fui eu quem tive de acudir o pobrezinho.

— Tudo bem, então ele errou. Mas você podia ter sido mais discreta em suas opiniões.

Aquele era o verdadeiro problema. Toby não fora discreta.

Era o tipo de emergência que todo médico temia, uma criança moribunda. Os pais gritando no corredor. Durante sua luta para reviver a criança, Toby deixara escapar, frustrada: *Por que esse menino não está no CTI?*

Os pais ouviram. Depois, os advogados também ouviram.

— Toby, no momento *temos de* nos concentrar no assunto em pauta. A reunião está marcada para as 14 horas. Eles não iriam convidá-la, mas eu insisti.

— Por que não fui convidada? Era para ser um linchamento secreto?

— Apenas tente chegar a tempo, está bem?

Ela desligou e olhou para o relógio. Já eram 12h30 e ela não podia sair sem encontrar alguém para ficar com a sua mãe. Imediatamente, pegou o telefone e ligou para Bryan. Ela ouviu tocar quatro vezes, então a secretária eletrônica atendeu. *Oi, aqui é Noel! E eu sou Bryan! Estamos loucos para ouvir notícias suas. Portanto, deixe uma mensagem...*

Ela desligou e discou outro número: o de sua irmã. *Por favor, esteja em casa. Uma vez na vida, Vickie, por favor, me ajude...*

— Alô?

— Sou eu — disse Toby, emitindo um suspiro de alívio.

— Pode esperar um minuto? Tenho uma panela no fogo...

Toby ouviu o aparelho bater sobre a mesa e o barulho de tampas de panela. Então, Vickie voltou à linha.

— Desculpe. Os sócios de Steve virão jantar hoje à noite e estou experimentando uma sobremesa nova...

— Vickie, estou enrolada. Preciso que você cuide da mamãe durante algumas horas.

— Quer dizer... *agora*? — Vickie emitiu uma risada aguda e incrédula.

— Tenho uma reunião de emergência no hospital. Eu a deixarei aí e a pegarei de volta quando acabar a reunião.

— Toby, tenho visitas hoje à noite. Estou cozinhando, a casa ainda precisa ser limpa, e as crianças estão voltando da escola.

— Mamãe não dará trabalho, acredite. Ela vai ficar ocupada no quintal.

— Eu não posso deixá-la vagando no quintal! Acabamos de pôr grama nova...

— Então deixe-a sentada vendo TV. Preciso ir agora ou não vou conseguir chegar a tempo.

— Toby...

Ela desligou o aparelho. Não tinha tempo nem paciência para discutir e a casa de Vickie ficava a meia hora de carro de onde ela estava.

Encontrou Ellen do lado de fora, chafurdando alegremente na pilha de esterco.

— Mamãe — disse Toby. — Temos de ir à casa da Vickie.

Ellen se ergueu e Toby viu que as mãos da mãe estavam imundas, o vestido todo sujo de terra. Não havia tempo de dar banho e vesti-la. Vickie teria um faniquito.

— Vamos para o carro — disse Toby. — Precisamos nos apressar.

— Não devemos incomodar a Vickie, você sabe.

— Você não a vê há semanas.

— Ela está ocupada. Vickie é um garota muito ocupada. Não quero incomodar.

— Mamãe, precisamos ir agora.

— Vá você. Eu fico em casa.

— Serão apenas algumas horas. Então voltaremos.

— Não, acho que vou ficar aqui no jardim. — Ellen agachou-se e enfiou a colher de pedreiro profundamente na pilha de esterco.

— Mamãe, *temos de ir*! — Frustrada, Toby agarrou o braço da mãe e a puxou com tanta força que Ellen emitiu um gemido, chocada.

— Você está me machucando! — queixou-se Ellen.

Imediatamente, Toby a soltou. Assustada com a filha, Ellen deu um passo para trás, massageando o braço.

O silêncio de Ellen e o brilho de lágrimas em seus olhos partiram o coração de Toby.

— Mamãe. — Toby balançou a cabeça, envergonhada. — Desculpe. Estou realmente arrependida. Só preciso que coopere comigo agora. Por favor.

Ellen olhou para seu chapéu que caíra na grama, a aba de palha oscilando ao vento. Lentamente, ela se agachou para pegá-lo, então voltou a se levantar apertando o chapéu contra o peito. Com tristeza, baixou a cabeça e assentiu. Então, foi até o portão do jardim e esperou que Toby o abrisse.

No caminho da casa de Vickie, Toby tentou fazer as pazes com Ellen. Com entusiasmo forçado, falou sobre o que fariam no fim de semana. Instalariam outra treliça e plantariam uma moita de rosas claras ou, talvez, vermelhas. Ellen adorava rosas vermelhas. Espalhariam adubo e planejariam uma horta. Comeriam sanduíches de tomates frescos e beberiam limonada. Havia tanto a fazer!

Ellen olhou para o chapéu em seu colo e não disse nada.

Entraram na garagem de Vickie e Toby se preparou para o que viria. Vickie, é claro, faria um escândalo, dizendo que aquilo era um abuso. Vickie e todas as suas responsabilidades! Professora do departamento de biologia da Faculdade Bentley. Um marido executivo arrogante cuja palavra preferida era *eu*. Um filho e uma filha, ambos no auge da adolescência. Como Toby era sortuda! Solteira e sem filhos! É claro que era ela quem devia cuidar da mãe.

O que mais eu faria da minha vida?

Toby ajudou Ellen a descer do carro e a subir os degraus da varanda. A porta se abriu e Vickie apareceu, com o rosto enrubescido de aborrecimento.

— Toby, esta é a *pior* hora possível.

— Para nós duas, acredite. Tentarei buscá-la o quanto antes.

Toby ajudou a mãe a entrar.

— Vamos, mamãe. Se comporte durante a visita.

— Estou cozinhando — disse Vickie. — Não posso cuidar dela.

— Ela ficará bem. Deixe-a em frente à tevê. Ela gosta do canal Nickelodeon.

Vickie olhou para o vestido de Ellen e franziu as sobrancelhas.

— O que aconteceu com as roupas dela? Estão imundas. Mamãe, tem algo de errado com o seu braço? Por que o está massageando?

— Dói. — Ellen balançou a cabeça com tristeza. — Toby ficou brava comigo.

Toby sentiu-se enrubescer.

— Tinha de fazê-la entrar no carro. Ela não queria sair do jardim. É por isso que está tão suja.

— Bem, ela não pode ficar *assim*. Espero visitas às 18 horas!

— Prometo que estarei de volta antes disso. — Toby deu um beijo no rosto de Ellen. — Vejo você mais tarde, mamãe. Obedeça à Vickie.

Sem olhar para trás, Ellen entrou na casa. *Ela está me punindo*, pensou Toby. *Fazendo com que me sinta culpada por ter perdido a paciência.*

— Toby — disse Vickie seguindo-a até o carro. — Preciso que me avise com antecedência da próxima vez. Não é para isso que pagamos Bryan?

— Não o encontrei. Seus filhos voltarão para casa em breve. Eles podem cuidar dela.

— Eles não querem!

— Então tente *pagar para que o façam*. Seus filhos certamente parecem valorizar o dinheiro todo-poderoso.

Toby bateu a porta do carro e ligou o motor. *Por que diabos disse aquilo?*, pensou enquanto se afastava. *Preciso me acalmar. Preciso me controlar e me preparar para essa reunião.* Mas ela já havia estragado tudo com Vickie. Agora, sua irmã estava furiosa com ela, e Ellen também. Talvez o mundo inteiro estivesse furioso com ela.

Teve o súbito impulso de pisar no acelerador e continuar dirigindo, deixando tudo para trás. Encontrar uma nova identidade, uma nova cidade, uma nova vida. A que tinha agora estava uma bagunça e ela não sabia de quem era a culpa. Certamente não era dela. Toby simplesmente estava tentando fazer o melhor que podia.

Eram 14h10 quando parou em uma vaga no estacionamento do Hospital Springer. Não tinha tempo de ordenar seus pensamentos, a reunião já havia começado e ela não queria Doug Carey soltando o verbo em sua ausência. Se ele iria atacá-la, Toby queria estar lá para se defender. Ela foi direto para a ala administrativa no segundo andar e entrou na sala de reunião.

Lá dentro, a conversa foi interrompida.

Olhando para a mesa, viu rostos amistosos entre as seis pessoas ali presentes. Paul Hawkins. Maudeen e Val. Toby sentou-se em uma cadeira ao lado de Val, diante de Paul, que deu um aceno de cabeça para ela. Se tinha de olhar para alguém, que fosse para um homem bonito. Ela mal olhou para o Dr. Carey, sentado no outro extremo da mesa, mas era impossível ignorar sua presença hostil. Um homem pequeno — em diversos aspectos —, Carey compensava a baixa estatura com uma postura ereta e um olhar ameaçadoramente direto. Um chihuaua malvado. Naquele momento, ele olhava diretamente para Toby.

Ela ignorou Carey e concentrou-se em Ellis Corcoran, o chefe da equipe de cirurgia. Toby não conhecia Corcoran muito bem e perguntava-se se alguém no Springer o conhecia. Era difícil superar sua reserva ianque. Ele raramente revelava seus sentimentos e, naquele momento, não demonstrava nenhuma emoção. O mesmo se aplicava ao administrador do hospital, Ira Beckett, sentado com a barriga proeminente contra a mesa. O silêncio se prolongou um pouco mais do que o normal. As palmas de suas mãos estavam úmidas e ela as enxugou nas calças debaixo da mesa.

Ira Beckett falou.

— O que estava nos dizendo, Sra. Collins?

Maudeen pigarreou.

— Estava tentando explicar que tudo aconteceu ao mesmo tempo. Tínhamos aquela emergência na sala de trauma. Aquilo absorveu toda a nossa atenção. Achamos que o Sr. Slotkin estava estabilizado...

— Então o ignoraram? — disse Carey.

— Não o ignoramos.

— Quanto *tempo* o deixaram sem atendimento? — perguntou Beckett.

Maudeen olhou para Toby, pedindo silenciosamente: *me ajude aqui.*

— Eu fui a última pessoa a ver o Sr. Slotkin — disse Toby. — Foi por volta de 5h ou 5h15. Eu me dei me conta de que ele havia sumido pouco depois das 6 horas.

— Então o deixou sozinho por quase uma hora?

— Ele estava esperando para fazer uma tomografia. Havíamos avisado ao técnico da radiologia. Nada mais podíamos fazer por ele àquela altura. Ainda não sabemos como ele conseguiu sair do quarto.

— Saiu porque vocês não ficaram de olho nele — disse Carey.
— Vocês nem mesmo o imobilizaram.

— Ele *estava* imobilizado — disse Val. — Prendemos os tornozelos e pulsos!

— Então ele deve ser algum tipo de Houdini. Ninguém consegue escapar de uma imobilização de quatro pontos. Ou alguém esqueceu de atar as correias?

Nenhuma enfermeira falou. Ambas olhavam para a mesa.

— Dra. Harper? — disse Beckett. — Você disse que foi a última pessoa a ver o Sr. Slotkin. Ele estava imobilizado?

Toby engoliu em seco.

— Eu não sei.

Paul franziu as sobrancelhas.

— Você me disse que sim.

— Eu *achei* que sim. Quero dizer, acho que o imobilizei. Mas foi um plantão muito tumultuado e agora já não tenho certeza. Se ele estava imobilizado, seria praticamente impossível escapar.

— Finalmente estamos sendo honestos quanto a isso — disse Carey.

— Eu *nunca* fui desonesta! — rebateu ela. — Se errei, ao menos admito o meu erro.

Paul interveio:

— Toby...

— Às vezes estamos lidando com seis crises ao mesmo tempo. Fica difícil lembrar de cada detalhe do que deu errado durante o plantão!

— Viu, Paul? — disse Carey. — Era o que eu estava dizendo. Me deparo com essa atitude defensiva todo o tempo. E é *sempre* no turno da noite.

— Você é o único que está se queixando — disse Paul.

— Posso citar meia dúzia de outros médicos que tiveram problemas. Somos chamados a qualquer hora da noite para internar pacientes que não precisam ser internados. É um problema de julgamento.

— A quais pacientes você se refere? — perguntou Toby.

— Não tenho os nomes comigo agora.

— Então descubra os nomes. Se vai questionar o meu julgamento, quero que seja específico.

Corcoran suspirou.

— Estamos fugindo do assunto.

— Não, este é o assunto — disse Carey. — A competência da equipe de emergência de Paul. Sabe o que estava acontecendo na emergência naquela noite? Estavam fazendo uma maldita festa de aniversário! Entrei na sala dos funcionários para tomar café e havia faixas por toda parte, um bolo e um bando de velas queimadas. *Foi isso* que provavelmente aconteceu. Estavam tão ocupados com a festa que não se incomodaram em...

— Isso é uma grande *besteira* — disse Toby.

— *Houve* uma festa, não foi? — disse Carey.

— Mais cedo, sim. Mas nada que nos distraísse de nosso trabalho. Quando aquela paciente com tamponamento cardíaco chegou, todos nos mobilizamos. Ela requisitou toda a nossa atenção.

— E vocês também a perderam — disse Carey.

O comentário soou como um tapa na cara e Toby sentiu as faces arderem. A pior parte daquilo tudo era que ele estava certo. Ela perdera a paciente. Seu turno se *tornara* um desastre. E um desastre público. Novos pacientes entraram na sala de espera e ouviram um monólogo furioso do filho de Harry Slotkin. Então, chegou uma ambulância trazendo alguém com dor no peito e logo depois a polícia apareceu com duas viaturas para ajudar a procurar o paciente desaparecido. A primeira lei da física prevalecera enquanto a sala de emergência que Toby controlava com tanto cuidado se transformava em um caos.

Ela se inclinou para a frente, mãos pressionadas sobre a mesa, olhar voltado não para Carey, mas para Paul.

— Não tínhamos meios de lidar com um tamponamento cardíaco. Aquela paciente deveria estar em um centro de trauma. Nós a mantivemos viva o quanto pudemos. Duvido que até mesmo o maravilhoso Dr. Carey pudesse salvá-la.

— Você me chamou tarde demais para que eu pudesse fazer algo — disse Carey.

— Nós o chamamos assim que descobrimos que era um caso de tamponamento.

— E quanto tempo levou até perceberem?

— Minutos depois da chegada da paciente.

— De acordo com o relatório da ambulância, a paciente chegou às 5h20. Vocês só me ligaram às 5h45.

— Não, ligamos mais cedo. — Ela olhou para Maudeen e Val, que assentiram.

— Não consta do relatório da emergência — disse Carey.

— E quem tinha tempo de anotar alguma coisa? Estávamos lutando para salvar a vida dela!

Corcoran interveio:

— *Por favor!* Não estamos aqui para brigar. Precisamos decidir como vamos enfrentar esta nova crise.

— Que nova crise? — perguntou Toby.

Todos a olharam, surpresa.

— Não tive chance de lhe dizer — disse Paul. — Acabei de saber. Alguns jornais descobriram o ocorrido. Publicarão algo do tipo: paciente sem memória desaparece da emergência. Um repórter ligou agora há pouco para pedir detalhes.

— O que torna isso digno de ser noticiado?

— É como aquela história do cirurgião que cortou a perna errada do paciente. As pessoas gostam de saber de coisas que não dão certo em hospitais.

— Mas quem avisou os jornais? — Ela olhou ao redor e seus olhos cruzaram com os de Carey por um breve instante. Ele desviou o olhar.

— Talvez a família Slotkin — disse Beckett. — Talvez estejam preparando o terreno para um processo. Realmente não sabemos *como* os jornais souberam.

— Erros são noticiados — murmurou Carey com malícia.

— Os seus geralmente são abafados — disse Toby.

— *Por favor* — disse Corcoran. — Se o paciente for encontrado ileso, então tudo bem. Mas já se passaram dois dias e, até onde eu sei, ninguém o viu. Vamos torcer para que o encontrem vivo e bem.

— Um repórter ligou para a emergência duas vezes esta manhã — disse Maudeen.

— Ninguém falou com ele, espero.

— Não. Na verdade, as enfermeiras desligaram na cara dele.

Paul riu com amargura.

— Bem, é uma maneira de lidar com a imprensa.

Corcoran disse:

— Se encontrarem o sujeito, podemos sair dessa ilesos. Infelizmente, esses pacientes com Alzheimer podem andar por quilômetros.

— Ele não tem Alzheimer — disse Toby. — O histórico médico dele não é consistente com tal enfermidade.

— Mas você disse que ele estava confuso.

— Não sei por quê. Não descobri nada ao examiná-lo. Os exames de sangue vieram normais. Infelizmente, não conseguimos fazer a tomografia. Gostaria de lhes dar um diagnóstico, mas não terminei a minha avaliação. — Ela fez uma pausa. — Mas eu *de fato* me pergunto se ele estava tendo convulsões.

— Você testemunhou convulsões?

— Notei que a perna dele se agitava em espasmos. Não dava para ver se era um movimento voluntário ou não.

— Oh, meu Deus! — Paul afundou na cadeira. — Espero que ele não esteja vagando por uma autoestrada ou tenha resolvido caminhar perto de algum curso d'água. Ele pode se meter em apuros.

Corcoran assentiu.

— E nós também.

Ao fim da reunião, Paul pediu que Toby se juntasse a ele no refeitório do hospital. Eram 15 horas e a fila do almoço encerrara havia uma hora, de modo que recorreram às máquinas abastecidas com biscoitos, batatas fritas e um suprimento inesgotável de café tão forte quando ácido. O refeitório estava deserto e podiam escolher qualquer lugar, mas Paul foi até uma mesa no canto, bem longe da entrada ou de qualquer ouvido atento.

Ele se sentou sem olhar para ela.

— Isso não é fácil para mim — disse Paul.

Toby tomou um gole de café, então baixou a xícara cuidadosamente. Ele não olhava para ela, e sim para o tampo da mesa. Território neutro. Paul não costumava evitar o olhar de Toby. Ao longo dos anos, desenvolveram uma amizade confortavelmente sincera. Como toda amizade entre homem e mulher, havia, é claro, pequenas desonestidades entre ambos. Ela jamais admitiria o quanto se sentia atraída por ele, porque aquilo não fazia qualquer sentido, e ele gostava muito da mulher, Elizabeth. Mas, em quase tudo mais, ela e Paul podiam ser honestos um com o outro. Portanto, agora ela se sentia magoada ao vê-lo olhar para a mesa, pois aquilo a fazia se perguntar quando ele deixara de ser inteiramente sincero.

— Fico feliz que tenha vindo — disse ele. — Queria que visse contra o que estou lutando.

— Refere-se a Doug Carey?

— Não é apenas Carey. Eu fui chamado para comparecer à reunião de diretoria do Springer na próxima quinta-feira, Toby. Sei que esse assunto será mencionado. Carey tem amigos naquele conselho. E quer ver sangue.

— Ele está querendo isso há meses, desde a morte do jovem Freitas.

— Bem, esta era a oportunidade que ele estava esperando. Agora o caso Slotkin está em aberto e a diretoria do hospital está disposta a ouvir as queixas de Carey contra você.

— Acha que as queixas dele são válidas?

— Se achasse, Toby, você não estaria na minha equipe. Falo sério.

— O problema é que acho que desta vez realmente errei — disse ela em meio a um suspiro. — Não sei como Harry Slotkin pode ter fugido estando imobilizado. O que significa que devo tê-lo deixado desatado. Simplesmente não consigo lembrar... — Os olhos dela ardiam por todas as horas que havia passado, e o café se revolvia em seu estômago. *Agora sou eu quem está perdendo a memória*, pensou. Seria o primeiro sinal de Alzheimer? Será o princípio do meu fim? — Fico pensando em minha mãe — disse ela. — Como eu me sentiria se *ela* se perdesse nas ruas. Quão furiosa eu ficaria com as pessoas responsáveis! Fui negligente e coloquei a vida de um idoso em perigo. A família de Harry Slotkin tem todo o direito de vir atrás de mim com seus advogados. Só estou esperando acontecer.

O silêncio de Paul a fez erguer a cabeça.

Ele murmurou:

— Acho que é hora de lhe dizer.

— O quê?

— A família pediu uma cópia do relatório da emergência. O pedido foi feito pelo escritório do advogado deles esta manhã.

Toby não disse nada. A revolução em seu estômago se transformara em náusea.

— Isso não quer dizer que vão processá-la — disse Paul. — Afinal, a família não precisa de dinheiro. E as circunstâncias podem ser embaraçosas para eles. Um senhor vagando nu em um parque...

— Se Harry for encontrado morto, tenho certeza de que *vão* me processar. — Ela segurou a cabeça em suas mãos. — Oh, meu Deus! É meu segundo processo em três anos.

— O último era um embuste, Toby. Você venceu.

— Mas esse eu vou perder.

— Slotkin tem 72 anos e pouco tempo de vida. Isso pode atenuar o prejuízo financeiro.

— Uma pessoa com 72 anos não é tão velha. Poderia ter anos de vida pela frente.

— Mas ele obviamente estava doente quando chegou à emergência. Se encontrarem o corpo, se puderem provar que ele tinha uma doença terminal, isso poderá pesar a seu favor no tribunal.

Ela esfregou o rosto.

— É o último lugar onde pretendo parar. Um tribunal.

— Vamos nos preocupar com isso quando for a hora. No momento, temos outros assuntos políticos a tratar. Sabemos que as notícias já chegaram aos jornais, e eles adoram histórias de terror envolvendo médicos. Se a diretoria do hospital começar a se sentir pressionada pela opinião pública, eles irão me pressionar para que tome uma providência. Farei o possível para protegê-la. Mas, Toby, também posso ser substituído. — Ele fez uma pausa. — Mike Esterhaus já manifestou interesse em ser o chefe da emergência.

— Ele seria um desastre.

— Ele é um carneirinho. E não irá se opor a eles como eu me oponho. Toda vez que tentam demitir alguém da nossa equipe, eu grito. Já o Mike vai ceder educadamente.

Pela primeira vez um pensamento lhe ocorreu: *estou afundando Paul junto comigo.*

— A única coisa pela qual podemos esperar é que encontrem o maldito paciente — disse ele. — Isso irá abafar a crise. A imprensa vai perder o interesse e não haverá nenhuma ameaça de processo. Ele tem de que ser encontrado vivo e bem.

— O que parece mais improvável a cada hora que passa.

Ficaram sentados em silêncio, o café esfriando, sua amizade ameaçada no ponto mais fraco. Era por isso que médicos não deviam se casar uns com os outros, pensou Toby. Naquela noite, Paul iria para casa e se encontraria com Elizabeth, cujo trabalho nada tinha a ver com medicina. Não haveria tensão entre eles, nem a preocupação compartilhada a respeito de Doug Carey, processos ou diretorias de hospital para lhes estragar o jantar. Elizabeth o ajudaria a fugir da crise, ao menos durante uma noite.

E de quem eu teria ajuda?

6

Nada de frango de borracha hoje à noite, observou o Dr. Robbie Brace quando uma garçonete pousou um prato à sua frente. Ele olhou para a bandeja de cordeiro, batatas e vegetais frescos. Tudo parecia tenro e jovem. Enquanto a faca cortava um pedaço de carne, ele pensou: os privilegiados preferem se alimentar de coisas jovens. Mas ele não se sentia particularmente privilegiado naquela noite, fora o fato de estar sentado em mesa à luz de velas com uma taça de champanhe ao lado do prato. Ele olhou para a esposa, Greta, sentada ao seu lado, e a viu franzir a testa pálida. Ele suspeitava que aquele franzir de testa nada tinha a ver com a qualidade da comida, já que o prato vegetariano que pedira fora artisticamente apresentado. Ao olhar para as outras duas dezenas de mesas no salão, talvez ela estivesse percebendo algo que o marido já havia notado. Estavam sentados à mesa mais longe do palco. Isolados em um canto no qual mal seriam vistos.

Metade das cadeiras de sua mesa estava vazia, e as outras três estavam ocupadas por administradores de asilos e um investidor de Brant Hill completamente surdo. Ali era a Sibéria das mesas. Olhando ao redor da sala, viu que todos os outros médicos estavam sentados em lugares melhores. O Dr. Chris Olshank, contratado na mesma semana que Robbie, conseguira uma mesa bem mais perto do palco. *Talvez aquilo não queira dizer nada. Talvez tenha sido apenas um erro na distribuição dos lugares.* Mas ele não conseguia deixar de notar a diferença essencial entre ele e Chris Olshank.

Olshank era branco.

Cara, você só está ferrando com a sua mente.

Ele tomou um gole de champanhe, engolindo-o com ressentimento, o tempo todo ciente de que era o único convidado negro no banquete. Havia duas negras em outra mesa, mas ele era o único negro. Era algo que ele nunca deixara de perceber, algo que lhe vinha à mente sempre que entrava em uma sala cheia de gente. Quantos brancos, quantos asiáticos, quantos negros? De uma forma ou de outra, se havia muitos, ele se sentia constrangido, como se aquilo violasse alguma cota racial implicitamente aceitável. Mesmo agora, como médico, não conseguia afastar aquela dolorosa consciência de sua cor de pele. O título de médico antes do nome não mudara nada.

Greta tocou-o, a mão pequena e pálida em contraste com sua negritude.

— Você não está comendo.

— Claro que estou. — Ele olhou para os vegetais no prato dela. — Como está sua comida de coelho?

— Pra falar a verdade, está muito boa. Prove. — Ela enfiou um garfo cheio de batata com alho na boca do marido. — Gostoso, não? E é melhor para as suas artérias do que esse pobre cordeiro.

— Uma vez carnívoro...

— Sim, sempre carnívoro. Mas continuo com esperanças de que você veja uma luz no fim do túnel.

Finalmente, ele sorriu, refletindo sobre a beleza da mulher. Greta tinha mais do que uma beleza óbvia. Era possível identificar ardor e inteligência em seu rosto. Embora ela parecesse alheia ao seu efeito sobre o sexo oposto, Brace estava sempre atento ao modo como os outros homens olhavam para ela. E atento também ao modo como olhavam para *ele*, um negro casado com uma ruiva. Inveja, ressentimento, confusão — ele via tudo aquilo nos olhos dos homens enquanto olhavam para marido e mulher, para preto e branco.

Um tapinha no microfone despertou sua atenção. Brace ergueu a cabeça e viu Kenneth Foley, o CEO de Brant Hill, atrás do púlpito.

As luzes baixaram e um slide apareceu na tela do projetor sobre a cabeça de Foley. Era o logotipo de Brant Hill, um *B* e um *H* barrocos interligados e, mais abaixo, as palavras:

ONDE VIVER BEM É A MELHOR RECOMPENSA.

— Esse é um slogan infeliz — murmurou Greta. — Por que não dizem apenas: *Onde vivem os ricos?*

Brace apertou o joelho dela, em advertência. Ele concordava, é claro, mas opiniões socialistas não deviam ser manifestadas entre tantos minks e diamantes.

No palco, Foley começou sua apresentação:

— Há seis anos, Brant Hill era apenas um conceito. Não um conceito único, é claro. Em todo o país, à medida que os EUA vão envelhecendo, comunidades de aposentados estão surgindo em vários estados. O que torna Brant Hill único não é o conceito. É a *execução*. É o nível a que elevamos o *sonho*.

Um novo slide surgiu na tela, uma fotografia do condomínio de Brant Hill com a lagoa de cisnes em primeiro plano e as colinas ondulantes do campo de golfe cobertos por um tênue manto de névoa.

— Sabemos que o *sonho* nada tem a ver com uma velhice confortável seguida de uma morte confortável. O sonho tem a ver com a *vida*. Com começos, e não fins. É *isso* que oferecemos aos nossos clientes. Nós tornamos o sonho uma realidade. E vejam quão longe fomos! Brant Hill, Newton, está se expandindo. Brant Hill, La Jolla, já foi completamente vendido. No mês passado, começamos a construir a nossa terceira instalação, em Naples, na Flórida, e já vendemos 75 por cento dessas unidades que ainda nem estão prontas. E, hoje à noite, no sexto aniversário da nossa primeira unidade, estou aqui para anunciar a notícia mais *excitante* de todas. — Ele fez uma pausa e, na tela acima dele, o logotipo de Brant Hill reapareceu sobre um fundo azul.

— Às 8 horas de amanhã, faremos a nossa primeira oferta pública de ações. Creio que todos compreendem o que *isso* significa.

Dinheiro, pensou Brace ao ouvir os murmúrios de excitação na sala. Uma fortuna para os primeiros investidores. E, para o próprio condomínio de Brant Hill, significava uma infusão de dinheiro que suscitaria a construção de novas instalações em outros estados. Não admira haver champanhe sobre a mesa, uma vez que, na manhã seguinte, metade das pessoas naquela sala estaria ainda mais rica do que já era.

A plateia irrompeu em aplausos.

Greta não aplaudiu, o que Robbie percebeu com certo desconforto. O velho estereótipo a respeito da obstinação das ruivas aplicava-se à sua mulher. Ela estava sentada de braços cruzados, queixo erguido, a imagem perfeita de uma socialista furiosa.

Mais slides apareceram na tela, refletindo uma colagem de cores que se alternavam no rosto de Greta. Fotografias do Brant Hill de La Jolla, que fora projetado como um aglomerado de vilas ao estilo Mediterrâneo voltadas para o Pacífico. A foto de uma academia de ginástica em Newton, onde dez mulheres idosas em elegantes roupas de ginástica praticavam aeróbica. Uma imagem do quinto campo de golfe de Newton, com dois homens posando ao lado de um carro de golfe. Então, a fotografia de um grupo de residentes jantando no restaurante do country clube, uma garrafa de champanhe gelando em um balde de prata.

Onde vivem os ricos.

Brace se remexeu na cadeira, pensando no que Greta devia estar pensando de tudo aquilo. Cuidar de gente rica não era o que ele planejara para a sua vida profissional quando era estudante de medicina. Mas, na época, ele não antecipara as pressões dos empréstimos estudantis, a hipoteca da casa ou as economias para pagar a universidade do filho. Ele não imaginara que seria obrigado a se vender.

Greta descruzou as pernas e, quando sua coxa roçou a dele, Brace sentiu uma raiva súbita pelo fato de a mulher não conseguir compreender o lado dele. Ela era a esposa; podia se aferrar aos princípios *dela*. Era ele quem tinha de manter a família alimentada e abrigada. E que pecado havia em cuidar de gente rica? Assim como todo mundo, os ricos adoeciam, precisavam de médicos e de compaixão.

E pagavam as contas deles.

Ele cruzou os braços, afastando-se tanto física quanto emocionalmente de Greta, e olhou para a tela. Então, este era o verdadeiro propósito de Ken Foley com aquele jantar: chamar a atenção para a oferta pública e estimular a demanda das novas ações. O discurso de Foley era dirigido a uma plateia de investidores bem mais ampla que a que se encontrava naquela sala. Brant Hill já devia estar surgindo nas telas de radar de empresas de corretagem de todo o país. Cada palavra que ele dissesse naquela noite seria reproduzida pela imprensa.

Um novo slide apareceu na tela, uma interpretação artística da nova ala do asilo que estava em construção. Os alicerces haviam sido concretados na véspera e começariam as escavações para um segundo anexo na semana seguinte. Trabalhavam o mais rapidamente possível, embora a demanda continuasse a crescer.

Foley descrevera o produto e agora explicava seu mercado. O slide seguinte era um gráfico de barras representando o crescimento da população idosa nos Estados Unidos, a geração do pós-guerra — os *baby boomers* — envelhecendo como um porco engolido e digerido por uma cobra. A geração do "eu" deixando de lado os esquis em troca dos andadores.

— Eis a nossa população alvo — disse Foley, seu apontador laser circulando o porco estatístico dentro da cobra. — Nossos futuros clientes. Daqui a alguns anos, os *boomers* começarão a se aposentar, e Brant Hill será o tipo de instituição para o qual se voltarão. Estamos falando de crescimento e um grande retorno para seu investimento. Os *boomers* buscarão uma excitante nova fase em *suas* vidas. Não querem se preocupar com doenças ou enfermidades. Muitos têm dinheiro guardado. Um bocado de dinheiro. Estarão envelhecendo, embora não queiram se *sentir* velhos.

E quem quer?, pensou Brace. Quem de nós não se olha no espelho e tem a sensação de que o rosto do outro lado é velho demais para ser *você* mesmo?

A sobremesa e o café finalmente chegaram à sua mesa isolada. Ao perceber algo de artificial no creme, Greta rejeitou o prato. Brace comeu ambas as sobremesas em uma deprimente orgia de calorias. Estava com a boca suja de creme quando ouviu seu nome nos alto-falantes.

Greta o cutucou.

— Levante-se — murmurou ela. — Estão apresentando os novos médicos.

Brace levantou-se de repente, acidentalmente deixando cair um pouco de creme na frente do terno. Ficou de pé apenas um segundo, atrapalhado com um guardanapo enquanto acenava para a plateia, então rapidamente voltou a se sentar. Outros três novos médicos levantaram-se em seguida, acenando ao serem apresentados, ninguém mais com creme no terno, nenhum deles embaraçado. *Fui o segundo da turma na faculdade,* pensou. *Fui eleito interno do ano. Consegui isso contra todas as possibilidades, e sem um centavo sequer da ajuda de minha família. E aqui estou eu, me sentindo um maldito imbecil.*

Sob a mesa, Greta tocou-lhe o joelho.

— O ar aqui é muito sofisticado — murmurou ela. — Acho que estou engasgando com pó de ouro.

— Quer ir embora?

— Você quer?

Ele olhou para o palco, onde Foley ainda falava de dinheiro, retorno de investimentos, crescimento do mercado de aposentados.

— Há ouro à vista, pessoal.

Ele jogou o guardanapo sobre a mesa.

— Vamos embora daqui.

Angus Parmenter não se sentia nada bem. Desde quinta-feira, o tremor em sua mão direita voltara duas vezes. Ele descobriu que, caso se concentrasse, podia controlá-lo, embora isso exigisse muito esforço e deixasse o seu braço esquerdo dolorido. Em ambas as vezes, o tremor parara por conta própria. Nos últimos dois dias, desaparecera por completo, e ele conseguiu se convencer de que os ataques não tinham importância. Muito café, talvez. Ou muito tempo exercitando os músculos dos braços. Ele parara de usar o Nautilus e os tremores não voltaram, o que era um bom sinal.

Mas agora algo *mais* estava errado.

Percebera ao acordar de sua sesta vespertina. Estava escuro, e ele acendera a lâmpada e olhara ao redor do quarto. Toda mobília parecia fora do lugar. Quando aquilo havia acontecido? Teria trocado os móveis de lugar naquele dia? Não se lembrava. Mas a mesa de cabeceira estava longe do alcance de seu braço. Estava inclinada, cairia a qualquer momento. Ele olhou para o móvel, tentando entender por que não tombava, por que o copo d'água sobre o tampo não escorregava para o chão.

Ele se voltou e olhou para a janela, que também mudara de lugar. Estava bem longe, um quadrado distante ao fim de um longo túnel. Ele pulou da cama e imediatamente sentiu que cambaleava. *Seria um terremoto?* O chão parecia oscilar como ondas em mar aberto. Cambaleou para um lado, então para o outro e finalmente se apoiou na cômoda. Ali fez uma pausa, agarrando-se à borda, tentando recuperar o senso de equilíbrio. Sentiu algo escorrendo em seus pés. Olhou para baixo e viu que o tapete estava molhado e sentiu a sensação quente e o cheiro amargo de urina. Quem urinara no seu quarto?

Ouviu um barulho. As notas pareciam flutuar pelo cômodo, como pequenos balões negros. Sinos de igreja? Um relógio? Não, alguém tocava a campainha.

Cambaleou para fora do quarto, segurando-se nas paredes, nas portas, em qualquer coisa na qual pudesse se apoiar. O corredor parecia alongado, a porta afastando-se de sua mão estendida. Subitamente, seus dedos se fecharam ao redor da maçaneta. Com um rosnar de triunfo, abriu a porta.

Atônito, olhou para os dois anões na sua varanda.

— Vão embora — disse ele.

Os anões olharam para ele e emitiram sons como miados de gatos.

Angus começou a fechar a porta, mas não conseguiu. Uma mulher apareceu e o impediu.

— O que está fazendo, papai? Por que não está vestido?

— Vão embora. Saiam da minha casa.

— Papai! — A mulher forçou a entrada.

— Saiam! — disse Angus. — deixem-me sozinho! — Ele se voltou e cambaleou pelo corredor, tentando fugir da mulher e dos dois anões. Mas eles o perseguiam, os anões choramingando, a mulher gritando:

— O que houve? O que há de errado com você?

Ele tropeçou no tapete. O que aconteceu em seguida ocorreu lentamente, como uma dança debaixo d'água. Ele sentiu o seu corpo se projetar para a frente, como se estivesse flutuando. Sentiu seus braços estendidos como asas enquanto pairava no ar liquefeito.

Nem mesmo sentiu o impacto.

— Papai! Oh, meu Deus!

Aqueles anões malditos gritavam e acariciavam a sua cabeça. A mulher agachou-se sobre ele. Ela o deitou de costas.

— Papai, está machucado?

— Posso voar — murmurou Angus.

Ela olhou para os anões e disse:

— Peguem o telefone. Liguem para o 911. *Rápido!*

Angus moveu os braços como se batesse asas.

— Fique parado, papai. Estamos chamando uma ambulância.

Posso voar! Ele estava flutuando. *Eu posso voar.*

— Eu nunca o vi assim. Ele não me reconhece nem parece conhecer os netos. Não sabia o que fazer, por isso chamei a ambulância. — A mulher lançou um olhar ansioso para a sala de exame, onde as enfermeiras tentavam verificar os sinais vitais de Angus Parmenter. — É um derrame ou algo parecido, não é mesmo?

— Só posso dizer depois de examiná-lo — disse Toby.

— Mas parece ser um derrame?

— É possível. — Toby segurou o braço da mulher. — Por que não se senta na sala de espera, Sra. Lacy? Eu lhe darei notícias assim que souber de alguma coisa.

Edith Lacy assentiu. Abraçando os próprios ombros, foi para a sala de espera e afundou no sofá entre as duas filhas. As três se abraçaram, braços formando um universo cálido e compacto.

Toby deu-lhes as costas e voltou à sala de exame.

Angus Parmenter estava atado à maca, murmurando algo sobre estranhos em sua casa. Para um homem de 82 anos, seus membros eram rígidos e surpreendentemente musculosos. Usava apenas uma camiseta. Fora assim que a filha o encontrara, nu da cintura para baixo.

Maudeen removeu o esfigmomanômetro e guardou-o cuidadosamente em um compartimentos na parede.

— Sinais vitais normais: 130 por 70. Pulso em 94 e regular.

— Temperatura?

— Trinta e oito graus — disse Val.

Toby aproximou-se do sujeito e tentou chamar-lhe a atenção.

— Sr. Parmenter? Angus? Sou a Dra. Harper.

— ... entraram na minha casa... não me deixam em paz...

— Angus, você caiu? Você se feriu?

— ... malditos anões, vieram roubar o meu dinheiro. Todo mundo está atrás do meu dinheiro.

Maudeen balançou a cabeça.

— Não consigo tirar nada dele.

— A filha diz que é saudável. Nenhuma doença recente. — Toby iluminou os olhos do sujeito com uma lanterna portátil. Ambas as pupilas se contraíram. — Ela falou com ele ao telefone há apenas duas semanas e ele parecia bem. Angus! Angus, o que houve com você?

— ... sempre tentando roubar o meu dinheiro...

— Temos uma ideia fixa — suspirou Toby, desligando a lanterna. Ela continuou o exame, procurando primeiro por sinais de trauma na cabeça, então voltando a atenção para os nervos cranianos. Não encontrou qualquer indício, nada que identificasse a causa da confusão do paciente. A filha descrevera um andar cambaleante. Teria sofrido um derrame no cerebelo? Isso afetaria a coordenação.

Ela lhe desamarrou o pulso direito.

— Angus, pode tocar o meu dedo? — Ela ergueu a mão diante do rosto do paciente. — Estenda a mão e toque o meu dedo.

— Você está muito longe — disse ele.

— Estou aqui, bem à sua frente. Vamos, tente tocar o meu dedo.

Ele ergueu o braço, que oscilou no ar, como uma cobra.

O telefone tocou e Maudeen atendeu.

O braço de Angus Parmenter começou a tremer violentamente, fazendo a maca chacoalhar.

— O que está acontecendo? — perguntou Val. — Ele está tendo um ataque?

— Angus! — Toby segurou o rosto do homem e olhou diretamente para ele. O paciente não olhava para ela, e sim para o próprio braço.

— Pode falar, Angus?

— Aí vamos nós outra vez — disse ele.

— O quê? Refere-se ao tremor?

— A mão... de quem é essa mão?

— É sua.

O tremor cessou subitamente. O braço tombou como um peso morto sobre a maca. Angus fechou os olhos.

— Pronto — disse ele. — Melhorou.

— Toby? — era Maudeen, desligando o telefone. — Há um Dr. Wallenberg na linha. Quer falar com você.

Toby pegou o aparelho.

— Dr. Wallenberg? Aqui é Toby Harper. Sou a médica de plantão da emergência esta noite.

— Meu paciente está aí com você.

— Refere-se ao Sr. Parmenter?

— Acabei de receber um bipe a respeito da transferência de ambulância. O que houve?

— Foi encontrado confuso em casa. No momento está desperto e os sinais vitais estão estáveis. Mas está com ataxia e parece muito desorientado. Nem mesmo reconhece a filha.

— Há quanto tempo ele está aí?

— A ambulância o trouxe por volta das 21 horas.

Wallenberg ficou silencioso por um instante. Ao fundo, Toby ouviu risadas e vozes. Uma festa.

— Estarei aí em uma hora. Apenas o mantenha estável até eu chegar.

— Dr. Wallenberg...

Mas ele já havia desligado.

Ela se voltou para o paciente, que estava imóvel, olhos fixos no teto. Então, seus olhos se moveram, primeiro para a direita, depois para a esquerda, como se estivesse assistindo a uma partida de tênis em câmera lenta.

— Vamos levá-lo imediatamente para fazer uma tomografia — disse Toby. — E precisaremos de amostras de sangue.

Val tirou um punhado de tubos para coleta da gaveta.

— O de sempre? Hemograma completo e SMA?

— E exame toxicológico. Ele parece estar tendo alucinações.

— Vou ligar para a radiografia — disse Maudeen, voltando a pegar o telefone.

— Meninas — disse Toby. — Mais uma coisa.

Ambas as enfermeiras olharam para ela.

— Seja lá o que aconteça esta noite, nós *não* vamos deixar esse cara sozinho, nem por um segundo. Não até ele ser transferido da emergência.

Val e Maudeen assentiram.

Toby pegou o braço livre de Angus Parmenter e o prendeu firmemente à maca.

— Aí estão os cortes — disse o técnico em radiologia.

Toby olhou para a tela do computador enquanto os pixels formavam a primeira imagem, um oval em diferentes tonalidades de cinza. Olhava para uma seção do cérebro de Angus Parmenter.

Milhares de raios X dirigidos ao seu crânio foram analisados pelo computador, e as diferentes densidades de osso, fluido e matéria cerebral produziram aquela imagem. O crânio parecia uma espessa calota branca, como uma casca de fruta. Dentro da casca, o cérebro surgiu como uma polpa acinzentada, endentada por sulcos negros em forma de vermes.

Uma sucessão de imagens se materializou na tela, cada qual uma fatia ligeiramente diferente do crânio do paciente. Ela viu os cornos anteriores, duas ovais negras repletas de fluido cérebroespinhal. O núcleo caudal. O tálamo. Não parecia haver mudanças anatômicas, nenhuma assimetria. Nenhuma evidência de sangramento em qualquer parte do cérebro.

— Não vejo nada agudo — disse Toby. — O que você acha?

Vince não era médico, mas, como técnico em radiologia, tinha visto muito mais tomografias do que Toby. Ele franziu as sobrancelhas para a tela quando um novo corte apareceu.

— Espere — disse ele. — Isso parece um tanto estranho.

— O quê?

— Bem aqui. — Ele apontou para uma mancha no centro. — Esta é a sela túrcica. Consegue ver como esta borda não está bem delineada?

— Poderia ter sido um movimento do paciente?

— Não, o resto da imagem está perfeitamente claro. Ele não se moveu. — Vince pegou o telefone e discou para a casa do radiologista. — Oi, Dr. Ritter? Os cortes estão chegando bem no seu computador? Ótimo. A Dra. Harper e eu os estamos vendo agora mesmo. Ficamos curiosos a respeito deste último corte. — Ele digitou no teclado e a tela voltou à imagem anterior. — Este corte, está vendo? O que acha desta sela túrcica?

Enquanto Vince conversava com o Dr. Ritter, Toby aproximou-se da tela. O que Vince notara era uma sutil alteração, tão sutil que ela mesma teria deixado passar. A sela túrcica é uma pequena bolsa de osso fino que abriga a glândula pituitária na base do cérebro. Aquela glândula era vital e os hormônios que produzia controlavam uma ampla variedade de funções: fertilidade, crescimento infantil e o ciclo diário de sono e vigília. Poderia aquela pequena erosão da sela túrcica ser a causa dos sintomas do paciente?

— Muito bem, farei os cortes finos do eixo coronal — disse Vince. — Quer que eu faça algo mais?

— Me deixe falar com Ritter — disse Toby. Ela pegou o telefone. — Oi, George, é Toby. O que acha desta sela?

— Nada demais — disse Ritter. Ela ouviu a cadeira dele ranger, possivelmente de couro. George Ritter gostava de ter os seus luxos. Ela podia imaginá-lo em seu estúdio, cercado de computadores de última geração.

— Adenomas pituitários não são incomuns em homens nesta idade. Vinte por cento dos octogenários têm isso.

— Grandes o bastante para erodir a sela?

— Bem, não. Este está um pouco grande. Qual a situação endócrina?

— Ainda não verifiquei. Ele acabou de chegar à emergência. Está muito confuso. Poderia ser esta a causa?

— Não, a não ser que o adenoma produza uma anormalidade metabólica secundária. Verificou os eletrólitos?

— Tiramos sangue. Estamos esperando os resultados.

— Se estiverem normais e a situação endócrina também, acho que você terá de procurar outro motivo para a confusão dele. Esse tumor é muito pequeno para exercer grande pressão anatômica. Pedi a Vince para fazer alguns cortes finos do plano coronal. Isso deverá definir um pouco melhor. Talvez você devesse encaminhar o paciente para uma ressonância magnética. Quem o internou?

— O Dr. Wallenberg.

Houve um silêncio.

— É um paciente de Brant Hill?

— Sim.

Ritter emitiu um suspiro irritado.

— Devia ter me dito antes.

— Por quê?

— Não atendo pacientes de Brant Hill. Eles têm os próprios radiologistas para interpretarem seus exames. O que quer dizer que não serei pago.

— Desculpe, não sabia. Desde quando isso começou?

— O Springer assinou um subcontrato com eles há um mês. Os pacientes deles não devem passar pela emergência. Os médicos de Brant Hill os admitem diretamente na enfermaria deles. Como o paciente foi parar aí com você?

— A filha entrou em pânico e ligou para o 911. Wallenberg está a caminho agora.

— Muito bem. Então deixe Wallenberg decidir o que fazer quanto às fatias coronais. Eu vou dormir.

Toby desligou o telefone e olhou para Vince.

— Por que não me disse que Brant Hill tem um sistema fechado de referência?

Vince olhou-a timidamente.

— Você não me disse que era um paciente de Brant Hill.

— Eles não confiam no pessoal da nossa radiologia?

— Nossos técnicos fazem os filmes, mas o radiologista de Brant Hill os interpreta. Acho que é para manter as remunerações entre eles.

Política hospitalar outra vez, pensou Toby. Todos lutando pelo dinheiro cada vez mais curto da assistência social.

Ela se levantou e olhou pela janela da sala de tomografia. O paciente ainda estava deitado na mesa, olhos fechados, lábios movendo-se lentamente. O tremor em sua mão direita não havia voltado. Contudo, ele precisaria de um eletroencefalograma para afastar a possibilidade de epilepsia. E provavelmente precisaria de uma punção lombar. Cansada, inclinou-se contra o vidro, tentando pensar no que deixara de observar, no que não poderia ter deixado de ver.

Desde que Harry Slotkin desaparecera da emergência, havia duas semanas, ela sabia que seu trabalho estava sob o escrutínio da direção do hospital, e ela vinha sendo mais compulsivamente rigorosa que o habitual. Toda tarde, ela despertava perguntando-se se aquele seria o dia em que encontrariam o corpo de Harry Slotkin, se aquele seria o dia em que seu nome seria novamente exposto à opinião pública. A cobertura inicial da imprensa já fora dolorosa o bastante. Na semana do sumiço de Harry, a história do paciente desaparecido fora divulgada por todos canais de TV locais. Ela conseguira atravessar a tempestade e agora aquilo era notícia velha, provavelmente esquecida pelo grande público. Mas, no minuto em que encontrassem o corpo de Harry, pensou, voltaria a ser uma matéria quente. *E eu ficarei na berlinda, lutando contra advogados e repórteres.*

Atrás dela, uma porta se abriu e uma voz disse:

— Aquele ali na mesa é o meu paciente?

Toby voltou-se e se assustou ao ver um homem muito alto vestindo um smoking. Ele olhou para Vince, seu olhar rapidamente avaliando o técnico de radiologia e o desprezando com a mesma rapidez. Então, foi até a janela de observação e olhou para Angus Parmenter.

— Não pedi tomografia. Quem deu essa ordem?

— Eu — disse Toby.

Agora Wallenberg prestava atenção em Toby, como se finalmente tivesse se dado conta de que ela merecia atenção. Não tinha mais de 40 anos, embora a olhasse com uma expressão de clara superioridade. Talvez fosse o smoking. Um homem que parecia saído das páginas da *GQ* tinha todos os motivos para se sentir superior. Para Toby, parecia um jovem leão, cabelo castanho perfeitamente cortado e penteado para trás como uma juba, olhos cor de âmbar, alertas e não particularmente amistosos.

— Você é a Dra. Harper?

— Sim. Pensei em economizar o seu tempo e pedi a tomografia.

— Da próxima vez, deixe-me pedir meus próprios exames.

— Mas me pareceu mais eficiente fazê-lo agora.

Os olhos de âmbar se estreitaram. Ele pareceu a ponto de replicar, mas logo mudou de ideia. Em vez disso, simplesmente assentiu e voltou-se para Vince.

— Por favor, ponha o meu paciente de volta na maca. Ele será internado no terceiro andar, na ala médica. — Ele fez menção de sair da sala.

— Dr. Wallenberg — disse Toby. — Quer saber os resultados da tomografia do seu paciente?

— Detectaram alguma coisa?

— Uma pequena erosão da sela túrcica. Parece que ele tem um adenoma pituitário em crescimento.

— Algo mais?

— Não, mas talvez queira pedir cortes tomográficos mais finos. Uma vez que ele já está na mesa...

— Não será necessário. Apenas mande-o para cima e eu assinarei os pedidos de internação.

— E quanto à lesão? Sei que um adenoma não é uma emergência, mas pode exigir remoção cirúrgica.

Com um suspiro de impaciência, ele se voltou para Toby.

— Estou ciente do adenoma, Dra. Harper. Eu o estou acompanhando há dois anos. Uma tomografia com cortes mais finos seria desperdício de dinheiro. Mas *obrigado* pela sugestão. — Ele saiu da sala.

— Ué... — murmurou Vince. — Quem enfiou o dedo no rabo dele?

Toby olhou para Angus Parmenter através da janela. Ele ainda murmurava para si mesmo. Ela não concordava com Wallenberg e achava que outra tomografia era, sim, indicada. Mas o paciente não era mais responsabilidade sua.

Ela olhou para Vince.

— Vamos colocá-lo na maca.

7

As letras azuis na porta cinza diziam: ACONSELHAMENTO PRÉ-NATAL. Molly ouviu o som de um telefone tocando lá dentro e hesitou no corredor, a mão segurando a maçaneta enquanto ouvia o tênue murmúrio de uma voz feminina através da porta fechada.

Ela inspirou e entrou.

A recepcionista não a viu imediatamente, pois estava muito ocupada ao telefone. Com medo de interromper aquela mulher ocupadíssima, Molly ficou do outro lado da escrivaninha, esperando ser notada. Finalmente, a recepcionista desligou e olhou para ela.

— Posso ajudar?

— Ah, preciso falar com alguém...

— Você é Molly Picker?

— Sim — assentiu Molly, aliviada. Estavam esperando por ela. — Sou eu.

A recepcionista sorriu, o tipo de sorriso que começa na boca, mas não vai mais longe.

— Sou Linda. Nos falamos ao telefone. Por que não vamos à outra sala?

Molly olhou em torno na recepção.

— Vou ver uma enfermeira ou algo assim? Por que se eu for terei de fazer xixi primeiro.

— Não, hoje só vamos conversar, Molly. O banheiro fica no corredor caso seja muito urgente.

— Acho que posso esperar.

Ela seguiu a mulher até a sala ao lado. Era um pequeno escritório com uma escrivaninha e duas cadeiras. Em uma parede, um imenso cartaz da barriga de uma mulher grávida, como se a barriga tivesse sido cortada ao meio, de modo que era possível ver o bebê lá dentro, seus braços e pernas gorduchas encolhidos, olhos fechados em um sono profundo. Na escrivaninha, havia um modelo plástico de um útero, um quebra-cabeça em 3D que podia ser desmontado em partes, barriga, útero e, então, bebê. Também havia um grande livro ilustrado aberto em uma página com desenho de um carrinho de bebê vazio, o que parecia uma imagem estranha para se exibir.

— Por que não senta? — disse Linda. — Gostaria de uma xícara de chá? Um copo de suco de maçã?

— Não, senhora.

— Tem certeza? Não é trabalho algum.

— Não estou com sede, obrigada, senhora.

Linda sentou-se diante de Molly, de modo que ambas olhavam diretamente uma para a outra. O sorriso da mulher mudou para uma expressão de preocupação. Tinha olhos azuis, delineados com um pouco de maquiagem, e seriam até bonitos se não estivessem em um rosto tão insípido e mal-humorado. Nada naquela mulher — seu ar permanente de dona de casa suburbana, o vestido de gola alta ou a boca pequena e apertada — deixava Molly à vontade. Ela podia ser de outro planeta, tão diferentes eram uma da outra. Ela sabia que a mulher também sentia aquela diferença. Dava para ver pelo modo como Linda se sentava atrás da escrivaninha, ombros retos, dedos ossudos entrelaçados à sua frente. Subitamente Molly sentiu necessidade de puxar a barra da saia, de cruzar os braços sobre o peito. E sentiu a pontada de algo que não sentia havia muito tempo.

Sentiu vergonha.

— Então — disse Linda. — Me fale de sua situação, Molly.

— Minha, ah, situação?

— Você disse ao telefone que estava grávida. Está tendo sintomas?

— Sim, senhora. Creio que sim.

— Pode me dizer quais são?

— Eu, bem... — Molly olhou para o próprio colo. A saia curta subia por suas pernas. Ela se remexeu um pouco na cadeira. — Pela manhã, sinto náuseas. Urino o tempo todo. E também não fiquei menstruada este mês.

— Quando foi sua última menstruação?

Molly deu de ombros.

— Não estou certa. Acho que foi em maio.

— Faz mais de quatro meses. Você não se deu conta do atraso?

— Bem, eu não costumo controlar isso, sabe? Então tive uma diarreia e achei que por isso tinha atrasado. E também, eu... acho que não queria pensar a respeito. Sobre o que aquilo significava. Você sabe como é.

Obviamente, Linda não sabia. Ela apenas ficou olhando para Molly com aqueles olhos apertados.

— Você é casada?

Molly soltou uma gargalhada.

— Não, senhora.

— Mas você fez... sexo. — A palavra lhe saiu como um pigarro, um som grave e engasgado.

Molly remexeu-se na cadeira.

— Bem, é — respondeu ela. — Fiz sexo.

— Sem proteção?

— Quer saber se usei camisinha? Sim, claro. Mas acho que... tive um acidente.

Novamente a mulher pigarreou. Ela cruzou as mãos sobre a mesa.

— Molly, sabe como está seu bebê agora?

Molly balançou a cabeça.

— Você compreende que está com um *bebê* na barriga? — A mulher empurrou o livro ilustrado em direção a Molly e foi até uma página perto do fim.

Ela apontou para a ilustração de um bebê em miniatura enrodilhado em uma bola de carne.

— Aos 4 meses, é assim que ele está. Tem rosto, pés e mãos. Vê quão perfeito ele já é? É um bebê de verdade. Não é bonitinho?

Molly remexeu-se na cadeira, incomodada.

— Já tem um nome para ele? Devia lhe dar um nome, não acha? Porque logo vai começar a senti-lo se mexer aí dentro e não poderá chamá-lo apenas de *ei, você.* Sabe o nome do pai?

— Não, senhora.

— Bem, qual o nome do *seu* pai?

Molly engoliu em seco.

— William — murmurou. — O nome do meu pai é William.

— Que belo nome! Por que não chamamos o bebê de Willie? É claro que, se for uma menina, teremos de mudá-lo. — Ela sorriu. — Há tantos nomes bonitos para meninas ultimamente! Você podia até dar o seu nome para ela.

Molly olhou-a atônita e murmurou:

— Por que está fazendo isso comigo?

— O quê, Molly?

— Isso que está fazendo...

— Estou tentando lhe oferecer uma escolha. A única escolha. Você tem um bebê aí dentro. Um feto de 4 meses. O bom Deus lhe deu uma responsabilidade sagrada.

— Mas, senhora: não foi o bom Deus quem me fodeu.

A mulher ofegou e levou a mão à garganta.

Molly remexeu-se na cadeira.

— Acho que eu devia ir embora...

— Não. Só estou tentando lhe mostrar as opções. Todas elas. Você tem opções, Molly, e não deixe que ninguém lhe diga o contrário. Você pode escolher a vida para o seu bebê. Para o pequeno Willie.

— Por favor, não o chame assim. — Molly se levantou. Linda também.

— Ele tem um nome. É uma *pessoa*. Posso colocá-la em contato com uma agência de adoção. Há gente que quer o seu bebê: milhares de famílias estão esperando por um. É hora de pensar em outras pessoas além de você.

— Mas eu tenho que pensar em mim — murmurou Molly. — Porque ninguém mais pensa.

Ela saiu da sala e deixou o prédio.

Em uma cabine telefônica, encontrou a lista de Boston. Nas Páginas Amarelas, encontrou uma série de clínicas de planejamento familiar do outro lado da cidade.

Preciso pensar em mim mesma, porque ninguém mais pensa. Nunca pensou.

Ela entrou no ônibus, fez duas baldeações e saltou um quarteirão depois do seu destino.

Havia uma multidão na calçada. Molly podia ouvi-los cantar, mas não entendia o que diziam. Eram apenas um coro de vozes barulhentas, golpeando o ar ritmicamente. Havia dois policiais em um canto, braços cruzados sobre o peito, parecendo entediados.

Molly parou, sem saber se devia se aproximar. A multidão subitamente voltou a atenção para a rua, onde um carro acabara de parar junto ao meio-fio. Duas mulheres saíram rapidamente do prédio, desafiadoras, atravessando a multidão. Ambas ajudaram uma mulher que parecia muito assustada a sair do carro. Abraçando-a, voltaram para o prédio.

Os dois policiais finalmente entraram em ação, tentando abrir caminho para as três mulheres.

Um homem gritou:

— É isso que fazem com bebês neste prédio! — E atirou um frasco no chão.

O vidro se partiu. O sangue se espalhou pela calçada em um chocante jorro carmim.

A multidão começou a gritar: "*Assassinos de bebês. Assassinos de bebês. Assassinos de bebês.*"

Com as cabeças baixas, as três mulheres seguiram cegamente os policiais e entraram no prédio. A porta se fechou.

Molly sentiu um puxão no braço, e um homem colocar um panfleto em suas mãos.

— Junte-se à nossa luta, irmã — disse ele.

Molly olhou para o panfleto que segurava. Era a fotografia de uma criança loura e sorridente. *Todos nós somos anjos de Deus*, dizia a legenda.

— Precisamos de novos soldados — disse o homem. — É o único meio de combater Satã. Nós lhe damos as boas-vindas. — Ele estendeu a mão para ela, dedos magros como os de um esqueleto.

Molly fugiu, olhos molhados de lágrimas.

Ela pegou um ônibus de volta a seu bairro.

Eram quase 17 horas quando subiu as escadas até o seu quarto. Estava tão cansada que mal podia mover as pernas, mal conseguia vencer os últimos degraus.

Pouco depois de se encolher na cama, Romy abriu a porta e entrou.

— Onde esteve?

— Fui caminhar.

Ele deu um chute na cama.

— Você não está trabalhando por conta própria, está? Estou de olho em você, garota. Estou de olho.

— Deixe-me em paz. Quero dormir.

— Tem transado por conta própria? É o que tem feito?

— *Saia* do meu quarto. — Com o pé, ela o afastou da cama.

Foi um erro. Romy agarrou o pulso dela e o torceu com tanta força que ela achou poder sentir os ossos se quebrando.

— Pare! — ela gritou. — Você está quebrando o meu braço.

— E você se esqueceu de quem é, Molly Wolly. Quem eu sou. Não gosto que saia sem me dizer aonde vai.

— Me deixe em paz. Vamos, Romy. Por favor, pare de me machucar.

Com um rosnar de desagrado, ele a soltou. Rony foi até a penteadeira de ratã onde ela deixara a bolsa. Virando a bolsa de cabeça para baixo, esvaziou o conteúdo no chão. Da carteira, tirou 11 dólares, todo o dinheiro que a garota tinha. Se estava agindo por conta própria, certamente não estava sendo paga por isso. Quando enfiou o dinheiro no bolso, subitamente percebeu o panfleto com a fotografia do bebê louro. *Todos nós somos anjos de Deus.*

Ele pegou o panfleto e riu.

— Que merda de propaganda é essa?

— Não é nada.

— Onde conseguiu isso?

Ela deu de ombros.

— Um sujeito me deu.

— Quem?

— Não sei o nome dele. Foi perto da clínica de planejamento familiar. Havia um bando de gente enlouquecida na rua, gritando e empurrando uns aos outros.

— E o que estava fazendo por lá?

— Nada. Não estava fazendo nada.

Ele foi até a cama dela, segurou-lhe o queixo e murmurou:

— Você não fez nada sem me consultar, certo?

— Como assim?

— Ninguém *toca* em você sem a minha permissão. Entendeu? — Ele afundou os dedos no rosto dela e Molly subitamente sentiu medo. Romy estava falando em voz baixa. E ele só falava em voz baixa quando ficava com raiva. Ela vira as marcas no rosto das outras meninas. Os espaços vazios onde ficavam os seus dentes.

— Acho que já combinamos isso há muito tempo.

A pressão dos dedos dele encheu seus olhos de lágrimas. Ela murmurou:

— Sim. Sim, eu... — Ela fechou os olhos, preparando-se para o soco. — Romy, eu fiz besteira. Acho que estou grávida.

Para sua surpresa, o soco não veio. Em vez disso, ele a soltou e emitiu um som que era quase uma risada. Molly não ousou olhar para ele e manteve a cabeça baixa.

— Não sei como aconteceu — disse ela. — Estava com medo de lhe contar. Achei que podia cuidar disso sozinha. Então, eu não precisaria lhe contar.

A mão dele pousou sobre a cabeça de Molly, mas o contato era gentil. Uma carícia.

— Você sabe que não é assim que fazemos as coisas. Sabe que eu cuido de você. Tem que aprender a *confiar* em mim, Molly Wolly. — Os dedos dele correram até o seu rosto. — Conheço um médico.

Ela ficou tensa.

— Vou cuidar disso, Moll, assim como tomo conta de tudo. Portanto, não faça nada por conta própria. Entendeu?

Molly assentiu.

Depois que ele se foi, ela lentamente descruzou as pernas e suspirou profundamente. Dera sorte daquela vez. Apenas agora, após o fim do encontro, percebeu quão perto estivera de se ferir. Se você quiser ficar com todos os dentes, não deve contrariar Romy.

Ela voltou a ficar com fome. Estava sempre com fome. Procurou um saco de Fritos debaixo da cama, então se lembrou de que havia comido todos pela manhã. Ela se levantou e procurou algo para comer.

Seu olhar se voltou para a fotografia do bebê louro. O panfleto estava caído no chão, onde Romy o jogara.

Todos nós somos anjos de Deus.

Ela pegou o panfleto e olhou para o rosto do bebê. Era menino ou menina? Não dava para saber. Ela não sabia muito sobre bebês, não tinha um por perto havia anos, não desde que era menina. Só tinha uma vaga lembrança de ter segurando a irmã menor no colo. Lembrou-se do ruído das calças plásticas de Lily sobre a fralda, o cheiro doce de talco em sua pele. Assim como Lily, aquele bebê não tinha pescoço, apenas uma macia protuberância entre os ombros.

Ela se deitou, pousou as mãos sobre a barriga e sentiu o próprio útero, firme como uma laranja, saliente sob a pele. Ela pensou no desenho do livro ilustrado de Linda: o bebê com dedos perfeitos. Uma Polly Pocket que dava para segurar apenas com uma mão.

Todos nós somos anjos de Deus.

Ela fechou os olhos e pensou, aborrecida: *E quanto a mim? Você se esqueceu de mim, Deus.*

Toby tirou as luvas e jogou-as na lata do lixo.

— Tudo costurado. Agora você tem algo para mostrar às outras crianças na escola.

O menino finalmente criou coragem para olhar para o cotovelo. Mantivera os olhos bem fechados, não ousara nem mesmo dar uma espiada enquanto Toby o suturava. Agora, olhava atônito para os pontos de náilon azul.

— Uau. Quantos pontos?

— Cinco.

— É muito?

— São cinco. Talvez devesse aposentar o velho skate.

— Não. Eu ia acabar me ferrando de outra forma. — Ele se sentou e escorregou para fora da mesa de tratamento. Imediatamente, cambaleou para o lado.

— Opa — disse Maudeen. Ela o segurou e sentou-o na cadeira. — Você está indo muito rápido, rapaz. — Ela empurrou a cabeça do menino entre os joelhos dele e revirou os olhos para Toby. Adolescentes. Muita bravata e pouca coragem. Na manhã do dia seguinte, na escola, aquele menino mostraria com orgulho a nova cicatriz de combate. Não se incomodaria em mencionar a parte em que quase desmaiou nos braços de uma enfermeira.

O interfone tocou. Era Val.

— Dra. Harper, temos um código azul na ala três oeste!

Toby se levantou de um salto.

— Estou a caminho.

Ela seguiu depressa pelo corredor em direção à escadaria, dispensando o elevador. Chegaria mais rápido subindo a pé.

Dois lances de escada mais acima, emergiu no corredor da ala três oeste e viu uma enfermeira empurrando um carrinho de emergência por uma porta. Toby a seguiu até o quarto.

Duas enfermeiras daquela ala já estavam ao lado da cama, uma delas segurando uma máscara sobre o rosto do paciente e bombeando oxigênio para seus pulmões, a outra administrando compressões torácicas. A enfermeira com o carrinho de emergência tirou dois cabos de ECG e adaptou-os ao peito do paciente.

— O que houve? — perguntou Toby.

A enfermeira que fazia a massagem torácica respondeu.

— Eu o encontrei tendo convulsões. Então ele ficou quieto e parou de respirar. — Suas palavras vinham em surtos rítmicos enquanto ela bombeava. — O Dr. Wallenberg está a caminho.

Wallenberg? Toby olhou para a cabeça do paciente. Ela não o reconhecera porque a máscara de oxigênio cobria-lhe o rosto.

— É o Sr. Parmenter?

— Não tem estado bem nos últimos dias. Tentei transferi-lo para o CTI esta manhã.

Toby se espremeu atrás da cabeceira da cama.

— Ligue esses cabos de ECG. Eu cuido da ventilação. Tubo endotraqueal número sete.

A enfermeira com o carrinho de emergência passou-lhe o laringoscópio e abriu o pacote de tubos endotraqueais.

Toby curvou-se junto à cabeça do paciente.

— Muito bem, vamos lá.

A máscara de oxigênio foi removida. Inclinando a cabeça para trás, Toby introduziu a lâmina do laringoscópio na garganta do paciente. Imediatamente, identificou as cordas vocais e introduziu o tubo no lugar. A linha de oxigênio foi restabelecida, e a enfermeira voltou a aplicar compressões.

— Tenho uma leitura — disse a enfermeira do carrinho de emergência. — Parece fibrilação ventricular.

— Carga de 100 joules. Me passe os contatos do desfibrilador! E prepare uma dose de lidocaína. Cem miligramas.

Eram muitas ordens ao mesmo tempo, e as enfermeiras pareciam atarantadas. Na emergência, cada tarefa seria feita em um piscar de olhos, sem o médico precisar pronunciar uma palavra. Agora, Toby achava que devia ter trazido Maudeen a tiracolo.

Toby pousou os contatos no peito do paciente.

— Afastem-se! — ordenou antes de apertar os botões de descarga.

Uma centena de joules de eletricidade atravessou o corpo de Angus Parmenter.

Todos se voltaram para o monitor.

A linha deu um salto e então voltou a cair. Ouviu-se um bipe, o pico estreito de um ritmo cardíaco. Então outro, depois outro.

— *Sim!* — disse Toby. Ela lhe sentiu a carótida. Havia pulso, fraco mas definitivamente presente.

— Alguém ligue para o CTI — disse Toby. — Vamos precisar de uma cama.

— Estou registrando a pressão arterial. Está em 85, sistólica.

— Podemos tirar alguns eletrólitos imediatamente? E me deem uma seringa para gasometria arterial.

— Aqui, doutora.

Toby tirou a tampa da agulha da seringa. Não perdeu tempo procurando a artéria radial no pulso. Foi direto na femural, perfurando a virilha. Um jato de sangue vermelho-claro indicou que ela atingira o alvo. Recolheu 3 ml na seringa, então entregou-a para a enfermeira.

— Muito bem. Muito bem. — Aplicando pressão na punção da virilha, Toby inspirou profundamente e permitiu-se um momento precioso para analisar a situação. O paciente estava respirando, tinha ritmo cardíaco e pressão arterial adequada. Estavam fazendo tudo certo. Agora, podia fazer a pergunta: por que o paciente entrara em crise?

— Você disse que ele estava tendo convulsões antes de perder a pressão arterial? — perguntou ela.

A enfermeira respondeu:

— Estou certa disso. Eu o encontrei na minha ronda das 10 horas. Seus braços estavam inquietos e ele estava inconsciente. Temos ordem de lhe dar Valium injetável quando necessário, e eu estava preparando a dose quando ele parou de respirar.

— Valium injetável? Wallenberg deu essa ordem?

— Para as convulsões.

— Quantas já teve?

— Desde a internação? Talvez seis. Cerca de uma por dia. Geralmente é o braço direito que é afetado. Também tem tido problemas de equilíbrio.

Toby achou aquilo estranho. Teve uma lembrança súbita e vívida da perna inquieta de Harry Slotkin.

— Qual o diagnóstico? Já sabem?

— Ainda está sendo estudado. Fizeram uma consulta na neurologia, mas não creio que tenham descoberto qual era o problema.

— Ele já está aqui há uma semana e ninguém tem ideia?

— Bem, ninguém disse para *mim*. — Ela olhou para as outras enfermeiras e todas balançaram a cabeça.

Ouviram a voz de Wallenberg antes de se darem conta de que ele havia entrada na sala.

— Qual é a situação aqui? — disse ele. — Vocês o estabilizaram?

Toby voltou-se para ele. Quando seus olhares se encontraram, ela achou ter visto um relance de consternação nos olhos de Wallenberg. Que logo esvaeceu.

— Ele estava com fibrilação ventricular, precedida por convulsões e parada respiratória — disse Toby. — Fizemos uma cardioversão e ele agora está em ritmo sinusal. Estamos esperando uma vaga no CTI.

Wallenberg assentiu e automaticamente pegou a ficha do paciente. Será que ele estaria evitando o seu olhar? Ela o viu folhear as páginas e não conseguiu deixar de invejar sua calma e sua elegância. Nem um fio de cabelo fora de lugar, nem um vinco em seu jaleco branco. Vestida com um largo avental, Toby sentiu-se como algo tirado do cesto de roupa suja.

— Soube que ele já teve várias convulsões — disse Toby.

— Não estamos certos de que sejam convulsões. O EEG não confirmou. — Ele baixou a ficha e olhou para o monitor cardíaco, que indicava um ritmo sinusal normal. — Parece que está tudo sob controle. Posso assumir daqui em diante.

— Já eliminou a hipótese de toxinas? Agentes infecciosos?

— Tivemos uma consulta na neurologia.

— Procuraram essas coisas especificamente?

Wallenberg olhou-a, confuso.

— Por quê?

— Porque Harry Slotkin apresentou os mesmos sintomas. Tinha convulsões localizadas. Confusão aguda súbita...

— Confusão, infelizmente, é algo que acontece nessa faixa etária. Duvido que seja algo que possa ser transmitido como uma simples gripe.

— Mas ambos moravam em Brant Hill. Ambos apresentaram o mesmo quadro clínico. Talvez haja uma toxina comum envolvida.

— Qual toxina? Pode ser específica?

— Não, mas um neurologista poderia ser capaz de descobrir.

— Temos um neurologista no caso.

— Ele tem um diagnóstico?

— Você tem, Dra. Harper?

Toby fez uma pausa, chocada com o tom hostil de Wallenberg. Ela olhou para as enfermeiras, mas estas evitaram seu olhar.

— Dra. Harper? — Uma auxiliar de enfermagem apareceu à porta. — Ligação da emergência. Eles têm um paciente lá embaixo. Dor de cabeça.

— Diga que já vou descer. — Toby voltou-se para Wallenberg, mas ele estava usando o estetoscópio, impedindo qualquer conversa posterior. Frustrada, ela saiu da sala.

Enquanto descia as escadas, lembrou-se de que Angus Parmenter não era seu paciente, nem sua responsabilidade. O Dr. Wallenberg era especialista em geriatria e certamente era mais qualificado para lidar com o caso.

Mas ela não conseguia deixar de pensar naquilo.

Nas oito horas seguintes, ela atendeu a parada noturna habitual de bebês febris e gente se queixando de dores no peito e no estômago. Mas, sempre que havia uma pausa, sua mente se voltava para Angus Parmenter.

E para Harry Slotkin, que ainda não havia sido encontrado. Já fazia três semanas que ele estava desaparecido. Na noite anterior, a temperatura caíra abaixo de zero e ela imaginara como deveria ser vagar nu naquele vento gelado. Ela sabia que era apenas outro modo de se punir. Harry Slotkin não estava sofrendo naquela noite fria. Quase certamente, ele estava morto.

Pela manhã, a sala de espera da emergência finalmente estava vazia e Toby recolheu-se à sala dos médicos. Sobre a escrivaninha, havia uma estante de livros de medicina. Ela verificou os títulos, então pegou um volume de neurologia. No índice, procurou *confusão*. Havia mais de vinte itens, e os diferentes diagnósticos incluíam de febres a *delirium tremens* alcoólica. Ela verificou os subtítulos: *Metabólica. Infecciosa. Degenerativa. Neoplásica. Congênita.*

Ela decidiu que *Confusão* era um termo muito amplo, que precisava de algo mais específico, um sinal físico ou um exame de laboratório que lhe apontasse o diagnóstico correto. Ela se lembrou da perna de Harry Slotkin debatendo-se na maca. E lembrou-se do que a enfermeira dissera sobre o braço do Sr. Parmenter. Convulsões? De acordo com Wallenberg, o EEG descartara essa hipótese.

Toby fechou o livro e levantou-se, gemendo. Ela precisava rever o prontuário do Sr. Parmenter. Tinha de haver algum exame anormal, alguma descoberta física que não fora investigada.

Eram 7 horas e seu turno finalmente havia terminado.

Ela foi de elevador até o quarto andar e entrou no CTI. No posto das enfermeiras, havia sete traçados de ECG nos monitores. Havia uma enfermeira sentada olhando para eles, como se estivesse hipnotizada.

— Em que leito está o Sr. Parmenter? — perguntou Toby.

A enfermeira pareceu tirada de um transe.

— Parmenter? Não conheço esse nome.

— Foi transferido da ala três oeste para cá ontem à noite.

— Não tivemos transferências. Só recebemos aquele infarto do miocárdio que você nos mandou da emergência.

— Não, Parmenter era um pós-código azul.

— Ah, agora eu me lembro. Eles cancelaram a transferência.

— Por quê?

— Terá de perguntar na três oeste.

Toby desceu até o terceiro andar. O posto das enfermeiras estava vazio e o telefone piscava no gancho. Foi até o arquivo de fichas, mas não conseguiu encontrar a de Parmenter. Com crescente frustração, foi até o quarto do paciente e abriu a porta.

Ficou paralisada, atônita com o que viu.

A luz da manhã entrava pela janela, seu brilho concentrado sobre a cama em que se encontrava Angus Parmenter. Os olhos dele estavam semicerrados. Seu rosto estava meio azulado, a mandíbula flácida tombada sobre o peito. Todas as linhas intravenosas e os monitores estavam desligados. Obviamente, ele estava morto.

Toby ouviu uma porta se abrir e voltou-se para ver uma enfermeira empurrando um carrinho de medicamentos para fora do quarto do paciente.

— O que houve? — perguntou Toby. — Quando o Sr. Parmenter morreu?

— Faz uma hora.

— Por que não fui chamada?

— O Dr. Wallenberg estava aqui. Decidiu não fazê-lo.

— Achei que o paciente tinha sido levado para o CTI.

— Eles cancelaram a transferência. O Dr. Wallenberg ligou para a filha e ambos concordaram que não fazia sentido remover o paciente. Ou adotar medidas extraordinárias. Então, deixaram-no ir.

Era uma decisão que Toby não podia contestar: Angus Parmenter tinha 82 anos e estava comatoso havia uma semana, com poucas esperanças de recuperação.

Havia, contudo, mais uma pergunta:

— A família deu permissão para a necropsia?

A enfermeira ergueu a cabeça do prontuário de medicamentos.

— Eles não farão necropsia.

— Mas tem de haver uma necropsia.

— O funeral já está sendo providenciado. A funerária está vindo buscar o corpo.

— Onde está o prontuário do paciente?

— Já foi arquivado. Só estamos esperando que o Dr. Wallenberg preencha o atestado de óbito.

— Então ele ainda está no hospital?

— Creio que sim. Está em uma reunião no andar da cirurgia.

Toby foi direto até o posto das enfermeiras. A arquivista da ala não estava, mas deixara as páginas soltas do prontuário do Sr. Parmenter sobre a mesa. Rapidamente, Toby folheou as anotações mais recentes sobre progresso do paciente e leu a última anotação do Dr. Wallenberg.

Família notificada. Sem respiração. Enfermeiras incapazes de detectar pulso. Nenhum batimento cardíaco verificado na ausculta. Pupilas a meia altura e fixas. Declarado morto às 5h58.

Não havia menção a eventual necropsia, nenhuma especulação a respeito da doença subjacente.

O ranger de rodas a fez erguer a cabeça quando dois serventes saíram do elevador empurrando uma maca. Foram em direção ao quarto 341.

— Esperem — disse Toby. — Estão aqui por causa do Sr. Parmenter?

— Sim.

— Esperem. Não o levem ainda.

— O carro fúnebre já está a caminho.

— O corpo deve ficar onde está. Preciso falar com a família.

— Mas...

— Apenas esperem. — Toby pegou o telefone e enviou um bipe chamando o Dr. Wallenberg para a três oeste. Não recebeu resposta. Os serventes ficaram esperando no corredor, olhando um para o outro, dando de ombros. Ela pegou o telefone novamente e, desta vez, ligou para a filha do paciente, cujo número constava no prontuário. Tocou seis vezes. Ela desligou, sua frustração no auge, e viu que os serventes haviam entrado com a maca no quarto do paciente.

Ela correu atrás deles.

— Já disse, o paciente *fica*.

— Senhora, recebemos ordens de levá-lo lá para baixo.

— Houve algum engano, eu sei. O Dr. Wallenberg ainda está no hospital. Apenas espere até eu poder falar com ele a respeito do assunto.

— Falar comigo sobre o quê, Dra. Harper?

Toby voltou-se. Wallenberg estava à porta.

— Uma necropsia — disse ela.

Ele entrou na sala e a porta se fechou lentamente atrás dele.

— Foi você quem me bipou?

— Sim. Estão levando o corpo para a funerária. Eu lhes disse para esperar até você providenciar a necropsia.

— Não há necessidade de necropsia.

— Você não sabe por que ele entrou em crise. Não sabe por que ficou confuso.

— Um derrame é a causa mais provável.

— A tomografia não acusou derrame.

— A tomografia pode ter sido feita muito cedo. E não necessariamente detectaria um infarto no tronco do cérebro.

— Isso é apenas uma suposição sua, Dr. Wallenberg.

— O que quer que eu faça? Que peça a tomografia de um paciente morto?

Os serventes observavam fascinados a discussão acalorada, os olhares voltando-se de um médico para outro. Agora, olhavam para Toby, esperando a resposta dela.

— Harry Slotkin apresentou sintomas idênticos — disse ela. — Ataque de confusão aguda e o que pareciam ser convulsões localizadas. Ambos moravam em Brant Hill. Ambos eram saudáveis.

— Homens nessa faixa etária tendem a ter derrames.

— Mas pode haver algo mais; e apenas uma necropsia pode determinar. Há algum motivo para você se opor?

Wallenberg ficou vermelho, a raiva tão evidente que Toby quase deu um passo atrás. Olharam-se um instante, então ele pareceu recuperar a compostura.

— Não haverá necropsia porque a filha recusou — disse ele. — E eu estou respeitando o desejo dela.

— Talvez ela não compreenda quão importante isso seja. Se eu falar com ela...

— Nem pense nisso, Dra. Harper. Estaria invadindo a privacidade dela. — Ele se voltou para os serventes, confirmando sua autoridade. — Podem levá-lo para baixo. — Lançou um último olhar de desprezo para Toby, então deixou o quarto.

Em silêncio, Toby observou os serventes levarem a maca até a cama.

— Um, dois, três, agora.

Puseram o corpo na maca e ataram o peito com uma correia. Não era por segurança e, sim, pela estética. As macas podem balançar, as rampas podem ser íngremes, e ninguém quer que um cadáver caia acidentalmente. Colocaram um falso acolchoado sobre o corpo coberto por um longo lençol. Um observador casual que passasse pelo corredor acharia que era uma maca vazia.

Os serventes tiraram o corpo do quarto.

Toby ficou só, ouvindo o ranger das rodas se afastando. Perguntou-se o que aconteceria em seguida. Lá embaixo, no necrotério, haveria papelada a preencher, formulários de autorização a serem assinados. Então o corpo seria embarcado em um carro da funerária e transportado para o serviço fúnebre, onde seus fluidos corporais seriam drenados e ele seria embalsamado.

Ou seria cremado?, perguntou-se. Uma ardente redução a cinza carbônica e elementos residuais, sem deixar vestígios?

Aquela era a última chance de saber o diagnóstico de Angus Parmenter. E talvez o de Harry Slotkin também. Ela pegou o telefone e ligou para a filha do paciente.

Desta vez, uma voz respondeu:

— Alô?

— Sra. Lacy? Aqui é a Dra. Harper. Nos conhecemos na semana passada, na emergência.

— Sim. Eu me lembro.

— Lamento pelo seu pai. Acabo de saber a notícia.

A mulher suspirou, mais de cansaço que de tristeza.

— Estávamos esperando por isso, creio eu. E, para ser sincera, é como se fosse... bem, é um alívio. Soa horrível, eu sei. Mas depois de uma semana vendo-o daquele jeito... — Ela voltou a suspirar. — Ele não teria gostado de viver assim.

— Acredite, ninguém iria gostar. — Toby hesitou, buscando as palavras certas. — Sra. Lacy, sei que não é uma boa hora para falar nisso, mas não há como adiar. O Dr. Wallenberg me disse que você não quer uma necropsia. Compreendo que seja difícil para a família dar permissão para algo assim. Mas realmente acho que, neste caso, é vital. Não sabemos do que seu pai morreu, e pode vir a ser...

— Não fiz qualquer objeção a uma necropsia.

— Mas o Dr. Wallenberg disse que você se recusou a dar permissão.

— Nunca falamos a respeito.

Toby fez uma pausa. *Por que Wallenberg mentiu?*

— Então tenho sua permissão para uma necropsia?

A Sra. Lacy hesitou apenas alguns segundos. Em voz baixa, ela respondeu:

— Se acha que é necessário. Sim.

Toby desligou. Em seguida, começou a ligar para o departamento de patologia, mas logo mudou de ideia. Mesmo com a permissão da família, nenhum médico-legista do Springer faria aquilo. Não com a objeção do médico responsável.

Por que Wallenberg está tão determinado a evitar uma necropsia? Do que tem medo que descubram?

Ela olhou para o telefone. Decida. Tem de decidir agora. Ela ergueu o telefone e ligou para o auxílio à lista.

— Cidade de Boston — disse ela. — Gabinete do médico-legista.

Demorou um pouco para obter o número, um pouco mais para conseguir falar com a pessoa certa. Enquanto esperava, imaginava o progresso do corpo de Angus Parmenter em direção ao necrotério. A descida de elevador. A porta se abrindo no porão. O corredor com os canos d'água que rangiam.

— Gabinete do médico-legista. Aqui é Stella.

Toby concentrou-se.

— Sou a Dra. Harper, do Hospital Springer, de Newton. Posso falar com o legista chefe?

— O Dr. Rowbotham está de férias, mas posso transferir para o chefe em exercício, o Dr. Dvorak.

— Sim, por favor.

Ouviram-se alguns cliques, então uma voz masculina, monótona e cansada:

— Aqui é o Dr. Dvorak.

— Tenho um paciente que acaba de falecer — disse ela. — Acho que uma necropsia é indicada.

— Posso saber por quê?

— Foi internado há uma semana. Eu o atendi na emergência quando chegou na ambulância...

— Havia ferimentos traumáticos?

— Não. Estava confuso e desorientado. Havia sinais cerebelares. Esta manhã, teve uma parada respiratória e morreu.

— Você suspeita de algo ilícito?

— Na verdade, não, mas...

— Então o médico-legista do seu hospital certamente pode fazer a necropsia. Você não deve reportar uma morte para nosso escritório a não ser que o paciente morra em um prazo de 24 horas após a internação.

— Sim, eu sei que não é um caso de medicina legal habitual. Mas o médico responsável se recusa a pedir um *post mortem*, o que significa que nosso médico-legista não fará a necropsia. É por isso que estou ligando. A família já concordou.

Ela ouviu um longo suspiro e farfalhar de papéis, quase podia ver o sujeito em sua escrivaninha, cansado e repleto de trabalho, cercado pela morte. Uma profissão infeliz, pensou, e o Dr. Dvorak tinha a voz de um sujeito infeliz.

— Dra. Harper, não creio que saiba qual o papel de nosso escritório — disse ele. — A não ser que haja uma suspeita de má-fé ou ameaça à saúde pública...

— Este pode ser um assunto de saúde pública.

— Como?

— É o segundo caso que recebo na emergência este mês. Dois homens idosos, ambos apresentando confusão aguda, sinais cerebelares e convulsões localizadas. E, eis onde vejo que está o problema: ambos os pacientes moravam no mesmo retiro. Bebiam a mesma água, comiam no mesmo refeitório. Provavelmente se conheciam.

O Dr. Dvorak não disse nada.

— Não sei com o que estamos lidando aqui — disse Toby. — Pode ser qualquer coisa, desde meningite viral a pesticidas de jardim. Eu detestaria negligenciar uma enfermidade evitável. Especialmente se outras pessoas estiverem ameaçadas.

— Você disse que havia dois pacientes.

— Sim. O primeiro deu entrada na minha emergência há três semanas.

— Então a necropsia do primeiro paciente deve lhe fornecer respostas.

— Não houve necropsia no primeiro paciente. Ele desapareceu do hospital. Seu corpo nunca foi encontrado.

O silêncio do legista cedeu lugar a um leve suspiro. Quando voltou a falar, Toby pôde sentir um tom de interesse em sua voz.

— Você disse que está no Hospital Springer? Qual o nome do paciente?

— Angus Parmenter.

— O corpo ainda está aí?

— Vou garantir que sim — disse ela.

Toby desceu correndo quatro lances de escada e emergiu no porão. Uma das lâmpadas do teto estava piscando como uma estroboscópica, e as pernas dela pareciam se mover em câmera lenta enquanto seguia apressadamente pelo corredor em direção a uma porta com a placa: SOMENTE PESSOAL AUTORIZADO. Ela entrou no necrotério.

As luzes estavam acesas e havia um rádio ligado sobre a mesa da recepção, mas não havia ninguém na antessala.

Toby entrou no laboratório de necropsia. A mesa de aço inoxidável estava vazia. Em seguida, verificou a sala refrigerada onde os corpos eram armazenados antes da necropsia. Um vapor gelado, ligeiramente fedorento, saiu do compartimento. Cheiro de carne morta. Ela acendeu a luz e viu duas macas. Foi até a primeira e abriu o zíper da mortalha, revelando o rosto de uma mulher idosa, os brancos dos olhos vermelhos por causa da hemorragia. Estremecida, fechou a mortalha e verificou a segunda maca. Era um corpo grande, e um odor muito forte tomou conta do ambiente quando ela abriu o zíper. Ao olhar para o rosto do homem, ela recuou, lutando contra a náusea. A carne da face esquerda havia derretido. Estreptococo necrotizante, pensou, a carne fora devorada por bactérias.

— Essa área é proibida — disse uma voz.

Ao se voltar, ela viu o recepcionista do necrotério.

— Procuro Angus Parmenter. Onde ele está?

— Levaram-no para a área de embarque.

— Já estão levando o corpo?

— O carro da funerária acabou de chegar.

— Merda — murmurou ela, antes de sair às pressas do necrotério.

Uma rápida corrida levou-a até as portas da área de embarque. Ela as atravessou e a luz da manhã a atingiu em cheio. Ofuscada, ela se deu conta da situação: os serventes junto à maca vazia. O carro fúnebre se afastando. Ela passou pelos serventes e correu ao lado do carro, batendo no vidro do motorista.

— Pare. Pare o carro!

O motorista freou e abriu o vidro.

— O que foi?

— Não pode levar o corpo.

— Foi autorizado. O hospital liberou.

— Será levado ao médico-legista.

— Ninguém me disse isso. Ao que eu saiba, a família já fez os arranjos com a funerária.

— Este agora é um caso de medicina legal. Pode verificar com o Dr. Dvorak, no Instituto Médico-Legal.

O motorista olhou para a área de embarque, onde os serventes estavam, atônitos.

— Bem, eu não sei...

— Olhe, eu assumo a responsabilidade — disse ela. — Agora volte. Temos de descarregar o corpo.

O motorista deu de ombros.

— Como você quiser — murmurou ele antes de engatar a ré.
— Mas alguém vai se ferrar por isso. E espero que não seja eu.

8

Lisa estava flertando com ele outra vez. Era um dos aborrecimentos diários que o Dr. Daniel Dvorak aprendera a tolerar: os cílios de sua assistente piscando através dos óculos de proteção, a curiosidade insaciável sobre sua vida particular, e a óbvia frustração por ele preferir ignorar suas iniciativas. Ele não entendia por que ela o achava tão interessante, e suspeitava que sua atração por ele não passasse do desafio que representava um homem discreto.

Um homem mais velho, admitiu para si mesmo, resignado, ao olhar para a jovem assistente. Lisa não tinha rugas, nenhum cabelo branco, nenhuma pelanca. Aos 26 anos, ela era, nas palavras imortais de seu filho adolescente, uma gatinha loura. *E como meu filho me chama pelas costas?*, perguntou-se. Careta? Antiquado? Para um menino de 14 anos como Patrick, 45 anos deveria parecer tão longínquo quanto a nova era do gelo.

Mas estamos todos mais perto da morte do que imaginamos, pensou Dvorak, olhando para o cadáver sobre a mesa do necrotério. As luzes do teto, severas e implacáveis, enfatizavam cada ruga e saliência da pele do cadáver. Os cabelos grisalhos no peito. As escuras queratoses seborreicas no pescoço. As mudanças inevitáveis da velhice. Mesmo loura e sem rugas, Lisa algum dia teria manchas na pele.

— Parece que temos alguém que gostava de vida ao ar livre — comentou ele, correndo um dedo enluvado sobre um trecho de pele áspera à testa do cadáver. — Queratose actínica. Há dano solar aqui.

— Mas tem belos peitorais para um idoso. — Lisa, é claro, percebia esses tais detalhes. Ela era viciada em academias de ginástica havia dois anos e sua busca pela perfeição física era tamanha que não parava de falar sobre "abs" e "levs", usando o código dos obcecados por músculos, que pareciam preferir monossílabos. Frequentemente, Dvorak via Lisa olhando para o próprio reflexo no espelho da pia. O cabelo estaria perfeito? Será que aquele cacho louro estava direito? Será que o bronzeado se manteria ou ela precisaria de mais vinte minutos na cobertura de seu apartamento? Dvorak achava sua preocupação juvenil com a boa aparência tanto divertida quanto curiosa.

Dvorak raramente se olhava no espelho, e o fazia apenas para se barbear. Quando se olhava, sempre se surpreendia ao ver que o seu cabelo estava mais grisalho que preto. Podia ver a passagem dos anos no rosto, as rugas se aprofundando ao redor dos olhos, o franzir permanente entre as sobrancelhas. Também viu quão cansado e abatido se tornara. Ele perdera peso desde o divórcio, havia três anos, e perdera ainda mais peso quando o filho Patrick fora para o colégio interno havia dois meses. Enquanto as camadas de sua vida particular descascavam, ele também perdia quilos.

Naquela manhã, Lisa comentara sobre sua magreza. *Está em boa forma ultimamente, doutor!*, cantarolou, o que só confirmava quão cegos eram os jovens. Dvorak não achava estar em boa forma. Quando se olhava no espelho, o que via era um candidato ao Prozac.

Aquela necropsia não melhoraria o seu humor.

— Vamos virá-lo — disse para Lisa. — Quero examinar as costas primeiro. — Juntos, viraram o corpo de lado. Dvorak posicionou a luz e observou as manchas, consistentes com o acúmulo de sangue após a morte, assim como áreas pálidas das nádegas, onde o peso do corpo comprimira os tecidos macios. Ele apertou um dedo enluvado contra a descoloração com aspecto de contusão. Ficou pálida.

— *Livor mortis* não fixado — percebeu. — Temos uma abrasão aqui, sobre a escápula direita. Mas nada impressionante.

Deitaram o corpo de costas outra vez.

— Está em estado de *rigor mortis* completo — disse Lisa.

Dvorak olhou para o relatório médico.

— Hora da morte registrada às 5h58. É consistente.

— E quanto a essas escoriações nos pulsos?

— Parecem marcas de correias.

Dvorak voltou a ler o relatório e viu a anotação da enfermeira, *Paciente continua agitado e está imobilizado.* Se todos os seus cadáveres viessem com circunstâncias da morte tão bem documentadas... Quando um corpo era levado à sua sala de necropsia, ele se sentia sortudo apenas por ter uma identificação, e ainda mais sortudo se o corpo estivesse intacto e livre de odores. Para lidar com os piores odores, ele e seus assistentes usavam roupas protetoras e unidades de oxigênio. Hoje, porém, trabalhavam com luvas e óculos de proteção padrão, em um cadáver que havia passado pelo teste de HIV e hepatite. Embora as necropsias nunca fossem agradáveis, aquela seria relativamente benigna. E provavelmente sem grandes achados.

Ele redirecionou a luz para a mesa. O corpo tinha marcas nos braços — típicas de uma morte em hospital. Dvorak contou quatro pontos diferentes de punção na extremidade superior esquerda, cinco na direita. Também havia uma punção de agulha no lado direito da virilha, provavelmente para uma extração de sangue arterial. Aquele paciente não partira em paz naquela noite.

Ele pegou o bisturi e fez a incisão em Y. Erguendo o esterno, expôs as cavidades abdominal e torácica.

Os órgãos pareciam normais.

Começou a removê-los, ditando suas descobertas enquanto trabalhava.

— Este é o corpo de um homem branco, bem nutrido, 82 anos...

Ele fez uma pausa. Aquilo não podia estar certo. Ele foi até o início do relatório e verificou a data de nascimento. A idade conferia.

— Eu diria 65 anos — afirmou Lisa.

— Aqui diz 82.

— Poderia ser um erro?

Dvorak estudou o rosto do cadáver. As diferenças de envelhecimento tanto eram uma questão de genética quanto de estilo de vida. Ele já vira mulheres de 80 anos que podiam passar por 60. Também vira alcoólatras de 35 anos que pareciam anciões. Angus Parmenter talvez fosse dotado de genes juvenis.

— Confirmarei a idade mais tarde — disse ele, e continuou a ditar.

— Morte hoje, às 5h58, no Hospital Springer, em Newton, Massachusetts, onde foi internado como paciente há sete dias.
— Outra vez, ele pegou o bisturi.

Dvorak fizera aquilo tantas vezes que os movimentos lhe eram automáticos. Ele cortou o esôfago e a traqueia, assim como os grandes vasos, e removeu o coração e os pulmões. Lisa os levou até a balança, pesou-os, então pousou o coração na prancha de corte. Dvorak cortou ao longo dos vasos coronários.

— Não creio que temos um infarto do miocárdio — disse ele.
— As coronárias parecem bem limpas.

Ele eviscerou o baço, depois o intestino delgado. As dobras aparentemente intermináveis das entranhas estavam frias e escorregadias. O estômago, o pâncreas e o fígado foram eviscerados em um único bloco. Ele não viu sinal de peritonite, nem detectou o cheiro de bactérias anaeróbicas, o que era uma das vantagens de trabalhar com um corpo fresco. Nenhum odor desagradável, apenas o cheiro de sangue de açougue.

Na mesa de corte, abriu o estômago e encontrou-o vazio.

— A comida do hospital devia ser uma droga — disse Lisa.

— De acordo com o relatório, ele não podia comer.

Até então, Dvorak nada vira que apontasse a causa da morte.

Ele deu a volta ao redor da cabeça do cadáver, fez a incisão, então dobrou o couro cabeludo para a frente, sobre o rosto, como uma máscara de borracha. Lisa já aprontara a serra Stryker. Nenhum deles falou enquanto a serra abria o crânio.

Dvorak ergueu a tampa óssea. O cérebro parecia uma massa de vermes cinzentos sob a delicada cobertura da membrana meningeal. As meninges pareciam normais, o que excluía a possibilidade de infecção. Também não viu sinais de hemorragia epidural.

O cérebro teria de ser removido para uma inspeção mais detalhada. Dvorak pegou o bisturi e trabalhou com rapidez, cortando os nervos óticos e os vasos sanguíneos. Ao se aprofundar para livrar o cérebro da coluna, sentiu uma dor aguda.

Imediatamente, tirou as mãos e olhou para a luva cortada.

— Merda — murmurou enquanto caminhava até a pia.

— O que houve? — indagou Lisa.

— Eu me cortei.

— Está sangrando?

Dvorak tirou as luvas e examinou o dedo médio da mão esquerda. Uma fina linha de sangue escorria do corte.

— O bisturi atravessou as duas luvas. Merda, merda, merda. — Ele pegou um frasco de antisséptico do balcão e aplicou um jato no dedo.

— Droga.

— Ele é HIV negativo, certo?

— Sim. Para a minha sorte — disse Dvorak, secando o dedo. — Isso não devia ter acontecido. Fui descuidado. — Furioso consigo mesmo, colocou outro par de luvas e voltou ao cadáver. O cérebro já estava livre. Cuidadoso, removeu-o com ambas as mãos, lavou-o com soro e pousou o órgão sobre a mesa de corte. Fez uma inspeção visual, virando-o para examinar todas as superfícies. Os lobos pareciam normais, sem massas. Ele colocou o cérebro em uma bacia de formol, onde fixaria durante uma semana antes de estar pronto para ser fatiado e montado em lâminas. As respostas provavelmente seriam encontradas sob o microscópio.

— Dr. Dvorak? — Era a sua secretária, Stella, falando ao interfone.

— Sim?

— Há um tal de Dr. Carl Wallenberg ao telefone.

— Ligo para ele depois. Estou no meio de uma necropsia.

— Na verdade, é por isso que ele insiste em falar agora. Quer que você pare a necropsia.

Dvorak se ergueu.

— Por quê?

— Talvez você devesse falar com ele.

— Acho que devo atender esta ligação — murmurou para Lisa, tirando as luvas e o avental. — Continue com a biópsia dos músculos e as seções do fígado.

— Não devo esperar até você falar com ele?

— Já chegamos até aqui. Vamos terminar as seções de tecido.

Ele foi até a sua sala para atender a ligação. Mesmo com a porta fechada, a sala estava tomada pelo odor de formol, trazido em suas roupas e em suas mãos. Ele mesmo parecia um espécime preservado, oculto em sua sala sem janelas.

Um homem preso em um jarro.

Ele pegou o telefone.

— Dr. Wallenberg? Aqui é o Dr. Dvorak.

— Acho que houve um mal-entendido. O Sr. Parmenter era meu paciente e não entendo por que você está fazendo essa necropsia.

— Foi requisitada por um dos médicos do Hospital Springer.

— Refere-se à Dra. Harper? — disse ele com evidente desprezo.

— Ela não estava tratando desse paciente e não tinha autoridade para ligar para você.

— De acordo com o prontuário, ela atendeu o paciente na emergência.

— Isso foi há uma semana. Desde então, o paciente tem estado sob os meus cuidados, assim como os de diversos especialistas. Nenhum de nós achou a necropsia necessária. E certamente não achamos que seja um caso para um médico-legista.

— Ela me levou a pensar que era um caso de saúde pública.

Outra expressão de desprezo.

— A Dra. Harper não é exatamente uma fonte de informação confiável. Talvez não saiba, mas o Hospital Springer a tem sob investigação por alguns erros cometidos na emergência. Erros graves. Ela logo estará sem emprego, e eu não confiaria na opinião dela. Dr. Dvorak, este é um problema de hierarquia. Eu sou o médico responsável e estou lhe dizendo que uma necropsia será uma perda de seu tempo e de impostos.

Dvorak emitiu um gemido. *Não quero lidar com isso. Sou um médico-legista. Prefiro lidar com cadáveres, em vez de egos vivos.*

— Além disso, há a família — disse Wallenberg. — A filha vai ficar muito perturbada sabendo que o pai foi mutilado. Pode até considerar uma ação judicial.

Lentamente, Dvorak se ergueu, curioso.

— Mas Dr. Wallenberg, eu falei com a filha.

— O quê?

— Esta manhã. A Sra. Lacy ligou para discutir a necropsia. Expliquei os motivos e ela pareceu compreender. Ela não fez qualquer objeção.

Houve silêncio na linha.

— Então, deve ter mudado de ideia desde que falei com ela pela última vez — disse Wallenberg.

— Acho que sim. De qualquer modo, a necropsia já foi feita.

— Já?

— Foi uma manhã relativamente calma aqui.

Outra pausa. Quando Wallenberg voltou a falar, sua voz parecia estranhamente submissa.

— O corpo... será devolvido completo para a família?

— Sim. Com todos os órgãos.

Wallenberg pigarreou.

— Acho que isso os satisfará.

Interessante, pensou Dvorak ao desligar. *Ele não perguntou o que eu descobri na necropsia.*

Ele repetiu a conversa em sua mente. Teria simplesmente se envolvido com a politicagem de um hospital suburbano? Wallenberg caracterizara a Dra. Harper como uma médica marginal, uma mulher sob investigação, talvez uma mulher em conflito com os colegas. Seria o seu pedido de necropsia apenas uma tentativa de embaraçar outro médico do hospital onde trabalha?

Naquela manhã, ele deveria ter deixado aflorar seu raciocínio maquiavélico, devia ter tentado saber os reais objetivos dela. Mas a lógica de Dvorak tendia ao concreto. Ele recolhia informação daquilo que podia ver, tocar e cheirar. Os segredos de um cadáver são facilmente expostos com um bisturi. Já os motivos humanos permaneciam um mistério para ele.

O interfone tocou.

— Dr. Dvorak? — disse Stella. — A Dra. Toby Harper na linha. Quer que eu transfira a ligação?

Dvorak pensou e decidiu que não estava com vontade de falar com uma mulher que arruinara o seu dia.

— Não — disse ele.

— O que devo dizer?

— Que já fui embora.

— Bem, se é o que realmente deseja...

— Stella?

— Sim?

— Se ela voltar a ligar, dê a mesma resposta. Não estou.

Ele desligou e voltou ao necrotério.

Lisa estava curvada sobre a mesa de corte, o bisturi seccionando uma fatia do fígado. Ela ergueu a cabeça quando ele entrou.

— Bem? — perguntou ela. — Terminamos as biópsias?

— Sim. Depois devolva os órgãos à cavidade. A família quer tudo de volta.

Ela fez outro corte, então fez uma pausa.

— E quanto ao cérebro? Ainda precisa ser fixado durante uma semana.

Ele olhou para a vasilha onde o cérebro de Angus Parmenter repousava imerso em formol. Então olhou para o dedo enfaixado e pensou como o bisturi atravessara as duas luvas até atingir a sua carne.

— Vamos ficar com ele — decidiu. — Apenas fecharei o topo do crânio e costurarei o couro cabeludo. — Ele vestiu um novo par de luvas e pegou agulha e linha de sutura. — Nunca saberão que está faltando.

Toby desligou o telefone, frustrada. Teriam terminado a necropsia? Havia dois dias ela tentava falar com Daniel Dvorak, mas a secretária sempre lhe dizia que ele não estava disponível, e seu tom de voz deixara claro que as ligações de Toby não eram bem-vindas.

O alarme do forno soou. Toby desligou o gás e removeu a travessa. Não estava com vontade de cozinhar naquela noite: lasanha congelada e uma salada tristemente murcha. Ela não tivera tempo de fazer compras e não havia leite em casa, de modo que se serviu de dois copos d'água e pousou-os sobre a mesa da cozinha. Ao que parecia, toda a sua vida se reduzira a uma louca correria em busca de atalhos. Jantares congelados, pratos sujos na pia e blusas amarrotadas tiradas diretamente da secadora. Ela se perguntava se o seu profundo cansaço não se devia a alguma virose incubada, ou se era a exaustão mental que a estava abatendo. Ela abriu a porta da cozinha e chamou:

— Mamãe, o jantar está pronto! Venha comer.

Ellen emergiu por detrás de uma touceira de erva-cidreira e, obediente, caminhou até a cozinha. Toby lavou as mãos da mãe na pia e sentou-a à mesa. Amarrou um guardanapo ao redor do pescoço de Ellen, empurrou um prato à sua frente e cortou a lasanha em pedaços mastigáveis. Fez o mesmo com a salada e entregou um garfo para a mãe.

Ellen não comeu. Em vez disso, ficou sentada esperando e olhando para a filha.

Toby sentou-se diante de seu prato e comeu alguns pedaços de lasanha. Ela percebeu que Ellen não estava se alimentando.

— É o seu jantar, mamãe. Ponha-o na boca.

Ellen enfiou o garfo vazio na boca e provou com grande concentração.

— Aqui. Deixe-me ajudá-la. — Toby levou o garfo de Ellen ao prato, pegou um pedaço de lasanha e levou-o à boca da mãe.

— Muito bom — disse Ellen.

— Agora, pegue outro pedaço. Vamos, mamãe.

Ellen ergueu a cabeça ao ouvir a campainha.

— Deve ser o Bryan — disse Toby, levantando-se da mesa. — Continue comendo. Não espere por mim.

Ela deixou a mãe na cozinha e foi atender a porta da frente.

— Você chegou cedo.

— Vim ajudar no jantar — disse Bryan ao entrar na casa e estender-lhe um saco de papel. — Sorvete. Sua mãe gosta de sorvete de morango.

Ao pegar o saco, Toby notou que Bryan não a olhava diretamente. Na verdade, estava evitando-lhe o olhar e deu-lhe as costas ao tirar o casaco e pendurá-lo no armário. Mesmo ao se virar para ela, seus olhos estavam voltados para outro lugar.

— Então, como vai o jantar? — perguntou ele.

— Acabei de sentá-la à mesa. Estamos tendo um pouco de dificuldade para comer hoje.

— Outra vez?

— Ela não tocou no sanduíche que deixei. E olha para a lasanha como se fosse algo de outro mundo.

— Ah, eu posso cuidar disso...

Da cozinha, ouviu-se um estrondo seguido do ruído de louça quebrada espalhando-se pelo chão.

— Oh, meu Deus! — exclamou Toby ao correr para a cozinha.

Ellen olhava atônita para a travessa quebrada.

Havia lasanha no chão e uma grande mancha de queijo e molho de tomate em uma parede.

— Mamãe, o que está *fazendo*? — gritou Toby.

Ellen balançou a cabeça e murmurou:

— Está quente. Não sabia que estava quente.

— Meu Deus, olhe para essa bagunça! Todo esse queijo... — Furiosa e frustrada, Toby arrastou a lata de lixo para perto do prato quebrado. Ao se ajoelhar para limpar a refeição perdida, deu-se conta de que estava a ponto de chorar. *Estou perdendo o controle. Tudo em minha vida parece dar errado. Não consigo lidar com isso. Simplesmente não consigo.*

— Vamos, Ellen querida — ela ouviu Bryan dizer. — Vamos dar uma olhada nessas mãos. Oh, querida, vamos ter de pôr água fria nisso. Não, não se afaste. Vou fazê-la se sentir melhor. Está feio isso aqui, não está?

Toby ergueu a cabeça.

— O que houve?

— Sua mãe queimou as mãos.

— Ai, ai, *ai*! — gemeu Ellen.

Bryan levou Ellen até a pia e jogou água sobre as mãos dela.

— Não está melhor? Depois disso, vamos comer sorvete e você se sentirá ainda melhor. Trouxe sorvete de morango. Hum!

— Hum! — murmurou Ellen.

Com o rosto corado de vergonha, Toby observou enquanto Bryan carinhosamente enxugava as mãos de Ellen com uma toalha. Toby nem mesmo se dera conta de que a mãe havia se queimado. Em silêncio, ela voltou a recolher os pedaços de louça e de queijo derretido. Ela limpou o molho da parede. Então sentou-se à mesa e observou Bryan tentando convencer Ellen a tomar o sorvete. Sua paciência e sua gentil persuasão fizeram Toby se sentir ainda mais culpada. Fora Bryan quem notara que Ellen queimara as mãos, Bryan quem cuidara de suas necessidades. Toby só percebera o prato quebrado e a bagunça no chão.

Agora, já eram 18h15, hora de Toby se preparar para ir trabalhar.

Ela não tinha forças para se levantar da mesa e ficou sentada com a mão na testa, demorando-se mais um pouco.

— Tenho algo para lhe dizer — informou Bryan. Ele baixou a colher e gentilmente limpou a boca de Ellen com um guardanapo. Então, olhou para Toby. — Realmente lamento. Não foi uma decisão fácil, mas... — Ele baixou o guardanapo cuidadosamente sobre a mesa. — Recebi uma proposta de emprego. É algo que não posso recusar. Algo que venho querendo há muito tempo. Eu não estava *procurando* outro emprego. Simplesmente aconteceu.

— *O que* aconteceu?

— Recebi uma ligação do asilo Twin Pines, em Wellesley. Estão procurando alguém para começar um novo programa de terapia de arte recreativa. Toby, eles me fizeram uma proposta. Não pude recusar.

— Você não me disse nada a respeito.

— Recebi a ligação ontem. Fiz a entrevista esta manhã.

— E aceitou o emprego sem mais nem menos? Sem nem mesmo falar comigo?

— Tive de tomar a decisão na hora. Toby, é um trabalho de 9 às 17 horas. Significa que posso me juntar novamente ao restante da espécie humana.

— Quanto estão oferecendo? Eu pago mais.

— Já aceitei.

— Quanto?

Ele pigarreou.

— Não é o dinheiro. Não quero que pense que é por isso. É... tudo junto.

Lentamente, ela se recostou.

— Então não posso lhe fazer uma oferta melhor.

— Não. — Ele olhou para a mesa. — Querem que eu comece assim que possível.

— E quanto à minha mãe? E se eu não conseguir encontrar outra pessoa para cuidar dela?

— Estou certo de que vai conseguir.

— Quanto tempo tenho para encontrar alguém?

— Duas semanas.

— Duas *semanas*? Acha que posso tirar alguém do nada? Demorou meses para eu encontrar *você*.

— Sim, eu sei, mas...

— O que diabos posso *fazer*? — O desespero na voz dela pairou como uma barreira entre ambos.

Lentamente, ele olhou para ela, o olhar inesperadamente neutro.

— Eu gosto da Ellen. Você sabe disso. E sempre cuidei dela o melhor que pude. Mas, Toby, ela não é minha mãe. É sua.

A simples verdade daquela afirmação silenciou qualquer resposta que ela pudesse dar. *Sim, ela é minha mãe. Minha responsabilidade.*

Ela olhou para Ellen e viu que a mãe não prestava atenção em nada daquilo. Ellen pegara um guardanapo e o dobrava diversas vezes, a testa enrugada de concentração.

Toby disse:

— Conhece alguém que queira o emprego?

— Posso lhe dar alguns nomes — disse ele. — Conheço algumas pessoas que podem se interessar.

— Eu gostaria.

Ambos se olharam através da mesa, não como empregador e empregado daquela vez, mas como amigos.

— Obrigada, Bryan — disse ela. — Por tudo o que fez por nós.

Na sala de estar, o relógio marcava 18h30. Toby suspirou e levantou-se.

Era hora de ir trabalhar.

— Toby, temos de conversar.

Ela ergueu os olhos de uma criança de 3 anos que tinha dificuldade para respirar e viu Paul Hawkins de pé junto à porta da sala de exame.

— Pode esperar um minuto? — perguntou ela.

— É bem urgente.

— Muito bem, me deixe dar essa injeção de epinefrina e já vou.

— Estarei esperando na cozinha dos funcionários.

Enquanto Maudeen lhe entregava o frasco de epinefrina, Toby percebeu o olhar curioso da enfermeira. Ambas pensavam o mesmo. Por que o chefe da emergência estava ali às 22 horas em uma noite de quinta-feira? Usava terno e gravata, o que não era o seu traje hospitalar habitual. Se sentindo inquieta imediatamente, Toby sugou dois décimos de um centímetro cúbico de epinefrina em uma seringa, então tentou imprimir um tom alegre à sua voz ao dizer para a criança:

— Vamos ajudá-lo a respirar muito, muito melhor. Tem que ficar bem quieto. Vai sentir uma picadinha, mas vai acabar logo, está bem?

— Não quero ser picado. Não quero ser picado.

A mãe do menino segurou-o com mais força.

— Ele odeia essas injeções. Apenas vá em frente.

Toby assentiu. Barganhar com uma criança de 3 anos era inútil. Ela injetou a droga, provocando um berro capaz de arrancar a tinta da parede. Quase tão subitamente, o gritou cessou e o menino, embora ainda fungando, olhou para a seringa com expressão de cobiça.

— Eu quero.

— Pode ficar com uma nova — disse Toby, e entregou-lhe uma seringa sem agulha. — Para se divertir na banheira.

— Vou dar uma injeção na minha irmã.

A mãe revirou os olhos.

— Ela vai *adorar*.

A respiração do menino melhorou, de modo que Toby deixou Maudeen cuidando do caso e foi encontrar Paul na cozinha.

Ele se levantou quando ela entrou, mas não falou até ela fechar a porta.

— Tivemos uma reunião da diretoria esta noite — disse ele. — Acabou agora. Achei que devia vir explicar o que aconteceu.

— Suponho que tenha a ver com Harry Slotkin de novo.

— Foi um dos assuntos discutidos.

— Houve outros?

— O assunto da necropsia também foi mencionado.

— Entendo. Tenho a impressão de que devo me sentar para ouvir isso.

— Talvez nós dois devêssemos.

Ela puxou uma cadeira para junto da mesa.

— Se era para queimar a Dra. Harper, por que não fui convidada para o churrasco?

Paul suspirou.

— Toby, você e eu poderíamos ter resolvido a crise de Harry Slotkin. Na verdade, até agora você tem dado sorte. Os Slotkin ainda não falaram em processo. E a publicidade negativa parece ter acabado. Pelo que eu sei, as notícias foram abafadas por Brant Hill. E pelo Dr. Wallenberg.

— Por que Wallenberg me faria algum favor?

— Acho que não seria bom para Brant Hill a notícia de que um de seus prósperos residentes andava por aí como um sem-teto. Você sabe, aquilo não é um asilo comum. O sucesso deles depende de seu padrão platina, da fama de serem os melhores. E de cobrarem por isso. Você não consegue atrair as pessoas se houver qualquer dúvida quanto ao bem-estar de seus clientes.

— Então Wallenberg estava protegendo sua galinha dos ovos de ouro, não a mim.

— Qualquer que seja a razão, ele a ajudou a sair dessa. Mas, agora, você o deixou furioso. O que passou pela sua cabeça ao ligar para o médico-legista e tornar este assunto um caso de medicina legal?

— Era o único meio de obter um diagnóstico.

— O homem não era mais seu paciente. A necropsia devia ser decisão de Wallenberg.

— Mas ele a estava evitando. Ou não queria saber a causa da morte ou tinha medo de descobrir. Não sabia mais o que fazer.

— Você o colocou em uma situação muito delicada. Fez a coisa parecer um caso de polícia.

— Eu estava preocupada com a questão da saúde pública...

— Este não é um assunto de saúde pública. É um problema político. Wallenberg estava na reunião hoje à noite. E os aliados de Doug Carey. Sim, foi um churrasco. E você foi o prato principal. Agora, Wallenberg está ameaçando levar todos os pacientes de Brant Hill para o Hospital Lakeside, em vez do Springer. O que vai nos afetar. Talvez você não saiba que Brant Hill é apenas o elo de uma grande cadeia. Eles são afiliados de uma dezena de outros asilos, e todos enviam os seus pacientes para nós. Você faz alguma ideia de quanto dinheiro ganhamos apenas com cirurgias de quadril? Acrescente as remoções de próstata, as cataratas e as hemorroidas, e estaremos falando de um bocado de pacientes, a maioria com seguro-saúde suplementar além da previdência. Não podemos perder essas referências. Mas é isso que Wallenberg está ameaçando fazer.

— Tudo por causa da necropsia?

— Ele tem um bom motivo para estar furioso. Quando você ligou para o médico-legista, fez Wallenberg parecer incompetente. Ou pior. Agora, voltamos a receber ligações dos jornais. Pode haver outra rodada de publicidade negativa.

— Doug Carey está dando as dicas para a imprensa. É o tipo de coisa traiçoeira que ele costuma fazer.

— É. Bem, agora Wallenberg está furioso com a possibilidade de que seu nome seja levado a público. A diretoria está preocupada em perder as referências de Brant Hill.

— E, é claro, estão todos furiosos comigo.

— Surpresa?

Ela expirou lentamente.

— Muito bem, vocês fizeram um churrasco e agora estou torrada.

Paul assentiu.

— Wallenberg quer que o seu contrato seja rescindido. É claro, isso tem de passar por mim, já que eu sou o chefe da emergência. Não me deixaram muito espaço de manobra.

— O que disse para eles?

— Que havia um problema em demiti-la. — Ele riu nervoso. — Usei uma tática que talvez você não aprove. Disse que você pode contra-atacar com uma queixa de discriminação sexual. Isso os deixou nervosos. Se há algo que eles não querem é lidar com uma feminista queixosa.

— Que lisonjeiro!

— Foi a única coisa em que consegui pensar.

— Engraçado. É algo que jamais considerei. E eu *sou* mulher.

— Você se lembra do processo por assédio sexual daquela enfermeira? Arrastou-se por dois anos e o Springer acabou pagando uma fortuna em custos processuais. Este foi um meio que arranjei para fazê-los parar e considerar suas ações. E conseguir algum tempo para você até as coisas esfriarem. — Ele correu os dedos pelo cabelo. — Toby, estou em apuros. Eles estão me pressionando para resolver a situação. E eu não quero magoá-la, realmente não quero.

— Está querendo que eu peça demissão?

— Não. Não, é por isso que estou aqui.

— O que quer que eu faça?

— Acho que você devia pedir uma licença de algumas semanas. Nesse ínterim, o relatório do legista deverá chegar. Estou certo de que vai apontar causas naturais. Isso tirará Wallenberg da berlinda.

— E tudo será perdoado.

— Assim espero. De qualquer modo, você vai tirar férias no mês que vem. Pode antecipá-las. Estendê-las em três ou quatro semanas.

Por um instante, ela ficou pensativa, praticando um jogo de dominó mental. Uma ação produz um resultado que produz outro resultado.

— Quem vai me substituir? — perguntou ela.

— Podemos pedir que Joe Severin faça os plantões. Ele só trabalha meio expediente agora. Estou certo de que vai querer.

Ela olhou para Paul.

— E eu nunca vou conseguir meu emprego de volta, certo?

— Toby...

— Não foi Doug Carey quem trouxe Severin para a equipe? Não são colegas ou algo assim? Você não está levando as personalidades em conta. Se eu sair de licença, Joe Severin entrará no meu lugar. Eu não terei meu emprego de volta, e você sabe disso.

Paul não disse nada. Apenas olhou para ela, com a expressão insondável. Durante muitos anos, ela deixara sua atração por Paul Hawkins obliterar seu relacionamento. Ela vira mais em seus sorrisos e em sua amizade do que realmente existia. O fato de ter percebido isso apenas agora, em seu momento mais vulnerável, tornou o golpe ainda mais doloroso.

Ela se levantou.

— Vou tirar as minhas férias na data programada. Não antes.

— Toby, estou fazendo o possível para protegê-la. Você tem de entender, minha posição também não é segura. Se perdermos as referências de Brant Hill, o Springer será afetado. E a diretoria vai procurar um culpado.

— Não o censuro, Paul. Compreendo por que está fazendo isso.

— Então por que não faz o que sugeri? Tire uma licença. Seu trabalho ainda estará aqui quando voltar.

— Pode me dar isso por escrito?

Ele se calou.

Ela se voltou para a porta.

— Foi o que pensei.

9

Molly Picker ficou olhando para o telefone público, tentando criar coragem para tirar o fone do gancho. Era a segunda visita que fazia àquela cabine naquele dia. Na primeira, nem mesmo chegou a entrar. Em vez disso, deu as costas e se foi. Agora ela estava bem em frente ao aparelho, a porta estava fechada às suas costas e nada a impedia de fazer a ligação.

Suas mãos estavam trêmulas quando discou.

— Telefonista.

— Quero fazer uma ligação a cobrar. Para Beaufort, Carolina do Sul.

— Quem devo anunciar?

— Molly. — Ela deu o número, então se recostou de olhos fechados, coração disparado, enquanto a telefonista completava a chamada. Ela ouviu tocar do outro lado. Seu medo era tão intenso que achou que ia vomitar ali na cabine. *Senhor, por favor, me ajude.*

— Alô?

Molly se ergueu. Era a voz de sua mãe.

— Mamãe — disse ela, mas a telefonista interrompeu. — Você tem uma chamada a cobrar de Molly. Vai aceitar?

Houve um longo silêncio do outro lado.

Por favor, por favor, por favor. Fale comigo.

— Senhora? Vai aceitar a ligação?

Um longo suspiro.

— Bem, acho que sim.

— Vá em frente — disse a telefonista.

— Mamãe? Sou eu. Estou ligando de Boston.

— Então ainda está aí.

— Sim. Faz algum tempo que pretendia ligar...

— Precisa de dinheiro ou algo assim? É isso?

— Não! Não, estou bem. Eu... — Molly pigarreou. — Estou me virando.

— Bem, isso é bom.

Molly fechou os olhos, desejando que a voz da mãe não soasse tão indiferente. Desejando que a conversa se desenrolasse do modo como ela fantasiara. Que a mãe começasse a chorar e pedisse para ela voltar para casa. Mas não havia lágrimas na voz dela, apenas aquele tom indiferente que partia o coração de Molly.

— Então, há algum motivo para sua ligação?

— Ah... não. — Molly esfregou os olhos. — Não mesmo.

— Quer dizer alguma coisa?

— Eu só... acho que só queria dizer olá.

— Muito bem. Olhe, estou cozinhando agora. Se não tem muito mais a dizer...

— Estou grávida — murmurou Molly.

Não houve resposta.

— Você me ouviu? Vou ter um bebê. Pense nisso, mamãe! Espero que seja menina, para que eu possa vesti-la como uma princesa. Você se lembra da época em que costumava costurar aqueles vestidos para mim? Comprarei uma máquina de costura e vou aprender a costurar. — Ela ria agora, falando rapidamente em meio às lágrimas. — Mas você tem que me ensinar, mamãe, porque nunca consegui fazer isso direito. Nunca aprendi como fazer aquelas bainhas...

— Vai ser de cor?

— O quê?

— O bebê vai ser negro?

— Eu não sei...

— Como *não sabe*?

Molly levou a mão à boca para conter um soluço.

— Quer dizer que não tem ideia? — perguntou a mãe. — Perdeu a conta ou o quê?

— Mamãe — murmurou Molly. — Mamãe, isso não importa. Ainda é o meu bebê.

— Ah, importa sim. Importa para as pessoas daqui. O que acha que vão dizer? E seu pai... isso vai matar o seu pai.

Alguém batia à porta da cabine telefônica. Molly voltou-se e viu um homem apontando para o relógio, acenando para que ela saísse da cabine. Ela lhe deu as costas.

— Mamãe — disse ela. — Quero voltar para casa.

— Você não pode voltar para casa. Não nessas condições.

— Romy está dizendo para eu me livrar dele, para matar o meu bebê. Ele vai me mandar para um médico hoje e eu não sei o que fazer. Mamãe, preciso que me diga o que fazer...

A mãe soltou um suspiro de enfado e disse calmamente:

— Talvez seja melhor.

— O quê?

— Livrar-se do bebê.

Molly balançou a cabeça, atônita.

— Mas é o seu *neto*...

— Não, não é o meu neto. Não do modo que você o arranjou.

O homem voltou a bater à porta da cabine e gritou para Molly sair de lá. Ela apertou a mão contra o ouvido para abafar a voz dele.

— Por favor — choramingou Molly. — Me deixe voltar para casa.

— Seu pai não pode lidar com isso agora, você sabe muito bem. Depois da vergonha que nos fez passar. Depois de tudo o que eu lhe disse que a esperava. Mas você não me ouviu, Molly. Você nunca me ouve.

— Não vou causar mais problemas. Romy e eu terminamos. Agora eu só quero voltar para casa.

O homem começou a bater à porta da cabine, gritando para ela largar a merda do telefone. Desesperada, Molly firmou as costas contra a porta para mantê-lo do lado de fora.

— Mamãe? — disse ela. — Mamãe?

A resposta veio com um tom de triunfo.

— Você fez a sua cama. Agora se deite nela.

Molly manteve o telefone apertado ao ouvido, sabendo que a mãe já havia desligado embora fosse incapaz de acreditar que a ligação tivesse caído. *Fale comigo. Me diga que ainda está aí. Me diga que sempre estará.*

— Ei, sua *piranha*! Largue a merda do *telefone*!

Sem dizer nada, ela soltou o fone, que ficou balançando, batendo contra a parede da cabine. Entontecida, ela saiu, sem realmente ver o homem que ainda a xingava, sem ouvir uma palavra sequer do que ele dizia.

Não posso ir para casa. Não posso ir para casa. Nem agora nem nunca.

Ela caminhou sem saber para onde ia, sem sentir as próprias pernas, os pés tropeçando nos sapatos plataforma. Sua angústia bloqueara todas as sensações físicas.

Molly não viu Romy se aproximar.

O soco a atingiu sob o queixo e a fez tombar contra o edifício. Ela se agarrou nas barras de ferro de uma janela para não cair. Não compreendia o que havia acontecido; tudo o que sabia era que Romy estava gritando com ela e que sua cabeça doía terrivelmente.

Romy agarrou seu braço e a puxou através da portaria. No saguão, voltou a bater nela. Dessa vez, Molly caiu esparramada sobre os degraus.

— Onde diabos esteve? — gritou ele.

— Eu tinha... tinha coisas a fazer...

— Você tinha um compromisso, lembra-se? Eles querem saber por que você não foi.

Molly engoliu em seco e olhou para o degrau. Não ousava olhar para ele. Só esperava que ele aceitasse a mentira.

— Esqueci — disse ela.

— O quê?

— Eu disse que esqueci.

— Você é uma puta *idiota*. Eu disse esta manhã aonde deveria ir.

— Eu sei.

— Você deve ter titica na cabeça.

— Estava pensando em outras coisas.

— Bem, eles ainda a estão esperando. Entre na merda do carro.

Ela olhou para ele.

— Mas não estou pronta...

— Pronta? — Romy riu. — Tudo o que tem de fazer é subir na mesa e abrir as pernas. — Ele a levantou e a empurrou em direção à porta. — Vá. Eles mandaram a droga da limusine.

Molly cambaleou para fora do prédio.

Um carro preto estava estacionado junto ao meio-fio, esperando por ela. Mal dava para ver a silhueta do motorista pelo vidro fumê.

— Vamos, entre.

— Romy, eu não estou me sentindo bem. Não quero fazer isso.

— Não encha o saco. Apenas entre no carro. — Ele abriu a porta, empurrou-a para o banco de trás e bateu a porta.

O carro se afastou do meio-fio.

— Ei! — disse ela para o motorista. — Quero saltar! — Havia uma barreira de vidro entre ela e o banco da frente. Ela bateu, tentando chamar a atenção do motorista, mas ele não lhe deu bola. Ela olhou para o pequeno alto-falante montado na divisória e, subitamente, sentiu um calafrio. Ela se lembrava daquele carro. Ela já estivera ali.

— Olá? — disse ela. — Eu conheço você?

O motorista nem virou a cabeça.

Molly se recostou contra o banco de couro. O mesmo carro. O mesmo motorista. Ela se lembrava daquele cabelo louro, quase branco. Da última vez, quando ele a levara a Dorchester, havia outro homem esperando por ela, um homem com uma máscara verde. E havia uma mesa com correias.

Seu medo tornou-se pânico. Ela olhou para a frente e viu que se aproximavam de um cruzamento. O último antes da entrada da via expressa. Ela olhou para o sinal de trânsito, rezando: *Fique vermelho! Fique vermelho!*

Outro carro entrou na frente deles. Molly foi jogada para a frente quando o motorista pisou no freio. Atrás dela, as buzinas dispararam e o trânsito parou.

Molly abriu a porta e saltou do carro.

O motorista gritou:

— Volte aqui! Volte aqui agora!

Ela passou por entre dois carros parados e ganhou a calçada, seus saltos plataforma ecoando contra o pavimento. Os malditos sapatos quase a fizeram cair. Molly recuperou o equilíbrio e começou a correr rua abaixo.

— Ei!

Molly olhou para trás e ficou surpresa ao ver que o motorista havia deixado o carro estacionado junto ao meio-fio e a perseguia a pé, correndo em meio a um rio de carros que buzinavam.

Ela correu, desajeitada, atrapalhada pelos sapatos. No fim do quarteirão, olhou para trás.

O motorista se aproximava.

Por que ele não me deixa em paz?

Molly reagiu com a resposta automática de uma presa acuada: fugiu.

Dobrando à direita, entrou em uma rua estreita e subiu a calçada de tijolos irregulares que levava a Beacon Hill. Em apenas um quarteirão de corrida, já estava sem fôlego e suas panturrilhas doíam por causa daqueles malditos sapatos.

Ela olhou para trás.

O motorista subia a ladeira atrás dela.

O pânico renovado fez Molly andar mais depressa. Ela dobrou à esquerda, depois à direita, afundando-se no labirinto de ruas de Beacon Hill. Ela não parou para olhar para trás. Sabia que ele estava lá.

Àquela altura, seus pés estavam feridos por causa dos sapatos.

Ele vai me alcançar.

Ao dobrar outra esquina, viu um táxi parado junto ao meio-fio. Ela correu até lá.

O motorista ficou surpreso quando Molly se jogou no banco de trás e fechou a porta.

— Ei! Eu não estou livre — rebateu.

— Apenas vá. Agora!

— Estou esperando uma corrida. Saia do meu carro.

— Estou sendo perseguida. Por favor, não pode ao menos dar uma volta no quarteirão?

— Não vou a lugar nenhum. Saia daqui ou vou ligar para a polícia.

Com todo o cuidado, Molly ergueu a cabeça e olhou pela janela.

Seu perseguidor estava a apenas alguns metros de distância, vasculhando a rua.

Imediatamente, ela se deitou rente ao chão.

— É ele — murmurou.

— Estou cagando para quem é. Vou chamar a polícia.

— Ótimo. Vá em frente! Ao menos uma vez na vida vou poder *usar* um maldito policial.

Ele pegou o microfone do carro. Então ela o ouviu murmurar: "Merda!" e voltar a guardá-lo.

— Vai chamar a polícia ou não vai?

— Não quero falar com a polícia. Por que simplesmente não sai do carro como estou lhe pedindo?

— Por que não pode dar uma volta no quarteirão?

— Tudo bem, *tudo bem.* — Com um resmungo resignado, soltou o freio de mão e afastou-se do meio-fio. — Então, quem é o sujeito?

— Ele estava me levando para um lugar aonde não quero ir. Então eu fugi.

— Levando para onde?

— Eu não sei.

— Quer saber? Eu também não. Não quero saber nada sobre a sua vida. Só quero que saia do meu carro. — Ele parou. — Agora saia.

— O sujeito está por perto?

— Estamos na Cambridge Street. Já andamos alguns quarteirões. Ele está lá do outro lado.

Molly ergueu a cabeça e olhou rapidamente em torno. Havia um bocado de gente ao redor, mas nenhum sinal de seu perseguidor.

— Talvez eu lhe pague algum dia — disse ela. E saltou do táxi.

— E talvez algum dia eu vá para a Lua.

Ela caminhou apressada, primeiro descendo a Cambridge, então entrando na Sudbury. Molly não parou até estar bem avançada no labirinto de ruas do North End.

Ali, encontrou um cemitério com um banco na frente. CEMITÉRIO DE COPP, dizia a placa. Ela se sentou e tirou os sapatos. Os ferimentos estavam em carne viva, dedos machucados e roxos. Ela estava cansada demais para andar mais um quarteirão que fosse, então ficou apenas ali sentada, descalça, observando os turistas passarem com seus folhetos da Freedom Trail, todos desfrutando de uma manhã surpreendentemente amena de outubro.

Não posso voltar para o meu quarto. Não posso ir buscar as minhas roupas. Se Romy me encontrar, vai me matar.

Eram quase 16 horas e ela estava com fome. Não comera coisa alguma exceto um suco de laranja e dois bolinhos de morango no café da manhã. O cheiro delicioso de um restaurante italiano do outro lado da rua a estava deixando maluca. Molly olhou dentro da bolsa e viu que restavam-lhe apenas alguns dólares. Tinha mais dinheiro escondido no quarto. De algum modo, teria de ir buscá-lo sem que Romy a visse.

Ela calçou os sapatos, fazendo uma careta de dor. Então, mancou até um telefone público. *Por favor, faça isso por mim, Sophie,* ela pensou. *Ao menos uma vez, por favor, seja legal comigo.*

Sophie atendeu, a voz baixa e cautelosa.

— Sim?

— Sou eu. Preciso que vá ao meu quarto...

— Nem pensar. Romy está possesso.

— Preciso do meu dinheiro. Por favor, vá até lá e eu vou embora. Você nunca mais verá a minha cara.

— Não vou chegar perto de seu quarto. Romy está lá agora, quebrando tudo. Não vai sobrar nada.

Molly recostou-se contra a cabine.

— Olhe, fique longe daqui. Não volte.

— Mas não sei para onde ir! — Molly subitamente começou a chorar. Estava desesperada, o cabelo caindo-lhe sobre os olhos, os cachos molhados de lágrimas. — Não tenho para onde ir...

Houve um silêncio. Então, Sophie disse:

— Ei, Sem Peitos? Ouça. Acho que conheço alguém que pode ajudar você. Será por apenas algumas noites. Então, estará por conta própria outra vez. Está me ouvindo?

Molly inspirou profundamente.

— Sim.

— Fica na Charter Street. Tem uma padaria na esquina e uma pensão na porta ao lado. Ela tem um quarto no segundo andar.

— Quem?

— Procure a Annie.

— Você é uma das meninas do Romy, certo?

A mulher olhou pelo vão da porta fechada com uma corrente e, através da estreita abertura, Molly só podia ver metade do rosto: cachos ruivos e um olho azul com olheiras de cansaço.

— Sophie me disse para vir até aqui — falou Molly. — Disse que teria lugar para mim...

— Sophie devia ter me avisado primeiro.

— Por favor... não posso dormir aqui... apenas hoje à noite? — tremendo, Molly abraçou os próprios ombros e olhou para o corredor escuro. — Não tenho para onde ir. Ficarei bem quietinha Você nem vai saber que estou aqui.

— O que fez para aborrecer o Romy?

— Nada.

A mulher começou a fechar a porta.

— Espere! — gritou Molly. — Tudo bem, tudo bem. Acho que eu o fiz ficar furioso. Não queria ver aquele médico outra vez...

Lentamente, a porta voltou a se abrir. O olhar da ruiva voltou-se para os quadris de Molly. Ela não disse nada.

— Estou tão cansada — murmurou Molly. — Não posso dormir no chão? Por favor, é só por esta noite.

A porta se fechou.

Molly emitiu um gemido de desespero. Então ouviu a corrente sendo liberada, a porta voltou a se abrir e a mulher apareceu por inteira, a barriga enorme sob um vestido estampado.

— Entre — disse ela.

Molly entrou no apartamento. Imediatamente, a mulher fechou a porta e recolocou a corrente.

Durante um momento, olharam-se. Então o olhar de Molly voltou-se para a barriga da outra mulher.

Annie percebeu e deu de ombros.

— Não sou gorda. É um bebê.

Molly assentiu e pousou a mão no próprio abdome ligeiramente protuberante.

— Também tenho um.

— Cuido de idosos há 22 anos. Trabalhei em quatro asilos em Nova Jersey, de modo que sei como evitar que se metam em apuros. — A mulher apontou para o currículo sobre a mesa da cozinha de Toby. — Estou nisso há muito tempo.

— Sim, vejo que está — disse Toby, olhando o histórico profissional da Sra. Ida Bogart. As páginas fediam a cigarro. A mulher também. Trazia o fedor em suas roupas largas e infectara toda a cozinha. *Por que estou levando esta conversa adiante?*, perguntou-se Toby. *Não quero esta mulher em minha casa. Não a quero perto da minha mãe.*

Ela baixou as páginas sobre a mesa e forçou-se a sorrir para Ida Bogart.

— Vou ficar com o seu currículo até me decidir.

— Você precisa de alguém logo, não é mesmo? É o que dizia o anúncio.

— Ainda estou fazendo uma seleção.

— Você se importaria se eu perguntasse se tem muitos candidatos?

— Vários.

— Nem todo mundo gosta de trabalhar à noite. Nunca me importei com isso.

Toby se levantou, sinal evidente de que a entrevista havia terminado. Ela guiou a mulher para fora da cozinha e corredor abaixo.

— Vou levar o seu nome em consideração. Obrigada por vir, Sra. Bogart. — Ela praticamente empurrou a mulher para fora de sua casa e fechou a porta da frente. Então pressionou as costas contra a porta, como se para evitar que outras Sras. Bogart entrassem. Mais seis dias, ela pensou. Como encontrar alguém em seis dias?

O telefone tocou na cozinha. Era a sua irmã.

— Como vão as entrevistas? — perguntou Vickie.

— Péssimas.

— Achei que tivesse recebido resposta ao anúncio.

— Uma fumante inveterada, duas que mal entendiam inglês e uma que quase me fez esconder as bebidas da casa. Vickie, isso não está funcionando. Não posso deixar a mamãe com nenhuma dessas pessoas. Você terá de ficar com ela à noite até eu encontrar alguém.

— Ela fica andando pela casa, Toby. Ela pode ligar o forno enquanto estivermos dormindo. Já tenho os meus filhos para cuidar.

— Ela nunca liga o forno. E geralmente dorme a noite inteira.

— E quanto à agência de trabalho temporário?

— Seria uma solução de curto prazo. Não posso ter gente desconhecida entrando e saindo todo o tempo. Isso deixaria mamãe confusa.

— Mas seria uma solução. Chegamos a um ponto em que ou é isso ou um asilo.

— Nem pensar. Nada de asilos.

Vickie suspirou.

— Foi apenas uma sugestão. Também estou pensando em você. Gostaria de poder fazer mais...

Mas não pode, pensou Toby. Vickie tinha dois filhos que exigiam toda a sua atenção. Empurrar Ellen para ela seria mais um fardo sobre uma Vickie já sobrecarregada.

Toby foi até a janela da cozinha e olhou para o jardim. Sua mãe estava na casa de ferramentas, segurando um ancinho. Ellen parecia não saber o que fazer com aquilo e ficava arrastando-o pelo caminho de tijolos.

— Quantos candidatos mais vai entrevistar? — perguntou Vickie.

— Dois.

— Os currículos parecem bons?

— Sim. No papel, todos parecem bons. É apenas quando os entrevistamos pessoalmente que dá para sentir o cheiro de bebida.

— Ah, não pode ser assim tão ruim, Toby. Você está sendo muito negativa.

— Você pode vir entrevistá-los. O próximo deve chegar a qualquer momento... — Ela se voltou ao ouvir a campainha. — Deve ser ele.

— Estou indo agora mesmo.

Toby desligou o telefone para atender a porta.

Na varanda, encontrou um homem idoso, rosto abatido e acinzentado, ombros curvados para a frente.

— Estou aqui por causa do emprego — foi tudo o que conseguiu dizer antes de ser acometido por um ataque de tosse.

Toby o fez entrar e o acomodou no sofá. Trouxe-lhe um copo d'água e observou enquanto ele tossia, pigarreava e voltava a tossir. Apenas o resquício de um resfriado, explicou entre um e outro ataque. O pior já passou, ficou apenas essa bronquite. Não prejudicava sua habilidade para trabalhar. Ele já trabalhara bem mais doente do que isso, trabalhara a vida inteira, desde os 16 anos.

Toby ouviu mais por pena do que por interesse, olhar fixo no currículo sobre a mesa de centro. Wallace Dugan, 61 anos. Ela sabia que não o contrataria, soube disso desde o primeiro momento em que o vira, mas não tinha coragem de dispensá-lo sumariamente. Por isso, ficou sentada em silêncio passivo, ouvindo como ele chegara àquele ponto na vida. Quanto precisava do emprego. Quão difícil era aquilo para um homem de sua idade.

Ele ainda estava sentado no sofá quando Vickie chegou. Ela entrou na sala de estar, viu o homem e parou.

— Esta é a minha irmã — disse Toby. — E este é Wallace Dugan. Ele está se candidatando ao emprego.

Wallace levantou-se e apertou a mão de Vickie, mas voltou a se sentar rapidamente, tomado por outro ataque de tosse.

— Toby, posso falar com você um minuto? — disse Vickie antes de se virar e caminhar até a cozinha.

Toby a seguiu, fechando a porta atrás de si.

— O que há de errado com esse homem? — murmurou Vickie. — Ele parece estar com câncer. Ou tuberculose.

— Bronquite, disse ele.

— Você não está pensando em *contratá-lo*, está?

— É o melhor candidato até agora.

— Está brincando. Por favor, diga que está brincando.

Toby suspirou.

— Infelizmente, não. Você não viu os outros.

— Eram piores que *ele*?

— Ao menos, parece um sujeito decente.

— Ah, claro. E, quando ele tiver um troço, mamãe vai aplicar RCP nele?

— Vickie, não vou contratá-lo.

— Então por que não o mandamos embora antes que tenha um ataque na sua sala de estar?

A campainha tocou.

— Meu Deus — disse Toby, e saiu da cozinha. Lançou um olhar de desculpa para Wallace Dugan ao passar pela sala, mas o sujeito estava com a cabeça baixa contra o lenço, tossindo de novo. Ela abriu a porta da frente.

Uma mulher pequena lhe sorriu. Tinha 30 e poucos anos, cabelo castanho cortado à moda de Lady Di. Sua blusa e suas calças pareciam cuidadosamente passadas.

— Dra. Harper? Lamento se estou adiantada. Queria ter certeza de que conseguiria encontrar o endereço. — Ela lhe estendeu a mão. — Sou Jane Nolan.

— Entre. Ainda estou falando com outro candidato, mas...

— Eu posso entrevistá-la — interrompeu Vickie, avançando para apertar a mão de Jane Nolan. — Sou irmã da Dra. Harper. Por que não conversamos na cozinha? — Vickie olhou para Toby. — Nesse meio-tempo, por que não termina com o Sr. Dugan? — E acrescentou em um sussurro: — Apenas livre-se dele.

Wallace Dugan já sabia o veredicto. Quando Toby voltou à sala, viu que ele olhava para o currículo na mesa de centro com uma expressão de derrota. Três páginas dando conta de 45 anos de trabalho. Uma crônica que certamente chegara ao fim.

Conversaram mais algum tempo, mais por educação do que por necessidade. Nunca mais voltariam a se ver, ambos sabiam disso. Quando ele finalmente foi embora, Toby fechou a porta com uma sensação de alívio. Piedade, afinal de contas, não resolvia nada.

Ela foi até a cozinha.

Vickie estava sozinha, olhando para fora pela porta aberta.

— Veja — disse ela.

Lá fora, no jardim, Ellen andava pelo caminho de tijolos. Ao seu lado, Jane Nolan balançava a cabeça enquanto Ellen apontava para uma planta, depois para outra. Jane parecia um pássaro pequeno e ágil, atenta a cada movimento de sua companhia. Ellen parou e franziu as sobrancelhas para algo perto de seu pé.

Ela se abaixou para pegar o objeto. Era uma garra de jardinagem. Ela o girava em sua mão, como se procurasse alguma pista da finalidade daquele objeto.

— O que encontrou? — perguntou Jane.

Ellen ergueu o objeto.

— Esse negócio. Uma escova. — Imediatamente, Ellen percebeu que não era a palavra certa e balançou a cabeça. — Não, não é uma escova. É... você sabe... você sabe.

— Para as flores, certo? — disse Jane. — Uma garra, para remexer a terra.

— Sim. — exclamou Ellen. — Uma garra.

— Vamos guardar em um lugar seguro para não perdê-la e para que você não pise nela acidentalmente. — Jane pegou a garra e a colocou sobre o carrinho de jardinagem. Ergueu a cabeça e, ao ver Toby, sorriu e acenou. Então, pegou o braço de Ellen e as duas continuaram a caminhar, desaparecendo ao redor da casa.

Toby sentiu um peso invisível sair de seus ombros e olhou para a irmã.

— O que acha?

— O currículo parece bom. Ela tem ótimas referências de três diferentes asilos. Teremos de aumentar o salário por hora, uma vez que ela é formada. Mas acho que merece.

— Mamãe parece gostar dela. Isso é o mais importante.

Vickie soltou um suspiro de satisfação. Missão cumprida. Vickie, a eficiente.

— Então — disse ela, fechando a porta dos fundos. — Não foi assim tão difícil.

Outro dia, outro dólar. Outro cadáver.

Daniel Dvorak afastou-se da mesa de necropsia e tirou as luvas.

— Aí está, Roy. Ferimento penetrante no quadrante superior esquerdo, laceração do baço resultando em grande hemorragia. Definitivamente, não morreu de causa natural. Nenhuma surpresa. — Ele jogou as luvas na lata do lixo e olhou para o detetive Sheehan.

Sheehan ainda estava junto à mesa, mas seu olhar não estava voltado para a cavidade aberta no defunto. Não, Sheehan olhava para a assistente de Dvorak, Lisa. Que romântico! Romeu e Julieta encontrando-se diante de um cadáver.

Dvorak balançou a cabeça e foi lavar as mãos na pia. Pelo espelho, acompanhou o progresso do romance incipiente. O detetive Sheehan encolhendo a barriga. Lisa rindo, mexendo nos cachos de cabelo. Mesmo na sala de necropsia, a natureza seguia seu curso normal.

Ainda que uma das partes fosse um policial casado de meia-idade e acima do peso.

Se Sheehan quer bancar o garanhão para um par de olhos azuis, isso não é da minha conta, pensou Dvorak enquanto secava as mãos calmamente. Mas deveria adverti-lo de que ele não era o primeiro policial a ter os hormônios despertados naquela sala. As necropsias haviam se tornado surpreendentemente populares ultimamente, e não era por causa dos cadáveres.

— Estarei no meu escritório — disse Dvorak antes de sair do laboratório.

Vinte minutos depois, Sheehan bateu à porta de Dvorak e entrou com a expressão feliz de alguém que andara agindo como um idiota e tinha consciência disso. Sabia que todo mundo também tinha, embora não se importasse.

Dvorak resolveu não se importar também. Foi até o arquivo, tirou uma pasta e entregou-a para Sheehan.

— Aí está o exame toxicológico que você queria. Deseja algo mais?

— Hã... sim. A preliminar daquele bebê.

— Consistente com síndrome de morte súbita infantil.

Sheehan pegou um cigarro e o acendeu.

— Foi o que pensei.

— Incomoda-se de apagar isso?

— Hein?

— É proibido fumar neste prédio.

— Na sua sala também?

— O cheiro se espalha.

Sheehan sorriu.

— Em sua linha de trabalho, doutor, não dá para reclamar de cheiros. — Ele apagou o cigarro, esmagando-o no pires de café que Dvorak lhe estendera. — Sabe, aquela Lisa é uma garota legal.

Dvorak não disse nada, dando-se conta de que o silêncio era mais seguro.

— Ela tem namorado? — perguntou Sheehan.

— Eu não sei.

— Nunca perguntou?

— Não.

— Nem mesmo tem curiosidade de saber?

— Tenho curiosidade por várias coisas. Mas esta não é uma delas. — Dvorak fez uma pausa. — A propósito, como vão sua mulher e seus filhos?

Uma pausa.

— Estão bem.

— Então as coisas vão bem em casa?

— Sim, claro.

Dvorak assentiu com gravidade.

— Então você é um homem de sorte.

Com o rosto vermelho, Sheehan olhou para o exame toxicológico. Policiais testemunham muitas mortes, pensou Dvorak, e andam por aí tentando pegar o que a vida tem de melhor. Sheehan era um sujeito inteligente, basicamente decente, lutando no espelho contra os primeiros sinais da meia-idade.

Lisa escolheu exatamente aquele momento para entrar na sala, transportando duas bandejas de lâminas de microscópio. Lançou um sorriso para Sheehan e pareceu decepcionada quando ele desviou o olhar.

— Que lâminas são essas? — perguntou Dvorak.

— A de cima são seções do fígado e do pulmão de Joseph Odette. A de baixo são as seções do cérebro de Parmenter. — Lisa lançou outro olhar para Sheehan. Então recuperou a dignidade e perguntou em tom profissional:

— Você só pediu colorações HE e PAS, certo?

— Fez vermelho congo?

— Também está aí. Se por acaso precisar. — Ela lhe deu as costas e se afastou, com o orgulho intacto.

Após um instante, Sheehan também se foi, um Romeu temporariamente disciplinado.

Dvorak levou as bandejas com as novas lâminas para o laboratório e ligou o microscópio. A primeira era do pulmão de Joey Odette. Fumante, pensou, concentrando-se nos alvéolos. Nenhuma surpresa, ele já notara as mudanças enfisemáticas na necropsia. Viu mais algumas seções de pulmão e então passou para as lâminas do fígado. Cirrose e infiltrações de gordura. Alcoólatra também. Se Joey Odette não tivesse dado um tiro na cabeça, seu fígado ou seus pulmões o teriam matado. Há muitas maneiras de se cometer suicídio.

Ele ditou suas descobertas, então deixou de lado as lâminas de Odette e passou para a bandeja seguinte.

A primeira lâmina do cérebro de Angus Parmenter apareceu através das lentes. O exame microscópico de seções do cérebro era uma parte rotineira de qualquer necropsia. A lâmina apresentava uma seção do córtex cerebral, colorizado de rosa-choque pelo ácido-periódico-Schiff. Ele mexeu no aparelho e o campo entrou em foco. Durante dez segundos, olhou pela ocular, tentando entender o que via.

Falsa imagem, pensou. Esse deve ser o problema. Uma distorção de tecido causada pela fixação ou pelo processo de coloração.

Dvorak tirou a lâmina e colocou outra. Novamente procurou o foco.

Outra vez, tudo pareceu estar errado. Em vez de um campo uniforme de tecido neuronal pontilhado de núcleos roxos ocasionais, aquilo parecia uma espuma branca e rosada. Havia vacúolos em toda parte, como se a matéria cerebral tivesse sido comida por traças microscópicas.

Lentamente, ergueu a cabeça da ocular. Então olhou para o dedo, aquele que cortara com o bisturi. A laceração estava curada, mas ainda podia ver uma linha fina sobre a pele onde o ferimento havia cicatrizado. *Eu estava trabalhando com o cérebro quando isso aconteceu. Fui exposto.*

O diagnóstico tinha de ser confirmado. Teria de consultar um neuropatologista, fazer uma análise com microscópio eletrônico, a ficha clínica teria de ser revisada. Ainda não era hora de planejar o próprio funeral.

Suas mãos estavam suadas. Ele desligou o microscópio e soltou um profundo suspiro. Então, pegou o telefone.

Sua secretária demorou apenas um minuto para localizar o número de Toby Harper em Newton. O telefone tocou seis vezes antes de ser atendido por um "Alô?" irritado.

— Dra. Harper? Aqui é Dan Dvorak, do departamento de medicina legal. Pode falar agora?

— Tentei falar com você a semana inteira.

— Eu sei — admitiu Dvorak. E não conseguiu pensar em uma boa desculpa.

— Tem o diagnóstico do Sr. Parmenter? — perguntou ela.

— É por isso que estou ligando. Preciso de mais antecedentes médicos.

— Você tem a ficha hospitalar dele, certo?

— Sim, mas gostaria de falar sobre o que você viu na emergência. Ainda estou tentando interpretar a histologia. O que preciso é de uma avaliação clínica melhor.

Do outro lado da linha, ouviu um som que parecia de água jorrando de uma torneira, e a voz de Toby:

— Não! Desligue isso! Desligue! A água está se espalhando pelo chão! — O telefone foi largado sobre alguma superfície dura e Dvorak ouviu passos de alguém correndo. Toby voltou à linha.
— Olhe, esta não é uma boa hora para mim. Podemos discutir isso pessoalmente?

Ele hesitou.

— Creio que é uma ideia melhor. Esta tarde?

— Bem, estou em minha noite de folga, mas tentarei conseguir uma babá. A que horas sai do trabalho?

— Ficarei o quanto for preciso.

— Muito bem, vou tentar chegar às 18 horas. Onde fica o seu consultório?

— Albany Street, 720. Fica em frente ao Hospital Municipal. O lugar já estará fechado, de modo que a porta da frente estará trancada. Estacione nos fundos.

— Ainda não estou certa do que se trata, Dr. Dvorak.

— Você vai entender — disse ele. — Depois de ver as lâminas.

10

Eram quase 18h30 quando Toby entrou nos fundos do prédio de dois andares da Albany Street, 720. Passou por três vans idênticas, cada qual com a inscrição ESTADO DE MASSACHUSETTS, MÉDICO-LEGISTA CHEFE, e estacionou em uma vaga perto da porta dos fundos do edifício. A chuva, que ameaçara cair o dia inteiro, finalmente começava sob a forma de uma fina garoa que prateava a penumbra da tarde. Já era fim de outubro e escurecia tão cedo naquela época do ano que ela já sentia falta dos longos e quentes crepúsculos do verão. O prédio parecia uma tumba com paredes de tijolos vermelhos.

Toby saiu do carro e atravessou o estacionamento, cabeça baixa por causa da chuva. Ao chegar à entrada dos fundos, a porta se abriu. Ela ergueu a cabeça, surpresa.

Havia um homem alto à porta, sua silhueta destacada contra a luz do corredor.

— Dra. Harper?

— Sim.

— Sou Dan Dvorak. Geralmente trancam a porta às 18 horas, então eu estava esperando você chegar. Entre.

Ela entrou no prédio e enxugou os olhos, molhados pela chuva. Ofuscada pela luz, concentrou-se no rosto de Dvorak, conciliando a imagem mental que formara de sua voz ao telefone com a do homem imponente que estava à sua frente. Era quase tão velho quanto ela esperava, cerca de 45 anos, cabelo preto generosamente rajado de fios grisalhos. Estava despenteado, como se tivesse corrido os dedos nervosamente pela cabeça. Seus olhos, de um azul intenso, pareciam olhá-la de profundos abismos. Embora tenha conseguido esboçar um sorriso, ela o sentiu forçado. Apesar de atraente, aquele sorriso brilhou brevemente sobre os lábios do legista, então desapareceu, substituído por uma expressão que Toby não conseguiu identificar. Ansiedade, talvez. Ou seria preocupação.

— Quase todos os funcionários já foram embora — disse ele.
— Portanto, isso aqui está tão tranquilo quanto um necrotério.

— Tentei vir o mais rápido que pude, mas primeiro tive de me entender com a babá.

— Então você tem filhos?

— Não. A babá é para a minha mãe. Não gosto de deixá-la sozinha.

Subiram a escada, Dvorak ligeiramente adiante, o jaleco de laboratório batendo contra suas pernas.

— Desculpe tê-la chamado tão em cima da hora.

— Você tem fugido de todas as minhas ligações e então, subitamente, precisa falar comigo ainda hoje à noite. Por quê?

— Preciso de sua opinião clínica.

— Não sou médica-legista. Foi você quem fez a necropsia.

— Mas você o examinou enquanto ainda estava vivo.

Dvorak entrou por uma porta no segundo andar e começou a percorrer um corredor, movendo-se com tal energia que Toby teve de acelerar o passo para acompanhá-lo.

— Havia um neurologista cuidando do caso — disse ela. — Falou com ele?

— Quando ele o examinou, o paciente já estava em coma. Àquela altura, havia poucos sinais e sintomas a analisar. Afora o coma, é claro.

— E quanto a Wallenberg? Ele era o médico encarregado.

— Wallenberg insiste que foi um derrame.

— E foi?

— Não. — Ele abriu uma porta e acionou um interruptor na parede. O lugar era mobiliado com uma escrivaninha de aço, algumas cadeiras e um arquivo. Evidentemente era o ambiente de trabalho de um homem muito organizado, pensou Toby, olhando para as caprichosas pilhas de papel e para os livros alinhados nas prateleiras. Os únicos toques pessoais do lugar eram uma samambaia obviamente negligenciada sobre o arquivo e uma fotografia na escrivaninha. Retratava um menino adolescente, cabelo em desalinho, olhos ofuscados pelo sol enquanto erguia uma truta recém-pescada. O menino era um clone de Dvorak. Toby sentou-se em uma cadeira diante da escrivaninha.

— Aceita um café? — perguntou ele.

— Prefiro alguma informação. O que, exatamente, *descobriu* na necropsia?

— No exame geral, nada.

— Nenhuma evidência de derrame?

— Nem trombótico nem hemorrágico.

— E quanto ao coração? E as coronárias?

— Normais. Na verdade, nunca vi uma artéria anterior descendente tão limpa em um homem daquela idade. Nenhuma evidência de infarto, recente ou não. Não foi uma morte cardíaca.

— Ele se sentou atrás da escrivaninha, o olhar tão intenso que Toby teve de se esforçar para continuar mantendo o contato visual.

— Toxicologia?

— Só passou uma semana. O teste preliminar indica diazepam e dilantina. Ambas as drogas foram ministradas no hospital, para tratar as convulsões. — Ele se inclinou para a frente. — Por que insistiu na necropsia?

— Eu já disse. Este foi o segundo paciente que vi com esses sintomas. Eu queria um diagnóstico.

— Falem-me novamente sobre os sintomas. Tudo de que se lembra.

Toby tinha dificuldade de se concentrar enquanto aqueles olhos azuis encaravam seu rosto de modo tão intenso. Ela se recostou na cadeira, voltando o olhar para a pilha de papéis na escrivaninha, pigarreou e disse:

— Confusão — disse ela. — Ambos deram entrada na emergência desorientados em relação a tempo e espaço.

— Falem-me primeiro do Sr. Parmenter.

— A ambulância o trouxe depois que a filha o encontrou cambaleando pela casa. Ele não a reconheceu. E nem às netas. Pelo que entendi, estava tendo alucinações visuais. Achou que podia voar. Quando eu o examinei, não encontrei evidência de trauma. Neurologicamente, o único sinal localizado parecia ser um exame anormal de dedo-nariz. A princípio, achei que podia ser um derrame no cerebelo. Mas havia outros sintomas que não consegui explicar.

— Tais como?

— Parecia ter distorções visuais. Tinha dificuldade de avaliar quão longe eu estava dele. — Ela fez uma pausa, franzindo as sobrancelhas. — Ah. Isso explica os anões.

— Perdão?

— Ele se queixava de anões em sua casa. Acho que se referia às netas. Têm cerca de 10 anos.

— Muito bem, então ele tinha visão distorcida e sinais cerebelares.

— E as convulsões.

— Sim, li menções a elas em suas anotações. — Dvorak pegou uma pasta na escrivaninha e a abriu. Toby viu que era uma fotocópia do histórico do paciente no Hospital Springer. — Você descreveu convulsões localizadas na extremidade superior direita.

— As convulsões iam e voltavam durante sua hospitalização, apesar dos anticonvulsivos. Foi o que a enfermeira me disse.

Ele folheou a ficha.

— Wallenberg não as menciona. Mas vejo aqui uma prescrição de dilantina. Assinada por ele. — Dvorak olhou para Toby. — Obviamente, você está certa quanto às convulsões.

Por que não estaria?, pensou Toby, subitamente irritada. Agora era ela quem se inclinava para a frente:

— Por que não me diz que diagnóstico você está procurando?

— Não quero influenciar a sua memória do caso. Preciso de suas lembranças sem influências.

— Se fosse direto comigo, você nos pouparia muito tempo.

— Está com pressa?

— Esta é minha noite de folga, Dr. Dvorak. Poderia estar em casa fazendo outras coisas.

Ele a olhou em silêncio um instante. Então recostou-se e emitiu um profundo suspiro.

— Veja, desculpe ter sido tão evasivo, mas isso me abalou muito.

— Por quê?

— Acho que estamos lidando com um agente infeccioso.

— Bacterial? Viral?

— Nenhum dos dois.

Ela franziu as sobrancelhas.

— O que mais? Estamos falando de parasitas?

Ele se levantou.

— Por que não descemos ao laboratório? Vou lhe mostrar as lâminas.

Pegaram o elevador para o porão e saíram em um corredor deserto. Já passava das 19 horas. Toby sabia que deveria haver alguém mais de plantão no necrotério, mas, no momento, caminhando pelo corredor silencioso, parecia que ela e Dvorak estavam a sós no prédio. Ele a guiou até uma porta, entrou na sala e acionou o interruptor na parede.

Painéis fluorescentes piscaram e uma luz forte refletiu sobre superfícies brilhantes. Ela viu um refrigerador, pias de aço inoxidável, uma bancada com equipamento de análise quantitativa e um computador. Em uma prateleira, frascos contendo órgãos humanos, suspensos em conservantes. O cheiro suave de formol.

Dvorak foi até um dos microscópios e o ligou. Havia uma ocular extra e ambos podiam examinar o campo ao mesmo tempo. Ele pôs uma lâmina sob as lentes e sentou-se enquanto focava.

— Olhe.

Ela puxou um tamborete, curvou a cabeça e olhou pela outra ocular. O que viu pareciam bolhas brancas sobre um mar cor-de-rosa.

— Faz um longo tempo desde que estudei histologia — admitiu Toby. — Dê uma pista.

— Muito bem. Pode identificar o tecido para o qual está olhando?

Ela corou, embaraçada. Quem dera pudesse responder. Em vez disso, estava dolorosamente consciente da própria ignorância. E do silêncio que se estendia entre ambos. Com o rosto pressionado contra as oculares, admitiu:

— Detesto admitir mas... não. Não consigo identificar.

— Isso não é reflexo do seu treinamento, Dra. Harper. Esta lâmina está tão anormal que o tecido é difícil de ser identificado. O que estamos vendo aqui é uma lâmina do córtex cerebral de Angus Parmenter, tintura PAS. O fundo rosa é a neurópilo, com os núcleos tintos de roxo.

— O que são esses vacúolos?

— Esta é a minha dúvida. O córtex normal não tem tantos buraquinhos.

— Estranho. Parece a esponja cor-de-rosa que eu tenho na cozinha.

Ele não respondeu. Confusa, Toby ergueu a cabeça e viu que ele olhava para ela.

— Dr. Dvorak?

— Você adivinhou de primeira — murmurou ele.

— O quê?

— É exatamente o que parece. Uma esponja cor-de-rosa. — Ele se recostou e esfregou os olhos com as mãos. Sob as fortes luzes do laboratório, Toby viu as rugas de fadiga em seu rosto, a sombra de uma barba escura. — Acho que estamos lidando com uma encefalopatia espongiforme — disse ele.

— Como a doença de Creutzfeldt-Jakob?

Ele assentiu.

— Isso explicaria as mudanças patológicas na lâmina. Assim como o quadro clínico: a deterioração mental, a distorção visual, as convulsões mioclônicas.

— Então não eram convulsões localizadas?

— Não. Acho que o que viu foram convulsões mioclônicas. Espasmos violentos repetitivos, ativados por um ruído muito alto. Não pode ser controlado com dilantina.

— A Creutzfeldt-Jakob não é uma doença extremamente rara?

— Ocorre um caso para cada milhão de habitantes. Tende a atacar idosos esporadicamente.

— Mas *há* casos concentrados. No ano passado, na Inglaterra...

— Você está se referindo ao mal da vaca louca. Parece ser uma variante da Creutzfeldt-Jakob. Talvez seja a mesma doença, não estamos certos. As vítimas britânicas foram infectadas por terem comido carne com a cepa espongiforme bovina. Foi um surto raro, e não foi registrado outro desde então.

Toby voltou o olhar para o microscópio.

— Será possível que tenhamos um surto aqui? — murmurou.

— Angus Parmenter não é o primeiro paciente que vi com esses sintomas. Também houve Harry Slotkin. Ele chegou semanas antes de Parmenter, com o mesmo quadro. Confusão, distorção visual.

— Esses são sintomas não específicos. Precisaríamos de uma necropsia para confirmar.

— Isso não será possível com o Sr. Slotkin. Ele ainda está desaparecido.

— Então não há como fazer o diagnóstico.

— Ambos moravam no mesmo complexo residencial. Podem ter sido expostos ao mesmo patógeno.

— Não se adquire DCJ como se pega um resfriado comum. A doença é transmitida por um príon. Uma proteína celular anormal. Requer exposição direta do tecido. Um transplante de córnea, por exemplo.

— Aquelas pessoas na Inglaterra pegaram por comer carne. Não pode ter ocorrido o mesmo aqui? Podem ter compartilhado a mesma comida...

— O gado americano é limpo. Não temos o mal da vaca louca.

— Como tem certeza? — Ela estava intrigada agora, perseguindo fervorosamente aquela nova linha de raciocínio. Toby se lembrou daquela noite na emergência, quando Harry dera entrada. Lembrou-se do barulho da bacia de metal caindo no chão, então do som da perna de Harry chocando-se contra a maca. — Temos dois homens do mesmo complexo habitacional apresentando os mesmos sintomas.

— Confusão não é específico o bastante.

— Harry Slotkin apresentava o que *pensei* serem convulsões localizadas. Agora me dou conta de que poderiam ser sacudidas mioclônicas.

— Preciso de um corpo para necropsia. Não posso diagnosticar Harry Slotkin sem tecido cerebral.

— Bem, quão certo está do diagnóstico de Angus Parmenter?

— Enviei as lâminas a um neuropatologista, para confirmação. Ele examinará as lâminas sob um microscópio eletrônico.

Os resultados podem levar alguns dias. — E acrescentou em voz baixa: — Só espero estar errado.

Toby estudou-o e deu-se conta de estar vendo mais do que cansaço em seu rosto. O que ela via era medo.

— Eu me cortei — disse ele. — Durante a necropsia. Enquanto removia o cérebro. — Ele balançou a cabeça e emitiu uma risada estranhamente irônica. — Abri milhares de crânios. Trabalhei em corpos com HIV, hepatite, até mesmo com raiva. Mas nunca me cortei. Então, pego Angus Parmenter e ele me parece ter morrido de causas naturais. Uma temporada de uma semana no hospital, nenhuma evidência de infecção. E o que faço? Corto o meu dedo. Enquanto estou trabalhando no maldito *cérebro*.

— O diagnóstico não está confirmado. Pode ser uma falsa imagem. Talvez as lâminas não tenham sido preparadas corretamente.

— É o que espero. — Ele olhou para o microscópio como se olhasse para seu inimigo mortal. — Estava com as minhas mãos ao redor do cérebro. Não podia ter escolhido hora pior para me cortar.

— Isso não quer dizer que você esteja infectado. Suas chances de realmente ter pegado a doença são muito reduzidas.

— Mas ainda existem. A chance ainda existe. — Dvorak olhou para ela, e Toby não tinha como contradizê-lo. Nem podia oferecer qualquer falsa garantia. O silêncio, ao menos, era honesto.

Dvorak desligou a lâmpada do microscópio.

— A doença tem um longo período de incubação. Portanto, pode demorar um, dois anos. Ainda estarei pensando nisso daqui a cinco anos. Esperando os primeiros sintomas. Ao menos é um fim relativamente indolor. Começa com demência, distorção visual, talvez alucinações. Então progride para o delírio. E, finalmente, você entra em coma... — Ele deu de ombros. — Acho melhor do que morrer de câncer.

— Lamento — murmurou Toby. — Eu me sinto responsável...
— Pelo quê?

— Eu insisti na necropsia. Eu o coloquei em uma situação de risco.

— Fui eu que me coloquei nesta posição. Ambos nos colocamos, Dra. Harper. Faz parte do nosso trabalho. Você trabalha na emergência. Alguém tosse e você pega tuberculose. Ou você se fura com uma agulha e pega hepatite ou Aids. — Ele removeu a lâmina e pousou-a em uma bandeja. Então protegeu o microscópio com uma capa plástica. — Qualquer trabalho é arriscado, assim como há riscos em acordar pela manhã. Dirigindo para o trabalho, caminhando até a caixa do correio, embarcando em um avião. — Ele olhou para ela. — A surpresa não é o fato de morrermos. A surpresa é como e onde morremos.

— Deve haver algum meio de deter a infecção neste estágio. Talvez uma injeção de imunoglobulina...

— Não funciona. Verifiquei na literatura médica.

— Já discutiu isso com o seu médico?

— Ainda não mencionei isso para ninguém.

— Nem mesmo para os seus familiares?

— Só tenho o meu filho, Patrick, e ele tem apenas 14 anos. Nesta idade, ele tem problemas suficientes com o que se preocupar.

Ela se lembrou da fotografia na escrivaninha, o menino despenteado segurando a truta que havia pescado. Dvorak estava certo, um menino de 14 anos era jovem demais para ser confrontado com a mortalidade de um pai.

— Então o que vai fazer? — perguntou Toby.

— Vou me certificar de que meu seguro de vida está pago. E esperar pelo melhor.

Dvorak se levantou e caminhou até o interruptor de luz.

— Não há nada mais que eu possa fazer.

Robbie Brace atendeu a porta vestindo uma camiseta dos Red Sox e uma calça de ginástica puída.

— Dra. Harper — disse ele. — Chegou rápido.

— Obrigada por me receber.

— É. Bem, você não está nos pegando na melhor hora. Hora de dormir, você sabe. Muitas negociações e choradeira.

Toby entrou pela porta da frente. Em algum lugar lá em cima, uma criança gritava. Não um grito de aflição, mas de raiva, acompanhado do sons de passos e pelo baque de algo atingindo o chão com força.

— Estamos com 3 anos e aprendendo o significado do poder — explicou Brace. — Cara, a paternidade não é o máximo?

Ele trancou a porta da frente e guiou-a pelo corredor em direção à sala de estar. Mais uma vez, Toby ficou impressionada com o tamanho do sujeito, braços tão musculosos que não caíam retos dos ombros. Ela se sentou em um sofá e ele se acomodou em uma poltrona surrada.

Lá em cima, a gritaria continuou, mais alta, dessa vez pontuada por fungadas dramáticas. Também podia ouvir a voz de uma mulher, calma, embora determinada.

— É um combate de titãs — disse Brace, olhando para cima. — Minha mulher é muito mais forte que eu. Eu apenas viro de lado e me finjo de morto.

Brace se voltou para ela e seu sorriso desvaneceu.

— Então, do que se trata? Angus Parmenter?

— Acabo de vir do médico-legista. Eles têm um diagnóstico preliminar, doença de Creutzfeldt-Jakob.

Brace balançou a cabeça, surpreso.

— Eles têm certeza?

— Ainda precisamos da confirmação de um neuropatologista. Mas os sintomas batem com o diagnóstico. Não apenas para Parmenter. Para Harry Slotkin também.

— Dois casos de DCJ? É como um raio caindo duas vezes no mesmo lugar. Como confirmar isso?

— Muito bem, não podemos confirmar o caso de Harry porque não há corpo. Mas e se dois residentes de Brant Hill tiverem DCJ? Isso nos faz pensar se não haveria uma fonte de infecção comum. — Ela se inclinou para a frente. — Você me disse que a ficha médica de Harry indicava saúde perfeita.

— Isso mesmo.

— Ele fez alguma cirurgia nos últimos cinco anos? Um transplante de córnea, por exemplo?

— Não me lembro de ter visto nada assim em sua ficha. Mas pergunto se dá para pegar DCJ assim.

— Já foi registrado. — Toby fez uma pausa. — Há outro meio de ser transmitido. Através de injeções de hormônios de crescimento.

— E daí?

— Você me disse que Brant Hill está fazendo estudos com injeções de hormônios em idosos. Você disse que seus pacientes demonstram aumento de massa e força muscular. Seria possível que estejam injetando hormônios de crescimento contaminados?

— Os hormônios de crescimento não vêm mais de cérebros de cadáveres. São manufaturados.

— E se Brant Hill estiver usando um estoque antigo? Hormônios de crescimento infectados com DCJ?

— Os hormônios de crescimento antigos estão fora do mercado há muito tempo. E Wallenberg está usando esse protocolo há anos, desde que estava no Instituto Rosslyn. Nunca ouvi falar de um caso de DCJ em nenhum de seus pacientes.

— Não estou familiarizada com o Instituto Rosslyn. O que é?

— É um centro de pesquisas geriátricas, em Connecticut. Wallenberg trabalhou lá como pesquisador durante alguns anos, antes de vir para Brant Hill. Verifique a literatura geriátrica. Vai encontrar diversos estudos originados em Rosslyn. E meia dúzia de ensaios com o nome de Wallenberg como autor. Ele é o guru da reposição hormonal.

— Eu não sabia disso.

— Precisaria ser geriatra para saber. — Ele se levantou da cadeira, desapareceu em uma sala anexa e voltou com alguns papéis, que pousou na mesa de centro, diante de Toby. No topo havia a fotocópia de um artigo do *Journal of the American Geriatrics Society*, de 1992. Havia três autores listados, e o primeiro nome era o de Wallenberg. O título do artigo era: "Além do Limite de Hayflick: estendendo a longevidade ao nível celular".

— É pesquisa no nível mais básico — disse Brace. — Levando as células ao seu limite de vida máximo, o Limite de Hayflick, e tentando prolongá-lo por meio da manipulação hormonal. Se você aceitar a ideia de que nossa senescência e morte se resumem a um processo celular, então desejará trabalhar no sentido de prolongar a vida celular.

— Mas uma certa quantidade de morte celular é necessária para a saúde.

— Claro. Nossas membranas mucosas e nossa pele descartam células mortas todo o tempo. Mas nós as regeneramos. O que não regeneramos são células como as do tutano dos ossos, as do cérebro e de outros órgãos vitais. Essas envelhecem e morrem. E morremos como resultado disso.

— E com essa manipulação hormonal?

— Esse é o ponto do estudo. Quais hormônios, ou qual combinação de hormônios, prolongam a vida das células? Wallenberg pesquisa isso desde 1990. E está obtendo resultados promissores.

Toby olhou para ele.

— Aquele velho no asilo, aquele que ofereceu tamanha resistência?

Brace assentiu.

— Ele provavelmente tem força e massa muscular iguais às de muitos jovens. Infelizmente, a doença de Alzheimer fez uma bagunça no cérebro dele. Hormônios não podem resolver isso.

— De quais hormônios estamos falando? Você mencionou uma combinação.

— A pesquisa indica que hormônio de crescimento, DHEA, melatonina e testosterona são promissores. Acho que o protocolo atual de Wallenberg envolve diversas proporções desses hormônios, talvez mais alguns outros.

— Você não está certo?

— Não estou envolvido com o protocolo. Só cuido dos pacientes internos. Mas veja: no momento, tudo isso ainda é especulação. Ninguém sabe o que funciona. Tudo o que sabemos é que nossas pituitárias param de produzir certos hormônios à medida que envelhecemos. Talvez a fonte da juventude seja algum hormônio pituitário que ainda não descobrimos.

— Então Wallenberg está dando injeções de reposição. — Ela riu. — Literalmente, um tiro no escuro.

— Pode funcionar. A meu ver, Brant Hill tem octogenários muito saudáveis correndo por aquele campo de golfe.

— Também são ricos, fazem exercícios e têm uma vida despreocupada.

— É, bem, quem sabe? Talvez a melhor garantia de longevidade seja uma conta bancária saudável.

Toby folheou o artigo de pesquisa, então o baixou sobre a mesa de centro. Outra vez, olhou para a data de publicação.

— Ele está dando injeções de hormônios desde 1990 sem nenhum caso registrado de DCJ?

— O protocolo foi aplicado em Rosslyn durante quatro anos. Então, ele veio para Brant Hill e recomeçou os seus estudos.

— Por que ele saiu de Rosslyn?

Brace riu.

— O que você acha?

— Dinheiro.

— Bem, este é o motivo pelo qual *eu* vim para Brant Hill. Um belo contracheque, nenhum problema com empresas de seguros.

E pacientes que realmente seguem os meus conselhos. — Ele fez uma pausa. — Mas, no caso de Wallenberg, soube que havia outras coisas envolvidas. Na última conferência de geriatria à qual compareci, ouvi uma fofoca sobre Wallenberg e uma pesquisadora de Rosslyn.

— Ah. Se não é dinheiro, é sexo.

— E o que mais seria?

Toby lembrou-se de Carl Wallenberg em seu smoking, o jovem leão com olhos de âmbar, e pôde facilmente imaginá-lo como objeto de desejo feminino.

— Então ele teve um caso com uma colega pesquisadora — disse ela. — Isso não me parece particularmente chocante.

— É sim, se houver três pessoas envolvidas.

— Wallenberg, a mulher e quem mais?

— Outro médico do Rosslyn, um homem. Soube que as coisas ficaram muito tensas entre eles e que os três pediram demissão. Wallenberg veio para Brant Hill e reiniciou suas pesquisas. De qualquer modo, já faz seis anos que ele vem injetando hormônios sem efeitos colaterais catastróficos.

— E nenhum caso de DCJ.

— Nenhum relatado. Tente outra vez, Dra. Harper.

— Muito bem, vejamos outros meios de esses dois homens terem sido infectados. Um procedimento cirúrgico. Algo relativamente pequeno, como um transplante de córnea. Vocês podem ter omitido este evento na ficha de seus pacientes externos.

Brace emitiu um som exasperado.

— Afinal, por que está insistindo no assunto? Pacientes morrem todo o tempo e não me sinto obcecado por causa disso.

Suspirando, Toby se recostou no sofá.

— Sei que isso não mudará as coisas. Sei que Harry provavelmente está morto. Mas, se ele tinha Creutzfeldt-Jakob, então já estava morrendo quando eu o atendi. E nada que eu fizesse poderia tê-lo salvado. — Toby olhou para Brace. — Talvez assim não me sentisse tão responsável pela morte dele.

— Então é culpa, certo?

Ela assentiu.

— E uma certa dose de interesse pessoal. O advogado que representa o filho de Harry já está tomando o depoimento do pessoal da emergência. Não creio haver um modo de evitar um processo. Mas se eu *puder* provar que Harry já tinha uma doença fatal quando eu o atendi...

— Então os danos não parecerão tão graves no tribunal.

Toby assentiu. E sentiu vergonha. *Seu pai já estava morrendo, Sr. Slotkin. Qual é o problema?*

— Não sabemos se Harry está morto — disse Brace.

— Está desaparecido há um mês. O que mais poderia ter acontecido? É apenas questão de tempo encontrarem o corpo.

Lá em cima, a choradeira terminara, a batalha estava finalmente vencida. O silêncio só acentuava os incômodos vazios da conversa. Ouviram-se passos na escada e uma mulher apareceu. Era ruiva, a pele tão clara que o rosto parecia translúcido sob o brilho da lâmpada da sala de estar.

— Minha esposa, Greta — disse Brace. — E esta é a Dra. Toby Harper. Toby veio conversar sobre trabalho.

— Desculpe a gritaria — disse Greta. — É nosso acesso de raiva diário. Me diga outra vez, Robbie. *Por que* tivemos uma filha?

— Para passarmos adiante o legado de nosso DNA superior. O problema, querida, é que ela herdou o *seu* temperamento. — Greta sentou-se no braço da poltrona ao lado do marido.

— Isso se chama *determinação*. Não temperamento.

— É. Bem, seja como for, fere os ouvidos. — Ele deu um tapinha no joelho da esposa. — Toby é médica da emergência do Hospital Springer. Foi ela quem costurou o meu rosto.

— Oh — exclamou Greta. — Fez um belo trabalho. A cicatriz ficará quase imperceptível. — Subitamente, ela franziu as sobrancelhas para a mesa de centro. — Robbie, espero que tenha oferecido algo para a nossa visita. Devo servir um chá?

— Não, querida, está tudo bem — disse Robbie. — Já acabamos.

Acho que é uma dica para eu ir embora, pensou Toby. Relutante, ela se levantou.

Robbie também se levantou, deu um beijo na esposa e disse:

— Não demorarei. Vou dar um pulo rápido lá na clínica. — Então se voltou para Toby, que o encarava, surpresa. — Você quer ver as fichas dos pacientes externos, não é mesmo?

— Sim, claro.

— Então encontro você em Brant Hill.

11

— Eu sabia que você ia ficar me aborrecendo com isso — disse Robbie enquanto abria a porta de entrada da clínica de Brant Hill. — *Veja isso, veja aquilo.* Daí eu achei que deveria deixar você ver as fichas para saber que não estou te enrolando. — Eles entraram no prédio e a porta se fechou logo atrás, precipitando ecos pelo corredor vazio. Ele dobrou à direita e abriu uma porta com a placa: REGISTROS MÉDICOS.

Toby acendeu as luzes e, surpresa, piscou ao ver seis fileiras de arquivos.

— Em ordem alfabética? — perguntou.

— Sim. A por aqui, Z do outro lado. Vou procurar a ficha de Slotkin, você fica por conta da de Parmenter.

Toby procurou na letra P.

— Impressionante a quantidade de arquivos que guardam aqui. Brant Hill realmente tem tantos pacientes assim?

— Não. Este é o arquivo central de todos os asilos da Orcutt Health.

— É como um conglomerado?

— Sim. Somos a instalação sede.

— Então quantos asilos eles administram?

— Uma dúzia, creio eu. Compartilhamos serviços de contabilidade e registros.

Toby encontrou a seção onde estava a letra P e começou a folhear os arquivos.

— Não consigo achar — disse ela.

— Encontrei a ficha de Slotkin.

— Bem, onde está a de Parmenter?

Brace foi até onde ela estava.

— Ah, esqueci que ele morreu. Provavelmente colocaram a ficha dele no arquivo morto. — Ele foi até um grupo de arquivos no fundo da sala. Um momento depois, fechou a gaveta. — Deve ter sido tirado daqui. Não o encontro. Por que não se concentra em Harry? Analise o seu histórico e prove para si mesma que não me esqueci de nada.

Ela se sentou a uma escrivaninha vazia e abriu o arquivo de Harry Slotkin. Era organizado, de modo que as enfermidades mais recentes constavam da primeira página. Ela não viu nada de surpreendente ali: hipertrofia prostática benigna. Dor crônica nas costas. Perda suave de audição secundária a otoesclerose. Todas as mazelas esperadas da velhice.

Toby verificou os antecedentes médicos. Novamente, encontrou uma lista típica: apendicectomia aos 35 anos. Ressecção transuretral da próstata aos 68. Cirurgia de catarata, aos 70. Harry Slotkin era um homem saudável.

Ela procurou o histórico das consultas com as anotações dos médicos. A maioria era de exames de rotina, assinados pelo Dr. Wallenberg, com uma ou outra anotação ocasional de um especialista, o Dr. Bartell, que era urologista. Toby folheou as páginas até fazer uma pausa em uma anotação datada de dois anos antes. Ela mal conseguiu decifrar o nome do médico.

— Quem escreveu isto? — perguntou ela. — A assinatura parece um Y qualquer coisa.

Brace olhou para a caligrafia ilegível.

— Não faço ideia.

— Não reconhece o nome?

Ele balançou a cabeça em negativa.

— Ocasionalmente recebemos médicos de fora para atendimento especializado. A consulta foi para quê?

— Acho que diz "desvio de septo nasal". Deve ser um otorrino.

— Há um otorrino chamado Greeley aqui em Newton. Essa assinatura deve ser um G, não um Y.

Ela conhecia o nome. Greeley eventualmente prestava atendimento na emergência do Springer.

Toby foi até a seção de exames de laboratório, onde viu o exame de sangue mais recente de Harry. Tudo dentro da normalidade.

— Hemoglobina boa para um sujeito da idade dele — observou Toby. — Cinquenta é uma contagem melhor que a minha. — Ela virou a página e fez uma pausa, franzindo as sobrancelhas para uma folha com o logotipo do Newton Diagnostics no cabeçalho. — Uau, vocês não acreditam em controle de gastos, não é mesmo? Olhe para todos esses exames. Radioimunoensaio para hormônio da tireoide, hormônio de crescimento, prolactina, melatonina, ACTH. A lista prossegue. — Ela virou a página. — E prossegue. O painel foi feito a um ano e repetido há três meses. Algum laboratório em Newton está se dando bem.

— Wallenberg pede este controle a todos os seus pacientes que tomam injeções de hormônio.

— Mas o protocolo de hormônios não é mencionado em parte alguma neste arquivo.

Brace ficou em silêncio por um instante.

— Parece estranho, não é mesmo? Pedir todos esses exames se Harry não estava no protocolo.

— Talvez Brant Hill esteja enchendo os bolsos do Newton Diagnostics. O painel endócrino desse paciente provavelmente custou alguns milhares de dólares.

— Foi Wallenberg quem pediu?

— O relatório do laboratório não especifica.

— Procure os pedidos de exame. Confira as datas.

Ela foi até a seção intitulada "Pedidos Médicos". As folhas eram cópias em papel carbono de pedidos manuscritos assinados e datados pelos médicos.

— Muito bem, o primeiro painel endócrino foi pedido por Wallenberg. O segundo, por aquele sujeito com a letra péssima, o Dr. Greeley. Se é que é ele mesmo.

— Por que um otorrino pediria um painel endócrino?

Ela verificou os outros pedidos.

— Aqui está aquela assinatura outra vez, datada de quase dois anos. Ele prescreveu Valium pré-operatório às 6 horas e um transporte de van para o Howarth Surgical Associates, em Wellesley.

— Pré-operatório para quê?

— Acho que diz desvio de septo nasal. — Suspirando, ela fechou o arquivo. — Isso não foi muito produtivo, não é mesmo?

— Então, podemos ir? Greta provavelmente deve estar furiosa comigo.

Arrependida, ela devolveu a ficha.

— Desculpe tê-lo arrastado até aqui hoje à noite.

— É, bem, não consigo acreditar que levei isso adiante. Você realmente não precisa ver a ficha de Parmenter, certo?

— Se você puder encontrá-la para mim.

Ele guardou a ficha de Harry Slotkin no arquivo e fechou a gaveta com um estrondo.

— Para falar a verdade, Harper, este não é um item importante em minha lista de prioridades.

Havia uma luz acesa na sala de estar. Quando Toby estacionou junto ao Saab de Jane Nolan, viu o brilho cálido através das cortinas e a silhueta de uma mulher de pé junto à janela. Era uma visão reconfortante, aquela figura vigilante olhando para a escuridão. Dizia que havia alguém em casa, que alguém estava de vigia.

Toby entrou pela porta da frente e foi até a sala de estar.

— Voltei.

Jane Nolan saíra da janela para recolher suas revistas. No sofá, havia uma *National Enquirer* aberta em uma matéria intitulada "Previsões psíquicas chocantes". Rapidamente, Jane a pegou e voltou-se para Toby com um sorriso embaraçado.

— Meu estímulo intelectual noturno. Sei que deveria estar ocupando a minha mente com leitura séria, mas, honestamente... — Ela mostrou o tabloide. — Não posso resistir a nada com Daniel Day-Lewis na capa.

— Nem eu — admitiu Toby. Ambas riram em um confortável reconhecimento de que, entre mulheres, algumas fantasias são universais.

— Como foi a noite? — perguntou Toby.

— Muito boa. — Jane voltou-se e rapidamente ajeitou as almofadas do sofá. — Jantamos às 19 horas e ela devorou tudo. Então eu lhe dei um banho de espuma. Mas acho que não devia — acrescentou, arrependida.

— Por quê? O que houve?

— Ela gostou tanto que se recusou a sair. Tive de esvaziar a banheira.

— Acho que nunca dei um banho de espuma em minha mãe.

— Ah, é muito engraçado! Ela pôs a espuma na cabeça e a soprou por toda parte. Precisava ter visto como ficou o chão. É como observar uma criança brincando. O que ela é, de certa forma.

Toby suspirou.

— E a criança fica mais nova a cada dia.

— Mas ela é uma criança muito tranquila. Trabalhei com muitos pacientes com Alzheimer que não eram tranquilos. Que ficavam cada vez mais agressivos à medida que envelheciam. Não creio que sua mãe vá ficar assim.

— Não, não vai. — Toby sorriu. — Ela nunca foi assim.

Jane pegou o resto das revistas e Daniel Day-Lewis desapareceu em sua mochila. Também havia uma *Modern Bride* na pilha. A revista das sonhadoras, pensou Toby. De acordo com o currículo de Jane, ela era solteira. Aos 35 anos, Jane era parecida com diversas outras mulheres da sua idade: sem compromissos, embora esperançosa. Ansiosa mas ainda não desesperada. Mulheres para quem as imagens de um ídolo do cinema de cabelo castanho-escuro eram suficientes até que um homem de carne e osso entrasse em sua vida. Caso aparecesse algum.

Ambas foram até a porta da frente.

— Então, acha que tudo correu bem? — disse Toby.

— Oh, sim. Ellen e eu vamos nos dar muito bem. — Jane abriu a porta e parou. — Quase ia me esquecendo. Sua irmã ligou. E um médico-legista. Disse que voltaria a ligar.

— O Dr. Dvorak? Ele disse o que queria?

— Não. Eu disse que você voltaria tarde. — Ela sorriu e acenou. — Boa noite.

Toby fechou a porta da frente e foi até o quarto para ligar para a irmã.

— Achei que fosse a sua noite de folga — disse Vickie.

— E é.

— Fiquei surpresa quando Jane atendeu.

— Pedi que ela cuidasse da mamãe durante algumas horas. Você sabe, gosto de sair uma noite a cada seis meses.

Vickie suspirou.

— Você está chateada comigo de novo, não está?

— Não, não estou.

— Sim, está. Toby, eu sei que está atrapalhada com a mamãe. Sei que não parece justo. Mas o que posso fazer? Tenho essas crianças que me deixam maluca, trabalho fora e ainda cuido da maior parte das tarefas domésticas. Sinto como se estivesse peneirando água.

— Vickie, isso é um concurso? Quem sofre mais?

— Você não faz ideia de como é lidar com crianças.

— Não, acho que não.

Houve uma longa pausa. Toby pensou: *Não faço ideia porque nunca tive a oportunidade.* Mas ela não podia culpar Vickie por isso. Fora a ambição que a mantivera tão concentrada em sua carreira. Quatro anos de faculdade, três de residência. Não houve tempo para romances. Então a memória de Ellen se deteriorou e Toby gradualmente assumiu a responsabilidade pela mãe. Não fora planejado. Não fora um caminho que ela escolhera deliberadamente. Fora apenas o modo como a vida a levara.

Ela não tinha o direito de ficar furiosa com a irmã.

— Olha, você poderia vir jantar conosco no domingo? — sugeriu Vickie.

— Vou trabalhar à noite domingo.

— Nunca consegui entender o seu horário. Ainda são quatro noites de trabalho, três de folga?

— Na maioria das vezes. Estarei de folga na segunda e na terça-feira da semana que vem.

— Oh, meu Deus! Não estarei livre em nenhuma dessas noites. Segunda será a festa da escola. E terça será o recital de piano de Hannah.

Toby não disse nada. Apenas esperou Vickie terminar sua ladainha habitual de quão atribulada era a sua agenda, de quão difícil era coordenar os horários de quatro pessoas diferentes. Hannah e Gabe andavam muito ocupados ultimamente, como todas as crianças de sua idade, preenchendo cada espaço da infância com aulas de música, ginástica, natação, informática. Era levá-los para cá e para lá e, no fim do dia, Vickie não sabia de mais nada.

— Está tudo bem — interrompeu Toby afinal. — Por que não tentamos outro dia?

— Eu gostaria muito que você viesse.

— Sim, eu sei. Estarei livre no segundo fim de semana de novembro.

— Ah, eu vou anotar. Primeiro vou ver com a tropa. Ligo de volta na semana que vem, certo?

— Ótimo. Boa noite, Vickie.

Toby desligou e passou a mão no cabelo, desanimada. Muito ocupadas, muito ocupadas. Não conseguimos tempo para reatar os nossos laços. Ela desceu o corredor em direção ao quarto da mãe e olhou da porta.

Ellen estava dormindo. Parecia uma criança deitada na cama, lábios ligeiramente entreabertos, rosto relaxado e despreocupado. Havia momentos como aquele em que Toby entrevia o fantasma da menina que Ellen fora outrora. Ela imaginava a criança no rosto de Ellen, e seus medos. O que acontecera com aquela criança? Teria sido enterrada sob as camadas embrutecidas da vida adulta? Estaria reemergindo agora, no fim da vida, à medida que essas camadas iam erodindo?

Ela tocou a testa da mãe, afastando cachos de cabelo grisalho. Espreguiçando-se, Ellen abriu os olhos e olhou para Toby com uma expressão confusa.

— Sou eu, mamãe — disse Toby. — Volte a dormir.

— O fogão está desligado?

— Sim, mamãe. E as portas estão trancadas. Boa noite. — Ela deu um beijo em Ellen e saiu do quarto.

Decidiu não ir para a cama ainda. Não fazia sentido confundir o seu ciclo circadiano. Em 24 horas, estaria de volta ao plantão noturno. Serviu-se de uma taça de conhaque e levou-a até a sala de estar. Ligou o aparelho de som e introduziu um CD de Mendelssohn. Um único violino começou a tocar, puro e triste. Era o concerto favorito de Ellen, e agora era também o de Toby.

No auge de um *crescendo*, o telefone tocou. Ela desligou o som e atendeu a chamada.

Era Dvorak.

— Desculpe ligar tão tarde — disse ele.

— Está tudo bem, acabei de chegar em casa. — Ela se acomodou entre as almofadas do sofá com a taça de conhaque em mãos. — Me disseram que você ligou mais cedo.

— Falei com a sua empregada. — Ele fez uma pausa. Ao fundo, Toby podia ouvir o fim de uma ópera. *Don Giovanni*. Aqui estamos nós, pensou ela, duas pessoas solitárias, ambas em casa, na companhia de nossos aparelhos de som.

— Você foi verificar o histórico daqueles pacientes de Brant Hill e eu me perguntei se teria descoberto alguma coisa.

— Vi o histórico de Harry Slotkin. Não indicavam nenhuma exposição cirúrgica ao Creutzfeldt-Jakob.

— E as injeções de hormônios?

— Não constava nenhuma. Não creio que ele estivesse no protocolo. Ao menos, não são mencionadas em sua ficha.

— E quanto a Parmenter?

— Não consegui localizar o histórico dele. Portanto, não pude verificar uma possível exposição cirúrgica. Você pode perguntar ao Dr. Wallenberg amanhã.

Dvorak não disse nada. Toby percebeu que *Don Giovanni* não mais tocava, talvez Dvorak estivesse sentado em silêncio.

— Gostaria de poder lhe dizer algo mais — disse ela. — Esta espera por um diagnóstico deve ser terrível.

— Já tive noites mais agradáveis — admitiu. — Descobri que apólices de seguro são uma leitura muito enfadonha.

— Oh, não. Foi assim que passou a noite?

— A garrafa de vinho ajudou.

Ela murmurou demonstrando solidariedade.

— Geralmente recomendo conhaque após um dia ruim. Na verdade, estou segurando uma taça agora mesmo. — Ela fez uma pausa e acrescentou, imprudente: — Sabe, ficarei desperta a noite inteira. Sempre fico. É bem-vindo se quiser aparecer e tomar uma taça comigo.

Quando ele não respondeu imediatamente, ela fechou os olhos, pensando: *Meu Deus, por que eu disse isso? Por que pareço tão desesperada por companhia?*

— Obrigado, mas eu não seria uma boa companhia hoje à noite — respondeu Dvorak. — Outra hora, talvez.

— Sim. Outra hora. Boa noite.

Ao desligar, ela pensou: *O que eu estava esperando?* Que ele dirigisse até aqui e passássemos a noite olhando um para a cara do outro?

Toby suspirou e colocou novamente o CD de Mendelssohn. Enquanto o violino tocava, ela bebeu seu conhaque e contou as horas até o amanhecer.

12

James Bigelow estava farto de funerais. Estivera em muitos nos últimos anos e, ultimamente, estes vinham se tornando cada vez mais frequentes, como uma batida de tambor acelerada marcando a passagem do tempo. O fato de tantos amigos terem morrido era de se esperar. Aos 76 anos, sobrevivera à maioria deles. Agora, a morte também o estava alcançando. Podia ouvir seus passos enquanto o espreitava, podia visualizar claramente seu corpo duro deitado no ataúde aberto, rosto maquiado, cabelo penteado, terno de lã cinza cuidadosamente passado e abotoado. Aquela mesma multidão silenciosa enfileirada, prestando as últimas homenagens. O fato de ser Angus Parmenter, e não Bigelow, deitado no caixão era apenas uma questão de tempo. Mais um mês, mais um ano, e seria o seu caixão exposto naquela câmara ardente. A jornada termina para todos.

A fila andou, Bigelow também. Ele parou junto ao caixão e olhou para o amigo. *Nem mesmo você era imortal, Angus.*

Ele passou pelo corpo, foi até a nave central e sentou-se na quarta fileira. Dali, observou a procissão de rostos familiares de Brant Hill. Lá estava a vizinha de Angus, Anna Valentine, que o perseguia insistentemente com telefonemas e pratos de comida. Os colegas do clube de golfe, casais do círculo de degustadores de vinho e músicos da banda amadora de Brant Hill.

Onde estava Phil Dorr?

Bigelow vasculhou a sala à procura de Phil, sabendo que ele devia estar ali. Havia menos de três dias, compartilharam alguns drinques no clube e conversaram à meia-voz sobre os antigos colegas de pôquer: Angus, Harry e Stan Mackie. Todos os três mortos agora. Só restavam Phil e Bigelow. Um jogo de pôquer com apenas dois parceiros não parecia valer a pena, dissera Phil. Ele planejava introduzir um baralho no caixão de Angus, como uma espécie de presente de despedida para a grande mesa de pôquer do céu. *Será que a família se importaria?*, perguntou-se. Achariam indigno ter um objeto tão barato misturado ao forro de cetim do caixão? Ambos sorriram com tristeza ao pensarem a respeito, enquanto pediam outra rodada de água tônica. Droga, dissera Phil, ele o faria de qualquer modo. Angus gostaria do gesto.

Mas Phil não apareceu com o baralho.

Anna Valentine entrou na mesma fileira de cadeiras e sentou-se ao seu lado. Seu rosto estava muito maquiado, cada pequena ruga enfatizada pela grotesca tentativa de disfarçar a idade. Outra viúva faminta. Ele estava cercado delas. Normalmente, teria evitado começar uma conversa, com medo de suscitar falsas esperanças de afeto naquela mente obcecada, mas no momento não havia ninguém por perto com quem falar.

Inclinando-se em direção a ela, murmurou:

— Onde está Phil?

Ela olhou para ele, como se estivesse surpresa por Bigelow ter-lhe dirigido a palavra.

— O quê?

— Phil Dorr. Era para ele estar aqui.

— Acho que ele não está se sentindo bem.

— O que há de errado com ele?

— Não sei. Ele não quis ir à excursão ao teatro há duas noites. Disse que os olhos o estavam incomodando.

— Ele não me falou nada sobre isso.

— Só percebeu na semana passada. Ia ao médico para ver isso. — Ela emitiu um suspiro profundo e olhou para o caixão à sua frente. — É terrível como tudo vai se acabando, não é mesmo? Nossos olhos, nossos quadris, nossa audição. Hoje me dei conta de que minha voz mudou. Eu não tinha percebido. Vi o vídeo de nossa excursão ao Faneuil Hall e não acreditei quão velha soava. Não me sinto velha, Jimmy. Não mais me reconheço no espelho.... — Ela voltou a suspirar. Uma lágrima escorreu pelo seu rosto, abrindo uma trilha em meio ao pó de arroz. Ela a enxugou, deixando um borrão no lugar.

Os olhos de Phil o estavam incomodando.

Bigelow ficou sentado pensando naquilo enquanto a fila passava diante do caixão, enquanto as cadeiras rangiam e vozes murmuravam ao seu redor: *"Você se lembra de quando Angus..." "Não consigo acreditar que ele se foi..." "Disseram que foi um tipo de derrame..." "Não, não foi o que ouvi..."*

Abruptamente Bigelow se levantou.

— Não vai ficar para o enterro? — perguntou Anna.

— Eu... preciso falar com alguém — disse ele antes de se levantar e se encaminhar ao corredor. Achou tê-la ouvido chamando-o, mas não olhou para trás, dirigindo-se diretamente para a porta da frente.

Primeiro foi até o chalé de Phil, que ficava a algumas casas da sua. A porta estava trancada e ninguém atendeu a campainha. Bigelow ficou de pé na varanda olhando através da janela, mas tudo o que pôde ver foi o saguão com a mesinha de cerejeira e o lugar em que ele pendurava o guarda-chuva. Havia um pé de sapato no chão, o que ele achou estranho. Errado. Phil era obcecado por ordem.

Ao voltar a cruzar o portão do jardim, notou que a caixa de correio estava cheia. Aquilo também não parecia coisa do Phil.

Seus olhos o estavam incomodando.

Bigelow entrou no carro e dirigiu cerca de um quilômetro de estrada sinuosa até à clínica de Brant Hill. Ao chegar à janela da recepção, as palmas de suas mãos estavam suadas, o pulso acelerado.

A mulher não percebeu que ele estava ali, já que parecia muito ocupada tagarelando ao telefone.

Ele bateu na janela.

— Preciso ver o Dr. Wallenberg.

— Já o atendo — respondeu a recepcionista.

Ele observou com frustração crescente quando ela lhe deu as costas e começou a digitar ao teclado enquanto falava ao telefone algo a respeito de planos de saúde e números de autorização.

— É um assunto importante! — disse ele. — Preciso saber o que houve com Phil Dorr.

— Senhor, estou ao telefone.

— Phil também está doente, não é mesmo? Ele está com algum problemas nos olhos.

— Você terá de falar com o médico dele.

— Então me deixe ver o Dr. Wallenberg.

— Ele está no almoço.

— Quando ele volta? *Quando?*

— Senhor, terá de se acalmar...

Bigelow estendeu a mão através da janela e desligou o telefone dela.

— Preciso ver o Dr. Wallenberg!

Ela afastou a cadeira da janela, fugindo do alcance dele. Duas outras mulheres apareceram, vindas de dentro da sala de arquivos. Todas olhavam para ele, para o louco que gritava na recepção.

Uma porta se abriu e um dos médicos apareceu. Um negro enorme, que se aproximou de Bigelow. No crachá lia-se: DR. ROBERT BRACE.

— Senhor, qual é o problema?
— Preciso ver Wallenberg.
— Ele não está no prédio no momento.
— Então me diga o que houve com Phil.
— Quem?
— Você sabe! Phil Dorr! Disseram que ele estava doente. Que havia algo de errado com os olhos dele. Ele está no hospital?
— Senhor, por que não se senta enquanto estas senhoras verificam os registros para...
— Não quero me sentar! Só quero saber se ele tem o mesmo problema que Angus. A mesma coisa que Stan Mackie teve.

A porta da frente se abriu e uma paciente entrou. Ela ficou paralisada e olhou para o rosto vermelho de Bigelow, imediatamente percebendo a crise em curso.

— Por que não conversamos em meu consultório? — convidou o Dr. Brace, com a voz baixa e gentil, antes de estender a mão para Bigelow. — Fica logo ali no corredor.

Bigelow olhou para a mão larga do médico, a palma surpreendentemente branca cruzada por grossas linhas negras. Ele olhou para o Dr. Brace.

— Eu só queria saber — murmurou.
— Saber o quê, senhor?
— Vou ficar doente como os outros?

O médico balançou a cabeça, não em resposta à pergunta, mas como se estivesse confuso.

— Por que você ficaria doente?
— Eles disseram que não havia riscos. Disseram que o procedimento era seguro. Mas, então, Mackie ficou doente e...
— Senhor, eu não conheço o Sr. Mackie.

Bigelow olhou para a recepcionista.

— Você se lembra de Stan Mackie. Me diga que se lembra de Stan.

— Claro, Sr. Bigelow — respondeu ela. — Lamentamos muito pela morte dele.

— Agora Phil também morreu, não é mesmo? Sou o único que sobrou.

— Senhor? — Era outra das atendentes, falando através da janela. — Acabo de verificar a ficha do Sr. Dorr. Ele não está doente.

— Por que ele não foi ao funeral de Angus? Era para ele estar lá!

— O Sr. Dorr deixou a cidade por causa de uma emergência familiar. Pediu que a sua ficha médica fosse transferida para seu novo médico, em La Jolla.

— O quê?

— É o que diz aqui. — Ela ergueu a ficha, com uma nota presa à capa. — A autorização foi expedida ontem e diz o seguinte: "O paciente se mudou devido a uma emergência familiar. Não voltará. Transferir todos os registros para Brant Hill West, La Jolla, Califórnia."

Bigelow foi até a janela e olhou para a assinatura da autorização: *Dr. Carl Wallenberg.*

— Senhor? — O médico pousou a mão no ombro de Bigelow. — Estou certo de que logo terá notícias de seu amigo. Parece que ele teve que ir às pressas.

— Mas como ele pôde ter uma emergência familiar? — murmurou Bigelow.

— Talvez alguém tenha ficado doente. Alguém tenha morrido.

— Phil *não* tem família.

O Dr. Brace olhou para Bigelow. Assim como as mulheres na recepção. Ele podia vê-las através do vidro, como espectadores observando uma jaula de zoológico.

— Há algo de errado aqui — disse Bigelow. — E vocês não vão me dizer, certo?

— Podemos falar a respeito — disse o médico.
— Quero ver o Dr. Wallenberg.
— Ele está no almoço. Mas pode falar comigo, senhor...
— Bigelow. James Bigelow.

O Dr. Brace abriu a porta do corredor da clínica.

— Por que não vamos ao meu consultório, Sr. Bigelow? Pode me contar tudo.

Bigelow olhou para o longo corredor branco que se estendia além da porta.

— Não — disse ele enquanto se afastava. — Deixe para lá...

E fugiu do edifício.

Robbie Brace bateu à porta e entrou no consultório de Carl Wallenberg. A sala, assim como o seu dono, ostentava bom gosto arrogante. Brace não costumava prestar atenção a marcas de mobília sofisticada, mas até mesmo ele podia detectar a qualidade do material. A enorme escrivaninha era feita de uma madeira exótica de uma cor avermelhada que ele não reconheceu. Os quadros pendurados nas paredes eram daquele tipo de arte abstrata que geralmente custa uma fortuna. Através da janela, atrás de Wallenberg, via-se o pôr do sol. A luz entrava no aposento, formando um halo ao redor da cabeça e dos ombros do sujeito. *Jesus H. Wallenberg*, pensou Brace diante da escrivaninha.

Wallenberg ergueu a cabeça dos papéis que lia.

— Sim, Robbie?

Robbie. Não Dr. Brace. Acho que sabemos quem manda aqui. Brace disse:

— Você se lembra de um paciente chamado Stan Mackie?

Contra a luz, a expressão de Wallenberg era indecifrável. Lentamente, ele se recostou na cadeira, produzindo o rico ranger de couro.

— Como o nome de Stan Mackie veio à tona?

— Por um de nossos pacientes, James Bigelow. Você conhece o Sr. Bigelow?

— Sim, claro. É um dos primeiros pacientes do meu painel. Foi um dos primeiros a se mudar para Brant Hill.

— Bem, o Sr. Bigelow veio à clínica esta tarde. Estava muito perturbado. Não estou certo de ter obtido dele uma história muito coerente. Falou sobre todos os amigos estarem ficando doentes, perguntando-se se seria o próximo. Ele mencionou o nome do Sr. Mackie.

— Deve ser o Dr. Mackie.

— Ele era médico?

Wallenberg apontou para uma cadeira.

— Por que não se senta, Robbie? É difícil discutir com você aí de pé na minha frente.

Brace sentou-se e imediatamente se deu conta de que fora um erro tático, já que perdera a vantagem da altura. Agora, ambos se olhavam diretamente através da escrivaninha e Wallenberg tinha toda a vantagem. Superioridade. Raça. E um alfaiate melhor.

— Do que o Sr. Bigelow estava falando? — perguntou Brace. — Ele parecia apavorado com a ideia de estar doente.

— Não faço ideia.

— Ele mencionou algum tipo de procedimento pelo qual ele e os amigos passaram.

Wallenberg balançou a cabeça.

— Talvez se referisse ao protocolo de hormônios? As injeções semanais?

— Eu não sei.

— Se é isso, ele não tem motivo para se preocupar. Não há nada de revolucionário em nosso protocolo. Você sabe disso.

— Então o Sr. Bigelow e seus amigos *estavam* tomando injeções de hormônios?

— Sim. Essa foi uma das razões de sua vinda para Brant Hill. Vieram por causa dos benefícios de nossa pesquisa de ponta.

— Interessante ter usado o termo *de ponta*. O Sr. Bigelow nada falou sobre as injeções. Ele mencionou especificamente o termo *procedimento*. Como algum tipo de cirurgia.

— Não, não. Ele não passou por nenhuma cirurgia. Na verdade, a única vez que me lembro de ele precisar de uma cirurgia foi uma remoção de pólipo nasal. Era benigno, é claro.

— Bem, e quanto àquele protocolo de hormônios? Tem *algum* efeito colateral grave?

— Nenhum.

— Então não há possibilidade de ter causado a morte de Angus Parmenter?

— O diagnóstico ainda não foi determinado.

— Era doença de Creutzfeldt-Jakob. Foi o que a Dra. Harper me informou.

Wallenberg ficou imóvel e Brace subitamente se deu conta de que não devia ter mencionado o nome de Toby Harper. Não devia ter revelado qualquer contato com ela.

— Bem — disse Wallenberg, calmamente. — Isso explica os sintomas do paciente.

— E quanto à preocupação do Sr. Bigelow? Que seus outros amigos tenham contraído a mesma doença?

Wallenberg balançou a cabeça.

— Você sabe, é difícil para os nossos pacientes aceitarem o fato de que estão chegando ao fim da vida. Angus Parmenter tinha 82 anos. A senescência e a morte chegam para todos nós.

— Como o Dr. Mackie morreu?

Wallenberg fez uma pausa.

— Foi um fato particularmente perturbador. O Dr. Mackie teve um surto psicótico. Ele pulou da janela do Hospital Wicklin.

— Meu Deus!

— Ficamos todos atônitos. Ele era cirurgião, e dos bons. Nunca se aposentou, mesmo com 74 anos. Trabalhou até o dia de seu... acidente.

— Foi feita uma necropsia?

— Evidentemente, a causa da morte foi trauma.

— Sim, mas fizeram uma necropsia?

— Não sei. Ele esteve sob os cuidados dos cirurgiões de Wicklin e morreu cerca de uma semana depois da queda. — Ele olhou para Robbie com uma expressão pensativa. — Você parece incomodado com tudo isso.

— Acho que é porque o Sr. Bigelow estava muito perturbado. Ele mencionou outro nome, outro amigo que ficou doente. Certo Phillip Dorr.

— O Sr. Dorr está bem. Mudou-se para Brant Hill West, em La Jolla. Acabei de receber uma autorização assinada para transferir o histórico dele. — Ele remexeu nos arquivos sobre a escrivaninha e finalmente pegou uma folha de papel. — Aqui está o fax que ele enviou da Califórnia.

Brace olhou para a folha e viu a assinatura de Phillip Dorr no pé da página.

— Então ele não está doente.

— Eu visitei o Sr. Dorr na clínica há alguns dias, para um exame de rotina.

— E?

Wallenberg olhou-o diretamente.

— Gozava de perfeita saúde.

De volta à sua escrivaninha, Brace terminou os relatórios e ditados do dia. Às 18h30, finalmente desligou o gravador e pegou-se olhando para o nome que escrevera no verso de um laudo de exame: *Dr. Stanley Mackie*. O incidente daquela tarde na clínica ainda o incomodava. Ele pensou nos outros nomes que James Bigelow mencionou: *Angus Parmenter. Phillip Dorr*. O fato de dois daqueles homens estarem mortos agora não era alarmante. Todos eram idosos, todos haviam chegado ao término de seu ciclo de vida estatístico.

Mas a velhice em si não é uma causa de morte.

Hoje ele vira medo nos olhos de James Bigelow, medo de verdade, e não conseguia afastar sua inquietação.

Brace pegou o telefone e ligou para Greta para dizer que chegaria tarde em casa porque teria de fazer uma visita ao Hospital Wicklin. Então pegou a maleta e deixou o consultório.

Àquela altura a clínica estava deserta, o corredor iluminado apenas por um painel de luz fluorescente. Ao passar, ouviu um zumbido e ergueu a cabeça para ver a sombra de um inseto preso atrás do plástico opaco, asas se debatendo, lutando contra o próprio destino. Ele apagou a luz, o corredor ficou escuro, mas ainda podia ouvir o zumbido lá em cima, o frenético bater de asas.

Ele saiu do prédio e ganhou a noite úmida e ventosa.

Seu Toyota era o único carro no estacionamento da clínica. Estacionado sob o brilho sulfuroso de uma luz de segurança, parecia mais preto do que verde, como a brilhante carapaça de um besouro. Ele fez uma pausa para pegar as chaves do carro no bolso. Então olhou para as janelas acesas do asilo, para as silhuetas imóveis dos pacientes em seus quartos, para o brilho das telas de TV. Foi tomado por uma súbita e profunda depressão. O que via naquelas janelas era o fim da vida. Uma amostra do próprio futuro.

Brace entrou no carro e saiu do estacionamento, mas não conseguia afastar a depressão. Grudara-se a ele como neblina fria. *Devia ter escolhido pediatria*, pensou. Bebês. Começos. Crescimento, e não carne em deterioração. Mas na faculdade de medicina fora advertido de que o futuro da prática médica estava na geriatria, com a geração do pós-guerra ficando grisalha, um vasto exército deles marchando rumo à senilidade, sugando recursos médicos pelo caminho. Cerca de 90 por cento do dinheiro dedicado à saúde pública era gasto sustentando os últimos anos de vida dessas pessoas. É aí que o dinheiro vai fluir, será aí que os médicos ganharão a vida.

Robbie Brace, um homem prático, escolheu um campo prático. Ah, mas como aquilo o deprimia.

Enquanto dirigia para o Hospital Wicklin, pensou em como seria a sua vida caso tivesse escolhido a pediatria. Pensou em sua filha e lembrou-se da felicidade que sentiu ao olhar para o rosto enrugado da recém-nascida enquanto ela berrava furiosa no berçário. Lembrou-se do cansaço das amamentações às 2 horas da manhã, do cheiro de talco e leite azedo, da pele sedosa do bebê em um banho quente. Em vários aspectos, as crianças eram como os velhos. Precisavam ser banhadas, alimentadas e vestidas. Precisavam que lhes trocassem as fraldas. Não podiam andar ou falar. Viviam à mercê das pessoas que cuidavam delas.

Eram 19h30 quando ele chegou a Wicklin, um pequeno hospital comunitário na periferia de Boston. Vestiu o jaleco branco, certificou-se de que seu crachá com o nome DR. ROBERT BRACE estivesse bem à vista, e entrou no prédio. Ele não tinha privilégios hospitalares ali, muito menos autoridade para requisitar registros médicos, mas esperava que ninguém se incomodasse em questioná-lo.

No departamento de arquivos médicos, preencheu uma ficha requisitando o histórico de Stanley Mackie e entregou-o à atendente, uma loura baixinha. Ela olhou para o crachá dele e hesitou, sem dúvida dando-se conta de que ele não pertencia ao quadro de funcionários do hospital.

— Sou da Clínica Brant Hill — disse ele. — Ele era um de nossos pacientes.

Ela lhe trouxe o arquivo e Brace levou-o para uma escrivaninha vazia atrás da qual se sentou. Na capa, escrita com caneta preta, havia a palavra *falecido*. Ele abriu o arquivo e olhou para a primeira página, onde constavam os dados pessoais: nome, data de nascimento, número de seguro social. O endereço imediatamente atraiu sua atenção: Titwillow Lane, 101, Newton, MA.

Era um endereço de Brant Hill.

Ele virou a página e viu que o registro cobria uma única hospitalização: aquela na qual Stanley Mackie morrera. Com um sentimento crescente de apreensão, leu as anotações do cirurgião, datadas de 9 de março:

> Homem branco de 74 anos, médico, previamente saudável, admitido com trauma craniano severo após cair de uma janela do quarto andar. Pouco antes do acidente, o paciente havia sido preparado devidamente e realizava uma apendicectomia de rotina. De acordo com a enfermeira da sala de cirurgia, o Dr. Mackie demonstrou tremores em ambas as mãos. Sem explicação, extraiu um pedaço do intestino delgado aparentemente normal de sua paciente, resultando em grande hemorragia e morte da mesma. Quando a equipe que estava na sala de cirurgia tentou afastá-lo da mesa, ele cortou a veia jugular do anestesista e fugiu da sala de cirurgia.
>
> Testemunhas no corredor viram-no se jogar de cabeça pela janela. Foi encontrado no estacionamento com lacerações múltiplas, inconsciente e sangrando.
>
> Após ser entubado e estabilizado na emergência, o paciente foi admitido no departamento de traumas com diversas fraturas no crânio, assim como prováveis fraturas também na coluna...

O exame físico fora registrado em estilo cirúrgico tipicamente lacônico, um rápido resumo dos ferimentos do paciente e das descobertas neurológicas. Couro cabeludo e rosto lacerados. Fraturas expostas nos ossos parietal e coronal com extrusão de massa cinzenta. Pupila direita dilatada. Nenhuma respiração espontânea, nenhuma resposta a estímulos dolorosos. Os ferimentos do paciente, pensou Brace, eram consistentes com uma aterrissagem de cabeça em um estacionamento.

Avançando na leitura, encontrou as anotações do cirurgião: "Relatório da radiografia: fraturas de compressão C6, C7, T8."

Aquilo também indicava uma aterrissagem de cabeça com a força da queda transmitida diretamente para a coluna vertebral.

O trajeto hospitalar de Stanley Mackie narrava a deterioração de diversos órgãos ao longo de uma semana. Comatoso e em um respirador, nunca voltou a despertar. Primeiro, os rins pararam de funcionar, provavelmente devido à gravidade de seus ferimentos. Então ficou com pneumonia e seus batimentos cardíacos caíram duas vezes, provocando infarto do intestino. Finalmente, sete dias após a sua queda do quarto andar, seu coração parou de funcionar.

Brace foi até o fim do arquivo, onde constavam os exames de laboratório, uma lista de exames de eletrólitos, de sangue, contagem de células e urina. Ele continuou virando as páginas, passando os olhos por milhares de dólares em exames de laboratório feitos em um homem cuja morte era, desde o primeiro dia, inevitável.

Ele fez uma pausa em um laudo de laboratório intitulado: *Patologia*.

Fígado *(necropsia)*:
Aparência geral: peso: 1,6 quilo, pálido, áreas da superfície pontilhadas de hemorragia aguda. Nenhuma evidência de mudanças fibróticas crônicas.
Microscópico: em colorações H e E, áreas esparsas de hepatócitos mumificados pobremente colorizados. Isso é consistente com necrose coagulativa localizada, provavelmente secundária a isquemia.

Brace virou a página e encontrou um exame de sangue fora do lugar. Virou outra página e encontrou a contracapa. Não havia mais páginas.

Ele foi até o começo do arquivo, procurando outros laudos de necropsia, mas só encontrou a página descrevendo o fígado. Aquilo não fazia sentido. Por que a patologia faria a necropsia de um único órgão? Onde estavam os laudos dos pulmões, do coração e do cérebro?

Na recepção, perguntou se havia mais arquivos de Stanley Mackie.

— Este é o único — disse a atendente.

— Mas está faltando uma parte do laudo da patologia.

— Você pode verificar diretamente com a patologia. Eles têm cópias de todos os laudos que emitem.

O Departamento de Patologia, localizado no porão, era um labirinto de salas de teto baixo, paredes pintadas de branco e decoradas com cartazes de viagem profusamente coloridos. Neblina sobre o Serengeti. Um arco-íris sobre o Kauai. Uma ilha de manguezais em meio a um mar azul-turquesa. Um rádio tocava um rock suave. A única técnica trabalhando na sala parecia absurdamente alegre, considerando a natureza de seu trabalho. Ela mesma era muito colorida, com ruge nas faces e pálpebras com sombra verde brilhante.

— Estou tentando localizar um relatório de necropsia feito em março — disse Brace. — Não consta da ficha do paciente. E o pessoal do arquivo sugeriu que eu verificasse com vocês.

— Qual o nome do paciente?

— Stanley Mackie.

A técnica balançou a cabeça enquanto caminhava até um gabinete de arquivos.

— Era um homem tão bom. Todos nós ficamos muito abalados.

— Você o conhecia?

— Os cirurgiões sempre vêm aqui embaixo para verificar os laudos de seus pacientes. Conhecemos o Dr. Mackie muito bem. — Ela abriu uma gaveta e começou a procurar pelo arquivos. — Ele comprou uma cafeteira para o nosso departamento no Natal. Agora, nós a chamamos de Memorial Mackie. — Ela franziu as sobrancelhas para a gaveta aberta. — Isso é frustrante.

— O quê?

— Não consigo encontrar. — Ela fechou a gaveta. — Estou certa de que fizemos a necropsia do Dr. Mackie.

— Poderia estar fora de lugar? No S de *Stanley*?

Ela abriu outra gaveta, procurou e voltou a fechar. Em seguida, virou-se para a porta quando outro técnico entrou no laboratório.

— Ei, Tim, você viu o laudo da necropsia do Dr. Mackie?

— Não foi feito há um tempão?

— Foi no começo do ano.

— Então ainda deve estar aí. — Ele deixou uma bandeja de lâminas na bancada. — Procure no Herman.

— Por que não pensei no Herman?

Ela suspirou, cruzou o laboratório e entrou em um dos escritórios.

Brace a seguiu.

— Quem é Herman?

— Não é *quem*, e sim, o *quê*. — Ela acendeu a luz, revelando uma escrivaninha com um computador. — Este é o Herman. O projeto de estimação do Dr. Seibert.

— O que o Herman faz?

— Ele... isso... faz estudos retrospectivos. Digamos que você queira saber quantas mortes perinatais envolveram mães fumantes. Você digita as palavras *fumante* e *perinatal* e obtém uma lista de pacientes que passaram por necropsia.

— Então todos os laudos de vocês estão aí?

— Alguns. O Dr. Seibert começou a alimentar dados há apenas dois meses. Está longe de terminar. — Ela se sentou na frente, digitou o nome Mackie, Stanley, e clicou em "Buscar".

Uma nova tela apareceu. Era o laudo da necropsia de Stanley Mackie.

A técnica levantou-se.

— É todo seu.

Brace sentou-se em frente ao computador. De acordo com os dados na tela, o laudo fora inserido havia seis semanas. O original provavelmente se perdera a partir de então. Ele apertou a tecla "Page Down" e começou a ler.

O laudo descrevia o aspecto geral do corpo, os muitos acessos venosos, a cabeça raspada, as marcas de incisões no couro cabeludo deixadas pela lâmina do neurocirurgião. O laudo continuava com a descrição dos órgãos internos. Os pulmões estavam congestionados e inchados pela inflamação. O coração apresentava um infarto recente. O cérebro tinha diversas áreas de hemorragia. As descobertas no exame geral eram consistentes com o diagnóstico dos cirurgiões: grande trauma na cabeça com pneumonia bilateral. O recente infarto do miocárdio provavelmente fora o evento terminal.

Ele foi até o relatório da microscopia e encontrou um resumo da mesma página que ele vira no relatório médico, descrevendo o fígado. Afora isso, havia relatórios que não constavam da ficha médica: microscopia do fígado, coração e dos pulmões. Nenhuma surpresa, pensou. O sujeito caíra de cabeça na calçada, rompera o crânio e o trauma neurológico levara à falência múltipla dos órgãos.

Ele foi até o relatório da microscopia do cérebro, e seus olhos subitamente se concentraram em uma frase misturada à descrição dos danos traumáticos:

"... vacuolização variável no neurópilo de fundo. Alguma perda neuronal e astrocitose reativa com placas kuru, vermelho congo positivo, como visto nas seções cerebelares."

Imediatamente, ele clicou na última página e seu olhar foi até o diagnóstico final:

1. Hemorragias intracerebrais múltiplas secundárias ao trauma.
2. Doença de Creutzfeldt-Jakob preexistente.

No estacionamento, Robbie Brace ficou sentado dentro de seu carro pensando no que deveria fazer dali em diante. Se é que deveria fazer alguma coisa. Ele ponderou todas as possíveis consequências de seus atos. Aquilo seria um golpe devastador na reputação de Brant Hill. Certamente a imprensa ficaria sabendo e haveria manchetes garrafais: OSTENTAÇÃO E MORTE. DINHEIRO COMPRA DOENÇA DA VACA LOUCA.

Ele seria demitido.

Você não pode ficar calado, cara. Toby Harper está certa. Temos um surto mortal em nossas mãos e não sabemos qual a origem. As injeções de hormônios? A comida?

Ele procurou o telefone celular sob o banco. Ainda trazia o cartão de Toby Harper, e discou o número da casa dela.

Uma mulher atendeu:

— Casa da Dra. Harper.

— Aqui é o Dr. Brace, de Brant Hill. Posso falar com Toby Harper?

— Ela não está, mas posso anotar seu recado. Qual o seu número?

— Estou em meu carro agora. Apenas diga que ela estava certa. Diga que temos um segundo caso de DCJ.

— Perdão?

— Ela vai saber do que se trata. — Um par de faróis de automóvel brilhou no seu espelho retrovisor. Ele se voltou e viu que o carro movia-se lentamente na pista ao lado. — A que horas ela volta para casa? — perguntou ele.

— Ela está no trabalho agora...

— Ah. Então irei ao Springer. Não precisa dar o recado. — Ele desligou, enfiou o telefone sob o banco e ligou o carro. Ao deixar a vaga, percebeu os mesmos faróis movendo-se em direção à saída do estacionamento. Ele rapidamente perdeu-os de vista em meio ao tráfego intenso.

A viagem até o Springer levou meia hora. Quando Brace entrou no estacionamento, estava com fome e dor de cabeça. Ele estacionou na área de visitantes. Com o motor desligado, ficou sentado um instante em seu carro, massageando as têmporas. Era uma dor de cabeça suave, mas que servia para lembrá-lo de que não comia desde o desjejum. Ficaria apenas alguns minutos, apenas tempo o bastante para contar o que descobrira, e deixaria que ela conduzisse o assunto dali em diante. Tudo o que ele queria agora era ir para casa jantar e brincar com a filha pequena.

Brace saiu do carro, trancou-o, e caminhou em direção à entrada da emergência. Dera apenas alguns passos quando ouviu o rumor de um carro às suas costas. Voltando-se, foi ofuscado pelos faróis que se aproximavam. O carro parou ao lado dele. Ouviu a janela elétrica do motorista baixar.

Um homem com o cabelo tão louro que chegava a parecer prateado sob a luz do estacionamento sorriu para ele.

— Acho que estou perdido.

— Aonde pretende ir? — perguntou Brace.

— À Irving Street.

— Está longe. — Brace deu um passo em direção à janela aberta do carro. — Você tem de voltar à estrada, dobrar à direita e dirigir mais uns quatro ou cinco...

O *pop, pop* o pegou de surpresa. Assim como o impacto no seu peito.

Brace afastou-se, atônito com a agressão não provocada. Levou a mão ao peito, onde a dor começava a se instalar, e percebeu que não conseguia inspirar profundamente. Sentiu algo quente vazar de sua camisa e escorrer por entre os dedos. Ele olhou para baixo e viu que suas mãos estavam úmidas, molhadas por um líquido escuro.

Houve outro *pop*, outro impacto em seu peito.

Brace cambaleou. Tentou recobrar o equilíbrio, mas suas pernas pareciam se dobrar sob ele. Ele tombou de joelhos e viu a luz do poste começar a tremular como água.

A última bala atingiu-lhe nas costas.

Ele caiu com o rosto pressionado contra o chão frio, a brita ferindo-lhe a pele. O carro foi embora, o murmúrio do motor afastando-se na noite. Podia sentir a sua vida se esvaindo. Ele apertou a mão contra o peito, tentando deter o fluxo de sangue, mas não tinha mais força no braço. Tudo o que conseguia era um débil aperto de mão.

Meu Deus, não aqui, pensou. *Não agora.*

Ele começou a se arrastar em direção à entrada da emergência, ao mesmo tempo em que tentava manter a pressão sobre o ferimento no peito, mas a cada batida de seu coração sentia mais calor esguichar por entre os dedos. Tentou manter o olhar fixo na placa da EMERGÊNCIA iluminada por uma luz vermelha, mas sua visão saía de foco e a palavra começou a tremular como sangue escorrendo.

As portas de vidro da emergência estavam bem adiante. Subitamente, uma figura apareceu naquele retângulo de luz. Parou a poucos metros de distância. Desesperadamente, Brace estendeu o braço e murmurou:

— Me ajude. Por favor.

Ele ouviu uma mulher gritar:

— Há um homem sangrando aqui! Preciso de ajuda imediatamente!

Então ouviu passos correndo em sua direção.

13

— Consigam um terceiro acesso venoso! — gritou Toby. — Calibre 16! Ringer lactato aberto ao máximo...

— O laboratório disse que o sangue O negativo está a caminho.

— Onde diabos está Carey?

— Ele estava no hospital — disse Maudeen. — Vou enviar outro bipe para ele.

Toby calçou um par de luvas esterilizadas e pegou o bisturi. Sob as fortes luzes da sala de trauma, o rosto de Brace brilhava de suor e medo. Ele olhava para ela, olhos bem abertos acima da máscara de oxigênio, respiração curta e desesperada. A bandagem sobre o seu peito lentamente voltava a ficar vermelha. Uma enfermeira anestesista chamada da ala da obstetrícia já se preparava para entubá-lo.

— Robbie, vou introduzir um tubo torácico — disse Toby. — Você está tendo um pneumotórax de tensão. — Ela o viu balançar a cabeça e sua mandíbula se contrair, antecipando mais dor. Mas ele não fez qualquer careta quando a lâmina cortou-lhe a pele acima da costela. Uma injeção de xilocaína já havia anestesiado as extremidades nervosas. Toby ouviu um sibilar de ar escapando e soube que atingira a cavidade torácica. Também soube que estava certa: a bala havia atravessado um pulmão e a cada respiração o ar vazava do pulmão rompido para o espaço da pleura, criando pressão suficiente para deslocar o coração e os grandes vasos e comprimir o tecido pulmonar ainda intacto.

Ela introduziu o dedo na incisão para alargá-la, então aplicou o tubo de plástico. Val conectou a outra extremidade a uma sucção de baixa pressão. Imediatamente, um fluxo de sangue correu pelo tubo e se acumulou no reservatório.

Toby e Val se entreolharam, ambas compartilhando o mesmo pensamento: *Ele está sangrando na cavidade torácica... e rápido.*

Ela olhou para o rosto de Robbie e viu que ele estava olhando para ela. E que registrara seu olhar consternado.

— Não... está nada bom — murmurou.

Toby apertou o ombro dele.

— Você está indo bem, Robbie. O cirurgião vai chegar a qualquer momento.

— Frio. Sinto muito frio...

Maudeen jogou um cobertor em cima dele.

— Onde está o sangue O negativo? — exclamou Toby.

— Acabou de chegar. Vou pendurar agora...

— Toby — murmurou Val. — A sístole baixou para 85.

— Vamos, vamos. Vamos logo com esse sangue!

A porta se abriu e Doug Carey entrou.

— O que temos aqui? — perguntou.

— Ferimentos a bala no peito e nas costas — disse Toby. — Três balas detectadas na radiografia, mas contei quatro orifícios de entrada. Pneumotórax de tensão. E isso... — Ela apontou para o reservatório do tubo torácico, onde já se haviam acumulado 100 ml de sangue. — Apenas nos últimos minutos. Sístole caindo.

Carey olhou para a radiografia na caixa de luz.

— Vamos abrir o tórax — disse ele.

— Precisaremos de uma equipe cardíaca completa. Talvez uma ponte...

— Não podemos esperar. Temos de conter a hemorragia *agora*.

Carey a encarou e Toby sentiu a antiga antipatia voltar a crescer dentro dela. Doug Carey era um cretino, mas agora ela precisava dele. Robbie Brace precisava dele.

Toby meneou a cabeça para a enfermeira anestesista.

— Vá em frente. Vamos prepará-lo. Val, pegue aquela bandeja de toracotomia...

Enquanto todos se ocupavam na sala, a anestesista injetou uma dose de etomidato na seringa. A droga manteria Robbie completamente inconsciente para a entubação.

Toby afrouxou a máscara de oxigênio de Robbie e viu que ele olhava para cima, olhos desesperadamente voltados para os dela. Tantas vezes ela vira terror nos olhos de um paciente e forçara-se a suprimir as próprias emoções e se concentrar em seu trabalho. Agora, no entanto, não podia ignorar o medo nos olhos do paciente. Aquele era um homem que ela conhecia, um homem de quem ela aprendera a gostar.

— Tudo vai ficar bem — disse ela. — Você precisa acreditar em mim. Não deixarei que nada dê errado. — Delicadamente, ela segurou o rosto dele e sorriu.

— Conto... com você... Harper — murmurou.

Ela assentiu.

— Pode confiar, Robbie. Então, pronto para dormir?

— Me acorde... quando acabar...

— Vai parecer um instante. — Ela assentiu para a anestesista, que injetou o etomidato na linha intravenosa. — Durma, Robbie. Isso. Estarei bem aqui quando você acordar...

Seu olhar permaneceu fixo nela. Toby seria a última imagem que ele registraria, o último rosto que veria. Ela observou a consciência se esvaindo dos olhos dele, seus músculos relaxarem e suas pálpebras se fecharem.

Não deixarei que nada dê errado.

Ela removeu a máscara de oxigênio. Imediatamente a anestesista inclinou a cabeça de Robbie para trás e introduziu o laringoscópio na garganta dele. Levou apenas alguns segundos para identificar as cordas vocais e introduzir o tubo na traqueia. Então o oxigênio foi ligado e o tubo foi fixado no lugar. O respirador assumiria o controle agora, respirando por ele, forçando uma precisa mistura de oxigênio e halotano em seus pulmões.

Não deixarei que nada dê errado.

Toby soltou um suspiro tenso. Então, rapidamente vestiu o avental. Ela sabia que estavam rompendo as normas de esterilidade a torto e a direito, mas nada podiam fazer a respeito. Não havia tempo para se lavarem. Ela calçou as luvas, foi até a mesa e se posicionou bem diante de Doug Carey.

O tórax do paciente havia sido apressadamente pincelado com betadine e lençóis esterilizados foram dispostos sobre o local da cirurgia.

Carey fez a incisão, um único corte sobre o esterno. Não havia tempo para ser elegante. A pressão arterial estava caindo para menos de 71 sistólica com três acessos venosos abertos introduzindo sangue e soro. Toby já havia visto toracotomias de emergência antes e a brutalidade daquilo nunca deixou de consterná-la. Ela observou com uma ponta de náusea quando Carey empunhou a serra e o esterno se abriu em uma nuvem de pó de osso e sangue.

— Merda — disse Carey, olhando para a cavidade torácica.
— Há ao menos 1 litro de sangue aqui dentro. Sucção! Preciso de toalhas esterilizadas!

O gorgolejar do cateter de sucção era tão alto que Toby mal podia ouvir os bipes das batidas do coração de Robbie no monitor cardíaco. Enquanto Val sugava, Maudeen abria o selo de um pacote de toalhas esterilizadas. Carey introduziu uma na cavidade torácica. Quando a retirou, estava ensopada de sangue. Ele a atirou no chão e introduziu outra toalha, que também voltou encharcada.

— Muito bem. Muito bem, acho que sei de onde vem. Parece a aorta ascendente. Está vazando rapidamente. Toby, preciso de mais exposição...

O cateter de sucção ainda gorgolejava. Embora a maior parte do sangue tivesse sido tirado, um fluxo contínuo jorrava da aorta.

— Não vejo a bala — disse Carey. Ele olhou para a radiografia, então olhou para o tórax aberto. — Ali está o vazamento, mas onde está a droga da bala?

— Não pode simplesmente remendar?

— A bala pode estar alojada na parede aórtica. Nós remendamos, fechamos e outro buraco pode se abrir depois. — Ele pegou a agulha e linha de sutura. — Muito bem, primeiro vamos fechar esse vazamento. Então procuramos...

Toby afastou o pulmão enquanto Carey trabalhava. Ele costurou com rapidez, a agulha de sutura entrando e saindo da parede aórtica. Quando terminou e o sangramento parou, todos na sala emitiram um suspiro de alívio simultâneo.

— Pressão arterial? — perguntou Carey.

— Mantendo-se a 75 — disse Val.

— Continuem a ministrar o O negativo. Temos mais unidades?

— Estão a caminho.

— Muito bem. — Carey fez uma pausa. — Vamos ver o que mais temos aqui... — Ele sugou o sangue empoçado, limpando o campo para melhor inspeção. Então, gentilmente aplicando tração para poder ver melhor, pegou a esponja e passou-a ao longa da aorta.

Subitamente, suas mãos ficaram imóveis.

— Merda — disse ele. — A bala...

— O quê?

— Está bem aqui! Está quase atravessando a parede oposta! — Ele começou a retirar a mão.

Um jato de sangue subitamente explodiu, atingindo-os no rosto.

— *Não!* — gritou Toby.

Em pânico, Carey pegou um grampo da bandeja e o introduziu em meio ao sangue que corria. Mas ele estava trabalhando às cegas, apalpando em meio a um mar de sangue que vertia do tórax e ensopava o avental de Toby.

— Não consigo deter o sangramento. Parece ter um rasgo ao longo de toda a droga da parede...

— Prenda! Não consegue prender?

— Prender o *quê*? A aorta está rasgada...

O monitor cardíaco apitou.

A anestesista disse:

— Assistolia! Temos assistolia!

Toby olhou para a tela. A linha do coração estava plana.

Ela introduziu a mão na piscina de sangue quente e segurou o coração. Apertou uma, duas vezes, as mãos se encarregando do bater do coração de Robbie.

— Não! — disse Carey. — Só está fazendo sair mais sangue!

— Ele está em parada cardíaca...

— Não dá para mudar isso.

— Então que merda vamos *fazer*?

O monitor ainda apitava. Carey olhou para o tórax aberto. Para a piscina vermelho brilhante. Desde que Toby interrompera a massagem cardíaca, o fluxo parara. Restara apenas um lento vazamento, pingando do tórax aberto.

— Acabou — disse Carey. Silenciosamente, ele se afastou do corpo. Seu avental estava encharcado de sangue até a cintura.
— Não havia o que costurar, Toby. Toda a aorta estava cortada. Simplesmente se partiu.

Toby olhou para o rosto de Robbie. Suas pálpebras estavam entreabertas, a mandíbula flácida. O respirador ainda funcionava, automaticamente bombeando ar em um cadáver.

A anestesista desligou o interruptor. O silêncio tomou conta da sala.

Toby pousou a mão sobre o ombro de Robbie. Através dos lençóis esterilizados, sua pele parecia sólida e ainda estava quente.

Não deixarei que nada dê errado.

— Desculpe — murmurou. — Desculpe...

A polícia chegou antes da mulher de Robbie. Minutos depois, os dois primeiros patrulheiros já haviam isolado a cena do crime e agora estavam ocupados cercando metade do estacionamento. Quando Greta Brace entrou às pressas na emergência, o estacionamento já estava tomado pelas luzes de meia dúzia de viaturas policiais de Newton e de Boston. Toby estava na recepção, falando com um dos detetives, quando viu Greta entrar na emergência, o cabelo ruivo despenteado pelo vento. A sala de espera estava lotada de policiais e alguns pacientes atônitos. Greta chorava e amaldiçoava enquanto abria caminho pelo corredor.

— Onde ele está? — gritou.

Toby interrompeu a conversa com o detetive e foi até ela.

— Lamento muito...

— *Onde ele está?*

— Ele ainda está na sala de trauma. Greta, não! Não entre ainda. Nos dê algum tempo para...

— Ele é meu marido. Preciso vê-lo.

— Greta...

Mas a mulher passou por ela e seguiu pelo corredor com Toby logo atrás dela. Greta não sabia para onde ir e ziguezagueou para cima e para baixo, freneticamente procurando a sala. Finalmente, viu a porta com a placa TRAUMA. Ela entrou e Toby a seguiu.

O Dr. Daniel Dvorak, com avental e luvas, observava o corpo quando as duas mulheres entraram. Robbie estava descoberto, peito aberto, rosto flácido pela morte.

— Não — disse Greta, e sua voz se alteou de um gemido para um uivo alto e penetrante. — *Não...*

Toby pegou-lhe o braço e tentou tirá-la da sala, mas Greta se livrou dela e cambaleou até o lado do marido. Ela segurou o rosto dele entre as mãos, beijou-lhe os olhos, a testa. A ponta do tubo endotraqueal ainda despontava da boca do cadáver. Greta tentou arrancar a fita adesiva e remover aquela peça de plástico ofensiva.

Daniel Dvorak pousou a mão sobre a dela para impedir.

— Lamento — murmurou. — Tem de ficar onde está.

— Quero esta coisa fora da garganta do meu marido!

— Agora tem de ficar. Vou removê-la quando terminar o exame.

— Quem diabos é *você*?

— Sou o médico-legista, Dr. Dvorak. — Ele olhou para o detetive de homicídios, que acabara de entrar na sala de trauma.

— Sra. Brace? — disse o policial. — Sou o detetive Sheehan. Por que não vai a um lugar tranquilo onde possa se sentar?

Greta não se moveu. Ficou de pé murmurando baixinho, segurando o rosto de Robbie, a expressão oculta por trás de uma cascata de cabelo ruivo.

— Precisamos da sua ajuda para descobrir o que houve Sra. Brace. — Gentilmente, o policial tocou-lhe o ombro. — Vamos a outra sala na qual possamos nos sentar.

Finalmente, ela permitiu que a afastassem da mesa. À porta, ela parou e olhou para o marido.

— Volto já, Robbie — disse ela. Então, saiu lentamente.

Toby e Dvorak foram deixados a sós.

— Não percebi que você estava aqui — disse ela.

— Cheguei há dez minutos. Com tanta gente em volta, você provavelmente não percebeu.

Ela olhou para Robbie perguntando-se se a pele dele ainda estava quente.

— Gostaria de simplesmente fechar a emergência, de ir para casa. Mas os pacientes continuam chegando. Com suas dores de estômago e resfriados. E suas malditas queixas... — Seus olhos se encheram de lágrimas. Ela enxugou o rosto e voltou-se para a porta.

— Toby?

Ela parou sem responder. Sem olhar para trás.

— Preciso falar com você. Sobre o que houve hoje à noite.

— Já falei com uns seis policias. Ninguém da equipe viu o que houve. Nós o encontramos no estacionamento. Ele estava se arrastando para o prédio...

— Você concorda com o Dr. Carey que a morte foi resultado do rompimento da aorta?

Ela inspirou e voltou-se para ele com relutância.

— O que você quer que o Dr. Carey diga.

— O que se lembra da cirurgia?

— Havia... um corte na aorta. Ele o fechou. Mas então vimos a bala... ela havia atravessado... havia um corte intimal. Um rompimento aórtico. Então a parede cedeu... — Ela engoliu em seco e desviou o olhar. — Foi um pesadelo.

Dvorak não disse nada.

— Eu o conhecia — murmurou Toby. — Estive na casa dele. Conheci sua mulher. Oh, meu Deus!

Ela saiu da sala.

O único refúgio que encontrou foi no alojamento dos médicos. Ela fechou a porta e sentou-se na cama, chorando, balançando-se para a frente e para trás. Ela nem mesmo ouviu baterem à porta.

Dvorak entrou silenciosamente no quarto. Ele havia tirado o avental e as luvas, e agora estava junto à cama, incerto do que dizer.

— Você está bem? — perguntou, afinal.

— Não. Eu não estou bem.

— Perdoe as minhas perguntas. Tinha de fazê-las.

— Você foi tão frio...

— Eu precisava saber, Toby. Não podemos ajudar o Dr. Brace. Não agora. Mas podemos encontrar respostas. Devemos isso a ele.

Ela deixou o rosto cair nas mãos e lutou para recuperar o controle, para parar de chorar. Suas lágrimas eram ainda mais humilhantes porque ele estava ali, observando-a. Toby ouviu uma cadeira ranger quando ele se sentou. Quando ela finalmente conseguiu levantar a cabeça, viu que Dvorak olhava diretamente para ela.

— Não sabia que você e a vítima eram conhecidos — disse ele.
— Ele não é uma vítima. O nome dele era Robbie.
— Muito bem. Robbie. — Ele hesitou. — Eram bons amigos?
— Não. Não éramos bons amigos.
— Você parece estar muito abalada.
— Você não entende, não, é mesmo?
— Não inteiramente.

Ela inspirou e expirou lentamente.

— Isso acontece conosco, sabe? Na maioria das vezes, quando perdemos um paciente, conseguimos superar. Mas aí aparece uma criança. Ou alguém que conhecemos. E subitamente nos damos conta de que não podemos lidar com aquilo... — Ela enxugou os olhos com a mão. — Preciso voltar ao trabalho. Deve haver pacientes esperando lá fora...

Dvorak segurou a mão dela.

— Toby, se faz alguma diferença para você, não creio que pudesse salvá-lo. O dano à aorta foi devastador.

Ela olhou para as mãos de Dvorak, sentindo-se levemente surpresa pelo fato de ele ainda a estar tocando. Ele também pareceu chocado com o contato espontâneo e rapidamente soltou-lhe o pulso. Ficaram sentados em silêncio por um instante.

— Aconteceu muito perto — disse ela. Ao abraçar os próprios ombros, sentiu seu olhar novamente atraído pelo dele. — Ando por aquele estacionamento todas as noites. Assim como as minhas enfermeiras. Se foi uma tentativa de assalto, qualquer um de nós seria um alvo fácil.

— Já houve outros assaltos no Springer?

— Só me lembro de um. Há alguns anos. Uma enfermeira foi estuprada. Mas aqui não é como o centro de Boston. Não costumamos nos preocupar com segurança.

— Os monstros também habitam os subúrbios.

Uma batida à porta assustou os dois. Toby abriu-a e viu o detetive Sheehan.

— Dra. Harper, preciso lhe fazer algumas perguntas — disse ele antes de entrar, fechando a porta atrás de si. A sala subitamente pareceu muito cheia de gente. — Acabei de falar com a Sra. Brace. Ela acha que o marido veio aqui para falar com você.

Toby balançou a cabeça.

— Por quê?

— É o que estou me perguntando. Ele ligou para ela por volta das 18h30 e disse que iria ao Hospital Wicklin, e que chegaria tarde.

— Ele foi ao Wicklin?

— Estamos verificando isso agora. O que não sabemos é por que ele acabou aqui. Você sabe?

Ela balançou a cabeça em negativa.

— Quando foi a última vez que viu o Dr. Brace?

— Na noite passada.

As sobrancelhas de Sheehan se ergueram.

— Ele veio ao Springer?

— Não. Eu fui até a casa dele. Ele me ajudou a entender um histórico médico.

— Vocês se encontraram para analisar históricos médicos?

— Sim. — Ela olhou para Dvorak. — Foi logo depois que nos encontramos. Você havia acabado de me falar do diagnóstico de Angus Parmenter. Fiquei pensando se Harry Slotkin... se ele também tinha a doença de Creutzfeldt-Jakob. Então Robbie e eu fomos ver o histórico de Slotkin.

— *Qual* doença? — perguntou Sheehan.

— Creutzfeldt-Jakob. É uma infecção cerebral fatal.

— Muito bem. Então você e o Dr. Brace se encontraram ontem à noite. E daí?

— Fomos até Brant Hill. Verificamos o histórico e então voltamos para casa.

— Não pararam em algum lugar? Ele não foi até a sua casa?

— Não. Cheguei em casa às 22h30, sozinha. Ele não me ligou depois, nem eu liguei para ele. Portanto, não sei por que ele veio me ver hoje à noite.

Ouviu-se uma batida na porta. *Quantas pessoas mais cabiam naquela sala?*, perguntou-se Toby ao abrir a porta.

Era Val.

— Temos um sujeito com fraqueza no lado esquerdo e fala arrastada. Pressão arterial a 250 por 130. Está na sala dois.

Toby olhou para Sheehan.

— Não tenho mais nada a lhe dizer, detetive. Agora, se o senhor me der licença, tenho pacientes a atender.

Às 8 horas do dia seguinte, Toby entrou em sua garagem, estacionou ao lado do Saab azul-escuro de Jane e desligou o motor. Estava muito cansada para sair do carro e lidar com Ellen naquele instante, de modo que ficou sentada por uns minutos, olhando para as folhas secas que voejavam pelo jardim. Fora uma das piores noites de sua vida, primeiro a morte de Robbie, depois uma sucessão de pacientes muito doentes: um derrame, um infarto do miocárdio e um caso terminal de enfisema tão crítico que o paciente teve de ser entubado. Para piorar tudo, a sensação de confusão generalizada com todos aqueles policiais andando pelo hospital e falando em seus rádios. *Ontem fora noite de lua cheia?*, perguntou-se. Alguma louca conjunção de planetas teria instaurado o caos na emergência? Houve também o detetive

Sheehan, emboscando-a a cada oportunidade para fazer mais uma pergunta.

Uma lufada de vento açoitou o veículo. Como estava com o aquecedor desligado, logo começou a ficar com frio. E foi o frio que a expulsou do carro e a fez entrar em casa.

Foi saudada pelo cheiro de café e pelo ruído de louça na cozinha.

— Estou em casa — anunciou antes de pendurar o casaco no armário.

Jane apareceu à porta da cozinha com um sorriso caloroso de boas-vindas.

— Acabei de preparar um café. Quer uma xícara?

— Gostaria, mas não conseguiria dormir depois.

— Ah, mas este é descafeinado. Achei que não ia querer café de verdade.

Toby sorriu.

— Neste caso, obrigada. Adoraria tomar uma xícara.

A luz pálida da manhã brilhava através da janela quando se sentaram à mesa da cozinha para tomar café. Ellen ainda não havia despertado e Toby se sentiu quase culpada por se sentir feliz com aquilo, tanto que estava gostando daquele momento de paz. Ela se recostou na cadeira e inalou o vapor que emanava da xícara.

— Isso é o paraíso.

— Na verdade, é apenas uma xícara de café colombiano.

— Sim, mas não tive de moê-lo. Não tive de servi-lo. Apenas me sentei aqui e o tomei.

Jane balançou a cabeça com um sorriso.

— Parece que teve uma noite ruim.

— Foi tão ruim que nem quero falar a respeito. — Toby baixou a xícara e esfregou o rosto. — E como foi a sua noite?

— Um tanto caótica. Sua mãe teve dificuldade para dormir. Ficou andando para cima e para baixo na casa.

— Oh, não! Por quê?

— Ela me disse que tinha de ir buscá-la na escola. Então ficou procurando a chave do carro.

— Ela não dirige há anos. Não faço ideia por que resolveu procurar as chaves do carro justamente agora.

— Bem, parecia muito importante para ela que você não ficasse esperando na escola. Estava com medo que você se resfriasse. — Jane sorriu. — Quando perguntei qual a sua idade, ela disse que você tinha 11 anos.

Onze, pensou Toby. *Esse foi o ano em que papai morreu. O ano em que tudo caiu sobre os ombros de mamãe.*

Jane levantou-se da mesa e lavou sua xícara na pia.

— De qualquer modo, dei um banho nela ontem à noite. Você não precisa se preocupar com isso. E comemos bem à meia-noite. Acho que ela vai ficar deitada por um bom tempo. Talvez o dia inteiro. — Ela deixou a xícara no escorredor e voltou-se para Toby.

— Ela deve ter sido uma ótima mãe.

— Ela foi sim — murmurou Toby.

— Então você teve sorte. Mais sorte que eu... — O olhar de Jane voltou-se para o chão com tristeza. — Mas não podemos escolher os nossos pais, não é mesmo? — Ela inspirou, como se fosse continuar falando, então simplesmente sorriu e pegou a bolsa. — Vejo você amanhã de manhã.

Toby ouviu-a sair da casa e fechar a porta da frente. Sem a presença de Jane, a cozinha pareceu-lhe vazia. Sem vida. Ela se levantou da mesa e foi até o quarto da mãe.

Ellen estava dormindo. Sem fazer barulho, Toby entrou no quarto e sentou-se na cama.

— Mamãe?

Ellen virou-se. Lentamente seus olhos se abriram e se voltaram para Toby.

— Mamãe, está se sentindo bem?

— Cansada — murmurou Ellen. — Estou cansada hoje.

Toby pousou a mão na testa de Ellen. Sem febre. Ela afastou um cacho de cabelo dos olhos da mãe.

— Você está doente?

— Só quero dormir.

— Muito bem. — Toby beijou a face de Ellen. — Durma, então. Vou para a cama também.

— Boa noite.

Ela saiu, deixando a porta de Ellen aberta. Também deixou a porta do quarto aberta, para ouvir a mãe, caso ela chamasse. Toby tomou uma ducha e vestiu uma camiseta, sua roupa de dormir preferida. Ao se sentar na cama, o telefone tocou.

Ela atendeu.

— Alô?

Uma voz de homem, vagamente familiar, perguntou:

— Posso saber com quem falo?

Chocada com a rudeza do sujeito, ela respondeu:

— Se não sabe para quem ligou, senhor, não posso ajudá-lo. Adeus!

— Espere. Aqui é o detetive Sheehan, do Departamento de Polícia de Boston. Só estou tentando descobrir de quem é esse número.

— Detetive Sheehan? Aqui é Toby Harper.

— Dra. *Harper*?

— Sim. Você ligou para a minha casa. Não sabia disso?

Houve silêncio.

— Não.

— Bem, como conseguiu esse número?

— Rediscagem.

— O quê?

— Havia um telefone celular sob o banco do carro do Dr. Brace. Eu o encontrei há alguns minutos e apertei o botão de rediscagem. — Sheehan fez uma pausa. — Você foi a última pessoa para quem ele ligou.

Levou meia hora para Vickie chegar na casa de Toby para ficar com Ellen, e outros quarenta minutos para Toby abrir caminho em meio ao trânsito matinal de Boston. Quando terminou o interrogatório com o detetive Sheehan, estava cansada e irritada e era capaz de morder a primeira pessoa que cruzasse seu caminho. O mais sensato a fazer seria voltar para casa e se jogar na cama.

Em vez disso, usou o telefone do carro para ligar para Vickie e dizer que tinha outro compromisso.

— A mamãe não me parece muito bem — disse Vickie. — O que ela tem?

— Ela estava bem ontem à noite — disse Toby.

— Bem, ela vomitou agora há pouco. Eu lhe dei um pouco de suco e acho que ela está um pouco melhor agora. Mas ela só quer dormir.

— Ela se queixou de mais alguma coisa?

— Principalmente do estômago embrulhado. Acho que você devia levá-la a um médico.

— Eu sou médica.

— Bem, certamente *você* sabe o que faz — disse Vickie.

Toby desligou, irritada com a irmã e vagamente perturbada com a notícia do estado de Ellen. Deve ser apenas um desarranjo gastrintestinal, pensou. Mamãe vai ficar boa daqui a alguns dias.

Ela deixou a delegacia e foi direto para a Albany Street, 720. O consultório do médico-legista.

Imediatamente Dvorak pressentiu seu péssimo humor. Educado, convidou-a a entrar em seu escritório, serviu-lhe uma xícara de café, que pousou à sua frente sem perguntar se ela queria. Mas Toby queria. Precisava de cafeína.

Ela tomou alguns goles e então enfrentou o olhar de Dvorak com a cabeça erguida.

— Quero saber por que Sheehan cismou comigo. Por que está me assediando.

— Ele está?

— Passei uma hora com ele agora há pouco. Olha, não sei por que Robbie ligou para mim. Eu não estava em casa ontem à noite. A acompanhante da minha mãe foi quem atendeu o telefone. Acabei de descobrir.

— Ela sabe por que Brace ligou?

— Ela não entendeu a mensagem. Brace disse que iria ao hospital falar comigo, então ela não se preocupou em me dar o recado. Acredite, Dan, não havia nada entre Robbie e mim. Nenhum romance, nenhum sexo, nada. Mal éramos amigos.

— No entanto, você parece muito perturbada com a morte dele.

— Perturbada? Robbie sangrou na minha frente! O sangue dele ficou em minhas mãos, nos meus braços. Segurei o coração dele, tentando fazer com que continuasse a bater, tentando mantê-lo vivo. Por que diabos eu não estaria perturbada? — Ela inspirou, contendo as lágrimas. — Mas você não trabalha com gente viva, portanto não pode saber. Você só trabalha com cadáveres.

Ele não disse nada. O silêncio pareceu ampliar a angústia e a raiva das últimas palavras de Toby.

Ela se recostou na cadeira e cobriu o rosto com as mãos.

— Você está certa — murmurou Dvorak. — Não tenho como saber. Não tenho que ver ninguém morrendo na minha frente. E talvez seja por isso que escolhi fazer o que faço. Para não ter que lidar com isso.

Ela ergueu a cabeça, mas não quis encará-lo. Em vez disso, olhou para o canto da escrivaninha.

— Não acredito que você já tenha feito a necropsia.

— Fizemos esta manhã. Não encontramos nada inesperado.

Ela assentiu, ainda sem olhar para ele.

— E o Sr. Parmenter? O neuropatologista confirmou o diagnóstico?

— Era mesmo doença de Creutzfeldt-Jakob — respondeu Dvorak, sem inflexão na voz, sem denotar a devastação que o diagnóstico provavelmente deflagrara dentro dele.

Toby olhou para Dvorak, sua atenção subitamente voltada para a crise do médico-legista, para os seus medos. Dava para ver que ele não dormira bem, tinha os olhos febris.

— É apenas algo com que terei de conviver — disse ele. — A possibilidade de ficar doente. Sem saber se viverei mais dois ou quarenta anos. Posso sair daqui agora e ser atropelado por um ônibus. A vida é assim. Sobreviver a um dia tem os seus riscos.
— Ele se ergueu, como se tentasse afastar aquele pensamento negativo. Então, inesperadamente, sorriu. — Não que eu tenha uma vida muito emocionante.

— Ainda assim, espero que seja longa.

Ambos se levantaram e apertaram as mãos, um gesto que pareceu muito formal para dois amigos. Embora seu relacionamento não tivesse passado da amizade, era a direção que parecia estar tomando. Que ela queria que tomasse. Agora, ao olhar para ele, sentia-se confusa com a súbita atração que sentia, por sua reação ao calor de seu aperto de mão.

— Anteontem à noite — disse ele —, você me convidou para uma taça de conhaque.

— Sim.

— Eu não aceitei porque... bem, eu ainda estava em estado de choque por causa do diagnóstico e provavelmente teria arruinado a nossa noite.

Ela se lembrou como passara aquela noite, sentada no sofá sozinha e deprimida, folheando boletins médicos enquanto Mendelssohn tocava no aparelho de som. *Você poderia ter arruinado aquela noite*, pensou Toby.

— De qualquer modo — disse ele —, gostaria de saber se posso retribuir o convite. Já é quase meio-dia. Estive aqui toda a manhã e não vejo a hora de sair deste edifício maldito. Se estiver livre, se lhe interessar...

— Quer dizer... agora?

Toby não esperava por aquilo. Ela olhou para ele um instante, pensando no quanto havia desejado que aquilo acontecesse, embora com medo de estar vendo mais do que realmente havia naquele convite.

Dvorak pareceu ter interpretado a hesitação dela como relutância.

— Desculpa. Acho que está muito em cima da hora. Talvez em outra oportunidade.

— Não! Quero dizer: sim. Seria ótimo — disse ela rapidamente.

— É?

— Sob uma condição, se não se importa.

Ele inclinou a cabeça, sem saber o que esperar.

— Podemos nos sentar no parque? — perguntou Toby com tristeza. — Sei que está um pouco frio lá fora, mas não vejo o sol faz uma semana. E realmente gostaria de senti-lo no meu rosto agora.

— Quer saber? Eu também. — Ele sorriu. — Vou pegar o meu casaco.

14

Sentaram-se juntos em um banco no parque, cachecóis ao redor do pescoço, enquanto comiam fatias da pizza fumegante que encomendaram para viagem. A cobertura era de frango tailandês com molho de amendoim, surpreendentemente a primeira escolha de ambos.

— Grandes mentes pensam parecido — dissera Dvorak, rindo, enquanto caminhavam sob as árvores desfolhadas até um banco perto da lagoa. Embora o vento estivesse frio, o sol brilhava em um céu claro e luminoso.

Este não é o mesmo homem, pensou Toby, olhando para o rosto corado de Dvorak e seu cabelo despenteado. Foi só tirá-lo daquele prédio deprimente, levá-lo para longe de seus cadáveres, que ele ficou completamente diferente. Seus olhos se tornaram sorridentes. Toby perguntou-se se *ela* também parecia diferente. O vento soprava seu cabelo em todas as direções, ela estava com as mãos sujas de pizza, mas naquele momento sentia-se mais atraente do que nunca. Talvez fosse pelo modo como ele olhava para ela. O mais potente creme de beleza, pensou, é o sorriso de um homem interessante.

Ela levantou o rosto, deliciando-se com a luz do dia.

— Quase havia me esquecido de como é bom sentir o sol.

— Faz muito tempo que não o vê?

— Acho que algumas semanas. Primeiro caiu toda aquela chuva. E nos poucos dias de sol que tivemos, eu dormi.

— Então por que escolheu o plantão noturno?

Ela terminou o último pedaço de pizza e limpou o molho das mãos.

— Na verdade, não foi uma opção. Quando terminei a residência na emergência, fora o único turno que consegui no Springer. A princípio, fazia muito sentido. A emergência fica mais tranquila depois da meia-noite e, às vezes, eu conseguia dormir algumas horas. Então ia para casa, tirava uma longa soneca, e tinha o resto do dia livre. — Ela balançou a cabeça ao se lembrar. — Isso foi há dez anos. Quando você tem 20 anos, dá para dormir muito menos.

— Meia-idade é um inferno.

— Meia-idade? Fale por você.

Ele riu, e seus olhos se estreitaram por causa da luz do sol.

— Então passaram dez anos e agora você é uma senhora com, o quê? Trinta anos? Contudo, ainda trabalha no turno do cemitério.

— Depois de algum tempo, a gente se acostuma. Trabalho com as mesmas enfermeiras. Profissionais em quem posso confiar. — Ela suspirou. — Então, o Alzheimer de minha mãe piorou. Acho importante estar em casa durante o dia. Para fazer coisas para ela. Por isso contrato alguém para dormir com ela à noite. Então volto para casa de manhã para ficar com minha mãe.

— Parece que você está queimando a vela pelos dois lados.

Ela deu de ombros.

— Não tenho muita escolha, não é mesmo? Na verdade, tenho sorte. Pelo menos posso contratar alguém para me ajudar e continuar trabalhando, ao contrário de muitas mulheres. E minha mãe... mesmo nas piores horas... ela nunca deixou de ser... — Toby fez uma pausa procurando a palavra que descrevesse a essência de Ellen.

— Carinhosa — disse ela. — Minha mãe sempre foi muito carinhosa.

Seus olhos se encontraram. Ela estremeceu quando um vento frio soprou da lagoa e fez os galhos secos da árvore balançarem.

— Sinto que você é bem parecida com a sua mãe — disse ele.

— Carinhosa? Não. Gostaria de ser. — Ela olhou para o outro lado da lagoa remexida pelo vento. — Acho que sou muito impaciente. Muito intensa para ser carinhosa.

— Bem, você é intensa, Dra. Harper. Percebi isso na primeira conversa que tivemos. E dá para ver cada emoção no seu rosto.

— Está assustado?

— Provavelmente é saudável para a alma. Pelo menos você extravasa. Francamente, gostaria de ter um pouco da sua intensidade.

Ela concordou um tanto a contragosto.

— E eu gostaria de ter um pouco da sua discrição.

O último pedaço de pizza fora consumido. Eles jogaram a caixa na lata de lixo e começaram a caminhar. Dvorak parecia não sentir frio, movendo seus longos membros com graça, casaco aberto, cachecol oscilando sobre o ombro.

— Acho que nunca conheci um médico-legista que não fosse reservado — disse ela. — Vocês todos são bons jogadores de pôquer?

— Quer saber se todos nós temos uma personalidade que beira o coma?

— Bem, os que conheço me parecem muito quietos. Mas também competentes, como se soubessem todas as respostas.

— Sabemos.

Ela olhou para a expressão impassível de Dvorak e riu.

— Boa representação, Dan. Você me convenceu.

— Na verdade, aprendemos isso na residência da patologia: como parecer inteligentes. Os que não conseguem tornam-se cirurgiões.

Toby inclinou a cabeça para trás e riu ainda mais alto.

— Mas é verdade o que você acaba de dizer — admitiu Dvorak. — Os mais quietos seguem com a patologia. A profissão atrai gente que gosta de trabalhar no porão. Que se sente mais confortável olhando pelo microscópio do que falando com os vivos.

— Isso se aplica a você?

— Tenho de admitir que sim. Não sou muito ligado a pessoas. O que talvez explique o meu divórcio.

Caminharam em silêncio durante algum tempo. O vento acumulara algumas nuvens no céu e eles seguiram através de sombras e trechos ensolarados intermitentes.

— Ela também era médica? — perguntou Toby.

— Era médica-legista, assim como eu. Brilhante, mas igualmente muito reservada. Nem mesmo notei que havia algo de errado entre nós. Não até ela me deixar. Acho que isso prova que éramos bons jogadores de pôquer.

— O que, suponho, não funciona muito bem em um casamento.

— Não, não funciona.

Ele parou subitamente e olhou para o cinto.

— Alguém me mandou um bipe — disse ele, franzindo as sobrancelhas.

— Há um telefone público logo ali.

Enquanto Dvorak fazia a ligação, Toby ficou do lado de fora da cabine, olhos fechados enquanto desfrutava de um breve momento de sol entre as nuvens que passavam. Um momento de prazer por estar viva. Ela mal ouvia o que Dvorak dizia. Apenas ao escutar o nome de Brant Hill foi que ela subitamente se voltou e olhou através do vidro.

Ele desligou e saiu da cabine.

— O que foi? — perguntou Toby. — É sobre Robbie, não é?

Ele assentiu.

— Era o detetive Sheehan. Ele esteve no hospital Wicklin entrevistando o pessoal. Eles lhe disseram que o Dr. Brace esteve lá ontem à noite. Ele foi ao arquivo e à patologia e pediu para ver a ficha de um residente de Brant Hill. Um homem chamado Stanley Mackie.

Ela balançou a cabeça.

— Nunca ouvi falar.

— De acordo com Wicklin, Mackie morreu em março passado devido a ferimentos na cabeça após uma queda. O que Sheehan achou interessante foi o diagnóstico da necropsia. Uma doença a respeito da qual ele ouviu falar apenas ontem à noite.

O sol se escondeu por trás de uma nuvem. Subitamente, o rosto de Dvorak ficou pálido. Distante.

— Era a doença de Creutzfeldt-Jakob.

Da janela da sala de reuniões do vigésimo andar, Carl Wallenberg podia ver o domo da antiga Boston State House e, mais além, as árvores do parque municipal, seus galhos finos estendendo-se sob o céu azul. *Então esta é a vista que os burocratas têm de seus escritórios*, pensou. Enquanto o restante de nós faz o trabalho de verdade em Newton, mantendo os clientes de Brant Hill vivos e saudáveis, Kenneth Foley e seu grupo de contadores sentam-se em elegantes escritórios no centro da cidade e mantêm o dinheiro de Brant Hill vivo e saudável. E crescendo aos montes. *Os ternos Armani dos clones de Foley*, pensou Wallenberg, olhando para as outras pessoas sentadas à mesa. Wallenberg lembrava-se apenas vagamente dos nomes e títulos daquela gente. O homem com terno azul listrado era um vice-presidente sênior, a ruiva arrogante era uma diretora financeira. Com exceção de Wallenberg e Russ Hardaway, o advogado da empresa, aquela era uma reunião de gloriosos burocratas.

Uma secretária trouxe uma garrafa térmica de café, serviu graciosamente cinco xícaras de porcelana e deixou-as sobre a mesa, junto ao açucareiro e ao pote de creme. Nada de saquinhos de açúcar naquela reunião. Ela fez uma pausa, aguardando discretamente outra ordem de Foley. Não houve nenhuma. As cinco pessoas sentadas à mesa esperaram a secretária sair e fechar a porta.

Então, Kenneth Foley, o diretor-presidente de Brant Hill, falou:

— Esta manhã, recebi outra ligação da Dra. Harper. Mais uma vez, ela me lembrou que Brant Hill não está fazendo o seu trabalho. Que outros residentes nossos podem estar doentes. Isso pode se tornar um problema bem mais sério do que eu pensava. — Ele olhou ao redor da mesa e seu olhar se deteve em Wallenberg. — Carl, você me assegurou que este assunto estava resolvido.

— E está resolvido — disse Wallenberg. — Conversei com o Dr. Dvorak. E com o pessoal da Vigilância Sanitária. Todos nós concordamos que não há motivo para alarme. Nossas instalações culinárias estão em total acordo com a regulamentação. Nossa água vem da linha municipal. E sobre essas injeções de hormônios a respeito das quais todos ficaram tão excitados... temos documentação que prova que vem de lotes recentes. É perfeitamente seguro. O Dr. Dvorak está convencido de que esses casos são pura coincidência. Conglomerados estatísticos é o termo científico usado para isso.

— Então você tem certeza de que tanto a Vigilânca Sanitária quanto o médico-legista estão satisfeitos?

— Sim. Eles concordaram em não fazer qualquer declaração pública, uma vez que não há motivo para alarme.

— Contudo, a Dra. Harper sabe a respeito. Precisamos encontrar um meio de responder às perguntas dela. Porque se ela sabe, o público também logo saberá.

— A imprensa tem feito perguntas? — questionou Hardaway.

— Até agora, não. Mas pode haver atenção indesejável a caminho. — Foley voltou a se concentrar em Wallenberg. — Então, Carl, diga-nos outra vez que não temos de nos preocupar com essa doença.

— Vocês não precisam se preocupar — disse Wallenberg.
— Estou lhes dizendo, esses dois casos não estão relacionados. Coincidências acontecem.

— Se outros casos surgirem, não vai parecer apenas coincidência — disse Hardaway. — Vai se tornar um desastre de relações públicas, porque vai parecer que não demos atenção ao problema.

— É por isso que a ligação da Dra. Harper me preocupa — disse Foley. — Essencialmente, ela nos avisou que sabe. E que está de olho em nós.

Hardaway disse:

— Isso soa como uma ameaça.

— E é uma ameaça — disse o diretor financeiro. — Nossas ações subiram mais três pontos esta manhã. Mas o que acontecerá caso os investidores ouçam que nossos residentes estão morrendo e que não fizemos nada a respeito?

— Mas não há nada a fazer — disse Wallenberg. — Isso é pura histeria, sem base em fatos.

— A Dra. Harper me pareceu bem racional — disse Foley.

Wallenberg debochou.

— Esse é o problema. Ela parece racional, mas não é.

— O que ela quer, afinal de contas? — perguntou o diretor financeiro. — Dinheiro, atenção? Tem de haver um motivo. Você descobriu alguma pista ao falar com ela esta manhã, Ken?

— Acho que tem a ver com o Dr. Brace — disse Foley. — E a hora inconveniente de sua morte.

Ao ouvirem o nome de Robbie Brace, todos ficaram em silêncio durante alguns instantes e olharam para a mesa. Ninguém queria falar sobre aquela morte.

— Ela e o Dr. Brace eram conhecidos — disse Foley.

— Talvez mais do que isso — acrescentou Wallenberg com um tom de desprezo.

— Seja qual for a relação deles — disse Foley —, a morte do Dr. Brace a perturbou o bastante para inspirar tais dúvidas. E ela parece ter informação interna sobre a investigação. De algum modo, ela soube do diagnóstico do Dr. Mackie. Ela sabe que ele morava em Brant Hill. Nada disso foi revelado ao público.

— Sei como ela descobriu — disse Wallenberg. — Com o médico-legista. Ela almoçou com o Dr. Dvorak.

— Onde ouviu isso?

— Eu ouço coisas.

— Merda — disse o diretor financeiro. — Então ela tem nomes e fatos que pode divulgar. Lá se vão os nossos três pontos de alta nas ações.

Foley inclinou-se para a frente, olhando atentamente para Wallenberg.

— Carl, você é o médico chefe. Até agora, aceitamos seu julgamento. Mas se estiver errado, se outro paciente aparecer com essa doença, isso pode acabar com os nossos planos de expansão. Droga, pode arruinar o que já temos.

Wallenberg teve de conter a irritação na voz para soar perfeitamente calmo e confiante:

— Vou dizer pela terceira vez. Direi uma dúzia de vezes se for necessário. Isso não é uma epidemia. A doença não vai voltar a aparecer em nossos residentes. E se aparecer, abro mão das minhas ações.

— Está assim tão certo?

— Estou.

Foley recostou-se com uma expressão aliviada.

— Então, só temos de nos preocupar com as suspeitas da Dra. Harper — disse o diretor financeiro. — O que, infelizmente, pode nos causar um grande prejuízo, mesmo que nada do que ela diz possa ser provado.

Ninguém falou durante algum tempo enquanto todos consideravam as opções.

— Acho que devemos simplesmente ignorá-la — disse Wallenberg. — Não atenda as ligações dela, não lhe dê crédito. Ela vai acabar ferindo a própria credibilidade.

— E, nesse meio-tempo, nos dará prejuízo — disse o diretor financeiro. — Há algum tipo de pressão que possamos exercer? O trabalho dela, por exemplo. Achei que a diretoria do Springer estava forçando a demissão dela.

— Eles tentaram — disse Wallenberg. — Mas o chefe da emergência colocou pé firme e eles recuaram. Temporariamente, pelo menos.

— E quanto ao seu amigo cirurgião? Achei que ele estava tramando a demissão dela.

Wallenberg balançou a cabeça.

— O Dr. Carey é igual a todos os cirurgiões que conheço. Autoconfiante demais.

O diretor financeiro soltou um suspiro de impaciência.

— Muito bem, então como lidamos com ela?

Foley olhou para Wallenberg.

— Talvez Carl esteja certo — disse ele. — Talvez seja melhor não fazermos nada. Ela já está lutando para garantir o emprego e acho que está perdendo a batalha. Deixemos que ela se destrua sozinha.

— Com um pouco de ajuda, talvez? — sugeriu o diretor financeiro.

— Duvido que seja necessário — disse Wallenberg. — Acreditem, Toby Harper é sua própria arqui-inimiga.

Do outro lado da cova recém-aberta, Toby o viu, cabeça ligeiramente curvada em direção ao caixão. O caixão de Robbie. Mesmo sem o jaleco branco, o Dr. Wallenberg fazia o papel do médico bom e compassivo. Quais pensamentos iníquos esconderia? perguntou-se Toby. Todos os médicos e administradores de Brant Hill ali reunidos apresentavam a mesma expressão consternada, como se tivessem vestido a mesma máscara de borracha. Quem entre eles realmente fora amigo de Robbie? Não dava para saber apenas olhando para seus rostos.

Wallenberg pareceu perceber era observado e ergueu a cabeça para olhar para Toby. Por um instante, eles se encararam. Então, ele desviou o olhar.

Um vento frio açoitava o grupo, derrubando folhas secas dentro da cova. Nos braços de Greta, a filha de Robbie começou a chorar, não soluços de tristeza, e sim de frustração por estar confinada durante muito tempo entre adultos. Greta colocou a filha no chão e a menina saiu correndo e rindo em meio à floresta de pernas.

O pastor não tinha como competir com uma criança sorridente. Com uma expressão resignada, ele apressou o fim do discurso e fechou a Bíblia. Enquanto os presentes começavam a se encaminhar em direção à viúva, Toby perdeu Wallenberg de vista. Apenas ao dar a volta até o outro lado da cova, ela o viu caminhando em direção aos carros estacionados.

Ela o seguiu. Teve de chamar duas vezes antes que Wallenberg finalmente parasse e se virasse para ela.

— Estou tentando falar com você há uma semana — disse ela. — Sua secretária nunca passa as minhas ligações.

— Ando ocupado com vários assuntos.

— Podemos falar agora?

— Não é uma boa hora, Dra. Harper.

— E quando será?

Ele não respondeu. Em vez disso, deu-lhe as costas e começou a se afastar.

Toby o seguiu.

— Brant Hill tem dois casos documentados de Creutzfeldt-Jakob — disse ela. — Angus Parmenter e Stanley Mackie.

— O Dr. Mackie morreu em uma queda.

— Ele também tinha DCJ. O que, para início de conversa, deve ter sido o motivo para ter pulado pela janela.

— Você está falando de uma doença incurável. Devo achar que fui negligente a esse respeito por algum motivo?

— Dois casos em um ano...

— Conglomerado estatístico. Esta é uma grande base populacional, Dra. Harper. É de se esperar a ocorrência de diversos casos na área da Grande Boston. Coincidiu de esses dois homens morarem na mesma vizinhança.

— E se esta for uma cepa mais infecciosa do príon? Você pode ter novos casos incubados em Brant Hill.

Wallenberg voltou-se para ela, a expressão tão feia que Toby recuou um passo.

— Ouça, Dra. Harper. As pessoas compram casas em Brant Hill porque querem ter uma vida livre de preocupações, livre de medos. Trabalharam duro toda a vida e merecem tal luxo. Podem pagar por isso. Sabem que terão a melhor assistência médica do mundo. Não precisam ouvir teorias malucas sobre sua comida estar contaminada por uma doença que ataca o cérebro.

— É isso que o preocupa? A tranquilidade de seus pacientes?

— Eles pagam por essa tranquilidade. Se perderem a confiança em nós, começarão a fazer as malas e a vender suas casas. Isso tornaria Brant Hill uma cidade fantasma.

— Não estou tentando derrubar Brant Hill. Só acho que devia monitorar os residentes em busca de sintomas.

— Pense no pânico que isso causaria. Nossa comida é segura. Nossos hormônios vêm de empresas de medicamentos respeitáveis. Até mesmo a Vigilância Sanitária concorda que não há motivo para monitorarmos qualquer sintoma. Portanto, pare de assustar os nossos residentes, Dra. Harper. Ou logo um advogado irá bater na sua porta.

Ele lhe deu as costas e começou a se afastar.

— E quanto a Robbie Brace? — perguntou ela.

— O que tem ele?

— Acho muito perturbador o fato de ele ter sido morto pouco depois de ter descoberto o diagnóstico de Mackie. — Pronto, ela dissera. Ela externara suas suspeitas e esperava que Wallenberg contra-atacasse.

Em vez disso, ele se voltou e olhou-a com um sorriso assustadoramente tranquilo.

— Sim, ouvi dizer que você tem tentado empurrar esta abordagem para a polícia. Mas eles abriram mão da teoria porque não encontraram provas ligando ambos os incidentes. — Ele fez uma pausa. — A propósito, eles me fizeram um bocado de perguntas a *seu* respeito.

— A polícia? Quais perguntas?

— Se eu sabia de algum tipo de relacionamento entre você e o Dr. Brace. Se eu sabia que ele uma vez a levou até o prédio de nossa clínica tarde da noite. — O sorriso se aprofundou até se tornar um esgar de deboche. — Acho fascinante a atração sexual que vocês, mulheres, têm pelos negros.

O queixo de Toby ergueu-se em um surto de fúria. Ela avançou contra ele, a raiva empurrando-a para a frente.

— Vá se danar. Você não tem direito de dizer isso sobre ele.

— Está tudo bem, Carl? — perguntou uma voz.

Toby voltou-se bruscamente e viu um homem alto e quase completamente careca. Era o mesmo sujeito elegantemente vestido que estava ao lado de Wallenberg durante o enterro. Olhava para ela com certa apreensão, e Toby se deu conta de que seu rosto estava vermelho de raiva, mãos fechadas em punho.

— Não pude deixar de ouvir — disse o sujeito. — Quer que eu chame alguém, Carl?

— Nenhum problema por aqui, Gideon. A Dra. Harper está apenas um tanto... — outra vez aquele sorriso maldoso de satisfação — ...muito sentida com a morte de Robbie.

Seu desgraçado, pensou Toby.

— Temos uma reunião de diretoria em meia hora — disse o careca.

— Eu não me esqueci. — Wallenberg olhou para Toby, e ela detectou um brilho de triunfo em seus olhos. Ele a fizera perder a cabeça e o controle, e aquele homem chamado Gideon testemunhara o rompante. Era Wallenberg quem estava no controle, não ela, e comunicava tal fato com aquele sorriso.

— Vejo você na reunião — disse o careca. E, após lançar um último olhar de preocupação para Toby, ele se afastou.

— Acho que não temos mais nada a discutir — disse Wallenberg. E também fez menção de ir embora.

— Até aparecer o próximo caso de DCJ — disse ela.

Ele se voltou e lançou-lhe um último olhar piedoso.

— Dra. Harper, posso lhe dar um conselho?

— Qual?

— Vá arranjar o que fazer da vida.

Eu tenho o que fazer da vida, pensou Toby, furiosa, enquanto tomava café na sala dos funcionários na emergência. *Droga, eu tenho o que fazer da vida*. Talvez não seja a vida que eu imaginava quando era uma jovem residente, não a vida que teria escolhido. Mas às vezes não é possível escolher. Às vezes, as circunstâncias que se apresentam são difíceis. Deveres, obrigações.

Ellen.

Toby esvaziou a xícara e serviu-se de outra dose de café quente e preto. Era como jogar mais ácido no estômago, mas ela precisava desesperadamente de cafeína. O funeral de Robbie havia alterado seu horário de dormir habitual e ela só conseguira algumas horas de descanso antes de ir trabalhar na noite anterior. Agora eram 6 horas, e ela funcionava apenas com reflexos automáticos e surtos ocasionais de emoção primitiva. Fúria. Frustração. Ela sentia ambas as emoções naquele momento, sabendo que, mesmo quando o seu turno terminasse, quando ela finalmente saísse pela porta do hospital dali a uma hora e meia, teria de enfrentar outras responsabilidades e preocupações.

Vá arranjar o que fazer da vida, dissera ele. E era isso mesmo que ela precisava fazer, a obrigação que lhe fora jogada sobre os ombros.

Na noite anterior, ao se vestir para ir trabalhar, ela olhou para o espelho e viu que alguns fios de seus cabelos não eram louros e, sim, brancos. Quando aquilo acontecera? Quando ela cruzara a fronteira entre a juventude e a meia-idade? Embora ninguém fosse notar aqueles fios de cabelo branco, ela os arrancou, sabendo que voltariam a nascer. Melanócitos mortos não se regeneram. Não há fonte da juventude.

Às 7h30, ela finalmente saiu pela porta da emergência e fez uma pausa para inalar o ar matinal. Ar que não cheirava a álcool, desinfetante e café passado. Parecia que ia fazer um belo dia. A neblina já estava se dissipando, revelando trechos de céu azul. Só de ver aquilo, sentiu-se melhor. Ela teria os próximos quatro dias para tentar normalizar o sono. E, no mês seguinte, teria duas semanas de férias. Talvez pudesse deixar Ellen com Vickie e tirar férias de verdade. Um hotel em uma praia. Bebidas geladas e areia quente. Talvez até um romance passageiro. Fazia muito tempo que não ia para a cama com um homem. Esperava que fosse com Dvorak. Andava pensando muito nele, de maneiras que a faziam corar inesperadamente. Desde seu único almoço juntos, falaram ao telefone duas vezes, mas seus horários conflitantes haviam impossibilitado outro encontro.

E, na última vez em que conversaram, ele soara distante. Distraído. *Será que eu o assustei assim tão rapidamente?*

Ela se forçou a esquecer Dvorak e a se concentrar em homens imaginários e locais paradisíacos.

Toby foi até o estacionamento e entrou no carro. *Vou ligar para Vickie hoje à tarde*, pensou enquanto dirigia de volta para casa. *Se ela não puder ou não quiser cuidar da mamãe, então contratarei alguém para a semana. Dane-se o preço!* Durante anos Toby juntava dinheiro para sua aposentadoria. Era hora de começar a gastá-lo, desfrutá-lo.

Ela entrou em sua rua e sentiu o coração subitamente disparar, em pânico.

Uma ambulância e um carro de polícia estavam estacionados em frente à sua casa.

Antes que ela entrasse na garagem, a ambulância foi embora com as luzes piscando. Toby estacionou o carro e entrou correndo em casa.

Havia um policial uniformizado em sua sala de estar, escrevendo em um bloco espiral.

— O que houve? — disse Toby.

O policial olhou para ela.

— Seu nome, senhora?

— Esta casa é minha. O que faz aqui? Onde está minha mãe?

— Eles a levaram ao Springer.

— Aconteceu algum acidente?

Ouviu-se a voz de Jane:

— Não houve acidente.

Toby voltou-se e viu Jane à porta da cozinha.

— Não consegui *despertá-la* — disse Jane. — Então chamei a ambulância.

— Não conseguiu despertá-la? Ela não respondeu?

— Ela parecia não poder se mexer. Ou falar. — Jane e o policial trocaram olhares, uma expressão que Toby não conseguiu interpretar. Somente então, a pergunta lhe ocorreu: por que havia um policial em sua casa?

Ela estava perdendo tempo ali. Toby se voltou para ir embora e seguir a ambulância até o Springer.

— Madame? — disse o policial. — Se puder esperar, alguém virá até aqui falar com a senhora...

Toby o ignorou e saiu da casa.

Quando chegou ao estacionamento do Hospital Springer, já imaginava o pior. Um ataque cardíaco. Um derrame. Ellen comatosa e em um respirador.

Uma das enfermeiras do turno diurno a encontrou na recepção.

— Dra. Harper...

— Onde está a minha mãe? Uma ambulância a trouxe para cá.

— Ela foi levada para a sala dois. Nós a estamos estabilizando. Espere, não entre ainda...

Toby atravessou a recepção e abriu a porta da sala dois.

O rosto de Ellen estava oculto pela multidão que trabalhava ao redor da maca. Paul Hawkins acabara de entubá-la. Uma enfermeira segurava um frasco de soro, enquanto outra manipulava tubos de sangue.

— O que houve? — perguntou Toby.

Paul ergueu a cabeça.

— Toby, pode esperar lá fora?

— *O que houve?*

— Ela parou de respirar. Temos bradicardia severa, mas o pulso voltou...

— Um infarto do miocárdio?

— Não dá para ver no ECG. Ainda estamos esperando pelos resultados de enzima cardíaca.

— Oh, meu Deus! Oh, meu Deus... — Toby foi até a maca e segurou a mão da mãe. — Mamãe, sou eu.

Ellen não abriu os olhos, mas sua mão se moveu, como se quisesse evitá-la.

— Mamãe, tudo vai ficar bem. Eles vão cuidar de você.

Então, a outra mão de Ellen começou a se mover, batendo contra o colchão. Uma enfermeira rapidamente agarrou o pulso de Ellen e o imobilizou com uma correia. A visão daquela mão frágil presa e lutando contra a correia era mais do que Toby podia suportar.

— Precisa ser tão apertado? — reclamou. — Já está escoriada...

— Vamos perder o acesso venoso.

— Vocês estão interrompendo a circulação!

— Toby — disse Paul. — Quero que saia. Temos tudo sob controle.

— Mamãe não conhece nenhum de vocês...

— Você não está nos deixando fazer nosso trabalho. Tem de sair daqui.

Toby deu um passo para trás e viu que todos olhavam para ela. Então deu-se conta de que Paul tinha razão, que ela estava atrapalhando e dificultando que tomassem as decisões necessárias. Quando ela era médica encarregada de um caso crítico, nunca deixava os familiares do paciente permanecerem na sala. Nem Paul deveria permitir.

— Estarei lá fora — murmurou antes de sair.

No corredor, um homem a esperava. Tinha 40 e poucos anos, expressão séria. Corte de cabelo de monge.

— Dra. Harper? — disse ele.

— Sim.

Algo no modo como ele a abordou, o modo como parecia estar avaliando-a, disse-lhe que era um policial. Ele confirmou a suspeita mostrando-lhe um distintivo.

— Detetive Alpren. Posso lhe fazer algumas perguntas sobre a sua mãe?

— Sou *eu* quem deseja fazer algumas perguntas. Por que havia um policial em minha casa? Quem chamou vocês?

— A Sra. Nolan.

— Por que ela chamaria a polícia para uma emergência médica?

O detetive Alpren apontou para uma sala de exame vazia.

— Vamos entrar ali — disse ele.

Confusa, ela seguiu Alpren. O policial fechou a porta.

— Há quanto tempo sua mãe está doente? — perguntou ele.

— Refere-se ao Alzheimer?

— Refiro-me à doença atual. A que a trouxe até aqui.
Toby balançou a cabeça.
— Eu nem sabia que havia algo de errado com ela...
— Ela tem alguma doença crônica além de Alzheimer?
— Por que está me fazendo essas perguntas?
— Soube que sua mãe andou doente nas últimas semanas. Letargia. Náuseas.
— Ela me pareceu um tanto cansada. Supus que fosse um vírus. Algum tipo de desarranjo gastrintestinal...
— Um vírus, Dra. Harper? Não é o que pensa a Sra. Nolan.
Toby olhou para o policial sem entender nada.
— O que Jane lhe disse? Você falou que ela o chamou...
— Sim.
— Quero falar com ela. Onde ela está?
Ele ignorou a pergunta.
— A Sra. Nolan mencionou certos ferimentos. Disse que sua mãe se queixou de queimaduras nas mãos.
— Sararam há semanas. Eu contei para Jane o que aconteceu.
— E as escoriações nas coxas? Como aconteceram?
— Quais escoriações? Não estou sabendo de escoriações.
— A Sra. Nolan disse que perguntou para você há dois dias. Que você não soube explicá-las.
— O quê?
— Pode explicar as escoriações?
— Gostaria de saber por que diabos ela está dizendo essas coisas — disse Toby. — Onde ela está?
Alpren a estudou por um instante. Então balançou a cabeça.
— Dadas as circunstâncias, Dra. Harper — disse ele — A Sra. Nolan não deseja ser contatada.

Após a tomografia, Ellen foi internada no CTI, e Toby pôde vê-la outra vez. A primeira coisa que fez foi afastar os lençóis e procurar as escoriações. Havia quatro manchas pequenas e irregulares na parte externa da coxa. Ela olhou para aquilo, incrédula, censurando-se silenciosamente por não ter percebido. Quando e como aquilo acontecera? Será que Ellen se ferira sozinha? Ou aquelas marcas teriam sido feitas por outra pessoa, ferindo repetidamente sua pele frágil? Ela cobriu as pernas da mãe e ficou um longo tempo ao lado da cama, furiosa, tentando não deixar que a raiva atrapalhasse seus pensamentos. Mas não conseguia evitar pensar: *Se foi Jane quem fez isso, eu vou matá-la.*

Ouviu-se um tapinha na janela e Vickie entrou. Ela não disse nada e postou-se do outro lado da cama, diante de Toby.

— Ela está em coma — disse Toby. — Acabaram de fazer a tomografia da cabeça. Parece que ela teve um grande sangramento intracraniano. Não é possível drená-lo. Temos de observar. E esperar.

Vickie permaneceu em silêncio.

— Esta manhã foi tão estranha — disse Toby. — Eles descobriram escoriações na coxa de mamãe. Jane está dizendo para a polícia que fui eu. Ela os está fazendo pensar que...

— Sim, Jane me disse.

Toby olhou para ela, alarmada com a frieza na voz da irmã.

— Vickie...

— Na semana passada, eu lhe *falei* que a mamãe estava doente. Eu disse que ela estava vomitando. Mas você não pareceu se preocupar.

— Achei que era um vírus...

— Você não a levou a um médico, não foi? — Vickie a encarou como se olhasse para uma criatura que nunca tinha visto antes.

— Eu não lhe contei, mas Jane me ligou ontem. Pediu que eu não falasse para você. Mas ela estava preocupada.

— O que ela disse? Vickie, *o que ela disse?*

— Disse... — Vickie suspirou. — Disse que estava preocupada com o que estava acontecendo. Quando começou a trabalhar, Jane percebeu escoriações nos braços da mamãe, como se ela tivesse sido agarrada. Chacoalhada. Essas escoriações desapareceram, mas então, esta semana, apareceram outras, nas coxas. Você as viu?

— Jane tem dado banho nela todos os dias...

— Então vocês não as viu? Nem as notou?

— Ela nunca me falou a respeito!

— E as queimaduras? E quanto às queimaduras nas mãos da mamãe?

— Isso aconteceu há semanas! Mamãe pegou um prato quente do forno.

— Então *havia* queimaduras.

— Foi um acidente! Bryan estava lá quando aconteceu.

— Está dizendo que Bryan é o responsável?

— Não. Não, não foi o que eu disse...

— Então de quem é a culpa, Toby?

As duas irmãs se olharam por sobre a cama de Ellen.

— Você é minha irmã — disse Toby. — Você me conhece. Como pode acreditar numa estranha?

— Eu não sei. — Vickie passou a mão pelo cabelo. — Não sei no que acreditar. Eu só queria que você me dissesse o que realmente aconteceu. Sei que mamãe é difícil de lidar. Às vezes, não é fácil...

— O que *você* sabe sobre isso? Você nunca ofereceu ajuda.

— Eu tenho uma família.

— Mamãe *faz parte* da nossa família. Algo que você, seu marido e seus filhos parecem não compreender.

Vickie ergueu o queixo.

— Você está transformando isso em um de seus surtos de culpa, como sempre fez. Quem sofre mais, quem é mais santa. Santa Toby.

— *Não.*

— Então, quando você perdeu a cabeça? Quando finalmente ficou de saco cheio e começou a bater nela?

Toby afastou-se de rompante, chocada demais para falar, furiosa demais para acreditar no que a irmã estava dizendo.

A boca de Vickie ficou trêmula. Seus olhos encheram-se de lágrimas.

— Oh, meu Deus! Não queria dizer isso.

Toby deu-lhe as costas e saiu do cubículo. Não parou até sair do prédio e chegar ao carro no estacionamento.

Primeiro, foi à casa de Jane Nolan. Estava com a agenda na bolsa e procurou o endereço de Jane. Era no Brookline, a leste do Hospital Springer.

Uma viagem de seis quilômetros a levou até o endereço, um sobrado de telhado verde em uma rua árida e sem árvores. Na varanda da frente, havia jardineiras com terra dura e ressecada e algumas plantas murchas. As cortinas estavam fechadas, impedindo qualquer visão do interior.

Toby tocou a campainha. Ninguém respondeu. Ela bateu e depois esmurrou a porta. *Abra, desgraçada. Me diga por que está fazendo isso comigo!*

— Jane! — gritou.

A vizinha ao lado abriu um pouco a porta e cuidadosamente olhou para fora.

— Estou procurando Jane Nolan — disse Toby.

— Bem, pare de bater. Ela não está.

— Quando vai voltar?

— Quem é você?

— Só quero saber quando Jane vai voltar.

— Como vou saber? Não a vejo há dias. — A mulher fechou a porta.

Toby teve vontade de atirar uma pedra na janela de Jane. Deu um último soco na porta, então voltou para o carro.

Tudo estava caindo sobre sua cabeça. Ellen em coma, Vickie transformando-se em uma estranha vingativa. Toby se projetou para a frente tentando não chorar, tentando não perder o controle. Foi a buzina de seu carro que a despertou. Ela se inclinara com muita força sobre o volante. Um carteiro que passava pela rua parou e olhou para ela.

Toby ligou o carro e começou a dirigir. *Para onde vou? Para onde vou?*

Acabou indo até a casa de Bryan. Ele a apoiaria. Ele estava lá no dia em que Ellen queimara as mãos, ele fora testemunha, a pessoa que sabia o quanto ela era dedicada a Ellen.

Mas Bryan não estava em casa. De acordo com seu companheiro, Noel, que atendeu a porta, ele trabalharia até as 16h30. Ele perguntou se ela gostaria de entrar para tomar um café ou outra bebida? *Você parece precisar se sentar.*

O que queria dizer que ela estava péssima.

Toby recusou a oferta. Sem ter mais para onde ir, foi para casa.

O carro de polícia havia ido embora. Havia três vizinhos conversando na calçada em frente. Quando o carro de Toby se aproximou, eles se voltaram em sua direção. Quando ela entrou na garagem, saíram caminhando em três direções diferentes. Covardes. Por que não perguntavam na sua cara se ela maltratava a mãe?

Toby entrou em casa e bateu a porta.

Silêncio. Nada de Ellen. Ninguém caminhando pela casa, ninguém assistindo a desenhos animados pela manhã.

Ela se sentou no sofá e deixou a cabeça cair em suas mãos.

15

— A minha é menina — disse Annie, os dedos acariciando a barriga sobre os lençóis. — Quero que seja uma menina porque não saberia o que fazer com um menino. Não saberia como fazê-lo se dar bem na vida. Nunca conheci um homem que tenha se dado bem.

Estavam deitadas lado a lado na cama de Annie. A única luz era do brilho da lâmpada de um poste na rua. De vez em quando, o farol de um carro em movimento iluminava o quarto e Molly via um relance do rosto de Annie, cabeça apoiada sobre o travesseiro enquanto olhava serenamente para o teto. Era reconfortante estar ali com Annie.

Haviam trocado a roupa de cama naquele dia. Sentaram-se juntas na lavanderia, rindo e folheando revistas antigas enquanto os lençóis giravam na máquina de lavar. Agora, para qualquer lado que Molly se virasse, ela sentia cheiro de sabão em pó. E o cheiro de Annie também.

— Como sabe que é menina? — perguntou Molly.
— Bem, um médico poderia dizer com certeza.
— Você já foi a um médico?

— Não quero voltar àquele médico. Não gostei do lugar.
— Então como sabe que é menina?
As mãos de Annie voltaram a se mover sobre o abdome.
— Apenas sei. Uma enfermeira que conheci me disse que quando a mãe sente isso, uma sensação realmente intensa, nunca está errada. Vai ser menina.
— Não sinto nada quanto ao meu bebê.
— Talvez ainda seja cedo demais, Molly.
— Não sinto nada. Na verdade, ainda não o sinto como uma pessoa. Parece que ainda não me pertence. Eu não deveria sentir amor ou algo parecido? Quero dizer, não é o que deveria acontecer? — Ela se voltou e olhou para a silhueta do rosto de Annie contra a luz que entrava pela janela.
— É claro que você sente alguma coisa — murmurou Annie. — Por que mais resolveria tê-lo?
— Eu não sei.
Annie segurou a mão de Molly sob as cobertas. Ficaram deitadas com os dedos entrelaçados, respiração em perfeita sincronia.
— Não sei o que estou fazendo, ou por quê — disse Molly. — Estou confusa. Quando Romy me bateu, fiquei com tanta raiva dele que decidi não fazer nada do que ele queria. Por isso não fui àquele lugar. — Ela fez uma pausa e voltou a olhar para Annie. — Como eles fazem?
— O quê?
— Como se livram dos bebês?
Annie estremeceu.
— Só fiz uma vez. No ano passado, quando Romy me mandou àquele lugar. Havia um bando de gente vestida de azul. Não falaram comigo, apenas me mandaram deitar na mesa e calar a boca. Me deram algo para cheirar e, depois disso, só me lembro de ter acordado. Magra outra vez. Vazia...
— Era uma menina?

Annie suspirou.

— Não sei. Eles me puseram no carro e me levaram de volta — Annie soltou a mão de Molly, e seu afastamento pareceu mais do que simplesmente físico. Ela se fechara em algum compartimento particular. Um lugar apenas dela e de seu bebê.

— Molly — disse Annie, após um longo silêncio. — Você sabe que não poderá ficar aqui por muito mais tempo. — As palavras, ditas com tanta brandura, foram um choque para ela. Molly se virou para olhar Annie.

— O que fiz de errado? Me diga o que fiz de errado.

— Nada. Apenas não dá para continuar assim.

— Por que não? Farei mais. Farei tudo o que você quiser...

— Molly, eu disse que você podia ficar alguns dias. Já faz duas semanas. Querida, eu gosto de você e tudo, mas o Sr. Lorenzo veio falar comigo hoje. Ele se queixou que eu tinha alguém morando aqui comigo. Disse que isso não era o combinado. Portanto, não posso deixá-la ficar. Já é pequeno para nós duas. Quando meu bebê chegar...

— Ainda vai demorar um mês.

— Molly. — A voz de Annie tornou-se mais firme. — Você precisa encontrar um lugar para morar. Não posso mantê-la aqui.

Molly deu as costas para Annie. *Achei que podíamos ser uma família. Você e seu bebê. Eu e o meu. Nenhum homem, nenhum babaca.*

— Molly? Você está bem?

— Estou.

— Você compreende, não é?

Molly deu de ombros, desanimada.

— Acho que sim.

— Não precisa ser agora. Você pode ficar mais alguns dias, encontrar um lugar para onde ir. Talvez pudesse tentar ligar para a sua mãe outra vez.

— É.

— Ela talvez a aceite de volta. Ela é sua mãe.

Ao não ouvir resposta, Annie abraçou a cintura de Molly. O calor do corpo de outra mulher, a barriga protuberante de outra mulher apertando-lhe as costas, encheu Molly de tal sensação que ela não pôde resistir ao impulso. Voltando-se para Annie, ela abraçou a cintura dela e a puxou para perto, sentindo suas barrigas pressionadas uma contra a outra, como frutos que amadureciam. Subitamente, desejou estar no útero de Annie, desejou ser a criança que seria embalada por ela.

— Me deixe ficar — murmurou. — Por favor, não me mande embora.

Annie empurrou as mãos de Molly com firmeza.

— Não dá. Desculpe, Molly, mas não dá. — Ela se voltou e se afastou para o outro lado da cama. — Agora, boa noite.

Molly ficou imóvel. *O que eu disse de errado? O que fiz de errado? Por favor, farei o que você quiser. Apenas me diga o que é!* Ela sabia que Annie não estava dormindo. A escuridão entre as duas estava carregada de muita tensão. Molly sentiu que Annie estava tão tensa quanto ela.

Mas nenhuma das duas falou.

O som de gemidos a despertou. A princípio, Molly foi confundida pelos últimos resquícios de um sonho. Um bebê flutuando em uma lagoa, emitindo estranhos ruídos. Ruídos de sapo. Então abriu os olhos e percebeu que ainda era noite e ela estava na cama de Annie. Uma luz brilhava sob a porta do banheiro.

— Annie? — disse ela. Mas não ouviu resposta.

Molly se virou na cama e fechou os olhos, tentando não se concentrar naquele feixe de luz perturbador.

Um estrondo a despertou completamente.

Ela se sentou e olhou para a porta do banheiro.

— Annie? — Como não ouviu resposta, levantou da cama e bateu à porta. — Você está bem?

Girou a maçaneta, mas a porta não abriu. Algo a estava bloqueando. Ela empurrou com mais força e sentiu a barreira ceder ligeiramente, permitindo que a porta se abrisse. Ela olhou pela fresta, a princípio sem entender o que via.

Um fio de sangue no chão.

— *Annie!* — gritou. Empurrando com toda força, Molly finalmente abriu a porta o suficiente para conseguir passar. Encontrou Annie caída no canto, ombro encostado à porta, a camisola barata erguida acima da cintura. Havia sangue no vaso sanitário e a água na privada estava com uma tonalidade carmim. Subitamente, um líquido quente saiu por entre as pernas de Annie e escorreu sobre o pé de Molly.

Horrorizada, ela se afastou e se chocou com a pia.

Oh, meu Deus! Oh, meu Deus! Oh, meu Deus!

Embora Annie não estivesse se movendo, sua barriga se contorcia, a pele nua se contraindo em uma compacta bola de carne.

Mais sangue foi expelido, esparramando-se pelo linóleo. O calor do sangue se acumulou ao redor de seus pés, tirando Molly de seu transe. Ela se forçou a avançar através da poça até chegar ao corpo de Annie. Ela tinha de tirá-la da frente da porta. Molly segurou o ombro de Annie e puxou-a, mas seus pés escorregavam no sangue. Annie soltou um gemido, como o ar escapando de um balão. Molly puxou com mais força, finalmente conseguindo arrastar Annie mais alguns metros. Então apoiou o pé contra o batente da porta e ergueu o corpo.

Annie escorregou para fora do banheiro.

Molly segurou ambos os braços da amiga e conseguiu tirá-la do banheiro através do vão da porta. Então acendeu a luz do quarto.

Annie ainda respirava, mas seus olhos estavam revirados para trás e seu rosto, pálido.

Molly saiu correndo do apartamento, desceu a escadaria e bateu à porta do apartamento do térreo.

— *Socorro* — ela gritou. — Por favor, me ajudem!

Ninguém respondeu.

Ela saiu correndo do prédio, foi até o telefone público da rua e discou 911.

— Emergência.

— Preciso de uma ambulância! Ela está sangrando...

— Seu nome e endereço?

— Meu nome é Molly Picker. Não sei o endereço. Acho que estou na Charter Street...

— Qual transversal?

— Não consigo ver! Ela vai morrer...

— Sabe o número mais próximo?

Molly voltou-se e olhou desesperadamente para o prédio.

— 1076! Vejo um 1076.

— Onde está a vítima? Qual a condição dela?

— Está no apartamento de cima... está sangrando no chão...

— Senhora, estou mandando uma ambulância agora. Se esperar na linha...

Ora, que se dane, pensou Molly. Ela deixou o telefone pendurado e voltou correndo para o apartamento.

Annie estava deitada onde ela a havia deixado no chão do quarto. Seus olhos estavam abertos, embora opacos e alheios.

— Por favor, você tem de ficar acordada. — Molly segurou a mão de Annie, mas não recebeu nenhum aperto em resposta. Nenhum calor. Ela olhou para o peito da amiga e viu que se expandia em uma respiração fraca. *Continue respirando. Por favor, continue respirando.*

Então outro movimento atraiu a sua atenção. O abdome de Annie pareceu se estender para fora, como se alguma criatura alienígena dentro de seu corpo estivesse tentando sair dali de dentro. Um jato de sangue esguichou por entre suas coxas.

E algo mais. Algo rosado.

O bebê.

Molly agachou-se entre os joelhos de Annie e afastou-lhe as coxas. Sangue fresco misturado com um líquido que parecia água escorria ao redor do braço estendido. Ao menos Molly *achou* que era um braço. Então, viu que não tinha dedos nem mão, apenas aquela nadadeira rosa brilhante que se contorcia lentamente para a frente e para trás.

Houve outra contração, um último jato de sangue e fluido quando a nadadeira saiu, seguida pelo resto do corpo. Molly afastou-se, gritando.

Não era um bebê.

Mas estava vivo e se movia, as duas nadadeiras se contorcendo em agonia. Não tinha outros membros, apenas aqueles cotos rosados que se estendiam de uma única massa de carne viva ligada a um cordão umbilical. Ela podia ver tufos de cabelo, ásperos e negros, um dente protuberante e um único olho, que não piscava nem tinha cílios. Azul. As nadadeiras se debatiam e o organismo começou a se mover com determinação, como uma ameba nadando em uma piscina de sangue.

Chorando, Molly afastou-se o máximo que pôde. Ela se espremeu a um canto e olhou, incrédula, enquanto a coisa lutava para viver. Os braços nadadeira começaram a se debater em espasmos erráticos. O corpo interrompera o seu arrastar de ameba e agora apenas tremia. Quando finalmente as nadadeiras pararam e a carne deixou de tremer, o olho continuou aberto, voltado para ela

Outro jato de sangue, e a placenta saiu.

Molly afundou a cabeça entre os joelhos e se encolheu como uma bola.

Como se viesse de uma longa distância, ouviu uma sirene. Então, momentos depois, alguém batia à porta.

— Paramédicos! Olá? Alguém chamou uma ambulância?

— Ajudem — murmurou Molly. E, depois, mais alto: — Ajudem!

A porta se abriu e dois homens uniformizados entraram no apartamento. Olharam para o corpo de Annie, então seus olhares seguiram a brilhante trilha de sangue que saía do meio de suas coxas.

— Meu Deus — disse um deles. — Que diabo, é *aquilo*?

O outro homem se ajoelhou ao lado de Annie.

— Ela não está respirando. Reanimador manual...

Ouviu-se um ruído sibilante quando um dos homens começou a bombear o ar através de uma máscara para dentro dos pulmões de Annie.

— Sem pulso. Não sinto pulso.

— Muito bem, vamos! Um mil, dois mil...

Molly observou-os, mas nada daquilo parecia ser real. Parecia que estava num filme, numa série de TV. Não era Annie, mas uma atriz fingindo-se de morta. A agulha não estava realmente entrando no seu braço. O sangue no chão era só ketchup. E aquela coisa... aquela coisa no chão a alguns metros dela...

— Ainda sem pulso...

— ECG plano.

— Pupilas?

— Fixas.

— Merda, não pare.

Um rádio estalou e ouviu-se:

— Hospital Municipal.

— Aqui é a Unidade 19 — disse o paramédico. — Temos uma mulher branca de cerca de 20 anos com o que parece ser uma grande hemorragia vaginal, possivelmente tentativa de aborto. O sangue parece fresco. Sem respiração, sem pulso, pupilas fixas e à meia altura. Temos acesso venoso, Ringer lactato. Traçado plano. Estamos praticando RCP agora, sem resposta. Devemos parar?

— Não ainda.
— Mas não há movimento no ECG...
— Estabilizem a vítima e a tragam para cá.
O paramédico desligou o rádio e olhou para o parceiro.
— Estabilizar o *quê*?
— Apenas a entube e transporte.
— E quanto àquela... coisa?
— Droga, não vou tocar naquilo.

Molly ainda assistia àquele episódio de série de TV com sangue de ketchup. Ela viu o tubo entrar pela garganta da atriz que interpretava Annie, viu os atores interpretando paramédicos a deitarem em uma maca e continuarem a massagear seu peito.

Um dos homens olhou para Molly.

— Vamos levá-la para o Hospital Municipal — disse ele. — Qual o nome da paciente?

— O quê?
— O nome dela!
— Annie. Não sei o sobrenome.
— Olha, não saia do apartamento, ouviu? Tem de ficar aqui.
— Por quê?
— A polícia virá falar com você. Não vá embora.
— Annie... e quanto a Annie?
— Procure no Hospital Municipal mais tarde. Ela estará lá.

Molly ouviu levarem a maca escada abaixo. Ouviu as rodas chacoalharem na porta da frente do prédio, e o único silvo da sirena quando a ambulância se foi.

A polícia virá falar com você.

As palavras finalmente fizeram sentido. Ela não queria falar com a polícia. Eles perguntariam seu nome e descobririam que ela fora presa no ano anterior por se oferecer a um policial. Romy pagara a fiança e lhe dera uns bons tapas por ter sido tão idiota.

A polícia vai dizer que foi minha culpa. De algum modo, tudo isso vai ser culpa minha.

Ela se levantou, trêmula. A *coisa* ainda estava deitada ali, brilhando, mas o olho azul ficara seco e inexpressivo. Ela deu a volta naquilo, evitando as poças de sangue, e foi até o guarda-roupa. Havia dinheiro na gaveta de cima. Dinheiro de Annie. Mas Annie não precisaria dele agora. Isso, Molly havia entendido da conversa dos paramédicos. Annie estava morta.

Pegou um maço de notas de 20 dólares. Então, vestiu rapidamente algumas roupas de Annie: um par de calças colantes com elástico na cintura, uma camiseta gigante com os dizeres *Oh, Baby!* impressos no peito. Tênis pretos. Vestiu uma capa de chuva enorme, enfiou o dinheiro na bolsa e saiu do apartamento.

Estava no outro lado da rua quando viu a viatura policial estacionar em frente ao prédio, o giroscópio azul ligado. Dois policiais entraram no prédio. Segundos depois, viu suas silhuetas na janela do apartamento de Annie.

Estavam olhando para a *coisa*. Perguntando-se o que seria aquilo.

Um dos policiais foi até a janela e olhou para fora.

Molly dobrou a esquina e começou a correr. Continuou correndo até ficar sem fôlego, até começar a tropeçar. Escondeu-se em uma portaria e agachou-se nos degraus de entrada. Seu coração estava disparado, podia senti-lo batendo na garganta.

O céu começava a clarear.

Ela ficou agachada naquela escadaria até quando um homem saiu pela porta e mandou que ela fosse embora dali. Molly obedeceu.

Alguns quarteirões mais adiante, ela parou em um telefone público e ligou para o Hospital Municipal.

— Preciso saber notícias de uma amiga — disse ela. — Uma ambulância a levou até aí.

— O nome de sua amiga?

— Annie. Eles a levaram do apartamento dela. Disseram que ela não estava respirando...

— Você é parente?

— Não, sou apenas... quero dizer... — Molly ficou paralisada, olhando para um carro de polícia que passava ali perto. Pareceu reduzir a marcha ao passar por ela, então continuou rua acima.

— Alô, senhora? Poderia me dizer o seu nome?

Molly desligou. A viatura policial dobrou a esquina e sumiu de vista.

Ela saiu da cabine telefônica e afastou-se rapidamente.

O detetive Roy Sheehan pousou o traseiro avantajado no tamborete junto à bancada do laboratório de Dvorak e perguntou:

— Muito bem, o que é um príon?

Dvorak ergueu a cabeça do microscópio e olhou para o policial.

— O quê?

— Andei falando com a sua menina, Lisa.

Claro que andou, pensou Dvorak. Apesar de seu conselho, Sheehan vinha fazendo visitas regulares ao necrotério havia vários dias, não para ver cadáveres, e sim para ficar de olho em uma pessoa viva.

— A propósito, é uma garota muito esperta — disse Sheehan.

— De qualquer modo, ela disse que esse negócio de Creutzfeldt-Jakob, não sei se estou pronunciando corretamente, é causado por algo chamado príon.

— Exato.

— Então, as pessoas podem pegar isso? Isso fica, tipo, pairando no ar?

Dvorak olhou para o dedo onde o corte recentemente cicatrizara.

— Não *se pega* do modo habitual.

— Toby Harper está dizendo que há uma epidemia.

Dvorak balançou a cabeça.

— Falei com o Centro de Controle e Prevenção de Doenças e com a Vigilância Sanitária. Eles disseram que não há motivo para preocupação. Aquele protocolo de hormônios que Wallenberg está testando é perfeitamente seguro. E a Vigilância Sanitária não encontrou qualquer violação nas instalações de Brant Hill.

— Então por que a Dra. Harper está atacando Brant Hill?

Dvorak fez uma pausa.

— Ela está sob muita pressão — respondeu Dvorak, relutante. — Possivelmente enfrentará um processo por causa daquele paciente que desapareceu. E a morte do Dr. Brace a abalou muito. Quando tudo dá errado em nossa vida, é natural olhar em torno em busca de alguém, ou de alguma coisa, a quem culpar. — Ele pegou outra lâmina e a inseriu sob as lentes. — Acho que Toby está estressada há muito tempo.

— Você soube o que aconteceu com a mãe dela?

Novamente, Dvorak hesitou.

— Sim — murmurou. — Toby me ligou ontem.

— É mesmo? Vocês ainda se falam?

— Por que não deveríamos? Ela precisa de um amigo agora, Roy.

— Pode haver um processo criminal. Alpren diz que parece abuso a idoso. A acompanhante culpa a Dra. Harper. E a Dra. Harper culpa a acompanhante.

Dvorak abaixou a cabeça para olhar pelo microscópio.

— A mãe teve um derrame. Isso necessariamente não é abuso e não torna nenhuma das duas uma espancadora de idosos.

— Mas havia escoriações nas pernas.

— Os idosos se machucam com frequência. A visão dela não era tão boa. Ela pode ter tropeçado em alguma mesa de centro.

Sheehan resmungou:

— Você está fazendo de tudo para defendê-la.

— Eu estou lhe concedendo o benefício da dúvida.

— Mas ela está errada quanto a uma suposta epidemia?

— Sim, ela está errada quanto a isso. Pegar DCJ não é como pegar um resfriado. A doença é transmitida de modos muito específicos.

— Como, por exemplo, comendo carne contaminada com a doença da vaca louca?

— O rebanho dos EUA não tem doença da vaca louca.

— Mas algumas pessoas aqui pegaram a versão humana.

— A Creutzfeldt-Jakob atinge uma pessoa em um milhão, sem nenhum histórico óbvio de exposição.

Ambos se voltaram para o objeto da afeição de Sheehan quando ele entrou no laboratório. Lisa lançou-lhes um sorriso e curvou-se para abrir um pequeno refrigerador de amostras. Sheehan a acompanhou com o olhar, fascinado por aquele traseiro luxuriante. Apenas quando ela voltou a se erguer e saiu, Sheehan conseguiu respirar novamente.

— É natural? — murmurou.

— O que é natural?

— Aquele cabelo. Ela é loura mesmo?

— Realmente não sei — disse Dvorak, e voltou a se concentrar na lâmina do microscópio.

— Há um modo de saber — disse Sheehan.

— Perguntar a ela?

— Basta verificar o cabelo que ninguém vê.

Dvorak recostou-se e apertou a ponte do nariz.

— Tem algo mais para me perguntar, Roy?

— Ah, sim. Eu já ouvi falar de vírus, já ouvi falar de bactérias. Mas o que diabos é um príon?

Resignado, Dvorak desligou a lâmpada do microscópio e respondeu:

— Um príon não é uma forma de vida. Ao contrário dos vírus, não tem DNA nem RNA. Em outras palavras, não tem material genético, ou o que consideramos material genético. É uma proteína celular anormal. Pode transformar as proteínas de seu hospedeiro na mesma forma anormal.

— Mas não é transmitido como um resfriado.

— Não. Tem de ser introduzido por exposição direta ao tecido, como implantes cerebrais ou de medula. Ou através da extração de tecidos neurais, como hormônios de crescimento. Pode ser transmitido por eletrodos cerebrais contaminados.

— Aqueles ingleses pegaram ao comer carne.

— Certo, também é possível pegar comendo carne infectada. É assim que os canibais pegam a doença.

Sheehan ergueu as sobrancelhas.

— Agora *isso* começa a ficar interessante. E quanto a esses canibais?

— Roy, isso é completamente irrelevante...

— Não, quero ouvir. E quanto aos canibais?

Dvorak suspirou.

— Há aldeias na Nova Guiné onde comer carne humana faz parte de um ritual sagrado. As únicas pessoas que pegam DCJ são mulheres e crianças.

— Por que apenas mulheres e crianças?

— Os homens ficam com as melhores partes, a carne do cadáver, os músculos. As mulheres e crianças têm de se satisfazer com partes que ninguém quer, como o cérebro.

Ele esperava uma expressão de desagrado no rosto de Sheehan, mas o policial apenas se aproximou mais. De algum modo, ele mesmo parecia um canibal, ansioso para devorar os pedaços de informação mais assustadores.

— Então, comer cérebro humano poderia causar esta doença — disse Sheehan.

— Um cérebro humano contaminado.

— Dá para ver que está contaminado apenas olhando para ele?

— Não, é um diagnóstico microscópico. E esta é uma conversa idiota.

— Vivemos em uma cidade grande, doutor. Coisas estranhas acontecem. Temos relatos de vampiros, lobisomens...

— Gente que pensa que é lobisomem.

— Quem sabe? Todos esses cultos malucos de hoje...

— Não creio haver um culto de canibalismo em Brant Hill.

Sheehan olhou para seu bipe, que começara a tocar.

— Desculpe — disse ele. E saiu para fazer uma ligação.

Agora finalmente posso trabalhar, pensou Dvorak.

Pouco depois, entretanto, Sheehan voltou.

— Estou indo para o North End. Acho que talvez você devesse vir comigo.

— O que foi? Um homicídio?

— Eles não estão certos. — Sheehan fez uma pausa. — Nem mesmo sabem se é humano.

16

O cheiro de sangue, metálico e nauseamente, chegava ao corredor. Dvorak deu um aceno de cabeça para o policial que estava de guarda, passou sob a fita de isolamento e entrou no apartamento. Sheehan e seu parceiro, Jack Moore, já se encontravam lá dentro, assim como a UCC. Moore estava agachado junto a alguma coisa a um canto. Dvorak não foi até ele imediatamente. Em vez disso, ficou à porta olhando para o chão.

Era de linóleo amarelo e branco em um padrão de quadrados aleatórios, com um tapetinho surrado junto à cama. O sangue ainda secava no chão diante do banheiro — muito sangue. Havia marcas no chão como se algo tivesse sido arrastado, assim como uma confusa colagem de pegadas de sapato. Também viu claras pegadas de pequenos pés descalços, que iam até o armário e, então, desapareciam.

Ele olhou para as paredes e não viu nenhum esguicho de sangue arterial. Na verdade, havia pouco sangue, apenas aquela poça coagulada. Quem quer que tenha sangrado naquela sala o fizera enquanto estava calmamente deitado no chão, e não em um frenesi de pânico.

— Doutor — disse Moore. — Venha ver isso.

— Já fotografaram essas pegadas?

— Sim, essas são dos paramédicos. Tudo foi fotografado e filmado. Venha por este lado. Cuidado com aquele grupo de pegadas.

Dvorak deu a volta para não pisar nas pegadas dos pés descalços e foi até onde Moore e Sheehan estavam agachados.

— O que acha? — perguntou Moore, afastando-se para permitir que Dvorak visse o que havia no chão.

— *Meu Deus!*

— Essa foi exatamente a reação que tivemos. Então, o que é isso?

Dvorak não sabia o que dizer. Lentamente, ele se agachou para olhar mais de perto.

Sua primeira impressão era que se tratava dos restos de uma brincadeira de Halloween, um monstro cor de carne de um só olho, feito de borracha. Daqueles que se encontram nos piores pesadelos. Então ele viu as manchas de sangue secando sob a superfície, os fragmentos de placenta conectados pelo cordão umbilical. Aquela *coisa* não era de plástico, e sim de carne.

Ele colocou um par de luvas e cuidadosamente tocou a superfície da Coisa. Parecia pele de verdade: fria, embora macia. O único olho era azul-claro, com abas rudimentares de pele que pareciam pálpebras, mas sem cílios.

Mais abaixo, havia dois orifícios, como narinas, então uma fenda aberta. Seria a boca? Ele mal conseguia identificar uma anatomia normal naquele monte de carne. Tufos de cabelo despontavam em ângulos aleatórios. E, meu Deus, seria aquilo um dente junto à nadadeira?

Ele se lembrou de um tumor que vira ser removido do abdome de uma mulher certa vez. Um teratoma. Fora resultado de um óvulo incomum, que se transformara em um câncer formado por uma série de células diferenciadas. O tumor tinha dentes e tufos de cabelo conectados a uma bola de pele.

Subitamente, ele se concentrou no padrão de sangue seco no chão, na mancha irregular que vinha da poça maior, e no cordão umbilical esticado. Ao se dar conta do que via, afastou a mão, horrorizado.

— Merda — disse ele. — Isso se *mexeu*.

— Não vi se mexer — disse Moore.

— Não agora. *Antes*. Deixou esse rastro. — Ele apontou para as manchas de sangue.

— Quer dizer que... isso estava *vivo*?

— E parece ser mais do que uma reunião caótica de células. Tinha membros rudimentares. Isso se mexeu, o que significa que possuía algum tipo de estrutura óssea e ligações musculares.

— E um olho — murmurou Sheehan. — Um maldito ciclope. E está olhando para mim.

Dvorak voltou-se para Moore.

— Então, qual a história? Como chegaram a isso?

— Os paramédicos nos notificaram. A ambulância foi chamada perto das 5 da manhã, após uma mulher ligar para a emergência. Encontraram uma mulher sangrando no chão logo ali. Há muito mais sangue no banheiro, no vaso sanitário.

— Sangramento de onde?

— Da vagina, creio eu. Eles não sabiam se chamavam isso de parto não assistido ou tentativa de aborto. — Moore olhou para a coisa com nadadeiras. — Quero dizer, você pode chamar isso de bebê? Ou parte de um bebê?

— Acho que são malformações congênitas múltiplas. Mas nunca vi nada igual.

— Bem, espero nunca mais ver outra igual. Pode imaginar você na sala de espera da maternidade e isto sair de sua mulher? Eu teria um infarto.

— O que houve com a vítima?

— A mulher chegou morta ao Hospital Municipal, o que a torna um caso de medicina legal. Acho que seu nome era Annie Parini. Pelo menos, este era o nome pelo qual os vizinhos a conheciam.

— E quanto à outra mulher? A que fez a ligação?

— Ela foi embora antes que a viatura policial chegasse. Os paramédicos disseram que ela parecia muito jovem. Adolescente. O nome que deu para a telefonista da emergência foi Molly Picker.

Dvorak foi até a porta do banheiro e olhou para dentro. Viu mais sangue espalhado pela privada e pelos azulejos do chuveiro. Também havia uma poça de sangue no chão.

— Preciso falar com a menina.

— Acha que ela contribuiu para a morte?

— Só quero saber o que ela viu. O que sabia sobre a vítima.

— Ele se voltou e franziu as sobrancelhas para a Coisa. — Se Annie Parini estava tomando alguma droga, e esta droga provocou *aquilo*, então estaremos lidando com um novo e devastador teratogênico.

— Uma droga poderia causar algo assim?

— Nunca vi uma malformação tão severa. Mandarei para análise genética. Nesse meio-tempo, gostaria muito de falar com essa tal Molly Picker. Se esse é mesmo o nome dela.

— Temos digitais. Estão espalhadas por toda parte. — Moore apontou para uma mancha de sangue na moldura da porta do banheiro, outra na parede perto da Coisa. — Vamos confirmar o nome.

— Encontrem-na para mim. Não a assustem. Só quero falar com ela.

— E quanto a Annie Parini? — perguntou Sheehan. — Vai fazer a necropsia dela?

Dvorak olhou para o sangue no chão e assentiu.

— Vejo os dois no necrotério.

O corpo na mesa de necropsia não passava agora de uma cavidade oca, esvaziada de seus órgãos. Durante a necropsia, os detetives Sheehan e Moore pouco falaram. A julgar pela palidez de seus rostos, ambos os policiais preferiam estar em outro lugar. O que fazia aquela vítima mais perturbadora do que o comum era sua idade e seu sexo. Uma mulher tão jovem não devia estar deitada em uma mesa de necropsia.

Dvorak trabalhara com o mínimo de conversa, reservando seus comentários ao gravador. Coração e pulmões normais. Estômago vazio. Fígado e pâncreas de tamanho e aparência normais. No todo, um corpo jovem e saudável.

Ele voltou a atenção para o útero dilatado, que fora removido por inteiro e estava na prancha de corte sob uma luz brilhante. Ele o abriu, através das camadas miometrial e endometrial, para revelar a cavidade.

— Temos a nossa resposta.

Ambos os policiais se aproximaram com relutância.

— Aborto? — perguntou Moore.

— Não é o que vejo aqui. Não houve perfuração uterina. Nenhuma evidência de instrumentação. Antigamente, antes de *Roe versus Wade*, os abortistas de quintal geralmente inseriam algum tipo de cateter através da cérvix para dilatá-la, então deixavam um tampão para manter o cateter no lugar. Mas não há nada disso aqui.

— Ela não poderia tê-lo expelido e dado descarga na privada?

— Talvez. Mas não creio que foi o que aconteceu. — Ele encostou uma sonda em uma massa de tecido ensanguentado. — Este é um fragmento de placenta que não se separou completamente do útero. Chama-se placenta acreta. Foi responsável pelo sangramento.

— Isso é algo incomum?

— Nem tanto. O que torna este caso especialmente perigoso é o fato de a placenta ter se implantado no baixo útero. Isso pode levar a um trabalho de parto prematuro e a uma hemorragia intensa.

— Então temos uma morte natural aqui.

— Diria que sim. — Dvorak se aprumou. — Ela provavelmente sentiu dor e foi ao banheiro, achando que estava com dor de barriga. Sangrou no vaso sanitário, ficou tonta e caiu no chão do banheiro. Deus sabe quanto tempo ficou ali antes que alguém percebesse.

— Isso facilita as coisas para nós — disse Sheehan, agradecido, afastando-se da mesa de corte. — Nenhum homicídio.

— Ainda preciso falar com a outra mulher que estava no apartamento. Aquelas anomalias fetais eram diferentes de tudo o que já vi. Não gosto da ideia de uma nova droga teratogênica solta pelas ruas.

— Conseguimos uma ocorrência sob o nome de Molly Picker — disse Sheehan. — Fora presa no ano passado por prostituição. Um sujeito que achamos ser o cafetão dela pagou a fiança. Falaremos com ele. Provavelmente sabe onde encontrá-la.

— Não a assustem, está bem? Só quero algumas informações sobre a vítima.

— Se não a assustarmos só um pouquinho — disse Sheehan —, ela talvez não fale.

Romy tivera um dia de merda, que agora estava se transformando em uma merda de noite. Perambulou pela esquina de Montgomery e Canton, tentando se aquecer. Devia ter pegado um casaco ao sair, pensou, mas o sol ainda não havia baixado quando deixou o apartamento e ele não contava com aquele vento que soprava entre os prédios. Também não contava que teria de esperar tanto.

Que se danem! Se quisessem conversar, podiam procurá-lo em *seu* território.

Ele foi embora dali e começou a caminhar com os ombros curvados para a frente, as mãos enfiadas nos bolsos do jeans. Havia caminhado meio quarteirão quando um carro parou ao seu lado.

— Sr. Bell? — chamou o homem através de uma fresta no vidro fumê.

Romy olhou para o carro.

— Você está atrasado, cara.

— Teria chegado antes não fosse o trânsito.

— É, certo. Bem, dane-se. — Ele lhe deu as costas e continuou a caminhar.

— Sr. Bell, precisamos conversar sobre aquele pequeno problema.

— Não tenho nada a dizer.

— É do seu interesse entrar neste carro. Se quiser continuar a fazer negócio conosco. — Houve uma pausa. — E se quiser ser pago.

Romy parou e olhou para a rua, o vento açoitando o seu rosto, o frio atravessando sua camisa de seda.

— Está quente aqui dentro, Sr. Bell. Eu o levarei para casa depois.

— Que diabos — murmurou Romy, e entrou no carro.

Ao se acomodar para o passeio, sua atenção se voltou mais para o interior requintado do que para o homem sentado ao volante. Como sempre, era o sujeito com cabelo louro quase branco, o sujeito que nunca olhava para ele.

— Preciso encontrar aquela menina.

Romy emitiu um gemido de irritação.

— Não preciso fazer nada até ser pago.

— Ela devia ter sido entregue para nós há duas semanas.

— É, bem, ela não era uma de minhas putas mais cooperativas, sabe? Eu arrumo outras para vocês.

— Annie Parini foi encontrada morta esta manhã. Sabia?

Romy olhou para ele.

— Quem a matou?

— Ninguém. Foi morte natural. No entanto, o corpo foi entregue às autoridades.

— E daí?

— Daí que eles já têm um espécime. Não podemos deixar que se apoderem de outro. A menina tem de ser trazida para nós.

— Não sei onde ela está. Andei procurando.

— Você a conhece melhor que ninguém. Você tem contatos nas ruas, não tem? Encontre-a antes que ela entre em trabalho de parto.

— Ainda falta um tempinho.

— A gravidez não deve ir até o fim. Não temos certeza se vai durar nove meses.

— Quer dizer que ela pode parir a qualquer momento?

— Não sabemos.

Romy riu e olhou pela janela enquanto os prédios passavam lá fora.

— Cara, vocês me dão uma canseira... Estão atrasados. Eles já vieram a mim perguntando por ela.

— Quem?

— A polícia. Apareceram esta tarde, querendo saber onde ela estava.

O homem ficou em silêncio um instante. Pelo espelho retrovisor, Romy percebeu um lampejo de pânico no rosto do sujeito. *Molly Wolly*, pensou, *você os assustou.*

— Vai ser bem recompensado — disse o motorista.

— Vocês a querem inteira ou em pedacinhos?

— Nós a queremos viva. Nós precisamos dela viva.

— Viva é mais difícil.

— Oferecemos 10. Na entrega.

— Quero 25, metade agora, ou vão se danar. — Romy levou a mão à maçaneta da porta.

— Tudo bem, 25.

Romy teve vontade de rir. Os caras estavam apavorados, e tudo por causa da idiota da Molly Wolly. Ela não valia 25 mil dólares. Em sua modesta opinião, ela não valia nem 25 centavos.

— Pode entregar? — perguntou o sujeito.

— Talvez.

— Se não puder, terei investidores muito descontentes. Portanto, *encontre-a*. — Ele deu um envelope para Romy. — Haverá mais.

Dentro, Romy encontrou um maço de notas de 50 dólares. Já era um começo.

O carro estacionou na esquina da Upton com a Tremont, no bairro de Romy. Ele estava odiando ter de deixar aqueles belos bancos de couro e sair para o vento cortante. Ele balançou o envelope.

— E quanto ao resto?
— Na entrega. Você pode entregar?

Enrole-o, pensou Romy. *Faça parecer mais difícil do que é de fato. Talvez o preço aumente.*

— Verei o que posso fazer — disse ele antes de saltar e observar o carro se afastar. *Amedrontado. O cara parecia estar com medo.*

O envelope era grosso e Romy enfiou-o no bolso de sua calça jeans.

Melhor se esconder, Molly Wolly, pensou. *Pronta ou não, aqui vou eu.*

Bryan convidou-a a entrar e ofereceu-lhe uma taça de vinho. Era a primeira vez que Toby entrava na casa dele. Ela se sentia embaraçada com aquilo, não por causa da natureza incomum do lar de Bryan, formado por um casal de homens, e sim porque, ao sentar-se no sofá da sala de estar, deu-se conta de que nunca passara algum tempo com Bryan como amigo. Ele ia à sua casa para cuidar de sua mãe, para alimentar Ellen e dar banho nela. Em troca, Toby dava-lhe um cheque a cada duas semanas. Amizade nunca fizera parte do acordo.

E por que não?, perguntou-se quando Bryan pousou um guardanapo e uma taça de vinho branco na mesa de centro diante dela. Por que o simples ato de assinar um cheque a cada duas semanas tornava impossível haver uma verdadeira amizade entre eles?

Toby tomou um gole de vinho e sentiu-se culpada por nunca ter se dado ao trabalho. Também se sentiu embaraçada porque apenas agora, quando realmente precisava, pensou em ir à casa de Bryan.

Ele se sentou à sua frente. Beberam vinho, remexeram guardanapos úmidos. Algum tempo se passou. O abajur projetava sombras em forma de arco no teto de catedral. Na parede diante de Toby havia uma fotografia em preto e branco de Bryan e Noel em uma enseada, braços sobre os ombros um do outro. Tinham o sorriso de dois homens que sabiam desfrutar a vida, algo que Toby nunca conseguiu fazer.

Bryan disse:

— Suponho que saiba que a polícia de Newton já falou comigo.

— Eu dei o seu nome a eles. Achei que poderia confirmar o que eu disse. Parece que acham que sou uma filha diabólica. — Ela baixou a taça de vinho e olhou para ele. — Bryan, você sabe que nunca machuquei a minha mãe.

— Foi o que eu disse para eles.

— Acha que acreditaram em você?

— Eu não sei.

— O que perguntaram?

Bryan fez uma pausa para beber um gole de vinho, e ela percebeu que era um modo de ele retardar a resposta.

— Eles perguntaram sobre remédios — disse, afinal. — Queriam saber se Ellen estava tomando algum remédio. E perguntaram sobre as queimaduras nas mãos dela.

— Você explicou o que houve?

— Repeti diversas vezes. Parece que não gostaram da minha resposta. O que está acontecendo, Toby?

Ela se recostou no sofá, erguendo ambas as mãos.

— É Jane Nolan. Não sei por que ela está fazendo isso comigo...

— Fazendo o quê?

— É a única explicação que tenho. Jane veio para minha casa e parecia ser uma dádiva do céu. Era inteligente, gentil. Parecia perfeita. Ela deu um jeito na minha vida. Então tudo começou a dar errado. Tudo. E Jane está dizendo para a polícia que a culpa é minha. É quase como se ela estivesse disposta a me destruir.

— Toby, isso soa tão estranho...

— As pessoas *são* estranhas. Fazem coisas estranhas para chamar a atenção. Já disse várias vezes para a polícia que é nela que deviam se concentrar. Que deviam prendê-la. Mas não estão fazendo nada.

— Não creio que seja interessante para você atacar Jane Nolan.

— Ela está me atacando. Ela me acusa de tentar ferir a minha mãe. Por que ela ligou para a polícia? Por que simplesmente não me perguntou sobre as queimaduras? E por que meteu Vickie nisso? Ela fez a minha irmã se voltar contra mim.

— Por quê?

— Eu não sei! Ela é louca.

Toby viu Bryan desviar o olhar e deu-se conta de que era *ela* quem parecia estar doente e precisando de ajuda psiquiátrica.

— Já recapitulei tudo isso diversas vezes tentando entender como aconteceu — disse ela. — Como deixei que acontecesse. Não avaliei Jane tão cuidadosamente quanto devia.

— Não assuma toda a culpa, Toby. Vickie também não ajudou na escolha?

— Sim, mas ela é muito superficial a respeito dessas coisas. Realmente era minha responsabilidade. Depois que você se demitiu, eu fiquei em pânico. Você me deu tão pouco tempo para encontrar... — Ela fez uma pausa quando um pensamento subitamente lhe ocorreu: *Foi por isso que Jane entrou na minha vida. Porque Bryan se demitiu.*

— Eu teria lhe dado mais tempo — disse ele. — Mas eles queriam que eu começasse imediatamente.

— Por que escolheram *você*, Bryan?

— O quê?

— Você disse que não estava procurando emprego. Eles subitamente o contrataram. Como aconteceu?

— Eles ligaram para mim.

— Quem?

— O pessoal do Asilo de Twin Pines. Queriam um terapeuta em arte recreativa. Sabiam que eu havia trabalhado como auxiliar de enfermagem. E sabiam que eu era um artista. Que eu tinha pinturas à venda em três galerias.

— Como souberam?

Ele deu de ombros.

— Acho que alguém lhes deu o meu nome.

E o tiraram de mim, pensou Toby, *me deixando desesperada para conseguir um substituto.*

Ela saiu da casa de Bryan com mais perguntas não respondidas do que quando chegou.

Dirigiu até o Hospital Springer para ver a mãe.

Eram 22 horas e o horário de visita já havia terminado, mas ninguém a impediu de entrar no cubículo de Ellen no CTI. As luzes haviam sido atenuadas e Ellen estava deitada na penumbra. Toby sentou-se ao lado da cama e ouviu o ruído do respirador. No osciloscópio sobre a cama, uma linha verde neon marcava o ritmo do coração de Ellen. O prontuário das enfermeiras estava pendurado ao pé da cama. Toby o pegou e ligou a pequena luz de leitura para ler as ocorrências mais recentes.

15h45: pele quente, seca, sem resposta a estímulo doloroso.
17h15: filha Vickie veio visitar.
19h03: sinais vitais estáveis, ainda insensível.

Ela foi à folha seguinte e verificou as ocorrências mais recentes:

20h30: laboratorista veio colher sangue para exame de 7-hidroxivarfarina.

Ela deixou o cubículo imediatamente e foi até o posto das enfermeiras.

— Quem pediu este exame? — perguntou ela, entregando o prontuário à atendente. — O teste de hidroxi-varfarina?

— O da Sra. Harper?

— Sim, o da minha mãe.

A atendente pegou o registro médico de Ellen e foi até a página de pedidos de exames.

— O Dr. Steinglass.

Toby pegou o telefone e discou. Tocou duas vezes. O Dr. Steinglass mal disse "alô" e Toby disparou:

— Bob, por que pediu um teste de varfarina em minha mãe? Você tem motivos para crer que ela ingeriu Coumadin? Ou veneno de rato?

— Foi... por causa das contusões. E do sangramento intracraniano. Eu lhe disse que o tempo de protrombina resultou muito prolongado...

— Ontem você disse que achava que podia ser devido a uma inflamação do fígado.

— O TP estava muito anormal. Uma hepatite não seria bastante.

— Então, por que o exame de varfarina? Ela não estava tomando varfarina.

Houve um longo silêncio.

— Eles me pediram para fazer o exame — disse Steinglass, afinal.

— Quem?

— A polícia. Eles me disseram para falar com o médico-legista. Ele sugeriu o exame de varfarina.

— Com quem você falou? Qual médico?

— Um tal de Dr. Dvorak.

Mal desperto, Dvorak tateou em meio à escuridão procurando o telefone e finalmente atendeu no quarto toque.

— Alô?

— Por que, Dan? Por que está fazendo isso comigo?

— Toby?

— Pensei que éramos amigos. Agora descubro que está do outro lado. Não sei como pude me enganar tanto a seu respeito.

— Ouça, Toby...

— Não, *você* é quem vai ouvir! — A voz dela falseou e um soluço escapou, mas foi impiedosamente contido. — Eu não feri a minha mãe. Eu não a envenenei. Se alguém fez isso com ela, foi Jane Nolan.

— Ninguém está dizendo que você fez algo de errado. Não estou dizendo isso.

— Então por que não me disse que ia pedir um exame de varfarina? Por que está fazendo isso pelas minhas costas? Se você tem alguma informação de que ela foi envenenada, devia ter falado *comigo*. Devia ter me *contado*. E não pedir esse teste sem eu saber.

— Tentei ligar mais cedo, para explicar, mas você não estava em casa.

— Estava no hospital. Onde mais estaria?

— Tudo bem, eu devia ter tentado ligar para você no Springer. Desculpe.

— Desculpas não adiantam. Não quando está trabalhando pelas minhas costas.

— Não foi o que aconteceu. Recebi uma ligação do detetive Alpren. Ele disse que o tempo de coagulação de sua mãe veio anormal. Perguntou qual poderia ser a causa dessa anormalidade e se eu poderia ter uma conversa com o médico dela a respeito. Um exame de varfarina é apenas o passo lógico seguinte.

— Lógico. — Ela riu com amargura. — Sim, isso é a sua cara.

— Toby, há mais meia dúzia de motivos para o tempo de coagulação ficar anormal. Um exame de varfarina faz parte do processo. A polícia pediu o meu conselho, e eu o dei. É o meu trabalho.

Ela não disse nada durante algum tempo, mas ele podia ouvir a respiração trêmula de Toby e percebeu que ela lutava para não chorar.

— Toby?

— Suponho que também faça parte do seu trabalho testemunhar contra mim no tribunal.

— Não vamos chegar a tanto.

— E se chegarmos? Se *de fato* chegarmos a tanto?

— Meu Deus, Toby! — ele suspirou, exasperado. — Não vou responder a esta pergunta.

— Não precisa — disse ela pouco antes de desligar. — Você já respondeu.

O detetive Alpren tinha olhos de Mico-estrela, brilhantes, inquisitivos, rápidos para perceber detalhes. Ele não parecia ficar parado um minuto sequer no mesmo lugar e caminhava para cima e para baixo pelo laboratório de necropsia. Quando não estava vagando a esmo, trocava o peso do corpo entre um pé e outro. O cadáver sobre a mesa não o interessava nem um pouco, era Dvorak quem ele fora ver, e durante dez minutos ele esperou impacientemente o fim da necropsia.

Finalmente Dvorak desligou o gravador, e Alpren disse:

— Será que agora podemos conversar?

— Vá em frente — disse Dvorak, sem erguer o olhar da mesa, ainda contemplando o cadáver. Era um homem jovem, o torso esvaziado do pescoço ao púbis. *Por dentro, somos todos iguais*, pensou ele enquanto olhava para a cavidade vazia. Somos conjuntos idênticos de órgãos, embrulhados em várias tonalidades de pele. Ele pegou agulha e linha e começou a fechar a cavidade, unindo grandes porções de carne com a agulha. Não havia necessidade de ser elegante, aquilo era apenas uma tarefa de limpeza, a preparação do corpo para a transferência para a funerária. Um trabalho que Lisa normalmente fazia.

Alheio ao terrível trabalho de costura, Alpren caminhou até a mesa.

— O resultado do exame chegou — disse ele. — Aquele... como chama? CLAE?

— Cromatografia líquida de alto eficiência.

— Certo. Seja como for, o laboratório do hospital acabou de me ligar. O exame deu positivo.

Dvorak ficou momentaneamente paralisado. Forçou-se a continuar costurando, fechando a pele sobre a cavidade vazia. *Teria Alpren percebido?*, perguntou-se.

— Então, o que isso significa?

Dvorak manteve o olhar concentrado na tarefa.

— O CLAE é um teste para detectar a presença de 7-hidroxivarfarina.

— O que é isso?

— Um metabólito de varfarina.

— O que é isso?

Dvorak fez um nó e começou outro campo de sutura.

— Uma droga que afeta a coagulação normal. Pode provocar hematomas excessivos. Sangramentos.

— No cérebro? Como a Sra. Harper?

Dvorak fez uma pausa.

— Sim. E também pode explicar as escoriações nas pernas.

— Então foi por isso que você sugeriu o exame.

— O Dr. Steinglass me falou de tempo anormal de protrombina. O envenenamento por varfarina está no diagnóstico diferencial.

Alpren estava ocupado tomando notas quando fez a pergunta seguinte.

— E como se obtém esta droga, varfarina?

— Pode ser encontrada em veneno de rato.

— Isso faz sangrar até morrer?

— Demora um pouco a fazer efeito. Mas a pessoa acaba tendo hemorragia interna.

— Imagem agradável. Onde mais se pode conseguir varfarina?

Dvorak novamente fez uma pausa. Ele não queria estar tendo aquela conversa, não queria considerar as possibilidades.

— Pode ser ministrado sob a forma de um remédio controlado chamado Coumadin. É usado para liquefazer o sangue.

— É um remédio controlado?

— Sim.

— Então precisa de um médico para receitar e uma farmácia para preencher.

— Exato.

Ele começou a anotar mais depressa.

— Isso me dá algo com que trabalhar.

— O quê?

— As farmácias da área. Quem apresentou receitas de Coumadin e quais médicos as prescreveram.

— Não é um pedido incomum. Vai encontrar muitos pedidos de médicos.

— Estou procurando um nome em particular. O da Dra. Harper.

Dvorak baixou a agulha e olhou para Alpren.

— Por que focar somente nela? E quanto à acompanhante da mãe?

— Jane Nolan tem um registro impecável. Verificamos em seus três últimos empregos. E, lembre-se, foi *ela* quem nos chamou e levantou as questões de abuso.

— Para livrar o seu lado, talvez?

— Olhe para isso do ponto de vista da Dra. Harper. Ela é uma mulher bonita, mas sem marido, sem família. Provavelmente nem tem namorado. Está presa a uma mãe senil que se recusa a morrer. Então, ela começa a pisar na bola no trabalho e o estresse aumenta.

— Levando à tentativa de homicídio? — Dvorak balançou a cabeça.

— Regra número um: procure primeiro na família.

Dvorak deu o último nó no cadáver e cortou a linha de sutura. Olhando para o torso costurado, Alpren resmungou em sinal de desagrado:

— Meu Deus! Frankenstein.

— Tudo ficará escondido sob a roupa. Até mesmo um mendigo tem o direito de parecer bem em seu caixão. — Dvorak tirou o avental e lavou a mão na pia. — E quanto a envenenamento acidental? — disse ele. — A mãe tem Alzheimer. Não dá para saber o que ela pode ter ingerido. Pode haver veneno de rato espalhado pela casa.

— Que a filha convenientemente deixou à vista para a mamãe encontrar. Certo.

Dvorak continuou lavando as mãos.

— Acho suspeito a Dra. Harper se recusar a falar comigo sem a presença de um advogado — disse Alpren.

— Isso não é suspeito. Isso é inteligente.

— Ainda assim, me faz pensar.

Dvorak enxugou as mãos, sem ousar olhar para Alpren. *Eu não devia estar fazendo comentários nesta investigação*, pensou. *Não estou sendo imparcial o bastante. Não tenho coragem de montar uma acusação criminal contra Toby Harper.* No entanto, era o que ele deveria fazer, o que seu trabalho exigia. Examine as evidências. Tire as conclusões lógicas.

Ele não gostou do que as evidências lhe diziam.

Com certeza, a velha fora envenenada, mas se foi acidental ou intencional era impossível determinar àquela altura. Ele não conseguia acreditar que Toby fosse responsável. Ou estaria simplesmente se recusando a acreditar? Teria perdido a objetividade simplesmente porque se sentia atraído por ela?

Na noite anterior, Dvorak lutara contra o desejo de ligar para ela. Duas vezes chegara a tirar o fone do gancho, mas então desistira, lembrando-se de que não podia discutir provas com um possível suspeito. Então, naquela manhã, Toby tentara ligar para ele. Ele usou a secretária como barreira e pediu que filtrasse as ligações de Toby. Sentiu-se mal por causa daquilo, mas não tinha escolha. Embora sem amigos e vulnerável como Toby estava, ele não podia oferecer-lhe conforto.

Após a saída de Alpren, Dvorak recolheu-se ao laboratório da porta ao lado. Caixas com lâminas de tecidos estavam empilhadas na bancada, esperando para serem interpretadas. Era um trabalho tranquilo e solitário, e ele era grato por aquilo. Durante uma hora, ficou curvado sobre o microscópio, isolado do mundo, o silêncio quebrado apenas pelo tilintar ocasional das lâminas de vidro. O eremita em sua cela, isolado do resto do mundo. Normalmente ele gostava de trabalhar em isolamento, mas, naquele dia, sentia-se miserável e incapaz de se concentrar.

Ele olhou para o dedo, onde o ferimento com bisturi sarara, deixando uma pequena cicatriz. Era uma lembrança da própria mortalidade, dos eventos aparentemente triviais que podem levar à catástrofe. Descer da calçada cedo demais. Pegar um voo matinal. Fumar um último cigarro antes de ir para a cama. O espectro da morte está sempre atento, esperando uma chance. Ele olhou para a cicatriz e imaginou seus neurônios implodindo, levados à autodestruição por uma horda de príons alienígenas.

Nada podia fazer a respeito a não ser esperar e observar os sinais. Um ano, dois no máximo. Então, estaria livre. E teria sua vida de volta.

Ele fechou a caixa de lâminas e olhou para a parede vazia à sua frente. *Quando realmente tive uma vida?*

E perguntou-se se já não era tarde demais para começar a ter uma.

Estava com 45 anos, sua ex-esposa estava casada e feliz, e seu único filho já dera o salto para a independência. Dvorak passara sozinho as últimas férias, uma viagem de carro pela Irlanda que fizera há seis meses, parando de pub em pub, desfrutando de contato humano ocasional, embora breve e superficial. Ele não se considerava um homem em busca de companhia até chegar certa noite a um pequeno povoado no oeste irlandês e descobrir que o único pub estava fechado. Parado na rua deserta, em um lugar no qual ninguém sabia o seu nome, sentiu um desespero tão profundo e inesperado que entrou no carro e dirigiu até Dublin.

Podia perceber o mesmo desespero chegando ao olhar para aquela parede.

O interfone tocou. Assustado, ele se levantou e o atendeu.

— Sim?

— Você tem duas ligações. Na linha um, Toby Harper. Quer que eu continue a enrolando?

Ele teve de reunir toda a força de vontade para responder:

— Diga-lhe que não estou disponível. Indefinidamente.

— A outra ligação é do detetive Sheehan, linha dois.

Dvorak apertou o botão da linha dois.

— Roy?

— Temos novidades na história do bebê morto. Ou seja lá o que for aquilo — disse Sheehan. — Sabe a jovem que ligou para a ambulância?

— Molly Picker?

— Sim. Nós a encontramos.

17

— Lamento, mas o Dr. Dvorak não pode atender sua ligação.

Ela desligou e olhou com frustração para o relógio. Tentara falar com ele o dia inteiro. Todas as chamadas foram recusadas. Toby sabia que a polícia estava armando uma acusação contra ela, e se ao menos pudesse falar com ele, talvez conseguisse convencê-lo, como amigo, a revelar quais provas eles tinham.

Mas Dvorak não atendia suas ligações.

Ela deixou o posto das enfermeiras no CTI e foi até o cubículo da mãe. Ficou do lado de fora da janela de observação vendo o peito de Ellen subir e descer. O coma se aprofundara e Ellen não tinha respiração espontânea. A última tomografia revelara que o sangramento se expandira, e agora havia também a questão de uma hemorragia pontina. Havia uma enfermeira junto à cama, ajustando a velocidade de infusão de um acesso venoso. Ao sentir que estava sendo observada, a enfermeira se voltou para a janela e viu Toby. Rapidamente, desviou o olhar. Aquela ausência de reconhecimento, até mesmo de um cortês menear de cabeça, falava por si. Os funcionários não confiavam mais em Toby. Ninguém confiava.

Ela deixou o hospital e entrou no carro, mas não ligou o motor. Toby não sabia para onde ir. Para casa estava fora de questão: muito vazia, muito silenciosa. Eram 16 horas, cedo demais para o jantar, mesmo que ela tivesse apetite. Seu ciclo circadiano estava alterado, ainda em transição para o horário diurno, e ela nunca sabia quando a fome e a fadiga a atacariam. Sabia apenas que sua mente estava confusa, que nada parecia certo. E que sua vida, antes tão bem organizada, estava agora total e irrecuperavelmente ferrada.

Toby abriu a bolsa e tirou dali o currículo de Jane Nolan. Ela o carregava para toda parte, tentando ligar para os quatro empregadores anteriores de Jane para obter mais informações, alguma pista de que sua "perfeita" trajetória como enfermeira não era assim tão perfeita. Ela já falara com três enfermeiras chefe ao telefone, e todas haviam elogiado Jane.

Você as enganou. Mas eu sei a verdade.

O único empregador com quem ela não falara era o Asilo Wayside. Ficava a apenas alguns quilômetros de distância.

Ela ligou o carro.

— Nós receberíamos Jane de volta sem pensar duas vezes — disse Doris Macon, a supervisora da enfermagem. — De todas as nossas enfermeiras, ela era aquela que nossos pacientes mais pareciam gostar.

Era hora da refeição no Asilo Wayside e o carrinho de comida havia acabado de entrar na sala de jantar. Pacientes em diversos estados de consciência se dividiam nas quatro longas mesas e falavam pouco. As únicas vozes na sala eram as dos funcionários do asilo enquanto serviam as bandejas: *Aí está o seu jantar, querida. Precisa de ajuda com este guardanapo? Deixe-me cortar a carne para você...*

Doris olhou para a congregação de cabeças grisalhas e disse:

— Eles se afeiçoam demais a algumas enfermeiras. Uma voz familiar, um rosto amigo, significa tudo para eles. Quando uma enfermeira vai embora, alguns de nossos pacientes ficam de luto. Nem todos têm famílias, de modo que nos tornamos seus familiares.

— E Jane era boa para eles?

— Certamente. Se estiver pensando em contratá-la, terá sorte de ter uma funcionária maravilhosa. Ficamos tristes quando ela nos deixou para trabalhar na Orcutt Health.

— Orcutt? Não vi isso no currículo dela.

— Sei que ela trabalhou para eles por pelo menos um ano depois que saiu daqui.

Toby mostrou o currículo de Jane.

— Não está aqui. Depois de vocês, ela enumera o Asilo de Garden Grove.

— Ah, faz parte da rede Orcutt. É um grupo de asilos da mesma corporação. Se você trabalha para o Orcutt, pode ser mandada para qualquer uma de suas instalações.

— Quantos asilos eles têm?

— Uma dúzia? Não estou certa. Mas são nossos maiores concorrentes.

Orcutt, pensou Toby. Por que o nome lhe soava familiar?

— Não sabia que Jane estava de volta a Massachusetts procurando emprego — disse Doris. — Lamento que ela não tenha ligado para nós.

Toby voltou a atenção para Doris.

— Ela deixou o Estado?

— Há alguns meses. Ela nos enviou um cartão-postal do Arizona dizendo que havia se casado. Estava aproveitando a vida. Foi a última notícia que tive dela. Deve ter voltado para cá. — Doris olhou com curiosidade para Toby. — Se está pensando em contratá-la, por que não fala com ela? Jane explicará o currículo.

— Estou verificando — mentiu Toby. — Estou pensando em contratá-la, mas algo nela me faz hesitar. É para a minha mãe, que realmente não pode se defender. Tenho de ser cuidadosa.

— Bem, eu recomendo Jane. Ela foi maravilhosa com os nossos pacientes. — Doris foi até uma das mesas e tocou o ombro de uma idosa. — Miriam, querida. Você se lembra de Jane, não lembra?

A mulher sorriu, uma colherada de purê de batata diante da boca desdentada.

— Ela vai voltar?

— Não, querida. Só queria que dissesse para esta senhora se você gosta de Jane.

— Eu amo a Janey. Faz tempo que ela não vem me ver.

— Jane está longe, querida.

— E o bebê! Imagino como o bebê deve ter crescido. Peça que ela volte.

Doris aprumou-se e olhou para Toby.

— Diria que esta é uma excelente referência.

De volta ao carro, Toby ficou olhando para o painel, frustrada. Por que ninguém reconhecia a verdade? Os antigos pacientes de Jane a amavam. Seus ex-patrões a amavam. Ela era uma mulher querida, uma santa.

E eu me tornei o diabo.

Ela levou a mão à ignição e estava a ponto de virar a chave quando subitamente lembrou-se onde ouvira o nome Orcutt.

Fora através de Robbie Brace. Naquela noite, na sala de arquivos médicos de Brant Hill, ele lhe dissera que aquele edifício servia como centro de armazenamento de informação dos outros asilos da Orcutt Health.

Ela saiu do carro e voltou ao prédio.

Doris Macon estava no posto das enfermeiras, cuidando de ordens de serviço. Ela ergueu a cabeça, obviamente surpresa ao ver Toby de volta.

— Tenho outra pergunta — disse Toby. — Aquela mulher no refeitório. Ela falou algo sobre um bebê. Jane tem filhos?

— Uma filha. Por quê?

— Ela não disse nada a respeito... — Toby fez uma pausa, seus pensamentos a mil. Teria o bebê morrido? Será que havia um bebê? Ou Jane simplesmente não se importara em mencionar o fato de ter uma filha?

Doris a olhava com uma expressão curiosa.

— Perdão, mas o fato de ela ter um bebê é assim relevante para você contratá-la?

Por que ela nunca mencionou o bebê? Toby subitamente se empertigou.

— Como Jane é fisicamente?

— Você não a entrevistou? Você mesma a viu...

— *Como ela é?*

Surpresa com o tom firme de Toby, Doris olhou-a por um instante.

— Ela... bem... tem uma aparência comum. Não há nada particularmente incomum a respeito dela.

— Qual a altura de Jane? Qual a cor do cabelo dela?

Doris levantou-se.

— Temos fotos de grupo de nossa equipe. Tiramos uma a cada ano. Posso mostrá-la a você. — Ela guiou Toby pelo corredor, onde havia uma série de fotografias emolduradas, cada qual com uma etiqueta com a data em que fora tirada. A série remontava a 1981, presumivelmente o ano em que o Asilo Wayside fora inaugurado. Doris fez uma pausa diante da fotografia colorida datada de dois anos e antes olhou para os rostos ali retratados.

— Lá — disse ela, apontando para uma mulher de uniforme branco. — Aquela é Jane.

Toby olhou para o rosto na fotografia. A mulher estava no canto extremo esquerdo do quadro, rosto rechonchudo e sorridente, o uniforme caindo como uma tenda sem forma sobre um corpo extremamente obeso.

Toby balançou a cabeça.

— Esta não é ela.

— Ah, mas eu posso lhe assegurar que sim — disse Doris. — Assim como todos os nossos pacientes. Esta definitivamente é Jane Nolan.

— Pegamos a garota no North End — disse o patrulheiro. — Testemunhas viram um sujeito dando uns tabefes nela, tentando arrastá-la para um carro. Ela berrava desesperadamente e eles decidiram ajudá-la. Fomos os primeiros policiais no local. Encontramos a menina sentada no meio-fio com um corte no lábio e um olho roxo. Ela se apresentou como Molly Picker.

— Quem era o sujeito que batia nela? — perguntou Dvorak.

— O cafetão, eu acho. Ela não quer nos dizer. E o sujeito fugiu.

— Onde está a menina agora?

— Sentada dentro da viatura. Não quis entrar. Não quer falar com ninguém. Tudo o que quer é voltar para a rua.

— Para que o cafetão volte a espancá-la?

— Seu QI não é muito alto.

Dvorak suspirou enquanto saíam pela portaria da Albany Street. Não se sentia otimista quanto àquela entrevista. Uma adolescente mal-humorada, provavelmente também mal-educada, não era uma boa fonte para um histórico médico. A menina não estava sob custódia e podia ir embora quando quisesse, mas provavelmente não sabia disso. Ele certamente não chamaria a atenção para esse fato, não até ter a chance de fazê-la usar a cabeça. A cabeça que ela tivesse.

O patrulheiro apontou para a viatura, onde seu parceiro aguardava no banco da frente. No banco de trás, havia uma menina com cabelo castanho e um corte no lábio. Estava sentada e encolhida sob uma capa de chuva gigantesca. Agarrava uma bolsa barata sobre o colo.

O policial abriu a porta de trás.

— Por que não sai, senhorita? Este é o Dr. Dvorak. Ele gostaria de falar com você.

— Não preciso de um médico.

— Ele é médico-legista.

— Também não estou morta.

Dvorak inclinou-se e sorriu para a menina.

— Oi, Molly. Vou entrar para conversarmos. Está frio aqui fora, não acha?

— Não estaria caso você fechasse a porta.

— Posso esperar o dia inteiro. Podemos falar agora, ou podemos falar à meia-noite. Você é quem sabe.

Ele ficou de pé olhando para ela, esperando para ver quanto tempo ela aguentaria ser observada. Os três homens, os dois policiais e Dvorak, a encaravam em silêncio.

Molly inspirou profundamente e soltou um suspiro de frustração.

— Posso usar o banheiro? — perguntou.

— Claro.

— Preciso muito.

Dvorak afastou-se da frente da porta.

— Eu lhe mostro o caminho.

Ela saiu da viatura, a capa enorme arrastando atrás de si. Apenas quando ela se aprumou, Dvorak olhou para o abdome da menina e percebeu que ela estava grávida. Seis meses pelo menos, calculou.

A menina percebeu o olhar dele.

— É, estou buchuda — disse ela. — E daí?

— Acho que você devia entrar. Mulheres grávidas precisam ficar sentadas.

Ela olhou para ele com uma expressão de *está de brincadeira comigo?* e entrou no prédio.

— Garota legal — resmungou o policial. — Quer que fiquemos por aqui?

— Vocês podem ir. Eu a colocarei em um táxi quando terminarmos.

Dvorak encontrou a menina esperando por ele junto à porta.

— Então, onde fica o banheiro? — perguntou ela.

— Há um lá em cima, perto do meu consultório.

— Bem, então *vamos*. Preciso fazer xixi.

Ela não disse nada enquanto subiam no elevador. A julgar pela expressão concentrada, toda sua atenção estava voltada para a bexiga. Dvorak esperou por ela do lado de fora do banheiro dos funcionários. Ela se demorou, saindo de lá dez minutos depois, cheirando a sabonete. Ela lavara o rosto, e o lábio inchado pareceu se destacar dramaticamente em meio ao rosto pálido.

Ele a levou até o escritório e fechou a porta.

— Sente-se, Molly.

— Isso vai demorar?

— Depende de você, se me contar o que sabe.

Mais uma vez, apontou para a cadeira.

Ela se sentou de má vontade, usando a capa de chuva como um manto protetor. Em seguida, esticou o lábio inferior, ferido e rebelde.

Dvorak ficou de pé encostado à escrivaninha, olhando para ela.

— Há dois dias você fez uma chamada de emergência. A telefonista gravou a sua voz pedindo uma ambulância.

— Não sabia que era crime chamar uma ambulância.

— Quando a equipe chegou, encontrou uma mulher que sangrou até a morte. Você estava no apartamento com ela. O que aconteceu, Molly?

Ela não disse nada e baixou a cabeça, o cabelo longo caindo-lhe sobre o rosto.

— Não estou dizendo que você fez nada de errado. Eu só quero saber o que aconteceu.

A menina não olhava para ele. Em vez disso, abraçou os próprios ombros e começou a se balançar na cadeira.

— Não foi culpa minha — murmurou.

— Eu sei que não foi.

— Eu quero ir embora. Não posso ir?

— Não, Molly. Precisamos conversar primeiro. Pode olhar para mim?

Ela não olhava. Manteve a cabeça baixa, como se olhar para ele de algum modo significasse uma derrota.

— Por que não quer falar?

— Por que deveria? Eu não o conheço.

— Não precisa ter medo de mim. Não sou policial, sou um médico.

Suas palavras tiveram um efeito oposto ao pretendido. Ela se encolheu ainda mais na cadeira e estremeceu. Ele não conseguia entender aquela garota. Ela era um espécime alienígena para ele. Todos os adolescentes eram assim. Ele não sabia como deveria proceder.

O interfone da escrivaninha tocou.

— A Dra. Toby Harper está aqui — disse a secretária.

— Não posso atender.

— Não creio que ela vá embora. Ela insiste em subir para falar com você.

— Mas realmente não posso atendê-la agora.

— Devo pedir que ela espere?

Ele suspirou.

— Tudo bem. Que espere! Mas vai demorar um pouco.

Dvorak voltou-se para Molly Picker, mais irritado do que nunca. No mesmo instante, tinha uma fêmea exigindo falar com ele e outra se recusando a dizer uma palavra.

— Molly, eu preciso saber sobre sua amiga, Annie. A mulher que morreu. Ela tomava drogas? Algum remédio?

A menina voltou a estremecer e se encolheu em uma bola.

— Isso é muito importante. O feto dela era muito deformado. Preciso saber ao que ela foi exposta. Pode ser uma informação vital para outras mulheres grávidas. Molly?

A menina começou a tremer. A princípio, Dvorak não compreendeu o que estava acontecendo. Pensou que ela estivesse tremendo de frio. Então, ela tombou para a frente e bateu com a cabeça no chão. Seus membros começaram a se debater, seu corpo todo foi tomado por convulsões.

Dvorak se ajoelhou ao lado dela e tentou afrouxar-lhe a capa, que se enroscara ao redor do pescoço, mas seus membros se debatiam com força sobre-humana. Finalmente ele alcançou a abertura do colarinho. Ela ainda se debatia, rosto surpreendentemente roxo, olhos voltados para trás.

O que faço agora? Sou um patologista, não um médico de emergência...

Ele se ergueu e apertou o botão do interfone.

— Preciso da Dra. Harper! Mande-a subir agora!

— Mas achei que tivesse dito...

— Tenho uma emergência médica!

Ele voltou a atenção para Molly. A menina parara de se debater, mas seu rosto ainda estava muito vermelho e um galo se formava em sua testa, exatamente onde havia batido com a cabeça no chão.

Não a deixe aspirar. Vire-a de lado.

Lembranças das lições que tivera nos tempos da faculdade de medicina finalmente começavam a se filtrar em meio ao pânico. Ele se ajoelhou ao lado da menina e rapidamente virou-a para o lado direito, com o rosto ligeiramente inclinado para baixo. Se vomitasse, o conteudo gástrico não entraria em seus pulmões. Ele sentiu-lhe o pulso. Estava rápido, mas forte. E ela ainda estava respirando.

Muito bem. Muito bem, temos uma via aérea. Temos respiração. E circulação. Do que estou me esquecendo?

A porta do consultório se abriu. Ele olhou quando Toby Harper entrou na sala. O olhar dela voltou-se imediatamente para a menina e Toby se ajoelhou.

— O que houve?
— Ela teve algum tipo de ataque...
— Algum histórico médico? É epilética?
— Eu não sei. Mas tem pulso e está respirando.
Toby olhou para os ferimentos.
— Quando ela bateu a cabeça?
— Quando o ataque começou.
Toby abriu a capa para expor o tórax da menina. Houve uma pausa breve, então uma alarmada constatação:
— Ela está grávida.
— É. E não sei quanto tempo de gravidez.
— Sabe alguma coisa sobre ela?
— Ela tem uma ficha policial. Prostituição. O cafetão a espancou hoje. É tudo o que sei.
— Você tem uma maleta médica? — perguntou Toby.
— Na gaveta da minha escrivaninha...
— Pegue-a.
A menina gemia, movendo a cabeça.
Enquanto Toby vasculhava a maleta em busca de instrumentos, Dvorak livrou-lhe o braço da manga do casaco. A menina abriu os olhos e olhou para ele. Imediatamente começou a se debater.
— Está tudo bem — disse ele. — Calma...
— Deixe-a — ordenou Toby. — Ela acabou de ter um ataque e está confusa. Você a está assustando.
Dvorak liberou o braço magro e se afastou.
— Muito bem, querida — murmurou Toby. — Olhe para mim. Estou bem aqui.
A menina voltou o olhar para o rosto de Toby, que pairava sobre o dela e murmurou:
— Mamãe.
Toby falou lenta e calmamente.

— Eu não vou machucá-la. Só vou pôr uma luz nos seus olhos. Tudo bem? — A menina continuou olhando para ela, maravilhada. Toby verificou as pupilas da menina. Iguais e reativas. E ela então mexeu todos os membros.

Toby pegou o esfigmomanômetro. A menina soltou um pequeno gemido de protesto quando sentiu o braço ser apertado, mas continuava olhando para Toby e parecia confortada.

Toby franziu as sobrancelhas quando o ponteiro do tensiômetro lentamente pulsou em queda. Rapidamente ela liberou a pressão e tirou o aparelho do braço de Molly.

— Ela precisa ser internada.

— O Hospital Municipal de Boston fica do outro lado da rua.

— Vamos levá-la para a emergência. Sua pressão está em 210 por 130, e ela está grávida. Creio que isso explique o ataque.

— Eclâmpsia?

Toby fez um breve aceno de cabeça e fechou a maleta.

— Pode carregá-la?

Dvorak curvou-se e tomou a menina nos braços. Apesar de grávida, parecia leve, sem peso. Ou talvez ele estivesse com muita adrenalina circulando no sangue para sentir o peso. Toby foi na frente, abrindo as portas, e eles chegaram à entrada da Albany Street.

Ao cruzarem a rua, o vento soprava entre os prédios, ferindo-lhes os rostos com granizo. A menina se debatia nos braços de Dvorak. Com a capa golpeando-lhe as pernas, e o cabelo dela esvoaçando contra seu rosto, ele alcançou o meio-fio do outro lado e subiu precariamente a rampa de entrada da emergência. As portas duplas se abriram.

Por trás do vidro da recepção, um enfermeiro ergueu a cabeça e viu a menina nos braços de Dvorak.

— O que houve?

Foi Toby quem respondeu, caminhando até o vidro e abrindo a bolsa barata de Molly Picker para encontrar seu documento de identidade.

— Menina grávida com convulsões, agora pós-ataque. Pressão em 210 por 130.

Imediatamente, o enfermeiro da triagem compreendeu e pediu uma maca.

A picada de uma agulha despertou Molly. Ela se debateu, lutando para se livrar das mãos que a continham, mas havia muitas, todas a seguravam, torturando-a. Ela não conseguia se lembrar de como chegara àquele lugar terrível, nem sabia o que tinha feito de errado para merecer tal punição. *Desculpem o que quer que eu tenha feito de errado, eu me arrependo. Por favor, parem de me ferir.*

— Merda, estourei a veia! Joguem outra agulha calibre 18...
— Tente o outro braço. Parece haver uma bela veia ali.
— Precisam contê-la. Ela não para de se debater
— Está tendo convulsões?
— Não, ela está lutando contra nós...

Mãos se fecharam sobre o rosto dela e uma voz pediu:
— Senhorita, por favor, fique quieta! Precisamos obter um acesso venoso!

Molly voltou-se em pânico para o rosto que a olhava. Era um homem de azul. Tinha um estetoscópio enrolado ao redor do pescoço, como uma cobra. Um homem com olhos furiosos.

— Ela ainda está fora do ar — disse ele. — Apenas consigam um acesso venoso.

Outro par de mãos segurou-lhe os braços, forçando-os contra o colchão. Molly tentou se livrar, mas as mãos apertaram com mais força, machucando e torcendo a sua pele. Outra vez, sentiu a picada da agulha. Molly gritou.

— Tudo bem, entrou! Conecte. Vamos, vamos.
— Quão rápido?
— Aberta por enquanto. Quero 5 mg de hidralazina intravenosa. Vamos aplicar um pouco de sulfato de magnésio. E pegue as amostras de sangue.

— Doutor, acabou de chegar um sujeito com dor no peito.
— Por que diabos não me deixam em paz?

Outra agulha, outra picada dolorosa. Molly debateu-se na maca. Algo caiu e se espatifou no chão.

— Droga, ela não para quieta!
— Não podemos sedá-la?
— Não, precisamos avaliar seu estado mental. Fale com ela.
— Tentei.
— Chamem aquela mulher. A que a trouxe. Talvez ela a acalme.

Molly voltou a lutar contra as correias, a cabeça doendo, latejando a cada barulho. As vozes rápidas, o clangor de gabinetes de metal batendo ao se fecharem.

Vão embora, vão embora, vão embora.

Então, uma voz a chamou e ela sentiu uma mão pousar delicadamente sobre sua cabeça.

— Molly, sou eu. A Dra. Harper. Está tudo bem. Tudo vai ficar bem.

Molly concentrou-se no rosto da mulher, um rosto que reconheceu, embora não se lembrasse de onde o tinha visto. Ela só sabia que era um rosto não associado à dor. Aqueles olhos calmos lhe inspiravam segurança.

— Você precisa ficar quieta, Molly. Sei que todas essas injeções são dolorosas. Mas eles estão tentando ajudá-la.

— Desculpe — murmurou Molly.

— Pelo quê?

— Por tudo de errado que fiz. Eu não me lembro.

A mulher sorriu.

— Você não fez nada de errado. Agora eles vão lhe dar uma injeção, certo? Vai ser só uma picadinha.

Molly fechou os olhos e emitiu um gemido quando uma agulha furou o seu braço.

— Isso, boa menina. Acabou. Nada mais de agulhas.

— Promete?

Uma pausa.

— Não posso prometer. Mas, de agora em diante, ninguém vai espetá-la sem avisar antes, está bem? Vou dizer isso a eles.

Molly segurou a mão da mulher.

— Não me deixe...

— Você ficará bem. Essas pessoas vão cuidar de você.

— Mas eu não as conheço. — Ela olhou diretamente para a mulher, que finalmente assentiu.

— Ficarei o quanto puder.

Alguém mais estava falando agora. A mulher se virou para ouvir, então voltou a olhar para Molly.

— Precisamos falar da sua saúde. Você tem um médico?

— Não.

— Toma algum remédio?

— Não. Quero dizer, sim. Está na minha bolsa.

Molly ouviu a mulher abrir a bolsa de couro, ouviu o ruído de pílulas em um vidro.

— Este, Molly?

— É. Tomo uma pílula quando meu estômago fica embrulhado.

— Não há rótulo de farmácia no vidro. Onde conseguiu?

— Romy. Um amigo. Ele me deu as pílulas.

— Muito bem, e quanto a alergias? Você é alérgica a alguma coisa?

— Morangos. — Molly suspirou. — E eu gosto tanto de morangos...

Outra voz as interrompeu:

— Dra. Harper, o técnico de ultrassom está aqui.

Molly ouviu o chacoalhar do maquinário sendo trazido até o quarto, e olhou de lado.

— O que vão fazer? Vão me espetar outra vez?

— Não vai doer. Será apenas um ultrassom, Molly. Precisam ver o seu bebê. Vão usar ondas sonoras para vê-lo.

— Não quero fazer o exame. Não podiam me deixar em paz?

— Lamento, mas tem de ser feito. Para ver se o bebê está bem. Qual o tamanho dele e como está se desenvolvendo. Você teve convulsões hoje, no consultório do Dr. Dvorak. Você sabe o que são convulsões?

— Um tipo de ataque?

— Isso mesmo. Você teve um ataque. Esteve inconsciente e seu corpo todo tremeu. Isso é muito perigoso. Precisa ficar no hospital para que mantenham sua pressão arterial sob controle. E para ver se há algum meio de salvar o bebê.

— Há algo errado com ele?

— Sua gravidez foi a razão das convulsões, o motivo de sua pressão estar tão alta.

— Não quero mais exames. Diga a eles que eu quero ir embora...

— Ouça, Molly. — A voz da Dra. Harper era tranquila embora firme. — Sua condição pode ser fatal.

Molly ficou em silêncio. Ela olhou para o rosto da outra mulher e viu a verdade imperturbável em seus olhos.

A Dra. Harper assentiu para o técnico.

— Vá em frente e faça a ultrassonografia. Vou esperar lá fora.

— Não — disse Molly. — Fique comigo. — Ela estendeu a mão em um apelo silencioso.

Após alguma hesitação, Toby voltou a segurar a mão de Molly e sentou-se em um tamborete junto à maca.

O técnico jogou um lençol sobre as coxas dela, abrindo os pelos pubianos, então ergueu o avental hospitalar, desnudando o abdome proeminente da paciente.

— Isso é um pouco frio — disse ele ao espalhar uma porção de gel incolor sobre a pele dela. — Mas esse negócio facilita a leitura das ondas sonoras.

— Não vai doer? Promete que não vai doer?

— Nem um pouco. — Ele empunhou um instrumento quadrado quase do tamanho de sua mão. — Vou esfregar a ponta dessa coisa sobre a sua barriga, está bem? Então poderemos ver as imagens nesta tela aqui.

— Poderá ver o meu bebê?

— Isso. Olhe. — Ele pousou o instrumento sobre a pele com gel.

— Faz cócegas — disse Molly.

— Mas não dói, não é mesmo? Admita que não dói.

— Não, não dói.

— Então apenas relaxe e assista ao espetáculo, certo? — Lentamente, ele escorregou o instrumento sobre o abdome de Molly, com o olhar fixo no monitor. Ela também olhava para a tela e viu uma série de sombras aparecerem. Onde estava o bebê? Ela esperava ver uma imagem real, como uma fotografia, não uma série de manchas cinzentas.

— Onde ele está? — quis saber ela.

O técnico não respondeu. Molly o encarou e viu que ele olhava para o monitor, com a expressão paralisada.

— Consegue vê-lo? — perguntou Molly.

O técnico pigarreou e disse:

— Me deixe terminar o exame.

— É menino ou menina? Dá para ver?

— Não. Não dá... — Ele escorregou o instrumento para um lado, depois para o outro, com o olhar concentrado nas imagens que passavam pela tela.

Nada além de manchas cinzentas, pensou Molly. Havia uma mancha maior cercada de outras menores. Ela olhou para a Dra. Harper.

— Está vendo?

Sua pergunta encontrou o silêncio. A Dra. Harper olhava para a tela e para o técnico. Nenhum deles olhava para Molly. Nenhum deles dizia uma palavra sequer.

— Por que não falam comigo? — murmurou Molly. — O que há de errado?

— Apenas fique quieta, querida.

— Há algo errado, não é?

A Dra. Harper apertou a mão dela.

— Não se mexa.

Finalmente, o técnico se ergueu e limpou o gel da barriga de Molly.

— Vou mostrar o filme para um de nossos médicos, está bem? Descanse.

— Mas ela é médica — disse Molly, olhando para a Dra. Harper.

— Não sou treinada para ler isso. É preciso um especialista.

— Bem, o que você viu? Há algo errado?

A Dra. Harper e o técnico trocaram olhares.

O técnico disse:

— Eu não sei.

18

— Congele este quadro — disse o Dr. Sibley. Ele tirou os óculos e olhou para o monitor, sua atenção voltada para a ultrassonografia. Durante um instante, a sala ficou em silêncio. Então, Sibley murmurou: — O que diabos é isso...

— O que você vê? — perguntou Toby.

— Não sei. Honestamente, não sei para o que estou olhando. — Sibley voltou-se para o técnico de ultrassom. — Você se refere a esta sombra aqui?

— Sim, senhor. Essa massa bem aqui. Não sei o que é.

— É tecido fetal? — perguntou Toby

— Não sei dizer. — Ele assentiu para o técnico. — Muito bem, prossiga. Vamos ver o resto.

Enquanto as sombras tremulavam no monitor, Sibley aproximou-se.

— Há densidades alternadas de tecido, tanto sólido quanto cístico.

— Parece uma cabeça — disse Toby.

— Sim, tem uma forma vagamente semelhante à de um crânio. Vê a calcificação?

— Um dente?

— Acho que sim. — Sibley fez uma pausa quando a imagem mudou para um novo campo. — Onde está o tórax? — murmurou. — Não vejo o tórax.

— Mas tem dentes?

— Um único. — Sibley ficou imóvel, observando a interação de luzes e sombras no monitor. — Membros — murmurou. — Um ali e outro aqui. Sólidas extremidades. Mas sem tórax... — Lentamente ele se recostou na cadeira e pôs os óculos. — Não é um feto. É um tumor.

— Tem certeza? — perguntou Toby.

— É uma bola de tecido. A célula primitiva enlouqueceu, manufaturando dentes, talvez cabelo. Não tem coração nem pulmões.

— Mas há uma placenta.

— Sim. O corpo da paciente acha que está grávido e está alimentando este tumor, ajudando-o a ganhar massa. Suspeito ser um tipo de teratoma. Esses tumores são conhecidos por formarem todo tipo de estruturas bizarras, de dentes a glândulas produtoras de hormônios.

— Então não é uma malformação congênita.

— Não. É tecido desorganizado. Um pedaço de carne. Deve ser removido da paciente o mais rápido... — Subitamente, Sibley projetou o corpo para trás, o olhar voltado para a tela. — Volte aquilo! Já! — gritou para o técnico.

— O que viu?

— Apenas volte a fita!

O monitor ficou escuro por um instante, então voltou a clarear, repetindo as imagens.

— Isso é impossível — disse Sibley.

— O quê?

— *Aquilo se moveu.* — Ele olhou para o técnico. — Você manipulou o abdome?

— Não.

— Bem, observe. Vê como a extremidade muda de posição?

— Não toquei no abdome.

— Então a paciente deve ter se mexido. Um tumor não se move sozinho.

— Não é um tumor — disse Dvorak.

Todos se voltaram para ele. Estivera tão quieto que Toby não se dera conta de que ele havia entrado na sala e que agora estava atrás dela. Lentamente, ele se aproximou do monitor, olhando fixamente a imagem parada.

— Aquilo se moveu. Tem braços. Um olho. Dentição. Talvez possa até pensar...

Sibley debochou.

— Isso é ridículo. Como pode saber?

— Porque acabei de ver outro parecido. — Dvorak voltou-se e olhou para os demais, atônito. — Preciso dar um telefonema.

Na escuridão do quarto de Molly, Toby podia ver o piscar da luz vermelha do sistema de infusão intravenosa, a silenciosa confirmação de que a medicação estava entrando na veia da paciente. Toby deixou a porta se fechar e sentou-se em uma cadeira junto à cama. Ali ficou, ouvindo o ruído da respiração da menina. A luz da máquina piscava em um ritmo hipnótico. Toby permitiu que seus membros e sua mente relaxassem pela primeira vez naquele dia. Ela tinha acabado de ligar para o Hospital Springer para perguntar sobre as condições da mãe e soube que nada mudara. *Neste momento, em outra cama, em outro hospital*, pensou, *minha mãe está dormindo enquanto a luz vermelha de sua máquina de infusão pulsa na escuridão, como a desta menina.*

Toby olhou para o relógio e perguntou-se quando Dvorak voltaria. Mais cedo naquela noite, tentara falar com ele sobre Jane Nolan e frustrara-se com a relutância dele em ouvi-la. Ele também estava muito ocupado com a crise de Molly. O bipe tocando a toda hora. Então ele saiu para se encontrar com alguém no saguão do hospital.

Ela se recostou na cadeira e estava pensando em tirar uma breve soneca quando, subitamente, Molly murmurou em meio à penumbra:

— Estou com frio.

Toby se ajeitou na cadeira.

— Não percebi que estava acordada.

— Eu estava aqui deitada. Pensando...

— Vou procurar um cobertor. Posso acender a luz?

— Tudo bem.

Toby acendeu a lâmpada da mesa de cabeceira e a menina foi ofuscada pelo brilho. O hematoma preto na testa contrastava com a palidez de seu rosto. Seus cabelos pareciam riscas de sujeira sobre o travesseiro.

Em uma prateleira no armário, Toby encontrou um cobertor hospitalar. Ela o sacudiu e cobriu a menina. Então apagou a luz e tateou o caminho até a cadeira.

— Obrigada — murmurou Molly.

Compartilharam da escuridão sem dizer uma palavra sequer. O silêncio acalmava e reconfortava as duas.

Molly disse:

— Meu bebê não é normal, não é mesmo?

Toby hesitou mas decidiu que a resposta mais gentil seria a verdade.

— Não, Molly — disse ela. — Não é normal.

— Como ele é?

— É difícil dizer. A ultrassonografia não é como uma fotografia comum. Não é fácil interpretar.

Molly considerou o que lhe fora dito. Toby preparou-se para mais indagações, perguntando-se quão sincera deveria ser. *Seu bebê nem mesmo é humano. Não tem coração, pulmão, tórax. Não passa de uma assustadora bola de carne e dentes.*

Para o alívio de Toby, a menina não insistiu no assunto. Talvez ela tivesse medo de ouvir toda a verdade sobre o horror que crescia em seu ventre.

Toby inclinou-se para a frente.

— Molly, andei falando com o Dr. Dvorak. Ele disse que havia uma mulher, alguém que você conhecia, que também teve um filho anormal.

— Annie.

— Esse era o nome dela?

— Sim. — Molly suspirou. Embora a escuridão ocultasse seu rosto, Toby conseguiu sentir cansaço naquele suspiro, uma exaustão mais do que física.

O olhar de Toby se concentrou na vaga sombra que se formara no rosto da menina. Sua visão se ajustara ao escuro, e ela podia ver o brilho dos olhos de Molly.

— O Dr. Dvorak está preocupado com a possibilidade de você e Annie terem sido expostas à mesma toxina. Algo que causou anomalias nos bebês de vocês. Isso seria possível?

— O que quer dizer com... toxina?

— Algum tipo de droga ou veneno. Você e Annie tomavam alguma coisa? Pílulas? Injeções?

— Apenas aquelas pílulas das quais lhe falei. As que Romy me deu.

— Esse Romy, ele lhes deu alguma outra droga? Algo ilegal?

— Não. Eu não faço essas coisas, sabe? E também nunca vi Annie fazer.

— Quão bem você a conhecia?

— Não muito bem. Ela me deixou ficar com ela algumas semanas.

— Estiveram juntas apenas algumas semanas?

— Eu só precisava de um lugar para dormir.

Toby soltou um suspiro de frustração.

— Então qual seria a causa?

— O que quer dizer?

— Seja lá o que provocou as anomalias em seus bebês aconteceu muito cedo durante a gravidez. Durante os primeiros três meses.

— Eu não conhecia Annie nessa época.

— Quando descobriu que estava grávida?

A menina pensou a respeito. Em meio à conversa, ouviram o ranger de um carrinho de remédios sendo empurrado pelo corredor e murmúrios de enfermeiras.

— Foi no verão. Fiquei enjoada.

— Você foi a um médico?

Uma pausa. Toby viu o coberto estremecer, como se movido por um calafrio.

— Não.

— Mas sabia que estava grávida?

— Dava para ver. Quero dizer, não é difícil perceber depois de certo tempo. Romy me disse que ia cuidar disso.

— O que quer dizer com cuidar disso?

— Se livrar dele. Então fiquei pensando quão legal seria segurar o bebê. Brincar com ele. Fazê-lo me chamar de mamãe... — Os lençóis farfalharam quando o braço da menina se moveu sob a coberta, acariciando a barriga. Sua filha não nascida.

Só que não era uma criança.

— Molly? Quem é o pai?

Outro suspiro, este ainda mais cansado.

— Eu não sei.

— Poderia ser de seu amigo, Romy?

— Ele não é meu amigo. Ele é meu cafetão.

Toby não disse nada.

— Você sabe a meu respeito, não sabe? O que eu faço? O que tenho feito... — Molly virou na cama, dando as costas para Toby. Sua voz soava baixa agora, como se viesse de uma grande distância. — Você se acostuma com aquilo. Apenas aprende a não pensar muito a respeito. Você não deve pensar a respeito. É como se sua mente se desligasse, entende? Como se estivesse em outro lugar. Como se o que está acontecendo entre as suas pernas não estivesse acontecendo com *você*... — Ela sorriu com autodesprezo. — É uma vida interessante.

— Não é uma vida saudável.

— É. bem...

— Quantos anos você tem?

— Tenho 16 anos.

— Você é do sul, não é mesmo?

— Sim, senhora.

— Como chegou aqui em Boston?

Um longo suspiro.

— Romy me trouxe. Ele estava em Beaufort, na casa de uns amigos. Ele tinha um jeitão, sabe? Aqueles olhos escuros. Eu nunca tinha visto um rapaz branco com olhos escuros. Ele me tratou tão bem. — Ela pigarreou e Toby ouviu o farfalhar de lençóis quando Molly ergueu a mão para enxugar o rosto. O tubo do acesso venoso brilhou ao balançar sobre a cama.

— Suponho que ele não foi tão legal assim quando a trouxe para Boston.

— Não, senhora. Ele não foi.

— Por que não vai para casa, Molly? Sempre pode voltar para casa.

Não houve resposta. Toby só percebeu que a menina estava chorando pelo estremecer da cama. Molly não emitiu qualquer som. Era como se a sua dor estivesse lacrada dentro de um frasco, um lamento inaudível para qualquer outra pessoa.

— Posso ajudá-la a voltar para casa. Se precisar de dinheiro para ir até lá...

— Não posso. — A resposta veio em um sussurro. A menina se encolheu sob as cobertas. Toby ouviu um vago lamento, o som da dor de Molly finalmente escapando do frasco. — Não posso. Não posso...

— Molly.

— Eles não me querem de volta.

Toby estendeu a mão para tocá-la e quase foi capaz de sentir a dor da menina através do cobertor.

Ouviu-se uma batida e a porta se abriu.

— Posso falar com você, Toby? — disse Dvorak.

— Agora?

— Acho que devia vir aqui ouvir isso. — Ele hesitou e olhou para a cama de Molly. — É sobre a ultrassonografia.

Toby sussurrou para a menina:

— Eu já volto.

Em seguida, saiu em direção ao corredor e fechou a porta ao passar.

— Ela lhe disse algo? — perguntou ele.

— Nada que esclareça tudo isso.

— Tentarei falar com ela depois.

— Não acho que vá conseguir alguma coisa. Ela não parece confiar em homens, e a razão é muito evidente. De qualquer modo, há muitos fatores que podem causar anomalias fetais. E a menina não consegue destacar nenhuma.

— Isso é mais do que uma anomalia fetal.

— Como sabe?

Ele apontou para uma pequena sala de reuniões no fim do corredor.

— Quero que conheça alguém. Ela pode explicar melhor que eu.

Dvorak dissera *ela*, mas, quando Toby entrou na sala, a pessoa de costas sentada em frente ao monitor de vídeo mais parecia um homem: cabelo curto e grisalho. Ombros largos dentro de uma camisa Oxford castanho-amarelado. Fumaça de cigarro formando uma espiral sobre a cabeça quadrada. No monitor, a ultrassonografia do útero de Molly Picker passava lentamente.

— Achei que tivesse parado de fumar — disse Dvorak.

A pessoa virou-se e Toby viu que era mesmo uma mulher sentada à cadeira. Tinha 60 e poucos anos, olhos azuis incrivelmente diretos, rosto sem um vestígio de maquiagem. O cigarro infame estava montado à ponta de uma piteira de marfim, que ela empunhava com confortável elegância.

— É o meu único vício, Daniel — disse a mulher. — Eu me recuso a deixá-lo.

— Suponho que o uísque não conte.

— Uísque não é vício. É um tônico. — A mulher se voltou para Toby e olhou-a com uma sobrancelha erguida.

— Esta é a Dra. Toby Harper — disse Dvorak. — E esta é a Dra. Alexandra Marx. A Dra. Marx é geneticista da Universidade de Boston. Foi minha professora na faculdade.

— Isso faz *muito* tempo — disse a Dra. Marx. Ela estendeu a mão para cumprimentar Toby, um gesto que não era de se esperar vindo de outra mulher, mas que parecia perfeitamente natural vindo de Alex Marx. — Andei revendo a ultrassonografia. O que sabemos sobre esta menina?

— Acabei de falar com ela — disse Toby. — Tem 16 anos. É uma prostituta. Ela não sabe quem é o pai. E nega qualquer histórico de exposição a toxinas. O único medicamento que tomava era aquele frasco de pílulas.

Dvorak disse:

— Verifiquei com o farmacêutico do hospital. Ele identificou o código impresso nos tabletes. É proclorperazina. — Ele olhou para a Dra. Marx. — Geralmente é um medicamento prescrito para casos de náusea. Não há evidência de que provoque anomalias fetais. Portanto, não podemos culpar as pílulas.

— Como o cafetão conseguiu um remédio controlado? — perguntou Toby.

— Hoje você pode obter qualquer coisa nas ruas. Talvez ela não tenha lhe falado sobre as outras drogas que toma.

— Não, eu acredito nela.

— Qual o tempo de gravidez?

— Com base nas lembranças dela, de cinco a seis meses.

— Então estamos olhando para o que deveria ser um feto no segundo trimestre. — A Dra. Marx voltou-se para o monitor. — Definitivamente, há uma placenta. Há fluido amniótico. E acho que isso que estou vendo é um cordão umbilical. — A Dra. Marx inclinou-se para a frente, estudando as imagens que tremulavam no monitor. — Acho que está certo, Daniel. Isso não é um tumor.

— Então é uma anomalia fetal? — perguntou Toby.

— Não.

— Então o que *é*?

— Algo intermediário.

— Um tumor *e* um feto? Como é possível?

A Dra. Marx tirou um trago do cigarro e exalou uma nuvem de fumaça.

— É um admirável novo mundo.

— Tudo o que temos é uma ultrassonografia. Um bando de sombras acinzentadas. O Dr. Sibley, o radiologista, acha que é um tumor.

— O Dr. Sibley nunca viu um desses antes.

— E você já viu?

— Pergunte a Daniel.

Toby olhou para Dvorak.

— Do que ela está falando?

— A mulher que morreu ao dar à luz — disse ele. — Annie Parini. Enviei o feto para a Dra. Marx fazer uma análise genética.

— Ainda estamos nos estudos preliminares — disse a Dra. Marx. — Fizemos a secção e a tintura dos tecidos. Vai levar meses para completar a análise do DNA. Contudo, com base puramente na histologia da *coisa*, tenho algumas teorias. — A Dra. Marx voltou a cadeira para olhar para Toby. — Sente-se, Dra. Harper. Vamos falar sobre moscas de frutas.

Aonde diabos isso vai nos levar?, perguntou-se Toby ao afundar na cadeira da mesa de reuniões. Dvorak também se sentou. À cabeceira da mesa, a Dra. Marx olhou-os com a expressão de um professor severo interpelando dois alunos relapsos. — Já ouviram falar dos estudos feitos pela Universidade de Basel usando a *Drosophila melanogaster*? A mosca da fruta?

— De que pesquisa está falando? — perguntou Toby.

— Tem a ver com olhos ectópicos. Os cientistas já identificaram o gene principal que ativa toda a série de 2.500 genes necessários para formar os olhos de uma mosca da fruta. O gene chama-se "sem olhos" porque, quando ausente, a mosca nasce sem olhos. Os cientistas suíços conseguiram ativar o gene "sem olhos" em diversas partes do embrião da mosca. Com resultados fascinantes. Apareceram olhos em lugares bizarros. Nas asas, nos joelhos, nas antenas. Uma mosca nasceu com 14 olhos! E isso através da ativação de um único gene.

A Dra. Marx fez uma pausa para amassar o cigarro no cinzeiro e inserir outro na piteira de marfim.

— Não vejo a relevância da pesquisa com a mosca da fruta nesta situação — disse Toby.

— Estou chegando lá — disse a Dra. Marx, acendendo o cigarro. Ela tragou e recostou-se com um suspiro de satisfação. — Vamos fazer agora um salto de espécies. Falemos de ratos.

— Ainda não vejo a relevância.

— Estou tentando começar de um nível muito elementar. Você e Daniel não são pesquisadores de biologia. Provavelmente não saibam dos avanços que ocorreram desde que deixaram a faculdade.

— Bem, isso é verdade — admitiu Toby. — Já é bem difícil ficar atualizado com a medicina clínica.

— Então, deixe-me atualizá-los. Brevemente. — A Dra. Marx bateu a cinza do cigarro. — Eu estava falando de ratos. Especificamente, de glândulas pituitárias de ratos. Bem, a pituitária é crucial para a sobrevivência de um rato recém-nascido. Não é à toa que a chamam de glândula mestra. Os hormônios que ela produz regulam tudo: crescimento, reprodução, temperatura corporal. Secreta hormônios cujo propósito ignoramos. Hormônios que nem mesmo identificamos. Ratos nascidos sem a pituitária morrem em 24 horas. Esta glândula é vital.

"E aqui é onde entra a pesquisa. No Instituto Nacional de Saúde, está sendo feito um estudo sobre o desenvolvimento embrionário das pituitárias. Eles sabem que todas as diferentes células que formam a glândula vêm de uma única origem: as células-tronco. Mas o que induz tais células-tronco a fazerem uma glândula pituitária? — Ela olhou para seus alunos relapsos.

— Um gene? — arriscou Toby.

— Naturalmente. Tudo remete ao DNA. O bloco de construção da vida.

— Qual gene? — perguntou Dvorak.

— No rato, é o Lhx3. Um gene LIM homeobox.

Ele riu.

— Está claríssimo.

— Não espero que compreendam completamente o que estou dizendo, Daniel. Só quero que entendam o conceito aqui: que há genes mestres que desenvolvem células-tronco de certo modo. Um gene mestre para desenvolver um olho, outro para desenvolver um membro, outro que produz uma glândula pituitária.

— Tudo bem — disse Dvorak. — Acho que entendemos isso. Mais ou menos.

A Dra. Marx sorriu.

— Então, o próximo conceito deve ser fácil para vocês. Gostaria que combinassem essas duas pesquisas e considerassem o que significam, juntas. Um gene mestre que dá início à formação de uma glândula pituitária. E uma mosca de fruta nascida com 14 olhos. — Ela olhou para Toby, depois para Dvorak. — Veem aonde quero chegar?

— Não — disse Toby.

— Não — respondeu Dvorak, quase ao mesmo tempo.

A Dra. Marx suspirou.

— Tudo bem. Deixe-me apenas lhes dizer o que encontrei na seção de tecido. Eu dissequei o espécime que Daniel me enviou, aquele que achamos ser um feto malformado. Eu nunca vi nada parecido, e olhe que já examinei milhares de anomalias congênitas. Agora, o genoma humano é feito de cem mil genes. Aquela *coisa* parece possuir apenas uma fração do genoma comum. E o que está presente está muito incompleto. Algo catastrófico ocorreu com aquele genoma. O resultado? É como se você pegasse um feto e tentasse reconstituí-lo em ordem nada particular. Braços, dentes, cérebro, tudo misturado.

Toby sentiu náuseas. Ela olhou para Dvorak e viu que ele empalidecera. A imagem conjurada pela Dra. Marx deixou-os nauseados.

— Não sobreviveria, não é mesmo? — perguntou Toby.

— Claro que não. Suas células só eram mantidas vivas por causa da circulação placentária. Aquilo usava a mãe como fonte de nutrientes. Era um parasita, se preferirem. Mas, afinal, todos os fetos são parasitas.

— Nunca pensei dessa forma — murmurou Toby.

— Bem, eles são. A mãe é a hospedeira. Seus pulmões oxigenam o sangue do feto, a comida que ingere fornece-lhes glicose e proteína. Este parasita em particular, esta coisa, só se mantinha vivo no útero porque estava ligada à circulação da mãe. Momentos após ser expelida, suas células começaram a morrer. — A Dra. Marx fez uma pausa, o olhar acompanhando os anéis de fumaça que subiam em direção ao teto. — Não era, de modo algum, um organismo independente.

— Se não é um feto, como chamaria esta coisa? — perguntou Toby.

— Não estou certa. Preparamos diversas seções de tecido. As lâminas foram coradas e eu as examinei com um patologista do meu departamento. Ambos concordamos. Um tipo particular de tecido aparece repetidas vezes, em aglomerados organizados de células. Ah, também havia outros tecidos: músculos e cartilagem, por exemplo, até mesmo um olho. Mas estes pareciam aleatórios. O que era organizado e bem diferenciado eram os aglomerados de células que se repetiam. Tecido glandular que ainda não identificamos. Aglomerados idênticos, todos aparentemente em estado gestacional médio. — Ela fez uma pausa. — Resumindo, esta coisa parece ser uma fábrica de tecido.

Dvorak balançou a cabeça.

— Lamento, mas isso me parece louco demais.

— Por quê? Já foi feito em um laboratório. Podemos fazer olhos crescerem nas asas de moscas de frutas! Podemos ligar e desligar um gene mestre pituitário! Se pode acontecer em um laboratório, pode acontecer na natureza. De algum modo, as células embrionárias desta menina desenvolveram diversas cópias do mesmo gene. É claro que isso significa que o embrião não se diferenciou adequadamente. Portanto, não tem pernas nem tórax. O que cresceu foram aglomerados de células específicas.

— O que mais pode causar essa anomalia? — perguntou Toby.

— Fora do laboratório? Algo devastador. Um agente teratogênico que nunca vimos antes.

— Mas Molly não se lembra de nenhuma exposição. Eu perguntei diversas vezes... — Toby fez uma pausa, o olhar voltado para a porta.

Alguém estava gritando.

— É Molly! — disse Toby e levantou-se. Dvorak estava bem atrás dela enquanto corriam pelo corredor.

Quando chegaram ao quarto de Molly, uma enfermeira já estava ao lado da cama, tentando acalmar a menina.

— O que houve? — perguntou Toby.

— Ela disse que havia alguém no quarto — disse a enfermeira.

— Ele estava bem aqui, ao lado da minha cama! — disse Molly.
— Ele sabe que estou aqui. Ele me seguiu...

— Quem?

— Romy.

— As luzes estavam apagadas — disse a enfermeira calmamente. — Você pode ter sonhado.

— Ele *falou* comigo!

— Eu não vi ninguém — disse a enfermeira. — E minha mesa fica logo ali...

Ouviu-se o estrondo de uma porta no corredor.

A Dra. Marx enfiou a cabeça no quarto.

— Acabo de ver um homem correndo para a escadaria.

— Chame a segurança — disse Dvorak para a enfermeira. — Mande que verifiquem os andares inferiores.

Toby estava bem atrás de Dvorak enquanto este corria pelo corredor.

— Dan, aonde vai?

Ele abriu a porta da escadaria.

— Deixe a segurança cuidar disso!

Em algum lugar mais abaixo, os passos de Dvorak ecoavam sobre os degraus de concreto.

Ela o seguiu, incerta a princípio, então aumentou a velocidade, determinada. Estava furiosa agora, tanto com a perseguição temerária de Dvorak quanto com Romy, se é que era mesmo Romy que ousava perseguir a menina no santuário de um hospital. Como ele a encontrara? Será que os vinha seguindo desde o consultório de Dvorak?

Toby acelerou os passos e chegou à plataforma do segundo andar. Ouviu uma porta se abrir e se fechar com um estrondo.

— Dan! — gritou. Nenhuma resposta.

Finalmente, ela chegou ao primeiro andar, atravessou a porta e emergiu perto da plataforma de entrada da emergência da Albany Street. O asfalto brilhava com a chuva. Ela fechou os olhos quando o vento açoitou seu rosto, erguendo um cheiro de asfalto molhado.

À sua esquerda, através de uma chuva fina, viu uma silhueta. Era Dvorak. Estava parado sob um poste de luz, olhando para a esquerda e para a direita.

Toby correu pela calçada para alcançá-lo.

— Para onde ele foi?

— Eu o vi na escadaria. Eu o perdi assim que saiu do prédio.

— Tem certeza de que ele saiu do prédio?

— Sim. Tem de estar em algum lugar por aqui. — Dvorak começou a atravessar a rua, em direção ao gerador do hospital.

O ruído de pneus fez ambos se voltarem.

Saindo do meio das trevas, a van vinha na direção dela.

Toby ficou paralisada.

Foi Dvorak quem a puxou para o lado, o que a fez cair sobre o asfalto.

A van passou e suas luzes traseiras desapareceram pela Albany Street.

Ao tentar se levantar, Toby viu que Dvorak a segurava pelo braço, apoiando-a enquanto a ajudava a subir a calçada. O impacto da queda estava começando a se transformar em dor, a princípio como um vago latejar nos joelhos, depois a dor aguda de terminais nervosos dilacerados. Ficaram sob o poste de luz, ambos trêmulos demais para falar alguma coisa.

— Desculpe tê-la empurrado com tanta força. Você está bem?

— Só um pouco machucada. — Ela olhou para a rua, na direção em que o veículo desaparecera. — Anotou a placa?

— Não. Também não olhei para o motorista. Tudo aconteceu muito rápido. Eu estava tentando tirá-la do caminho.

Ambos se voltaram quando uma ambulância saiu da garagem da emergência, as luzes piscando. Em algum lugar ao longe, a sirene de outra ambulância se aproximava.

— A emergência deve estar um caos — disse Dvorak. — Tenho um kit de primeiros socorros no meu consultório. Vamos até lá limpar seus joelhos.

Com Dvorak apoiando-a pelo braço, ela mancou pela rua, a dor piorando a cada passo. Quando chegaram ao consultório no segundo andar, ela já temia a aplicação do antisséptico.

Dvorak afastou os papéis para que ela se sentasse na escrivaninha, perto da foto do filho pescador. Um cheiro de álcool e iodo erguia-se do kit de primeiros socorros. Ajoelhando à frente dela, ele umedeceu um chumaço de algodão com peróxido e gentilmente pincelou o machucado.

Ela se contraiu com a dor.

— Desculpe — disse ele, olhando para cima. — Não há como fazer isso sem que sinta dor.

— Sou uma idiota — murmurou, agarrando a borda da escrivaninha. — Vá em frente.

Ele continuou pincelando os joelhos dela, uma mão pousada sobre a coxa de Toby, a outra limpando cuidadosamente a terra e o cascalho. Enquanto ele trabalhava, ela olhou para a cabeça de Dvorak, curvada e concentrada, o cabelo escuro ao alcance de suas mãos. Ela sentia o hálito quente de Dvorak contra sua pele. *Finalmente eu o tenho sozinho*, pensou. *Sem crises ou distrações. Esta pode ser minha única chance de fazê-lo ouvir. Fazê-lo acreditar.*

— Você acha que eu maltrato a minha mãe, não é mesmo? — disse ela. — É por isso que não quer falar comigo. Por isso evita os meus telefonemas.

Ele ficou calado, limitando-se a pegar outro chumaço de algodão.

— Estou sendo indiciada, Dan. Estão usando a minha mãe para me atingir. E você os está ajudando sem nem ouvir a minha versão.

— Eu estou ouvindo. — Ele terminou de limpar o machucado. Então, pegou um rolo de fita adesiva com a qual fixou pedaços de gaze sobre os joelhos de Toby.

— Então por que não diz que acredita em mim?

— O que acho que você devia fazer — disse ele — é falar com o seu advogado. Explicar a ele tudo o que sabe. E deixá-lo discutir com Alpren.

— Não confio em Alpren.

— E acha que pode confiar em mim? — Dvorak olhou para ela.

— Eu não sei! — Toby suspirou e deixou os ombros tombarem para a frente quando se deu conta de que não adiantava tentar fazer com que ele prestasse atenção. — Conversei com Alpren esta tarde — explicou ela. — Disse para ele o que já lhe falei. Que Brant Hill está me perseguindo. Tentando me arruinar.

— Por que se incomodariam?

— De algum modo, eu os assustei. Fiz algo ou disse alguma coisa que os fez se sentirem ameaçados.

— Você tem de parar de apontar Brant Hill como fonte de todos os seus problemas.

— Mas agora eu tenho uma prova.

Ele balançou a cabeça.

— Toby, eu *quero* acreditar em você. Mas não vejo como a condição de sua mãe está ligada a Brant Hill.

— *Me escute*. Por favor.

Ele fechou o kit de primeiros socorros.

— Tudo bem. Estou ouvindo.

— A mulher que contratei para tomar conta da minha mãe não é quem diz ser. Hoje falei com uma pessoa que trabalhou com Jane Nolan há alguns anos. A *verdadeira* Jane Nolan.

— Como assim?

— A que contratei é uma impostora. São completamente diferentes uma da outra. Vickie vai confirmar o que digo.

Ele permaneceu em silêncio, o olhar voltado teimosamente para o kit de primeiros socorros.

— Eu vi uma fotografia, Dan. A verdadeira Jane tinha pelo menos 50 quilos a mais. Aquela não é a mulher que contratei.

— Então ela perdeu peso. Não é possível?

— Mais. Há dois anos, a verdadeira Jane trabalhou para um asilo da rede Orcutt Health. Acabei de saber que a Orcutt faz parte de uma empresa que pertence a *Brant Hill*. Se Jane era empregada de Brant Hill, então seu currículo consta dos arquivos deles e eles sabiam que ela tinha ido embora de Massachusetts. Seria fácil introduzirem outra mulher em minha casa sob o nome de Jane e com as credenciais dela. Se eu não tivesse visto a fotografia, nunca teria descoberto a verdade.

Dvorak ficou em silêncio, mas seus olhos encontram os dela. *Finalmente ele está me ouvindo. Pelo menos está considerando a minha versão.*

— Você contou isso para Alpren? — perguntou ele.

— Sim. Eu disse que tudo o que tinha a fazer era conversar com a *verdadeira* Jane Nolan. O problema é que ninguém sabe onde ela está morando ou qual é o seu nome de casada. Tentei encontrá-la, mas não descobri nem mesmo se ela está no país. Obviamente, Brant Hill escolheu alguém que sabia ser difícil de encontrar. Se é que ainda está viva.

— Registros da previdência social?

— Sugeri isso a Alpren. Mas se Jane não está trabalhando atualmente, pode levar semanas até que a encontrem. Não estou certa de que Alpren vá se dar ao trabalho de procurar. Uma vez que, para começo de conversa, ele não acredita em mim.

Dvorak levantou-se e olhou para ela um instante, como se a estivesse vendo, vendo de verdade, pela primeira vez. Ele assentiu.

— Pode ter certeza de que falarei com Alpren.

— Obrigada, Dan. — Toby suspirou, a tensão abandonando seu corpo. — Obrigada.

Dvorak estendeu a mão para ajudá-la a descer da escrivaninha. Ela lhe segurou o braço e permitiu que ele a apoiasse enquanto ficava de pé. Ainda apoiando-se nele, Toby ergueu a cabeça.

Aquele encontro de olhares foi suficiente. Ele sentiu a outra mão de Dvorak tocar-lhe o rosto, dedos correndo delicadamente por sua face. E viu, nos olhos dele, o mesmo desejo que ela sentia.

O primeiro beijo foi muito breve, um mero roçar de lábios. Um tímido primeiro encontro. Ele a abraçou e a puxou para mais perto. Ela soltou um gemido de prazer quando seus lábios voltaram a se encontrar. Toby deu um passo para atrás e seus quadris se chocaram contra a escrivaninha.

Ele continuou a beijá-la, correspondendo a seus gemidos e sussurros. Toby inclinou-se para trás, caindo sobre a escrivaninha e puxando-o com ela. Os papéis se espalharam por toda parte. Dvorak segurou-lhe o rosto entre as mãos e sua boca procurou a dela para explorações mais profundas. Toby estendeu as mãos para abraçar-lhe a cintura, mas, em vez disso, derrubou alguma coisa.

Ouviram ruído de vidro se quebrando.

Ambos se assustaram e se entreolharam, respiração rápida e pesada. Seus rostos enrubesceram ao mesmo tempo. Dvorak se afastou, ajudando-a a ficar de pé.

A fotografia do filho de Dvorak caíra no chão.

— Oh, não — murmurou Toby, olhando para o vidro espatifado. — Desculpe, Dan.

— Sem problema. Tudo o que precisa é de uma moldura nova. — Ajoelhando-se, ele recolheu os pedaços de vidro e jogou-os na lixeira. Dvorak se levantou e voltou a enrubescer ao olhar para ela. — Toby, eu... não esperava...

— Eu também não...

— Mas não lamento que tenha acontecido.

— Não?

Dvorak fez uma pausa, como se reconsiderasse a verdade do que acabara de dizer. E repetiu com firmeza:

— Não estou nem um pouco arrependido.

Eles se olharam por um instante.

— Quer saber? — murmurou. — Eu também não.

Então ela sorriu e pressionou os lábios contra os dele.

Atravessaram a Albany Street até o hospital de mãos dadas. Toby caminhava sobre nuvens, os ferimentos esquecidos, sua atenção voltada para o homem que lhe segurava a mão. No elevador, se beijaram novamente, e ainda se beijavam quando a porta se abriu.

Saíram do elevador quando um carrinho de emergência passou, empurrado por uma enfermeira em pânico.

O que será desta vez?, pensou Toby.

A enfermeira com o carrinho desapareceu no corredor. Então, ouviram no alto-falante: "Código azul, quarto 311..."

Toby e Dvorak se entreolharam alarmados.

— Não é o quarto de Molly? — perguntou ela.

— Não me lembro... — Ele estava na frente enquanto seguiam a enfermeira. Toby, com joelhos emperrados pelas bandagens, não conseguia acompanhá-lo. Dvorak parou do lado de fora de um dos quartos e olhou.

— Não é o quarto de Molly — disse ele quando Toby o alcançou. — É o paciente do quarto ao lado.

Toby olhou e viu um relance do caos.

A Dra. Marx aplicava uma RCP. Um residente de avental gritava ordens enquanto a enfermeira remexia a gaveta do carrinho de emergência. Quase não dava para ver o paciente em meio a equipe médica e tudo o que Toby conseguiu distinguir dele foi um pé magro, anônimo, sem sexo, exposto sobre o lençol.

— Eles não precisam de nós — murmurou Dvorak.

Toby assentiu e voltou-se para o quarto de Molly. Ela bateu de leve e abriu a porta.

Lá dentro, as luzes estavam acesas. A cama vazia.

Seu olhar se voltou para o banheiro, também vazio. Ela olhou de novo para a cama e subitamente percebeu que o tubo plástico do acesso venoso estava pendurado, a extremidade ainda ligada ao cateter. Uma pequena poça de dextrose e água brilhava no chão.

— Onde ela está? — perguntou Dvorak.

Toby foi até o armário e abriu a porta. As roupas de Molly não estavam mais lá.

Ela voltou pelo corredor e enfiou a cabeça no quarto 311, onde o código azul ainda estava em progresso.

— Molly Picker fugiu do hospital! — disse Toby.

A enfermeira ergueu a cabeça, obviamente atônita.

— Não posso sair agora! Chame a segurança.

Dvorak puxou Toby para fora do quarto.

— Vamos verificar no saguão.

Eles correram de volta ao elevador.

Lá embaixo, encontraram um segurança na entrada principal.

— Estamos procurando uma menina — disse Dvorak. — Cerca de 16 anos. Cabelo castanho comprido, vestindo um capa. Você a viu sair?

— Acho que ela saiu há alguns minutos.

— Para onde foi?

— Não sei. Ela saiu pela porta da frente. Não vi para onde foi.

Toby saiu pela entrada do saguão e a chuva açoitou seu rosto. O asfalto molhado se estendia como uma fita brilhante.

— Faz apenas alguns minutos — disse Dvorak. — Ela não pode ter ido muito longe.

— Vamos pegar o meu carro — disse Toby. — Tenho um telefone lá.

Deram uma volta no quarteirão sem verem sinal de Molly. Dirigiram sem se falar, ambos vasculhando as calçadas enquanto os limpadores de para-brisa rangiam.

Na segunda volta no quarteirão, Dvorak disse:

— Acho que é melhor chamar a polícia.

— Eles irão assustá-la. Se ela vir um policial, vai fugir.

— Ela *já* está fugindo.

— Está surpreso? Ela está com medo do tal Romy. Ela estava indefesa naquele hospital.

— Poderíamos conseguir proteção policial para ela.

— Ela não confia na polícia, Dan.

Toby deu mais uma volta no quarteirão, então decidiu ampliar a busca. Dirigiu lentamente para noroeste ao longo da Harrison Street. Se a menina procurava a segurança de uma multidão, aquela era a direção que tomaria. Seguiria para as ruas movimentadas de Chinatown.

Vinte minutos depois, Toby finalmente estacionou junto ao meio-fio.

— Isso não está funcionando. A menina não quer ser encontrada.

— É hora de chamar a polícia — disse Dvorak.

— Para prendê-la?

— Você concorda que ela é um perigo para sim mesma, certo?

Após uma pausa, Toby assentiu.

— Com aquela pressão arterial, ela pode ter outra convulsão. Um derrame.

— É o que basta. — Dvorak pegou o telefone do carro.

Enquanto ele ligava, Toby olhou pela janela e pensou no suplício que deveria ser andar naquela chuva, a água gelada entrando nos sapatos, pelo colarinho. Pensou no conforto relativo que tinha no carro. Bancos de couro. Ar quente soprando do aquecedor.

Ela tem 16 anos. Teria eu sobrevivido às ruas com 16 anos?

E a menina estava grávida, com uma pressão arterial letal, uma bomba relógio.

Lá fora, a chuva começou a cair com mais intensidade.

19

A quatro quarteirões dali, em um beco atrás de um restaurante indiano, Molly Picker se escondia dentro de uma caixa de papelão. De vez em quando, sentia cheiro de comida, aromas estranhos, temperados, que ela não conseguia identificar, mas que a deixavam com água na boca. Então o vento mudava de direção e ela sentia o cheiro da lixeira ali perto e engasgava com o fedor de comida podre.

Com o estômago oscilando entre fome e náuseas, ela se encolheu mais ainda. A chuva entrava na caixa, que começava a amolecer, caindo sobre os seus ombros como um manto de papelão molhado.

A porta dos fundos do restaurante indiano se abriu e Molly piscou quando a luz invadiu o beco. Um homem de turbante saiu, carregando dois sacos de lixo, que levou até a lixeira. Ele abriu a tampa de metal, jogou o lixo ali dentro, e fechou a tampa.

Molly espirrou.

Pelo súbito silêncio que se seguiu, ela percebeu que o homem a ouvira. Lentamente, sua silhueta apareceu diante da abertura da caixa, a cabeça com um turbante assustadoramente grande. Ambos se olharam.

— Estou com fome — disse ela.

Ela o viu olhar para a cozinha, então assentir.

— Espere — disse ele, e entrou.

Pouco depois, retornou com algo embrulhado em um guardanapo. Lá dentro, havia pão quente, fragrante e macio como um travesseiro.

— Agora vá — disse ele, sem grosseria. Mais que uma ordem, era uma gentil sugestão. — Você não pode ficar aqui.

— Não tenho para onde ir.

— Quer que eu ligue para alguém?

— Não há ninguém para ligar.

Ele olhou para o céu. A chuva afinara em garoa, e seu rosto marrom brilhava com a umidade.

— Não posso levá-la para dentro — disse ele. — Há uma igreja a três quadras daqui. Eles têm camas para as pessoas quando está frio.

— Que igreja?

Ele deu de ombros, como se uma igreja cristã fosse igual a qualquer outra.

— Vá até aquela rua. Você verá.

Tremendo, membros emperrados por ficarem dobrados dentro da caixa, ela se levantou.

— Obrigada — murmurou.

Ele não respondeu. Antes mesmo de sair do beco, ouviu a porta se fechar quando ele voltou ao restaurante.

Começou a chover outra vez.

Molly seguiu na direção indicada pelo homem, devorando o pão enquanto caminhava. Ela não se lembrava de ter provado um pão tão maravilhoso. Era como comer uma nuvem. Algum dia, pensou, algum dia eu vou pagar a esse homem por ter sido tão legal comigo. Ela sempre se lembrava das pessoas que haviam sido legais com ela, tinha uma lista em sua mente. A mulher na loja de bebidas que lhe dera um cachorro-quente dormido. O homem de turbante. E aquela Dra. Harper. Nenhum deles tinha motivos para agir assim com Molly Picker, mas agiram. Eram seus santos particulares, seus anjos.

Pensou quão legal seria se algum dia tivesse dinheiro. Enfiaria um monte de dinheiro em um envelope e o entregaria àquele homem de turbante. Talvez ele já estivesse velho àquela altura. Ela acrescentaria um bilhete: *Obrigada pelo pão*. É claro que ele não se lembraria dela. Mas ela se lembraria dele.

Não esquecerei. Não esquecerei.

Ela parou, olhos fixos no prédio do outro lado da rua. Sob uma grande cruz branca, leu as seguintes palavras: ABRIGO MISSIONÁRIO. BEM-VINDO. Através da porta, brilhava uma luz quente e convidativa.

Molly ficou momentaneamente paralisada pela visão daquela luz brilhando em meio à garoa, acenando para que saísse do escuro. Ela teve uma estranha sensação de felicidade ao descer do meio-fio e começar a atravessar a rua.

Uma voz chamou:

— Molly?

Ela ficou paralisada. Em pânico, voltou-se em direção à voz. Era uma voz de mulher, vindo de uma van estacionada perto da igreja.

— Molly Picker? — disse a mulher. — Eu quero ajudá-la.

Molly deu um passo para atrás, a ponto de fugir.

— Venha aqui. Posso levá-la a um lugar aquecido. Um lugar seguro. Não quer entrar na van?

Molly balançou a cabeça em negativa. Lentamente, ela se afastou, com a atenção tão concentrada na mulher que não ouviu os passos que se aproximavam às suas costas.

Uma mão se fechou sobre a sua boca, abafando seu grito, puxando sua cabeça para trás com tanta força que ela achou que quebraria o pescoço. Molly sentiu o cheiro de quem a agarrava. Era Romy, sua loção pós-barba enjoativamente doce.

— Adivinhe, Molly Wolly? — murmurou ele. — Estive procurando você a tarde inteira.

Debatendo-se, lutando, ela foi arrastada pela rua. A porta da van se abriu e outro par de mãos a puxou para dentro e a jogou no chão, onde seus pulsos e tornozelos foram rapidamente atados com fita adesiva.

A van arrancou, cantando pneus. Ao passarem sob um poste de luz, Molly viu a mulher sentada ali perto: uma mulher pequena com olhos astutos e cabelo curto e escuro. Ela pousou a mão no abdome proeminente de Molly e emitiu um suspiro de satisfação. Seu sorriso era como o ricto facial de um cadáver.

— Temos de voltar — disse Dvorak. — Não vamos encontrá-la. — Andavam em círculos havia uma hora e tinham verificado cada rua da redondeza ao menos duas vezes. Agora, estavam sentados no carro parado, cansados demais para conversarem, seus hálitos embaçando as janelas. Lá fora, a chuva finalmente cessara e as poças brilhavam na rua. *Espero que ela esteja em segurança*, pensou Toby. *Espero que esteja em um lugar quente e seco.*

— Ela conhece as ruas — disse Dvorak. — Conseguirá encontrar abrigo. — Ele apertou a mão de Toby. Ambos se olharam no escuro, exaustos, mas nenhum deles pronto para terminar aquela noite.

Dvorak se inclinou em direção a Toby e mal começara a beijá-la quando seu bipe tocou.

— Pode ser sobre Molly — disse ela.

Ele pegou o telefone do carro. Momentos depois, desligou e suspirou.

— Não é sobre Molly. Mas isso acaba com a nossa noite.

— Vai ter de voltar a trabalhar?

— Infelizmente. Poderia me deixar lá? Fica nesta mesma rua.

— E quanto ao seu carro?

— Pego uma carona na van do necrotério.

Ela ligou o motor. Foram para o norte, em direção a Chinatown, ao longo de ruas molhadas que refletiam as luzes coloridas da cidade.

Dvorak disse:

— Ali... bem em frente.

Ela viu as luzes piscando. Três viaturas policiais de Boston haviam sido estacionadas de qualquer jeito junto ao meio-fio, em frente a um restaurante chinês. Uma van branca do necrotério com a inscrição ESTADO DE MASSACHUSETTS estampada na lateral dava a ré na Knapp Street.

Toby parou atrás de um dos carros-patrulha e Dvorak saltou.

— Se tiver notícias de Molly, vai me ligar? — perguntou Toby.

— Sim. — Ele sorriu, acenou, e avançou em direção à fita de isolamento. Um patrulheiro o reconheceu e lhe deu passagem.

Toby segurou a alavanca de marcha mas acabou decidindo engatar o ponto morto e ficou ali um instante, observando a multidão que se aglomerava na rua. Até mesmo à meia-noite, formavam-se rodas de curiosos. Pairava uma bizarra frivolidade, dois homens batiam palmas, algumas mulheres riam. Apenas os policiais pareciam sérios.

Dvorak estava um pouco além da fita de isolamento, conversando com um sujeito à paisana. Um detetive. O homem apontou para um beco, então consultou um bloco de notas enquanto falava. Dvorak assentiu, o olhar vasculhando o chão. O detetive disse algo que fez Dvorak parecer surpreso. Nesse instante, percebeu que Toby ainda estava estacionada ali. O detetive olhou enquanto Dvorak se afastou abruptamente, passou por debaixo da fita e foi até o carro de Toby.

Ela baixou o vidro.

— Só quis observar um pouco — disse ela. — Acho que sou tão morbidamente curiosa quanto essas pessoas. É uma gente esquisita.

— É, sempre aparece gente esquisita.
— O que houve no beco?
Ele se inclinou na janela e disse em voz baixa:
— Encontraram um corpo. O documento de identidade diz que é Romulus Bell.
Ela reagiu com uma expressão de indiferença.
— Ele atendia pelo nome de Romy — disse Dvorak. — É o cafetão de Molly Picker.

O cadáver estava caído no chão, quase oculto por trás de um Taurus azul estacionado. O braço esquerdo estava dobrado sob o corpo, o direito estendido, como se apontasse para o restaurante no fim do beco. Uma execução, pensou Dvorak, observando o ponto de entrada da bala na têmpora direita do cadáver.
— Sem testemunhas — disse o detetive Scarpino. Era um dos policiais mais velhos da corporação, já perto da aposentadoria, famoso por suas perucas horríveis. Naquela noite, por causa da pressa, a cabeleira postiça parecia ter sido colocada ao contrário.
— O corpo foi encontrado perto das 23h30 por um casal que saiu daquele restaurante chinês. Este é o carro deles. — Scarpino apontou para o Taurus azul. — O inquilino do andar de cima veio ao beco para jogar fora o lixo por volta das 22 horas e não viu o corpo, de modo que achamos que aconteceu depois disso. A identidade estava na carteira da vítima. Um dos patrulheiros reconheceu o nome. Ele falou com a vítima ontem, que perguntou sobre a menina que vocês estão procurando.
— A vítima foi vista no Hospital de Boston por volta das 21 horas.
— Quem a viu?
— A menina, Molly Picker. Ele foi até o quarto dela no hospital. — Dvorak vestiu um par de luvas de látex e curvou-se para olhar melhor o cadáver. A vítima tinha cerca de 30 anos. Era um homem

magro com cabelo preto empastado à Elvis Presley. A pele ainda estava quente e o braço estendido era bronzeado e musculoso.

— Se me perdoa, doutor, isso não me parece certo.

— O quê?

— Você passeando por aí com aquela médica.

Dvorak se empertigou e olhou para Scarpino.

— Perdão?

— Ela está sob investigação. Ouvi dizer que a mãe dela não vai sobreviver.

— O que mais ouviu?

Scarpino fez uma pausa, olhando para a multidão no beco.

— Há novas provas sendo colhidas. Os meninos do Alpren estão verificando as farmácias da cidade. Ele está procurando algo sólido. Se a mãe morrer, o assunto vai para a Homicídios. Você e ela aparecendo em uma cena de crime se torna algo muito inconveniente.

Dvorak tirou as luvas, subitamente furioso com Scarpino. As horas que acabara de passar com Toby Harper fizeram-no duvidar de que ela fosse capaz de cometer uma violência, muito menos contra a própria mãe.

— Merda, há repórteres ali — disse Scarpino. — Todos o conhecem. E logo conhecerão o rosto da Dra. Harper. Vão se lembrar de tê-los visto juntos e pronto! Acabam na maldita primeira página.

Ele está certo, pensou Dvorak. O que só o fez ficar ainda mais furioso.

— Apenas não me parece certo — disse Scarpino, enfatizando cada palavra.

— Ela não foi acusada de nenhum crime.

— Ainda não. Fale com Alpren.

— Veja, podemos nos concentrar neste caso?

— Sim, claro. — Scarpino olhou para o corpo de Romulus Bell. — Só achei que devia lhe dar o conselho, doutor. Gente como você não precisa desse tipo de problema. Uma mulher que espanca a própria mãe...

— Scarpino, me faça um favor.
— Sim?
— Cuide da merda da sua vida.

Toby dormiu na cama de Ellen naquela noite. Após voltar para casa vinda de Chinatown, entrou em casa e sentiu como se estivesse entrando em uma tumba silenciosa e sem ar. Sentiu-se emparedada. Enterrada.

Em seu quarto, ela ligou o rádio em uma estação de música clássica e aumentou o volume para conseguir ouvi-lo no chuveiro. Precisava desesperadamente de música, vozes, qualquer coisa.

Ao sair do banheiro enxugando o cabelo com uma toalha, a música parou, transformando-se em estática. Ela desligou o som. Em meio ao súbito silêncio, sentiu a ausência de Ellen como se fosse uma dor física.

Toby foi até o quarto da mãe.

Ela não acendeu a luz. Em vez disso, ficou em meio à penumbra, inalando o aroma de Ellen, levemente adocicado, como as flores de verão que ela cuidava com tanto carinho. Rosas e lavandas.

Toby abriu o armário e tocou um dos vestidos ali pendurado. Apenas pela textura ela o reconheceu: era o conjunto de linho que a mãe usava no verão, um vestido tão antigo que Toby podia se lembrar de Ellen usando-o na formatura de Vickie. E lá estava o vestido, ainda pendurado no guarda-roupa, com todos os outros que Ellen tivera ao longo dos anos. *Quando foi a última vez que eu a levei para fazer compras? Não consigo lembrar. Não consigo lembrar da última vez que lhe comprei um vestido...*

Ela fechou a porta do armário e sentou-se na cama. Toby mudara a roupa de cama havia alguns dias, na esperança de que a mãe voltasse para casa. Agora desejava não ter feito aquilo, uma vez que todos os vestígios de Ellen foram levados com os lençóis e agora a cama cheirava a sabão em pó. Ela se deitou, pensando nas noites em que a mãe ocupara aquele mesmo espaço e perguntou-se se o próprio ar do quarto de algum modo fora marcado pela sombra de sua presença.

Ela fechou os olhos, inalou profundamente. E adormeceu.

O telefonema de Vickie a despertou às 8 horas da manhã seguinte. Tocou oito vezes antes de Toby conseguir ir até seu quarto e atender. Ainda meio sonolenta, mal conseguia se concentrar no que a irmã estava dizendo.

— Precisamos tomar uma decisão, mas não posso decidir sozinha, Toby. É um peso muito grande para mim.

— Qual decisão?

— O respirador da mamãe. — Vickie limpou a garganta. — Estão falando em desligá-lo.

— Não. — Toby despertou completamente. — Não.

— Fizeram outro EEG e disseram que...

— Estou indo. Não os deixe tocar em nada. Você ouviu, Vickie? Não os deixe tocar em nada.

Quarenta e cinco minutos depois, ela entrou no CTI do Hospital Springer. Vickie estava no cubículo de Ellen, assim como o Dr. Steinglass. Toby foi direto para o lado da mãe e, curvando-se, murmurou:

— Estou aqui, mamãe. Estou bem aqui.

— Fizemos um segundo EEG esta manhã — disse o Dr. Steinglass. — Não há atividade. A nova hemorragia pontina foi devastadora. Ela não tem respiração espontânea, nem...

— Não creio que devamos falar sobre isso neste quarto — disse Toby.

— Sei que é difícil aceitar — disse Steinglass. — Mas sua mãe não pode compreender nada do que estamos conversando.

— Não vou discutir este assunto. Não aqui — disse Toby, e saiu do cubículo.

Na pequena sala de reunião do CTI, sentaram-se à mesa. Toby, séria e silenciosa, Vickie à beira das lágrimas. O Dr. Steinglass, que Toby considerava competente mas distante, parecia desconfortável em seu novo papel de conselheiro de crises familiares.

— Lamento levantar o assunto — disse ele. — Mas realmente precisa ser discutido. Faz quatro dias agora e não vimos nenhuma melhora. Ambos os EEGs não mostraram qualquer atividade. A hemorragia foi grande, e não há atividade cerebral. O respirador está apenas... prolongando a situação. — Ele fez uma pausa. — Acredito que seria a coisa mais piedosa a ser feita.

Vickie olhou para a irmã e, depois, para o Dr. Steinglass.

— Se você realmente acha que não há chance...

— Ele não sabe — disse Toby. — Ninguém sabe.

— Mas ela está sofrendo — disse Vickie. — Aquele tubo na garganta, todas aquelas agulhas...

— Não quero que desliguem o aparelho.

— Só estou pensando no que a mamãe preferiria.

— Não é uma decisão sua. Não era você quem tomava conta dela.

Vickie afundou na cadeira, magoada.

Toby deixou a cabeça cair entre as mãos.

— Oh, meu Deus, desculpe. Não queria dizer isso.

— Acho que queria sim. — Vickie levantou-se da cadeira. — Tudo bem, você tomou a decisão. Uma vez que acha que é a única pessoa que a ama. — Vickie saiu da sala.

Após um instante, o Dr. Steinglass também saiu.

Toby permaneceu na sala com a cabeça baixa, tremendo de raiva. De si mesma. E da mulher que se dizia chamar Jane Nolan. *Se eu conseguisse encontrá-la. Se eu pudesse ter um maldito momento a sós com ela.*

Naquela tarde, a raiva e a adrenalina haviam se esgotado. Ela não tinha energia para procurar Dvorak outra vez, não tinha vontade de falar com ninguém. Em uma cadeira junto à cama de Ellen, ela se recostou e fechou os olhos, mas não conseguiu afastar a imagem da mãe deitada ali perto. A cada lufada do respirador ela via claramente o peito da mãe subir e descer. Os pulmões se enchendo de ar. O sangue rico em oxigênio fluindo dos alvéolos pulmonares para o coração, então para o cérebro onde circularia, inútil e desnecessário.

Ela ouviu alguém entrar no cubículo, e abriu os olhos para ver o Dr. Steinglass ao pé da cama de Ellen.

— Toby — murmurou ele. — Eu sei que é difícil para você. No entanto, precisamos tomar uma decisão.

— Não estou pronta.

— Estamos enfrentando uma situação difícil aqui. As camas do CTI estão lotadas. Se chegar um caso de infarto, precisaremos de espaço. — Ele fez uma pausa. — Manteremos o aparelho ligado até você se decidir. Mas você tem que entender a nossa posição.

Ela não disse nada. Apenas olhou para Ellen, pensando: *Quão frágil ela está. A cada dia parece encolher ainda mais.*

— Toby?

Ela olhou para o Dr. Steinglass.

— Preciso de mais tempo. Preciso ter certeza.

— Posso pedir que o neurologista fale com você.

— Não preciso de uma segunda opinião.

— Talvez sim. Talvez...

— Por favor, será que pode me deixar *em paz*?

O Dr. Steinglass deu um passo para trás, surpreso com a raiva na voz de Toby. Além da porta do cubículo, várias enfermeiras os observavam.

— Desculpe — disse Toby. — Preciso de mais um tempo. Preciso de tempo. Mais um dia.

Ela pegou a bolsa e saiu do CTI, percebendo claramente que as enfermeiras a observavam.

Para onde irei agora?, perguntou-se ao entrar no elevador. *Como reagir quando estou sendo atacada por todos os lados?*

A oposição tinha muitos tentáculos. O detetive Alpren. Jane Nolan. Seu antigo suplício, Doug Carey.

E Wallenberg. Primeiro, ela o deixara em má situação ao requisitar aquela necropsia. Então, levantara dúvidas perturbadoras sobre seus dois pacientes infectados com Creutzfeldt-Jakob. Certamente ela fizera um inimigo, embora aparentemente não tivesse lhe causado nenhum dano sério.

Então por que Brant Hill estava tão empenhada em desacreditá-la? O que estavam tentando esconder?

O elevador parou no segundo andar para dois escriturários que deixavam o serviço entrarem. Toby olhou para o relógio e viu que já passava das 17 horas. O fim de semana havia oficialmente começado. Ela olhou para o corredor administrativo e subitamente teve uma ideia.

Toby saiu do elevador e foi até a biblioteca médica. A porta ainda estava aberta, mas a biblioteca já estava vazia. Ela foi até o computador e o ligou.

A tela de busca da Medline apareceu.

Sob "nome do autor", ela digitou: Wallenberg, Carl.

Apareceram os títulos de cinco matérias, listadas em ordem cronológica inversa. A mais recente tinha três anos, e apareceu na seção de *Transplante de células*. "Vascularização após implantes de suspensão de células em ratos." Havia outros dois coautores: Gideon Yarborough, médico, e Monica Trammell, Ph.D.

Ela estava a ponto de passar para a matéria seguinte quando seu olhar parou sobre o nome de Gideon Yarborough. Toby se lembrou do sujeito careca no funeral de Robbie, alto e elegantemente vestido, que tentara interceder quando ela e Wallenberg discutiam. Wallenberg chamara o sujeito de *Gideon*.

Toby foi até o arquivo de referências e tirou o *Diretório de Médicos Especialistas* da estante. Encontrou o nome listado na seção de especialistas em cirurgia:

> Yarborough, Gideon. Neurocirurgião.
> Graduação: Biologia, Dartmouth. Medicina na Universidade de Yale.
> Residência: Hospital Hartford, Cirurgia Geral; Peter Bent Brigham, Neurocirurgia. Certificado, 1988.
> Pós-graduação: Instituto Rosslyn para Pesquisas sobre o Envelhecimento, Greenwich, Connecticut.
> Atualmente praticando em: Wellesley, Massachusetts, Howarth Surgical Associates.

O Instituto Rosslyn era a mesma instalação de pesquisa na qual Wallenberg trabalhara. Robbie Brace dissera que Wallenberg deixara o Rosslyn após se envolver em uma disputa por uma mulher com um de seus colegas pesquisadores. Um triângulo amoroso.

Seria Yarborough o outro homem?

Ela levou o *Diretório de Médicos Especialistas* para junto do computador e dessa vez digitou Yarborough em "nome do autor".

Apareceram diversos artigos, entre eles aquele que ela já vira sobre transplante de células. Toby foi até o primeiro artigo publicado, datado de seis anos antes, e leu o resumo. Descrevia experiências usando fragmentos de tecido cerebral de ratos, divididos em células individuais pela enzima tripsina, então injetadas no cérebro de ratos adultos. As células transplantadas prosperaram e formaram colônias funcionais completas, com novos vasos sanguíneos.

Ela sentiu um calafrio percorrendo-lhe a espinha.

Toby clicou no artigo seguinte, do Boletim de Neurobiologia Experimental. Os coautores de Yarborough eram nomes que ela não reconheceu. O título era "Integração morfofuncional de tecidos cerebrais embrionários implantados em ratos". Não havia resumo em anexo.

Ela viu os título dos artigos seguintes:

"Mecanismos de comunicação de enxertos fetais em cérebros hospedeiros de ratos."

"Estado gestacional opcional para coleta de células cerebrais de fetos de ratos."

"Criopreservação de enxertos cerebrais em fetos de ratos." Havia um resumo anexo a este artigo: "Após criopreservação em nitrogênio líquido durante noventa dias, as células cerebrais mesencefálicas demonstraram baixa significativa em sua capacidade de sobrevivência se comparadas às células frescas. Para a sobrevivência ideal de enxertos, é necessário o transplante imediato de células cerebrais fetais recém-colhidas."

Ela olhou para a última frase: *células cerebrais fetais recém-colhidas*.

Àquela altura, o calafrio chegara-lhe à nuca.

Ela clicou no artigo mais recente, datado de três anos: "Transplante de enxertos de pituitária fetal em macacos idosos: implicações para o prolongamento do tempo de vida natural". Os autores eram Yarborough, Wallenberg e Monica Trammell, Ph.D.

Foi a última matéria que publicaram. Pouco depois, Wallenberg e seus colegas de pesquisa deixaram o Rosslyn. Teriam saído do instituto por causa de sua pesquisa controvertida?

Toby se levantou e foi até o telefone da biblioteca. Seu coração estava disparado quando ligou para a casa de Dvorak. O telefone tocou várias vezes, mas ninguém atendeu. Ela olhou para o relógio de parede e viu que eram 17h45. A secretária eletrônica atendeu e ouviu-se uma mensagem gravada: *Aqui é o Dan. Por favor, deixe seu nome e número...*

— Dan, atenda — disse Toby. — Por favor, atenda. — Ela fez uma pausa, esperando ouvir uma voz de verdade, mas isso não aconteceu. — Dan, estou na biblioteca do Springer, extensão 257. Há algo aqui na Medline que você precisa ver. Por favor, *por favor*, me ligue de volta assim que...

A porta da biblioteca se abriu.

Toby se voltou e viu o guarda noturno enfiando a cabeça na sala. Pareceu tão assustado quanto ela.

— Senhora, preciso fechar a biblioteca.

— Estou dando um telefonema.

— Pode terminar a chamada. Eu espero.

Frustrada, ela simplesmente desligou e saiu da biblioteca. Apenas quando chegou à escadaria, lembrou-se que não havia desligado o computador.

Sentada no estacionamento, usou o telefone do carro para ligar para a linha direta do consultório de Dvorak. Outra vez, ouviu a gravação. Toby desligou sem deixar outra mensagem.

Ela girou a chave na ignição com violência e saiu do estacionamento. Dirigindo por hábito, foi em direção à sua casa, mente focada no que acabara de ler no computador da Medline. Enxertos neuronais. Células cerebrais fetais. Prolongamento do tempo de vida natural.

Então, essa era a pesquisa na qual Wallenberg vinha trabalhando no Rosslyn. Seu colega era Gideon Yarborough, um neurocirurgião que agora exercia a profissão em Wellesley, ali perto...

Ela parou em um posto de gasolina, entrou correndo e pediu ao caixa o catálogo de telefones de Wellesley.

Nas Páginas Amarelas, na seção de Médicos, encontrou o que procurava:

Howarth Surgical Associates
Um grupo de multiespecialistas
Eisley Street, 1388

Howarth. Aquele era um nome que ela lembrava ter visto no histórico médico de Harry Slotkin. Quando Robbie a levara a Brant Hill para ver o arquivo de Harry, ambos viram aquele nome em uma ordem de serviço:

Valium pré-operatório e transporte de van às 6h para a Howarth Surgical Associates.

Ela voltou ao carro e dirigiu até Wellesley.

Quando chegou ao prédio da Howarth, ela começava a montar as peças do quebra-cabeça de modo que fazia um sentido assustador.

Toby estacionou na rua do outro lado do prédio e olhou através da penumbra para a inexpressiva estrutura de dois andares. Era cercada de vegetação, com um pequeno estacionamento na frente, então vazio. As janelas do segundo andar estavam às escuras. No andar de baixo, a entrada e a área de recepção estavam iluminadas, mas não dava para ver qualquer movimento no interior.

Ela saiu do carro e atravessou a rua em direção à entrada principal. As portas estavam trancadas. Na janela, leu os nomes dos médicos:

>Dra. Merle Lamm, obstetra e ginecologista
>Dr. Lawrence Remington, cirurgião geral
>Dr. Gideon Yarborough, neurocirurgião

Interessante, pensou. Harry Slotkin viera de Brant Hill até ali supostamente para uma operação de desvio de septo nasal. Contudo, nenhum daqueles médicos era otorrinolaringologista.

Em algum lugar no interior do prédio, ouvia-se o rumor suave de maquinário. Uma fornalha? Um gerador? Ela não conseguiu identificar o som.

Toby deu a volta pela lateral do prédio, mas a densa vegetação impedia que olhasse através das janelas. O rumor subitamente estancou e pairou um silêncio absoluto. Ela deu a volta e descobriu um pequeno estacionamento pavimentado nos fundos do prédio. Havia três carros estacionados.

Um deles era um Saab azul-escuro. O carro de *Jane Nolan*.

A entrada dos fundos do prédio estava trancada.

Toby voltou para o carro e pegou o telefone. Mais uma vez, tentou ligar para a linha direta de Dvorak. Realmente não esperava que ele respondesse e ficou surpresa ao ouvir um enérgico "Alô".

Suas palavras saíram de rompante.

— Dan, eu sei o que Wallenberg está fazendo. Sei por que seus pacientes estão sendo infectados...

— Toby, ouça. Você tem de ligar imediatamente para seu advogado.

— Eles não estão injetando hormônios. Estão transplantando células pituitárias de cérebros de fetos! Mas algo deu errado. De algum modo, essas células transmitiram DCJ aos pacientes. Agora, eles estão tentando esconder isso, tentando ocultar o desastre antes que se torne público...

— *Ouça* o que estou dizendo! Você está com problemas.

— O quê?

— Acabei de falar com Alpren. — Ele fez uma pausa e disse em voz baixa: — Eles expediram um mandado de prisão contra você.

Durante um instante, ela não disse nada. Simplesmente olhou para o prédio no outro lado da rua. Um passo à frente, ela pensou. Eles estão sempre um passo à minha frente.

— É o que acho que deve fazer — disse ele. — Ligue para o seu advogado. Peça-lhe que a acompanhe à delegacia no quartel-general da Berkley Street. O caso foi transferido para lá.

— Por quê?

— Por causa da condição... de sua mãe.

Homicídio era o que ele queria dizer. Aquilo logo seria considerado um homicídio.

— Não deixe Alpren prendê-la em casa — disse Dvorak. — Vai acabar se tornando um prato cheio para a imprensa. Venha voluntariamente, assim que puder.

— Por que expediram o mandado? Por que agora?

— Eles têm novas provas.

— Quais provas?

— Apenas venha, Toby. Eu a encontro antes, e vamos juntos até lá.

— Não vou a parte alguma até saber que provas são essas.

Dvorak hesitou.

— Um farmacêutico perto da sua casa forneceu um medicamento para a sua mãe. Sessenta tabletes de Coumadin. Ele disse que você emitiu a receita por telefone.

— Isso é mentira.

— Só estou lhe contando o que o farmacêutico disse.

— Como sabe que fui eu quem fez a ligação? Pode ter sido outra mulher, alegando ser eu. Pode ter sido Jane. Ele não saberia.

— Toby, vamos resolver isso, prometo. Mas agora, o melhor a fazer é vir para cá. Voluntariamente, e sem atrasos.

— E então o quê? Passar a noite na cadeia?

— Se não vier, poderão ser meses de cadeia.

— Eu não envenenei a minha mãe.

— Então venha e diga isso a Alpren. Quanto mais tempo esperar, mais culpada vai parecer. Estou aqui para ajudá-la. Por favor, apenas venha.

Ela se sentiu sem reação para dizer qualquer coisa, e muito cansada para pensar em tudo o que tinha de fazer. Ligar para um advogado. Falar com Vickie. Arranjar pagamentos de contas, alguém para cuidar da casa, do carro. E dinheiro. Ela teria de transferir dinheiro de suas economias para a aposentadoria. Advogados eram caros...

— Toby, compreendeu o que precisa fazer?

— Sim — ela murmurou.

— Estou saindo do consultório agora. Onde gostaria de me encontrar?

— Na delegacia. Diga a Alpren que estou indo. Diga-lhe para não mandar ninguém à minha casa.

— O que quiser. Estarei esperando você.

Ela desligou, os dedos dormentes por segurar o aparelho com tanta força. Então agora começava a tempestade, pensou. Ela tentou se preparar para o que viria em seguida. Impressões digitais. Fotografias. Repórteres. Se ao menos pudesse se recolher a algum lugar e recuperar as forças. Mas não havia tempo agora, a polícia estava à sua espera.

Toby levou a mão à ignição e estava a ponto de virar a chave quando viu o brilho de faróis. Ao olhar para o lado, viu o Saab de Jane saindo do estacionamento da Howarth.

Quando Toby conseguiu dar a volta com seu Mercedes, o Saab já havia dobrado a esquina. Apavorada por tê-lo perdido, ela também dobrou a esquina abruptamente e voltou a ver as mesmas luzes traseiras. Imediatamente desacelerou, deixando o objeto de sua perseguição ao longe, mas ainda à vista. No cruzamento seguinte, o Saab dobrou à esquerda.

Segundos depois, Toby fez o mesmo.

O Saab dirigiu-se para oeste, abrindo caminho em meio aos setores mais movimentados de Wellesley. Não era Jane ao volante, e sim um homem. Dava para ver a sombra de sua cabeça contra o brilho dos faróis que vinham na pista contrária. Completamente concentrada em sua presa, Toby só via relances da vizinhança: portões de ferro, altas cercas vivas e luzes acesas em casas com muitas janelas. O Saab acelerou, as luzes traseiras afastando-se na noite. Um caminhão surgiu de uma transversal e se interpôs entre ela e o Saab.

Frustrada, Toby buzinou.

O caminhão reduziu e dobrou à direita. Ela finalmente conseguiu ultrapassá-lo.

A estrada à sua frente estava vazia.

Amaldiçoando o caminhão, Toby vasculhou a escuridão em busca de um relance de luzes traseiras. Viu-as esmaecendo à direita. O Saab entrara em um acesso particular de veículos e serpeava em meio a um denso agrupamento de árvores.

Ela pisou no freio e entrou na mesma estrada. Coração disparado, parou o carro e esperou algum tempo até se acalmar e sua pulsação voltar ao normal. As luzes traseiras do Saab desapareceram além das árvores, mas ela não estava mais preocupada em perdê-las, uma vez que aquela estrada parecia ser a única entrada e saída da propriedade.

Havia uma caixa de correio na entrada, bandeira vermelha erguida. Ela saiu do carro e olhou dentro da caixa. Viu dois envelopes de contas de serviços destinadas a Trammell.

Toby voltou para o carro e inspirou profundamente. Com os faróis desligados, guiada apenas pelas lanternas, seguiu lentamente a estrada, que serpeava em meio às árvores em um suave declive. Acionou os freios todo o tempo, fazendo as curvas tão lentamente que mal conseguia discernir com a fraca luz das lanternas. A estrada, que atravessava densos trechos de sempre-verdes, parecia interminável. Ela não conseguia ver o que havia no fim. Tudo o que enxergava era um brilho intermitente através dos galhos. Aprofundando-se no covil do inimigo, pensou. No entanto, ela não recuou. Foi empurrada para a frente por toda dor e ódio que sentira nas últimas semanas. A morte de Robbie. A de Ellen, que logo ocorreria. *Vá encontrar o que fazer da vida*, debochara Wallenberg.

Esta é a minha vida agora. Tudo o que restou dela.

A estrada se alargava em um acesso de veículos. Ela estacionou junto ao acostamento, pneus derrapando sobre folhas de pinheiro, e desligou o motor.

Havia uma mansão na escuridão à sua frente. As janelas do segundo andar estavam iluminadas, e ela viu a silhueta de uma mulher passar duas vezes diante de uma delas, agitada. Toby reconheceu o perfil.

Jane. Será que ela morava ali?

Toby olhou para a linha do imenso telhado da casa, que escondia metade das estrelas do céu. Conseguiu discernir quatro chaminés, assim como o brilho das janelas do terceiro andar. Será que Jane era hóspede naquele lugar? Ou apenas uma empregada?

Um sujeito de cabelo claro apareceu na janela do segundo andar. Era o motorista do Saab de Jane. Eles se falaram. Ele olhou para o relógio, então fez um gesto de *como posso saber?* com os braços. Agora, Jane parecia ainda mais agitada, talvez furiosa. Ela atravessou o quarto e pegou o telefone.

Toby pescou uma lanterna portátil dentro de sua maleta médica e saiu do carro.

O Saab estava estacionado em frente à varanda. Ela queria saber de quem era o carro, para quem Jane estava trabalhando. Ela foi até o Saab e projetou o facho da lanterna através do vidro do veículo. O interior estava limpo, nem mesmo um pedacinho de papel à vista. Ela tentou a porta do lado do passageiro e encontrou-a aberta. No porta-luvas, achou os documentos do carro, em nome de Richard Trammell. Ela abriu o porta-malas e foi até a traseira do carro. Inclinando-se para a frente, iluminou o interior do compartimento.

Foi quando ouviu um estalar de gravetos, o farfalhar de algo se movendo entre a folhagem às suas costas. Então, ouviu um rosnar baixo e ameaçador.

Toby voltou-se e viu o brilho de dentes quando o dobermann saltou em sua direção.

A força do ataque a derrubou. Instintivamente, ela levou às mãos à garganta. As presas do cão se cravaram em seu antebraço, dentes afundando até os ossos. Ela gritou, batendo no animal, mas o dobermann não a soltava. Começou a balançar a cabeça para a frente e para trás, presas rasgando a sua carne. Cega de dor, ela agarrou-lhe a garganta com a mão livre e tentou asfixiá-lo, mas as presas pareciam permanentemente cravadas em seu braço. Apenas quando ela conseguiu arranhar-lhe os olhos, o cão emitiu um ganido e a soltou.

Toby rolou para o lado, se levantou e correu em direção ao carro com o sangue escorrendo pelo braço.

O dobermann voltou a atacar.

Atingiu-a nas costas, fazendo-a cair de joelhos. Dessa vez, as presas agarraram-lhe apenas a camisa, dentes rasgando o tecido. Ela se desviou do animal e ouviu quando ele se chocou contra o Saab. Logo o dobermann estava novamente de pé, preparando-se para o terceiro ataque.

Um homem gritou:

— *Deitado!*

Toby ergueu-se, cambaleante, mas não conseguiu se recolher à segurança de seu carro. Dessa vez, o que a detinha era um par de mãos humanas que a capturaram e a empurraram contra o capô do Saab.

O dobermann latia, furioso, exigindo que permitissem que ele a matasse.

Toby debateu-se, tentando se livrar. A última coisa que viu foi a luz da lanterna traçando um arco através da noite. O golpe a atingiu na têmpora, arremessando-a para o lado. Ela se sentiu cair, tombando em meio à escuridão.

Frio. Estava muito frio.

Como se emergisse de águas geladas, ela recuperou a consciência. A princípio, não conseguiu sentir os membros. Não fazia ideia de onde estariam, nem mesmo sabia se ainda estavam unidos ao resto de seu corpo.

Uma porta bateu, emitindo uma série de ecos estranhamente metálicos. Para Toby, o som lembrava uma badalada de sino. Ela gemeu e virou de lado. O chão parecia feito de gelo. Encolhendo-se em uma bola ela ficou deitada, tremendo, tentando pensar, tentando fazer seus membros responderem. Seu braço doía agora, a dor superando a dormência. Ela abriu os olhos e foi ofuscada pela luz forte que atingiu suas retinas.

Havia sangue em sua camisa. A visão daquilo a fez despertar completamente. Chocada, concentrou-se na manga esfarrapada, encharcada de sangue.

O dobermann.

A lembrança daquelas presas retornou com a dor, tão intensa que ela quase desmaiou novamente. Mas lutou para permanecer acordada. Rolando sobre as costas, colidiu com uma perna de mesa. Algo escorregou do topo do móvel e ficou balançando sobre sua cabeça. Ela olhou e viu um braço nu, dedos oscilando bem diante de seus olhos.

Ofegante, ela rolou para o lado e ficou de joelhos. A tontura durou apenas alguns segundos, então clareou quando a imagem entrou em foco.

Havia um cadáver sobre a mesa, coberto por um lençol plástico. Apenas o braço era visível, a pele de um branco-azulado sob as luzes fluorescentes.

Toby levantou-se. Ainda estava tonta e teve de se apoiar em uma bancada para se equilibrar. Voltou a se concentrar no corpo e viu que havia outra mesa na sala, com outro corpo coberto. Uma lufada de ar frio soprou de um duto. Lentamente, olhou ao redor: as paredes sem janelas, a pesada porta de metal. Somente então se deu conta de onde estava. O próprio fedor já seria o bastante.

Estava em uma geladeira para armazenamento de cadáveres.

Voltando a se concentrar no braço pendurado, ela se aproximou da mesa e afastou o plástico.

O homem era idoso, cabelo castanho-escuro denunciando raízes grisalhas. Um mau trabalho de tintura. Suas pálpebras estavam abertas, revelando olhos azuis e mortiços. Ela afastou o resto do plástico e viu que o corpo nu não apresentava nenhum ferimento óbvio. As únicas escoriações estavam no seu braço, e ela as reconheceu como marcas de acessos venosos. Enfiado entre seus tornozelos havia uma pasta de papel-pardo com um nome escrito na capa: James R. Bigelow. Ela a abriu e viu que era um histórico médico da última semana de vida do sujeito.

O primeiro registro datava de 1º de novembro.

Paciente sem coordenação durante o desjejum: despejou leite em um prato, e não na xícara. Ao ser perguntado se queria ajuda, pareceu confuso. Foi levado à clínica para avaliação.

Ao ser examinado, apresentou leves tremores. Laudo cerebelar positivo. Nenhum outro sinal localizado.

Sequência de transferência permanente iniciada.

A anotação não estava assinada.

Ela se esforçou para entender o que lia, mas a dor de cabeça tornava cada palavra um desafio. O que queria dizer a última frase? Sequência de transferência permanente?

Ela foi até as duas anotações seguintes, datadas de 3 de novembro.

Paciente incapaz de andar sem ajuda. EEG com resultados inespecíficos. Tremores pioraram, sinais cerebelares mais acentuados. Tomografia demonstra aumento pituitário, nenhuma mudança aguda.

4 de novembro:

Desorientação duplicou de intensidade. Episódio de convulsões mioclônicas. Funções cerebelares continuam a se deteriorar. Exames de laboratório ainda normais.

Então, a última nota, em 7 de novembro:

Paciente imobilizado. Intestinos e bexiga incontinentes. Fluidos intravenosos e sedação 24 horas. Estágios terminais. Necropsia requisitada.

Ela baixou o histórico sobre as coxas nuas do sujeito. Durante um instante, olhou para o corpo com um estranho distanciamento clínico, percebendo os cabelos grisalhos do peito, as rugas no abdome, o pênis flácido em seu leito de pelos. *Será que ele sabia dos riscos?*, pensou Toby. Será que lhe ocorreu que tentar viver para sempre teria seu preço?

Os velhos estão se alimentando dos jovens.

Ela se apoiou na mesa, a visão embaçada por causa da dor que pulsava em sua cabeça. Demorou um instante até conseguir voltar a focar os olhos. Quando conseguiu, sua atenção se voltou para o outro corpo.

Ela se aproximou do segundo cadáver, ainda oculto, e afastou a cobertura plástica. Embora tivesse se preparado, não estava pronta para o horror daquilo que viu deitado sobre a mesa.

O cadáver do sujeito estava aberto, a caixa torácica e o abdome afastados, revelando um amontoado de órgãos internos. Quem quer que tenha feito a necropsia removera os órgãos e então os devolvera sem se preocupar com a anatomia correta.

Ela se afastou dali, nauseada. O fedor daquele cadáver indicava que estava morto havia mais tempo que o primeiro.

Toby obrigou-se a se aproximar outra vez e olhar para a pulseira de plástico. O nome Phillip Dorr fora escrito com marcador preto. Não viu registro médico, nenhuma documentação sobre a doença do sujeito.

Ela se obrigou a olhar para o rosto. Era outro idoso, sobrancelha com mechas grisalhas, o rosto estranhamente flácido, como uma máscara de borracha. Ela percebeu que o couro cabeludo fora cortado atrás das orelhas. A pele cedera, expondo um arco de crânio perolado. Delicadamente, ela puxou o cabelo e o couro cabeludo.

O topo do crânio caiu no chão com estardalhaço.

Ela gritou e se afastou.

O crânio se abriu como uma tigela vazia. Não havia nada dentro. O cérebro fora removido.

20

— Ela virá — disse Dvorak, observando Alpren bater com um lápis sobre a escrivaninha. — Apenas seja paciente.

O detetive Alpren olhou para o relógio.

— Já faz duas horas. Acho que você estragou tudo, doutor. Não devia ter dito a ela.

— E você não devia tirar conclusões precipitadas. Esse mandado de prisão é prematuro. Você não terminou a investigação preliminar.

— É. Então eu devia perder o meu tempo procurando a *verdadeira* Jane Nolan? Prefiro prender a *verdadeira* Dra. Harper. Se é que vamos conseguir encontrá-la agora.

— Dê-lhe a chance de vir até aqui por conta própria. Talvez ela esteja esperando o advogado. Talvez tenha ido até a sua casa ajeitar algumas coisas.

— Ela não foi para casa. Mandamos uma viatura policial para lá há meia hora. Acho que a Dra. Harper deu no pé e fugiu da cidade. Agora, deve estar a 200 quilômetros daqui, pensando em se livrar do carro.

Dvorak olhou para o relógio na parede. Não conseguia imaginar Toby Harper como uma fugitiva, ela não parecia uma mulher que fugisse, mas alguém que lutaria. Agora, tinha de questionar seus instintos, precisava repensar tudo o que sabia, ou achava que sabia, a respeito dela.

Evidentemente, Alpren tirara algum prazer de tudo aquilo. Dvorak, o médico, ferrara tudo e, daquela vez, o policial se mostrara um melhor juiz de caráter. Dvorak ficou sentado em silêncio, a raiva se acumulando no estômago, raiva de Alpren, por sua satisfação, e de Toby, por ter traído a sua confiança.

Alpren atendeu o telefone. Ao desligá-lo, tinha um brilho de satisfação nos olhos.

— Eles encontraram o Mercedes dela.

Onde?

— No Aeroporto de Logan. Abandonou-o na área de embarque. Acho que estava com pressa de pegar um avião. — Ele se levantou. — Não há motivo para esperar mais, doutor. Ela não vem.

Dvorak voltou para casa com o rádio desligado, mas o silêncio apenas alimentava sua agitação. Toby fugiu, pensou, e havia somente uma explicação para aquilo: uma consciência culpada e a certeza da punição. Contudo, certos detalhes continuavam a perturbá-lo. Ele imaginou a sequência de ações adotadas por uma Toby em fuga. Ela dirigiu até o Logan, abandonou o carro na área de embarque, entrou correndo no terminal e embarcou em um avião com destino desconhecido.

Mas aquilo não era lógico. Deixar um carro na área de embarque chamaria muita atenção. Qualquer um que tentasse uma fuga discreta teria estacionado o carro em um dos superlotados estacionamentos ao redor do aeroporto, onde ficaria dias sem ser notado.

Então, ela não pegara um avião. Alpren podia pensar que ela era idiota, mas Dvorak a conhecia. O detetive estava perdendo seu tempo ao verificar os voos saídos do Logan.

Ela deve ter fugido de outro modo.

Ao entrar em casa, Dvorak foi direto ao telefone. Estava furioso, magoado com a traição de Toby e por sua própria estupidez. Ele ergueu o aparelho para ligar para Alpren, então voltou a baixá-lo ao notar a luz da secretária eletrônica piscando. Ele apertou a tecla "Play".

Uma voz eletrônica indicou a hora da mensagem: 17h45. Então, ele ouviu a voz de Toby:

— Estou na biblioteca médica do Springer, extensão 257. Há algo aqui no Medline que você precisa ver. Por favor, por favor, me ligue de volta...

A última vez que se falaram fora por volta das 19h30, portanto aquela mensagem era anterior à sua última conversa. Ele se lembrou de que ela estava tentando lhe dizer algo, e que ele a interrompera antes que pudesse explicar o que descobrira.

Biblioteca médica do Springer... Há algo aqui no Medline que você precisa ver. Por favor, por favor, me ligue de volta...

A dor veio como uma garra esmagando seu abdome, apertando tanto que abafava qualquer gemido. Olhos fechados, dentes cerrados, Molly fechou as mãos em punho e lutou contra as correias do pulso. Apenas quando a contração terminou foi capaz de emitir um murmúrio de alívio. Ela não esperava que o parto fosse algo tão silencioso. Imaginara-se gritando, berrando, a dor era um negócio barulhento. Contudo, quando aconteceu, quando sentiu os primeiros sinais de outra contração e, em seguida, o aperto em seu útero, suportou-os sem emitir nenhum som, não desejava gritar, mas se encolher e se esconder em algum lugar escuro.

Mas *eles* não a deixavam em paz.

Havia dois deles, ambos usando aventais cirúrgicos azuis, apenas os olhos visíveis no estreito espaço entre a máscara e o gorro.

Um homem e uma mulher. Nenhum deles falou com Molly. Ela era um objeto, um animal idiota sobre a mesa, coxas afastadas, pernas imobilizadas sobre estribos elevados.

Finalmente, quando as contrações diminuíram e a névoa da dor clareou, Molly voltou a se dar conta de onde estava. As luzes brilhavam acima de sua cabeça como três sóis ofuscantes. O brilho intenso do suporte de soro. O tubo plástico que fora introduzido em sua veia.

— Por favor — disse ela. — Dói. Dói muito...

Eles a ignoraram. A atenção da mulher estava voltada para o gotejar do vidro de solução intravenosa, a do homem para a abertura entre as coxas de Molly. Se demonstrasse a mais vaga expressão de luxúria, Molly teria algum controle, algum poder sobre o sujeito. Mas ela não viu desejo naquele olhar.

Outra contração estava para vir. Ela forçou as correias do pulso, lutando para se virar de lado, a dor subitamente se traduzindo em raiva.

Furiosa, ela se balançou para a frente e para trás, e a mesa chacoalhou em meio a um tilintar de ferros.

— O acesso venoso não vai aguentar — disse a mulher. — Não podíamos anestesiá-la?

O homem respondeu:

— Perderíamos as contrações. Nada de anestesia.

— Deixem-me *ir*! — gritou Molly.

— Não estou aguentando esta barulheira — disse a mulher.

— Então injete a ocitocina e vamos expelir esta porcaria de uma vez. — Ele se curvou para a frente, dedos enluvados sondando entre as coxas de Molly.

— Me... deixem... ir! — ofegou Molly, a voz morrendo quando uma nova onda de dor tomou conta de seu corpo. A inserção dos dedos do homem naquele momento intensificava ainda mais sua agonia e ela fechou os olhos, lágrimas escorrendo pelo rosto.

— O cérvix está inteiramente dilatado — disse ele. — Estamos quase lá.

A cabeça de Molly se projetou para a frente e ela emitiu um gemido de agonia.

— Bom, ela está forçando. Faça isso. Vamos, menina. Empurre.

Molly obrigou-se a dizer:

— Vá se foder.

— Empurre, merda, ou vamos tirá-lo de algum outro jeito.

— Foda-se, foda-se, foda-se...

A mulher deu-lhe um tapa no rosto, tão brutal que a cabeça de Molly virou para o lado. Durante alguns segundos, permaneceu muda e atônita, o rosto latejando e a visão embaçada. A dor da contração passou. Sentiu um líquido quente esvair de sua vagina e ouviu-o pingando sobre o lençol de papel embaixo de suas nádegas. Então sua visão clareou e ela voltou a se concentrar no homem. E viu expectativa e impaciência em seus olhos.

Eles estão esperando para pegar o meu bebê.

— Aumente a ocitocina — disse o homem. — Vamos terminar logo com isso.

A mulher mexeu no gotejador do acesso venoso e, pouco depois, Molly sentiu outra contração a caminho, aumentando tão rapidamente e com tanta força que a chocou pela violência. Ela ergueu a cabeça da mesa, face voltada para o peito, e fez força. O sangue jorrou por entre suas pernas e ela o ouviu verter sobre o lençol cirúrgico.

— Força. Vamos, empurre! — ordenou a mulher.

A dor atingia uma intensidade insuportável. Molly emitiu um profundo suspiro e forçou outra vez. Sua visão escureceu. Uma nova dor súbita irrompeu em sua cabeça. Ela percebeu que gritava, mas aquele som lhe parecia alheio, como o grito de um animal moribundo.

— Isso. Vamos, vamos... — disse o homem.

Ela forçou uma última vez e sentiu a agonia entre suas pernas subitamente ceder à dor de pele rasgada.

E então, misericordiosamente, passou.

Tonta, molhada de suor, não conseguia se mover, nem emitir som algum. Talvez tenha adormecido, não estava certa. Sabia apenas que algum tempo se passara e havia movimento na sala. Som de água corrente, uma porta se fechando. Foi difícil, mas ela lentamente abriu os olhos.

A princípio, a primeira coisa que viu foi o clarão dos três sóis brilhando diretamente acima de sua cabeça. Então, ela se concentrou na imagem difusa do homem, de pé diante de suas coxas abertas, e no que ele tinha em mãos.

A coisa tinha cabelos, tufos negros grosseiros, coalhados de sangue. A pele era rosada e informe, como um pedaço de carne de açougue repousando languidamente sobre as mãos enluvadas do sujeito. Aquilo se moveu. A princípio, apenas um estremecimento, então uma violenta convulsão, a pele se contorcendo, o cabelo se eriçando como o pelo de um gato assustado.

— Função muscular primitiva — disse o homem. — Persistem as estruturas foliculares e dentais rudimentares. Ainda não eliminou os apêndices.

— Banho salino pronto.

— Está tudo preparado na outra sala?

— Nosso paciente está posicionado na mesa. Só precisamos do tecido.

— Me deixe pesar isto aqui. — O homem se levantou e pousou o pedaço de carne em uma balança não muito longe de onde estava a cabeça de Molly.

Molly olhou para aquilo. Um único olho, sem pálpebras e sem alma, a encarou de volta.

Seu berro se fragmentou em milhares de ecos penetrantes. Ela berrou várias outras vezes, seu horror aumentando ao ouvir o tom da própria voz.

— Cale a boca! — disse a mulher. — O paciente pode ouvir!

O homem forçou uma máscara de borracha sobre a boca e o nariz de Molly, e ela sentiu o bafejar de um gás venenoso. Ela virou o rosto. Ele a pegou pelo queixo e tentou forçá-la a ficar quieta e respirar. Molly mordeu o dedo mínimo do sujeito como um animal em pânico. O homem gritou.

Molly sentiu uma forte pancada na têmpora e cem luzes brilhantes pareceram explodir dentro de sua cabeça.

— Puta! Puta desgraçada! — gritou o homem.

— Meu Deus, seu dedo...

— A seringa. Pegue a seringa!

— O quê?

— O potássio. Aplique agora.

Lentamente, Molly abriu os olhos. Ela viu a mulher de pé diante dela, segurando uma seringa e uma agulha. Viu a agulha perfurar a barreira de borracha no tubo do acesso venoso.

Uma linha de fogo começou a queimar o braço de Molly. Com a dor, ela gritou e tentou se livrar, mas a correia mantinha seu pulso no lugar.

— Tudo — disse o homem. — Aplique tudo.

A mulher assentiu e apertou o êmbolo até o fim.

A contagem era extraordinária. Embutidas em espirais de tecido cerebral fetal, havia pelo menos 33 glândulas pituitárias, mais do que qualquer implante embrionário já produzira. Ao microscópio, as células pareciam saudáveis, e os exames de sangue da menina estavam todos normais. Não podiam permitir que nenhuma infecção fosse transmitida. Haviam cometido esse erro com o primeiro grupo de receptores, quando usaram fetos intactos colhidos dos úteros contratados de mulheres de uma pobre aldeia mexicana. Uma aldeia onde o gado já estava morrendo.

Mas aquele tecido crescera a partir de um embrião geneticamente alterado em seu próprio laboratório. Ele sabia que era saudável.

O Dr. Gideon Yarborough dissecou três das glândulas e introduziu-as em um frasco de tripsina aquecida a 37°C. O resto do feto, se é que se podia chamar aquele pedaço de carne de feto, foi lavado e guardado em um frasco de solução salina Hanks. A coisa flutuou no líquido e o olho azul veio à tona. Não havia um cérebro por trás daquele olho, nenhuma alma. No entanto, aquilo incomodava Yarborough. Ele cobriu o frasco e o afastou. Mais tarde, colheria as pituitárias restantes. Seria uma colheita valiosa e haveria o suficiente para implantar em dez pacientes.

Vinte minutos se passaram.

Yarborough lavou com solução salina o frasco contendo as três pituitárias. Àquela altura, a tripsina dissolvera o tecido e um líquido turvo rodopiava no frasco. Não continha mais pituitárias sólidas, e sim células individuais em suspensão. Os blocos de construção de uma nova glândula mestra. Cuidadosamente aspirou a suspensão em uma seringa, então levou-a para a sala ao lado, onde sua assistente o esperava.

Ligeiramente sedado com Valium, o paciente estava deitado na mesa. Um homem de 78 anos com saúde satisfatória, mas que vinha sentindo o peso da idade. Que queria a juventude de volta e estava ansioso para pagar por ela, disposto a enfrentar algum desconforto para ter a chance de rejuvenescer.

Agora, o homem estava deitado com a cabeça imobilizada por uma moldura estereotáxica Todd-Wells, crânio fixo no lugar. A imagem amplificada tirada por um tubo de raios X era projetada em um monitor de 15 polegadas. Na tela, via-se a sela túrcica, a pequena cavidade óssea contendo a velha glândula pituitária do paciente.

Yarborough espargiu um anestésico local na narina direita do sujeito e a umedeceu com uma solução de cocaína. Então, inseriu uma longa agulha pela narina esquerda e injetou mais anestésico na membrana mucosa.

O paciente emitiu um murmúrio de desconforto.

— Só estou anestesiando a área, Sr. Luft. Você está bem. — Ele entregou a seringa para a assistente.

E pegou a broca.

Tinha uma ponta de uma única volta, quase tão fina quanto uma agulha. Ele a inseriu na narina. Com a imagem na tela para guiá-lo, Yarborough começou a perfuração, a ponta atravessando a base do osso esfenoide. Quando saiu do outro lado, furando a dura, a membrana que protege a pituitária, o paciente emitiu um grito agudo e seus músculos se contraíram.

— Tudo bem, Sr. Luft. Esta é a pior parte. A dor vai durar apenas alguns segundos.

Como ele havia previsto, o paciente foi relaxando lentamente à medida que o desconforto passava. Perfurar a dura sempre causava aquele breve espasmo de dor na testa. O fato não preocupou Yarborough.

A assistente entregou-lhe uma seringa contendo a suspensão de células.

Através do buraco recém-perfurado no osso esfenoide, Yarborough introduziu a ponta da agulha. Gentilmente, injetou o conteúdo da seringa na sela túrcica. Ele imaginou as células rodopiando em seu novo lar, crescendo, multiplicando-se em novas colônias. Fábricas de células bombeando hormônios para um cérebro jovem. Hormônios que o Sr. Luft não mais podia produzir.

Ele retirou a agulha. Não havia sangramento. Aquele fora um procedimento limpo.

— Tudo correu perfeitamente bem — disse para o paciente. — Agora, vamos remover a moldura da cabeça. Você terá de ficar deitado aqui por meia hora enquanto verificamos sua pressão arterial.

— É só isso?

— Tudo pronto. Você se saiu muito bem. — Ele balançou a cabeça para a assistente. — Fique com ele. Vou chamar a van para quando o paciente estiver pronto para voltar a Brant Hill.

— O que fazemos com... — A assistente olhou para a porta que levava à outra sala.

Yarborough tirou as luvas.

— Também vou cuidar disso, Monica. Volte para casa e cuide do outro problema.

O termômetro na parede registrava menos de 2°C.

Toby encolheu-se em um canto, joelhos dobrados contra o peito, um lençol plástico jogado sobre os ombros. Era uma mortalha, e o cheiro de formol permeava o objeto. A princípio, aquilo a repelira e ela se sentiu nauseada com a ideia de usar a mortalha de um dos cadáveres. Mas, então, começou a tremer de frio e viu que não tinha escolha. Era o único meio de preservar o calor do corpo.

Mas não era o bastante para mantê-la viva. Horas se passaram e suas mãos e pés pareciam ter perdido toda a sensibilidade. Ao menos seu braço parara de doer. Mas ela estava com dificuldade para pensar, seus processos mentais retardados a um ponto em que ela não conseguia se concentrar em mais nada a não ser em se manter acordada.

Logo, porém, perderia a capacidade de controlar até mesmo isso.

Gradualmente, sua cabeça voltava-se para o chão e seus membros pareciam flácidos. Duas vezes despertou e descobriu-se deitada de lado, percebendo as luzes que ainda brilhavam. Depois disso, adormeceu.

E sonhou. Não houve imagens, mas sons. Havia duas pessoas falando — um homem e Jane Nolan — e suas vozes soavam distorcidas, metálicas. Ela se sentiu flutuando em líquido negro e uma bem-vinda lufada de ar quente atingiu-lhe as faces.

Então, sentiu-se caindo.

Ela despertou de súbito e descobriu-se deitada de lado na escuridão. Havia um tapete sob o seu rosto. Uma tênue lâmina de luz cortava as sombras. Uma porta se fechou. Ela tentou se mover, mas viu que não podia, uma vez que suas mãos estavam amarradas às costas. Seus pés estavam dormentes e inúteis. Toby ouviu outra porta se fechar e, então, o ruído de um motor de carro sendo acionado.

Um homem disse:

— Não devia fechar o portão?

A voz que respondeu era a de Jane Nolan:

— Prendi o cachorro. Ele não vai sair. Vamos.

Começaram a dirigir por uma estrada esburacada. A estrada da casa, pensou Toby. Para onde a estavam levando?

Um súbito solavanco da van fez com que batesse o ombro esquerdo contra o chão e ela quase gritou de dor. Toby estava deitada sobre o braço ferido e a bem-vinda dormência da geladeira se dissipava. Ela se esforçou para se virar de costas, mas agora se via espremida contra algo frio e borrachudo.

A luz começou a se filtrar através da escuridão, vinda de postes de luz e carros que passavam. Ela virou a cabeça para ver contra o que se chocara e viu-se cara a cara com um dos cadáveres.

O ofegar chocado de Toby atraiu a atenção de seus captores. O homem disse:

— Ei, ela acordou.

— Continue dirigindo — disse Jane. — Vou amordaçá-la. — Ela soltou o cinto de segurança e foi até a traseira da van. Ali, ajoelhou-se perto de Toby e pegou um rolo de fita cirúrgica.

— Não pense que vamos voltar a ouvi-la.

Toby lutou para livrar as mãos, mas não conseguiu afrouxar os nós.

— Minha mãe... você envenenou minha mãe...

— Foi culpa sua, você sabe — disse Jane, cortando um pedaço de fita. — A Dra. Harper, tão obcecada. Tão preocupada com alguns velhinhos. Nem mesmo se deu conta do que acontecia na própria casa. — Ela tapou a boca de Toby com a fita e disse, fingindo desprezo: — E se acha uma boa filha.

Sua puta, pensou Toby. *Sua puta assassina.*

Jane estalou os lábios enquanto pegava outro pedaço de fita.

— Eu não queria envenenar a sua mãe. Só estava lá para ficar de olho em você. Descobrir quão longe iria. Mas, então, Robbie Brace ligou para a sua casa naquela noite, e tudo saiu do controle... — Ela colocou o segundo pedaço de fita sobre a boca de Toby. — Ficou tarde demais para você sofrer um acidente. Tarde demais para calá-la. As pessoas tendem a acreditar nos mortos. — Ela pegou um último pedaço de fita e colocou no rosto de Toby, de orelha a orelha. — Mas quem acreditaria em alguém que envenenou a própria mãe? Eu acho que não. — Ela olhou para Toby por um instante, como se avaliasse o trabalho. Na penumbra da van, interrompida apenas pelo brilho ocasional dos faróis que passavam, os olhos de Jane pareciam brilhar por conta própria. Quantas vezes Ellen despertara para ver aqueles mesmos olhos olhando para ela? *Eu devia ter percebido. Eu devia ter pressentido o mal em minha casa.*

A van fez uma curva abrupta e Jane teve de se segurar para não cair.

Não, o nome dela não é Jane, pensou Toby, compreendendo tudo. O nome dela é Monica Trammell. A parceira de Wallenberg no Instituto Rosslyn.

A van balançava enquanto atravessava uma estrada sinuosa. O asfalto dera lugar à uma estrada irregular de terra batida e Toby sentia o corpo do velho chacoalhando, sua carne se chocando contra a dela. Eles pararam e a porta lateral se abriu.

Ela viu a silhueta de um homem contra o céu sem lua.

— Gideon ainda não chegou — disse o homem. Era Carl Wallenberg.

A mulher saiu da van.

— Ele tinha de estar aqui para isso. Todos nós tínhamos de estar aqui.

— O paciente precisa ser estabilizado.

— Não podemos fazer isso sem ele. Desta vez, a responsabilidade deve ser compartilhada, Carl. Entre todos nós, igualmente. Richard e eu já fizemos muito.

— Eu não quero fazer isso.

— Tem de fazer. O buraco já foi escavado?

A resposta veio em meio a um suspiro.

— Sim.

— Então vamos acabar logo com isso. — A mulher voltou-se para o motorista, que já saíra da van. — Tire-os, Richard.

O motorista pegou os pés amarrados de Toby e a arrastou até a porta. Quando Wallenberg pegou-a pelos ombros, Toby se debateu.

Ele quase a deixou cair.

— Meu Deus! Ela ainda está viva.

— Apenas a traga para cá — disse Monica.

— Meu Deus, teremos de fazer isso desse modo?

— Eu não trouxe as seringas. Assim não haverá sangue. Não quero provas espalhadas por aí.

Wallenberg emitiu alguns profundos suspiros, então voltou a segurar Toby pelos ombros. Os dois a tiraram da van e a carregaram em meio à noite. A princípio, Toby não fazia ideia de para onde a estavam levando. Sabia apenas que o chão era irregular e que os dois estavam com dificuldade para caminhar no escuro. Ela viu um relance da cabeça de Richard Trammell, seu cabelo louro quase branco iluminado pelo luar, então viu o céu e o perfil de um guindaste erguendo-se contra as estrelas. Virando a cabeça, percebeu luzes brilhando através de uma cerca de metal e reconheceu o prédio ao longe, o asilo de Brant Hill. Eles a estavam transportando até a cava de fundação de um novo prédio.

Wallenberg tropeçou e soltou os ombros de Toby. Ela caiu e bateu com a cabeça no chão com tanta força que trincou os dentes. Sentiu que mordera a língua e o gosto de sangue acumulou-se em sua boca.

— Droga! — murmurou Wallenberg.

— Carl — disse Monica, com a voz impessoal e metálica. — Apenas acabe com isso de uma vez.

— Ora, dane-se! Faça você!

— Não, é a sua vez. Desta vez você vai sujar as mãos. E Gideon também. Agora, acabe logo com isso.

Wallenberg inspirou profundamente. Debatendo-se, Toby foi erguida e transportada até o buraco. Os dois homens pararam. Toby olhou diretamente para o rosto de Wallenberg, mas não conseguia ver a expressão dele contra o céu enluarado. Viu apenas um forma oval escura, um cacho de cabelo soprado pelo vento enquanto ele a balançou para o lado e então a soltou.

Embora estivesse preparada para a aterrissagem, o súbito impacto expulsou o ar de seus pulmões. Durante um instante, Toby só viu escuridão. Gradualmente, a visão retornou. Viu estrelas e deu-se conta de que estava deitada no fundo de um buraco. Um pouco de terra caíra da lateral, atingindo-lhe os olhos. Ela virou a cabeça de lado e sentiu cascalho contra o rosto.

Os dois homens se afastaram. *Agora*, ela pensou. *Minha única chance.* Ela lutou para se livrar, contorcendo-se para um lado, depois para o outro, a terra caindo em cima dela enquanto lutava contra a parede do buraco. Não adiantava, seus pulsos e tornozelos estavam muito bem atados, e o esforço só fez suas mãos ficarem dormentes. Mas um canto da fita começou a descolar de seu rosto. Ela esfregou o rosto contra o cascalho, arranhando a pele enquanto a fita se soltava.

Rápido. Rápido.

Ela engasgava em meio a uma nuvem de poeira. A fita soltou, libertando seus lábios. Ela inspirou e gritou.

Uma figura apareceu à borda do buraco, olhando para ela.

— Ninguém pode ouvi-la — disse Monica. — É um buraco muito profundo. Amanhã não estará mais aí, terá sido fechado. Amanhã vão encher de cascalho. Então, virá a fundação de concreto.

Toby se virou quando o homem apareceu novamente, carregando um dos corpos. Eles o jogaram lá dentro e ele caiu ao lado de Toby, a cabeça chocando-se com força contra o seu ombro. Ela se encolheu para o outro lado do buraco, e mais terra caiu sobre seu rosto.

Então é assim que termina. Três esqueletos em um buraco. E uma laje de concreto para nos cobrir.

Os homens saíram para buscar o último corpo.

Outra vez, Toby gritou por ajuda, mas sua voz parecia perdida naquele buraco profundo.

Monica agachou-se ao lado do buraco e olhou para baixo.

— A noite está fria. Todo mundo fechou as janelas. Não podem ouvi-la.

Toby voltou a gritar.

Monica atirou um punhado de terra no seu rosto. Tossindo, Toby virou-se de lado e viu-se diante do cadáver. Monica estava certa. Ninguém estava ouvindo, ninguém a ouviria.

Os homens voltaram, ambos ofegantes pelo esforço. Jogaram o último corpo no buraco.

Aterrissou em cima de Toby e a mortalha caiu sobre o seu rosto, cobrindo-o. Ela mal conseguia se mover sob o peso do corpo, mas ouvia vozes lá em cima, e uma pá escavando o solo.

A primeira pá de terra caiu no buraco. Aterrissou sobre as pernas de Toby. Ela tentou afastá-la, mas outra pá foi lançada, e mais outra.

— Espere o Gideon — disse Monica. — Ele tem de fazer parte disso.

— Ele estará aqui. Vamos acabar logo com isso — argumentou o marido. O sujeito resmungou e mais terra caiu sobre o corpo que estava em cima de Toby. A terra se espalhou sobre seus cabelos. Mais uma vez, ela tentou se mover sob o peso do corpo. A mortalha se afastou, descobrindo os seus olhos. Ela olhou para as três pessoas à borda do buraco. Pareceram sentir que ela os olhava e se calaram por um instante.

Monica disse:

— Muito bem. Vamos enchê-lo de terra agora.

Toby gritou:

— Não! — Mas sua voz foi abafada pelo plástico da mortalha. Pelo peso do corpo.

A terra caía. Ela piscou, tentando tirá-la dos olhos. Outra pá de terra caiu sobre seu cabelo, então mais terra, muita terra se espalhando ao redor de seu corpo, cobrindo os seus membros. Ela tentou se mover, mas o cadáver e a terra a mantinham presa no lugar. Toby ouviu o coração batendo nos ouvidos, o ar atravessando os pulmões. Viu as estrelas pela última vez antes de esconder o rosto sob a mortalha.

Então sua cabeça foi coberta e ela não viu mais luz alguma.

21

Era a sua vez de empunhar a pá.

As mãos de Carl Wallenberg estavam trêmulas quando lançou o primeiro punhado de terra. Fez uma pausa à borda do buraco, olhando para a escuridão, pensando na mulher ainda viva lá dentro. Coração ainda batendo, sangue ainda fluindo. Um milhão de neurônios em pânico em meio à agonia da morte. Sob aquela cobertura de terra, ela estava morrendo.

Wallenberg jogou uma pá de terra no buraco e voltou-se para pegar outra. Ouviu o murmúrio de aprovação de Mônica, e a amaldiçoou silenciosamente por ela o estar obrigando a fazer aquilo. Aquelas seriam as últimas provas das quais teriam de se livrar, os últimos dois cadáveres a serem ocultados, resultados de uma experiência que dera terrivelmente errado.

Deveríamos ter sido mais cautelosos com os doadores. Deveríamos ter examinado o material fetal em busca de algo além de bactérias e vírus. Nunca consideramos a possibilidade de príons.

Mas Yarborough estava com pressa para implantar as células. O tecido tinha de ser fresco, insistia. A suspensão de células tinha de ser implantada em um prazo de sete dias depois da coleta ou não sobreviveriam no cérebro do novo hospedeiro. Não colonizariam. E havia aquela longa lista de espera de receptores ansiosos, três dúzias de homens e mulheres que haviam feito seus depósitos e esperavam por uma segunda chance de serem jovens. Sem riscos, como lhes fora assegurado. E, em verdade, era um procedimento benigno: um anestésico local, uma injeção de células pituitárias fetais guiada por raios X e, semanas depois, o lento rejuvenescimento da glândula mestra. Ele e Gideon fizeram aquilo dezenas de vezes, sem complicações, até Rosslyn encerrar o projeto por motivos morais. Não fosse a necessidade de usar fetos humanos abortados, o procedimento seria recebido como uma importante descoberta da medicina. Uma fonte da juventude, destilada do cérebro de não nascidos e enjeitados.

Uma importante descoberta da medicina, sim. Mas que para sempre seria evitada por causa da política.

Ele fez uma pausa, ofegante, o suor gelando a sua pele. O buraco estava quase coberto. Àquela altura, os pulmões da mulher estariam engasgando com a poeira, suas células cerebrais sentindo falta de oxigênio. O coração batendo desesperadamente pela última vez. Ele não gostava de Toby Harper, concordou que tinha de ser silenciada, mas desejava-lhe uma morte mais misericordiosa, uma que não o atormentasse pelo resto da vida.

Ele jamais pretendera ferir alguém.

Alguns fetos tinham de ser sacrificados, é verdade, mas apenas no começo. Agora, estavam usando tecidos clonados, quase não humanos, implantados e nutridos no útero. Ele não se sentia culpado pela fonte dos tecidos. Nem seus pacientes. Eles apenas *queriam* aquilo, e estavam dispostos a pagar. Desde que Brant Hill não soubesse nada sobre o assunto, seu trabalho seguiria em frente e o dinheiro continuaria a fluir.

Mas, então, Mackie morrera, seguido dos outros. Agora, não se tratava apenas do dinheiro que poderia perder, e sim de sua posição, sua reputação. Seu futuro.

Valeria a pena matar por isso?

Enquanto continuava a jogar terra no buraco que se enchia rapidamente, ele sabia que a mulher lá embaixo estava morrendo. Mas, afinal de contas, todos nós morreríamos. Alguns de modo mais horrível que os outros.

Ele baixou a pá e sentiu vontade de vomitar.

— Mais terra. Nivele — disse Monica. — Tem de ficar por igual. A equipe de construção não pode perceber.

— Faça você. — Ele empurrou a pá na direção dela. — Já cavei o suficiente.

Ela pegou a pá e olhou para Wallenberg.

— Sim, suponho que sim — disse ela afinal. — E agora está tão envolvido quanto eu e Richard. — Ela fez uma pausa com o pé sobre a pá e preparou-se para pegar mais terra.

— Yarborough chegou — disse Richard.

Wallenberg voltou-se e viu faróis se aproximando. O Lincoln preto de Yarborough atravessou a estrada de terra e parou junto à cerca da construção. A porta do motorista se abriu e se fechou outra vez.

Uma luz brilhante se acendeu, seu facho inundando o pátio de obras. Wallenberg tropeçou, protegeu os olhos do brilho inesperado. Ouviu o barulho frenético de outros pneus derrapando sobre o cascalho, o ruído de portas de outros dois carros se abrindo e o som de passos de gente correndo.

Ele forçou a vista quando as silhuetas subitamente apareceram diante dos holofotes. *Não é Yarborough*, pensou. *Quem são vocês?*

Dois homens avançaram em sua direção.

O ar fresco inundou seus pulmões, tão frio que machucou sua garganta. Ela ofegou e respirou outra vez, e mais outra, inalando ar em meio à tosse. Havia algo contra seu rosto, e ela lutou para se livrar daquilo, afastando as mãos que seguravam sua cabeça.

Ela ouviu vozes, muitas vozes para ser capaz de identificá-las, todas falando ao mesmo tempo.

— Volte a aplicar o oxigênio!

— Ela está reagindo...

— Ei, preciso de ajuda aqui! Não consigo introduzir a intravenosa.

Toby se debateu, golpeando cegamente. Havia uma luz brilhando ao longe e ela lutou para avançar em meio à escuridão, para alcançar a luz antes que desaparecesse. Mas seus braços pareciam paralisados, algo os forçava para baixo. E o ar que respirava tinha cheiro de borracha.

— Toby! Pare de lutar contra nós! — Ela sentiu uma mão agarrá-la, como se tentasse tirá-la da escuridão.

Uma cortina escura subitamente pareceu se abrir diante de seus olhos e ela emergiu em meio a um mar de luzes. Viu rostos olhando para ela. Viu mais luzes então, azuis e vermelhas, girando em círculos. *Lindas*, pensou. *Estas cores são tão lindas.* Ouviu estática em meio à noite. Um rádio da polícia.

— Doutor, precisa ver isso — disse um dos policiais.

Dvorak não respondeu, o olhar concentrado na ambulância, as luzes traseiras balançando enquanto o veículo atravessava a estrada de terra, levando Toby para o Hospital Springer. Ela não devia ficar sozinha esta noite, pensou. Eu devia estar com ela. É onde quero estar. Onde quero ficar.

Ele se virou para o policial e percebeu que suas pernas não estavam firmes, que ainda estava trêmulo. A noite assumira uma estranha fosforescência de néon. Todas aquelas viaturas policiais, todas aquelas luzes. E havia curiosos reunidos do outro lado da cerca de construção. Os curiosos de sempre nas cenas de crime. Mas aquela era uma multidão mais idosa, composta de residentes de Brant Hill que ouviram as sirenes e, curiosos, saíram na noite ainda vestindo seus roupões. Postaram-se em uma fila solene, olhando através da cerca para o pátio de obras, onde dois corpos haviam sido descobertos e agora jaziam expostos no chão de terra.

— O detetive Sheehan precisa de você aqui — disse o policial.
— Ele foi o único que o tocou.
— Tocou no quê?
— No cadáver.
— Outro?
— Infelizmente.

Dvorak seguiu o policial e saiu do pátio de obras.

— Estava no porta-malas do carro — disse o policial, ofegante.
— Qual carro?
— O Lincoln do Dr. Yarborough. O que seguimos do prédio da Howarth. Parece que estava trazendo um defunto de última hora para o enterro. Realmente não esperávamos ver isso quando abrimos o porta-malas.

Passaram pela multidão de curiosos e foram até o carro de Yarborough, estacionado junto à cerca. O detetive Sheehan estava ao lado do porta-malas aberto.

— Hoje à noite, estão vindo em trincas — disse ele.

Dvorak balançou a cabeça.

— Não sei se aguento mais.
— Está se sentindo bem, doutor?

Dvorak fez uma pausa, pensando na noite que teria pela frente. Nas horas que se passariam antes que ele pudesse chegar à beira da cama de Toby. Não teria como não se atrasar. Ele teria de fazer aquilo.

Pegou um par de luvas de látex do bolso.

— Vamos com isso — disse ele. E olhou para o porta-malas. Sheehan iluminou o rosto do cadáver.

Por um instante, Dvorak não conseguiu dizer uma palavra sequer. Ficou olhando para o rosto da menina, para os ferimentos que maculavam sua pele frágil, para seus olhos cinzentos, abertos e sem vida. Outrora havia uma alma ali dentro e ele a vira brilhar com força. *Onde está você agora?*, perguntou-se. *Em algum lugar bom, espero. Algum lugar quente, agradável e seguro.*

Dvorak estendeu a mão e gentilmente fechou os olhos de Molly Picker.

O som de enfermeiras rindo no corredor despertou Dvorak de um sono profundo. Ele abriu os olhos e viu a luz do dia atravessando a janela. Estava sentado em uma cadeira junto a um leito hospitalar. Toby ainda dormia, respiração baixa e regular, rosto corado. A maior parte da terra fora retirada de seu rosto na noite anterior, mas havia alguns grãos de areia brilhando em seu cabelo.

Ele se levantou e se espreguiçou, tentando afastar o torcicolo do pescoço. Finalmente, um dia de sol, pensou, olhando pela janela. Havia apenas uma pequena nuvem pairando no céu.

Atrás dele, uma voz murmurou:

— Tive um terrível pesadelo.

Voltando-se, ele olhou para Toby. Ela estendeu a mão para ele. Dvorak tomou-a carinhosamente e sentou-se ao seu lado.

— Mas não foi um sonho, certo? — disse ela.

— Não. Infelizmente, foi tudo real.

Ela ficou calada um instante, franzindo as sobrancelhas, como se tentasse reunir os fragmentos de memória em um todo compreensível.

— Encontramos os registros médicos — disse Dvorak.

Toby olhou para ele, olhos questionadores.

— Eles mantinham registro de todos os implantes cerebrais. Eram 79 arquivos, armazenados no porão do prédio da Howarth. Nomes de pacientes, notas de operação, tomografias posteriores.

— Estavam compilando as informações?

Ele assentiu.

— Para corroborar suas alegações de sucesso. Ao que parece, os implantes tiveram benefícios.

— E males também — acrescentou ela, em voz baixa.

— Sim. Houve um grupo de pacientes no começo do ano passado, quando Wallenberg ainda usava fetos abortados. Cinco homens receberam implantes do mesmo lote de células fetais. Foram todos infectados ao mesmo tempo. Levou um ano para o primeiro manifestar os sintomas.

— O Dr. Mackie?

Ele assentiu.

— Você disse que havia 79 arquivos. E quanto aos outros pacientes?

— Vivos e bem. E progredindo. O que apresenta um dilema moral. E se esse tratamento realmente funcionar?

Pela expressão preocupada de Toby, ele viu que ela compartilhava das mesmas preocupações. Quão longe devemos ir para prolongar a vida? Quanto de nossa humanidade teremos de sacrificar?

Subitamente, ela disse:

— Sei onde encontrar Harry Slotkin. — Toby olhou para ele com espantosa lucidez. — Brant Hill. A nova ala do asilo. Há algumas semanas, eles verteram as fundações de concreto.

— Sim, Wallenberg nos contou.

— Wallenberg?

— Estão atacando uns aos outros agora. Wallenberg e Gideon contra os Trammell. É uma corrida para culpar alguém. No momento, os Trammell parecem estar levando a pior.

Toby fez uma pausa, reunindo coragem para fazer a próxima pergunta.

— Robbie?

— Foi Richard Trammell. A arma estava registrada no nome dele. Só estamos esperando a confirmação da balística.

Ela assentiu, absorvendo a dolorosa informação em silêncio. Dvorak viu lágrimas aflorarem nos olhos de Toby e decidiu que deveria esperar para lhe falar sobre Molly. Não era hora de lhe trazer mais tragédias.

Ouviu-se uma batida à porta e Vickie entrou no quarto. Parecia mais pálida que na noite anterior, quando viera visitar Toby. Mais pálida e estranhamente amedrontada. Ela fez uma pausa a alguns metros da cama, como se estivesse relutante em se aproximar.

Dvorak levantou-se.

— Acho que vou deixá-las a sós — disse ele.

— Não. Por favor — disse Vickie. — Você não precisa ir embora.

— Não vou a lugar algum. — Ele se curvou e beijou Toby. — Mas vou esperar lá fora. — Ele se levantou e caminhou até a porta.

Houve uma pausa.

Olhando para trás, Dvorak viu Vickie se livrar subitamente de um impedimento invisível. Em três passos rápidos, ela se aproximou da cama e abraçou Toby.

Dvorak enxugou os olhos e saiu silenciosamente do quarto.

Dois Dias Depois

O aparelho garantia vinte respirações por minuto, cada lufada seguida de um suspiro e da deflação das costelas e da caixa torácica. Toby achava aquele ritmo confortador enquanto penteava o cabelo da mãe e banhava seus membros e seu tórax, a toalha passando por marcas que ela bem conhecia. A mancha de pigmentos em forma de estrela no braço esquerdo. A cicatriz da biópsia no seio. O dedo com artrose, curvo como um cajado de pastor. *Mas aquela cicatriz no joelho, como Ellen a conseguira?*, perguntou-se Toby. Parecia uma cicatriz muito antiga, bem curada, quase invisível, suas origens perdidas nos esquecidos recessos da infância da mãe. Ao olhar para a cicatriz sob a luz intensa do cubículo do CTI, ela pensou: durante todos esses anos, mamãe tinha essa cicatriz e eu nunca a percebi.

— Toby?

Ela se voltou e viu Dvorak à porta do cubículo. Talvez estivesse ali havia algum tempo, mas ela não notara a sua chegada. Era o jeito dele de ser. No dia e meio em que ficara hospitalizada, Toby despertava achando que estava só. Então, virava a cabeça para o lado e via que ele ainda permanecia lá, sentado em seu quarto, silencioso e discreto, observando-a. Como fazia agora.

— Sua irmã acabou de chegar — disse ele. — O Dr. Steinglass está subindo.

Toby olhou para a mãe. O cabelo de Ellen estava espalhado sobre o travesseiro. Não parecia o cabelo de uma mulher idosa, e sim a crina luxuriante de uma jovem, brilhante como folhas de prata levadas pelo vento. Toby curvou-se e beijou a testa de Ellen.

— Boa noite, mamãe — murmurou, e saiu do cubículo.

Do outro lado da janela de observação, postou-se ao lado de Vickie. Dvorak ficou mais atrás, sua presença sentida embora não vista. Através do vidro, observaram o Dr. Steinglass entrar no cubículo e dirigir-se ao respirador. Ele olhou para Toby com uma pergunta silenciosa nos olhos.

Ela assentiu.

O Dr. Steinglass desligou o aparelho.

O peito de Ellen parou de se mover. Dez segundos se passaram em silêncio.

Vickie segurou a mão de Toby com força.

O peito de Ellen continuou imóvel.

Agora, seu coração desacelerava. Primeiro, uma pausa. Uma batida incerta. Então, finalmente, parou de bater.

Desde que nascemos, a morte é o nosso destino final, pensou Toby. *Apenas a data desse fato é incerta.*

Para Ellen, a jornada se completava às 14h15, naquela tarde de fim de outono.

Para Daniel Dvorak, a morte poderia vir dali a dois anos. Ou em quarenta. Seria anunciada por tremores nas mãos, ou chegaria sem se anunciar enquanto seus netos dormiam no quarto ao lado. Ele aprenderia a conviver com essa incerteza, assim como as pessoas convivem com todas as outras incertezas da vida.

E quanto ao restante de nós?

Toby apertou a mão contra o vidro e sentiu a própria pulsação, quente e forte, na ponta dos dedos. *Já morri uma vez,* pensou.

Aquela seria uma jornada inteiramente nova.

BIBLIOGRAFIA

Berny, P. J., Buronfosse, T., e Lorgue, G., "Anticoagulant Poisoning in Animals", *Journal of Analytical Toxicology*, nov-dez 1995; 19(7): 576-80.

Boer, G. J., "Ethical Guidelines for the Use of Human Embryonic or Fetal Tissue for Experimental and Clinical Neurotransplantation and Research", *Journal of Neurology*, dez 1994; 242 (1): 1-13.

Carey, Benedict, "Hooked on Youth", *Health*, nov-dez de 1995; 68-74.

Hainline, Bryan E., Padilla, Lillie-Mae, *et al.*, "Fetal Tissue Derived from Spontaneous Pregnancy Losses Is Insufficient for Human Transplantation", *Obstetrics and Gynecology*, abr 1995: 85 (4): 619-24.

Halder, G., Callaerts, P., e Gehring, W J., "Induction of Ectopic Eyes by Targeted Expression of the Eyeless Gene in Drosophila", *Science*, 24 mar 1995; 267 (5205): 1788-92.

Hayflick, L., and Moorhead, P. S., "The Cell Biology of Human Aging", *New England Journal of Medicine*, 2 dez 1976; 295 (23): 1302-8.

O'Brien, Claire, "Mad Cow Disease: Scant Data Cause Widespread Concern", *Science*, 29 mar 1996; (5257): 1798.

Prusiner, Stanley, "The Prion Diseases", *Scientific American*, jan 1995; 272 (1): 48-57.

Rosenstein, J. M., "Why Do Neural Transplants Survive?" *Experimental Neurology*, mai 1995; 133 (1): 1-6.

Roush, Wade, "Smart Genes Use Many Cues to Set Cell Fate", *Science*, 3 mai 1966; 272 (5262): 652-53.

Sheng, Hui, Thadanov, Alexander, et al., "Specification of Pituitary Cell Lineages by the LIM Homeobox Gene Lhx3", *Science*, mai 1996; 272 (5264): 1004-7.

Vinogradova, O. S., "Some Factors Controlling Morpho-Functional Integration of the Transplanted Embryonic Brain Tissue", *Zhurnal Vysshei Nervnoi Deiatelnosti Imeni I.P. Pavlova* (Moscou), mai-jun 1994; 44 (3): 414-30.

Weinstein, P. R., e Wilson, C. B., "Stereotaxic Hypophysectomy", *Youmans Neurological Surgery,* vol. 6 Julian Youmans, Ed., 3ª. ed., Filadélfia: Saunders, 1990.

Este livro foi composto na tipologia Minion Pro
Regular, em corpo 11/15, e impresso em papel
off-white 80g/m² no Sistema Cameron da Divisão
Gráfica da Distribuidora Record.